时代记忆文丛

林家铺子

茅盾中短篇小说选

茅盾 著 慕津锋 选编

青海人民出版社

图书在版编目（CIP）数据

林家铺子：茅盾中短篇小说选 / 茅盾著；慕津锋选编. -- 西宁：青海人民出版社，2021.5
（时代记忆文丛）
ISBN 978-7-225-06157-3

Ⅰ. ①林… Ⅱ. ①茅… ②慕… Ⅲ. ①中篇小说—小说集—中国—现代②短篇小说—小说集—中国—现代
Ⅳ. ① I246. 7

中国版本图书馆 CIP 数据核字（2021）第 081870 号

时代记忆文丛

林家铺子

——茅盾中短篇小说选

茅盾　著

慕津锋　选编

出 版 人　樊原成
出版发行　青海人民出版社有限责任公司
西宁市五四西路 71 号　邮政编码：810023　电话：（0971）6143426（总编室）
发行热线　（0971）6143516 / 6137730
网　　址　http://www.qhrmcbs.com
印　　刷　陕西龙山海天艺术印务有限公司
经　　销　新华书店
开　　本　890 mm × 1240 mm　1/32
印　　张　12.5
字　　数　300 千
版　　次　2021 年 8 月第 1 版　2021 年 8 月第 1 次印刷
书　　号　ISBN 978-7-225-06157-3
定　　价　70.00 元

总　序

“人民文学”的传统在当代

李云雷

20 世纪中国最重要的事件是中国革命和改革开放，中国革命的胜利使中国彻底摆脱了半殖民地半封建社会，获得了民族独立，“中国人民从此站起来了”；改革开放的成功则让中国走出了一穷二白的状态，奠定了民族复兴的基础。在 21 世纪的今天，我们正走在中华民族伟大复兴的征程上，当回望 20 世纪的时候，我们应该感激与铭记中国革命与改革开放，或许我们身在其中并不觉得有什么特别，但是放眼世界我们就会发现，并不是所有国家的革命都能够获得胜利，在 20 世纪末仍大体保持着 19 世纪末古老帝国版图的，只有中国；也并不是所有国家都能够进行改革开放，都能够取得改革开放的成功，或者说能够顺利推进改革开放并使国势国运日趋向上的，也只有中国。中国革命和改革开放是 20 世纪中国最重要的遗产，也是我们在 21 世纪不断开拓进取、实现民族复兴最重要的根基。

“人民文学”是在中国革命的进程中产生，并对中国革命、建设、改革产生重要影响的文学。在这里，我们所说的“人民文学”是一种泛指，在不同的历史时期曾被称为“革命文学”“解放区文学”“十七年文学”等，又在不同的理论视域中被命名为“左翼文学”“社会主义文学”“红色文学”等，“人民文学”的概念既是对上述各种称谓的通约性表达，也是在新的历史语境中的一种通俗性表达。“人民文学”与20世纪中国革命紧紧联系在一起，既是20世纪中国革命组织、动员的一种方式，也是其在文化上的一种表达。“人民文学”的重要性体现在它在转变观念、凝聚情感、社会动员与组织，以及寓教于乐等方面所发挥的作用。在1940—1970年代，中国内忧外患不断，生产力低下，群众的识字率较低、知识文化水平贫乏、娱乐方式简单，“人民文学”在那时起到了独特而重要的作用。作为一种文化政治传统，“人民文学”伴随20世纪中国革命以及建国后的社会主义建设实践而逐渐生成，并以不同方式在改革开放的历史语境中延续和变迁，它直接参与和内在于现代中国的进程，发挥着独特的革命文化能量，进而建构了新的社会主义文化经验和价值传统。

“人民文学”在1940—1970年代的中国文学界曾占据主流，但在改革开放的历史新时期，对“人民文学”的评价却发生了分歧与分裂，其中既有20世纪80年代、90年代和21世纪初等不同时期的差异，也有国家、文学界、知识界等不同层面的差异，以下我们对这些分歧简单做一下勾勒，并对“人民文学”在新时代的状况做出分析。

在20世纪80年代，伴随着对“文革文学”的批判与反思，中国文学进入了一个繁荣发展的新时期，文学思潮层出不穷，从“伤痕文学”“反思文学”到“改革文学”“知青文学”，再到“寻根文学”“先锋文学”，获得解放的文学释放出无穷的活力。在政治层面，中国进入了一个思想解放的时期，文艺政策也从“为政治服务”调整为“为人民服务，为社会主义服务”。在知识界，则发生了一场声势浩大的新启蒙运动。文学上的种种变化，被后来的文学史家概括为从“一体化到多元化”的转变，所谓“一体化”是指“人民文学”从1940年代到1970年代逐渐占据主流、成为主体，并趋于激进化的过程，而“多元化”则是指“一体化”因“文革文艺”的泡沫化而终止,逐渐走向开放、多元的过程。在这一历史时期，曾被激进的“文革文艺”压抑的其他文艺派别获得了重新评价，这些文艺派别既包括左翼文学内部的周扬、冯雪峰、胡风等人的文艺理论，丁玲、赵树理、孙犁、路翎等人的小说，也包括左翼文学之外的其他派别，比如自由主义文学、新月派、京派文学，等等，但在80年代，所谓“多元化”仍有其边界，大致限于“新文学”的范围之内，但这要到时代的进一步发展之后才能为我们知悉。1980年代的文学大致以1985年为界，呈现出迥然不同的样貌，在1985年之前，左翼文学与现实主义仍然占据主流，而在1985年之后，先锋文学与现代主义蔚然成风，逐渐占据了文学界的主流，而这则伴随着文学评价标准的重大变化，那就是从革命化到现代化、从人民文学到精英文学的转变。在这一过程中,以“重写文学史”的兴起为标志，对“人民文学”的评价逐渐走低,以“写什么和怎么写”的讨论为中心，对现实主义作品的评价也逐渐走低，或许在一个渴望转变与新异的时代，这样的变化也是难免的，要等到一个新的时代，我们才能对之进行客观冷静的评价。

在1990年代，市场化大潮席卷而来，文学界与知识界也产生了分化与争论。1993年、1994年发生的“人文精神大讨论”突显了作家与知识分子面对市场大潮的分歧，一些作家与知识分子热烈拥抱市场化与世俗化大潮，而另一些作家与知识分子则在市场大潮中坚守道德理想，或者坚守个人的岗位意识。与此同时，大众文化迅速崛起，影视与流行音乐逐渐占据了文化领域的中心位置，文学的位置开始边缘化。在文学界内部，伴随着金庸、琼瑶等通俗小说的流行，以前备受“新文学”压抑的通俗文学获得了重新评价的机会，从鸳鸯蝴蝶派到张恨水，从还珠楼主到港台新武侠，都获得了前所未有的关注。“多元化”的发展突破了“新文学”的界限，而逐渐开始向通俗文学、流行文学开放，文学评价的标准也逐渐向是否能够畅销，是否能够获得市场与读者的认可转移。在这样的潮流中，“新文学”的传统趋于边缘化，“人民文学”则处于边缘的边缘。但是在知识界，也出现了重新评价左翼文学的“再解读”思潮，他们从现代化、现代性的视角重新审视左翼文学的经典作品，对之做出了与革命史视野不同的阐释，不过这种解读更多借助于西方的“市民社会”“公共空间”等理论资源，其中不乏深刻的洞见，但也有凿枘不合之处。发生在1997年、1998年的“新左派与自由主义论争”，显示了80年代新启蒙知识分子的分裂，他们在如何认识中国、如何评价中国革命、如何看待中国与世界等诸多问题上产生了深刻分歧，自由主义者更认可西方的普世价值与世界体系，但是新左派借助于新的理论资源，更认可中国道路的主体性与独特性。这一论争是20世纪最后一场思想论争，也是迄今为止影响最大的思想争鸣，这一论争主要发生于人文领域，其中很少看到文学知识分子的身影。但这一论争涉及对中国革命与红色经典的评价问题，也为人们重新认识红色文学打开了新的视野。

在21世纪最初10年，市场化大潮与大众文化的深刻影响仍在持续，但是在文学界内部，又出现了新的因素，那就是网络文学的迅速崛起，网络文学借助新的媒体形式，形成了一种新的文学生产、传播与接受方式，也形成了一种新的文学观念与文学模式。在观念上，网络文学打破了“新文学”以来的文学内涵，“新文学”将文学视为一种严肃的精神或艺术上的事业，无论是左翼文学、自由主义文学、“为艺术而艺术”，还是“改革文学”“先锋文学”“寻根文学”，中国现当代文学史上彼此相异与争论的诸多文学思潮，其实都分享着这样共同的文学观念，但是网络文学的出现却改变了这一共识，网络文学重视的是文学的消遣、娱乐、游戏功能，并将之推向了极致，而不再注重文学的教化、启迪、审美等功能，这极大地改变了文学的定位与整体格局。网络文学的盛行催生了穿越、玄幻、盗墓等不同的类型文学，并逐渐形成了一整套成熟的商业模式。与此同时，在更加市场化的环境中，通俗文学占据了越来越多的市场份额，“新文学”与“人民文学”的传统被进一步边缘化，主流文学界只有依靠体制的力量——作协、期刊、出版社——才能够生存下来。在这种情形之下，“底层文学”作为一种新的文艺思潮兴起，对80年代以来日趋僵化的“纯文学”及其体制进行了批判与超越，在文学界与社会各界引起了广泛关注。有论者将“底层文学”与“人民文学”的传统联系起来，但围绕这一议题也发生了分歧与争论，纯文学论者竭力贬低底层文学与“人民文学”的传统，但更年轻的一代研究者对之则持更为积极的态度。在文学研究界同样如此，新世纪以来，“左翼文学”“延安文艺”“十七年文学”逐渐成为文学界关注与阐释的热点问题，更年轻的学者倾向于从肯定的视角重新阐释“人民文学”及其经典作家作品，但他们的努力常被主流文学界视为异端与另类。

在21世纪第二个10年之初，市场化与大众文化进一步发展，网络文学及其商业模式则更趋于成熟，逐渐形成了“三分天下”的整体文学格局，即纯文学（严肃文学）、畅销书、网络文学三者各据一隅，纯文学（严肃文学）以期刊、作协、评奖为中心，畅销书以出版社与经济效益为中心，网络文学以点击率与IP改编为中心，各自形成了一套相对独立的文学运转与评价体系。但在2014年，这一整体格局开始发生转变。2014年及其之后，习近平总书记发表《在文艺座谈会上的讲话》等一系列关于文艺问题的重要论述，这是继毛泽东《在延安文艺座谈会上的讲话》之后，我党最高领导人首次系统阐释对文艺问题的观点，讲话所提出的“坚持以人民为中心的创作导向”“文艺不能当市场的奴隶”“创作是自己的中心任务,作品是自己的立身之本”等观点，继承了我党“文艺为人民服务，为社会主义服务”的优秀传统，又对文艺界出现的新问题、新现象、新经验做出了分析与判断，为新时代文艺的发展指明了方向，已经改变了并将继续改变文学界的整体格局。

改变之一，是“人民文学”的传统得到弘扬。自20世纪80年代中期以来，“人民文学”传统先后遭遇“先锋文学”、通俗文学、网络文学等巨大变革的挑战，日渐趋于边缘化，虽曾以“底层文学”的名义短暂复兴，而并没有得到主流文学界的认可，但“以人民为中心的创作导向”提出之后，极大地扭转了文学界的整体状况，“人民文学”传统受到重视，红色文学的经典作品也得到重新阐释与更大范围的认可。

改变之二，是“新文学”的观念得以传承。中国的“新文学”虽然有内部不同派别的论争以及不同历史时期的巨大断裂，但却都将文学视为一种精神或艺术上的事业，这一点与通俗文学、类型文学注重消遣娱乐有着本质的不同，习近平总书记系列讲话中将作家艺术家视为“灵魂的工程师”，将文艺视为中华民族伟大复兴进程中的重要力量，指出“文艺是时代前进的号角，最能代表一个时代的风貌，最能引领一个时代的风气”，在这一基点上鼓励探索与创新，这是对新文学观念与传统的认可、尊重与倡导。

改变之三，是“三分天下”的格局得以改观。“三分天下”是各自形成了一套相对独立的文学运转与评价系统，但习近平总书记系列讲话是对文艺界整体讲的，也是对文学界整体讲的，不仅包括纯文学（严肃文学）界，也包括通俗文学、网络文学等领域，目前通俗文学、网络文学领域已经发生了巨大的变化，比如官场小说的转型、科幻小说的兴起，以及网络小说更加关注现实题材，更加注重现实主义等，“三分天下”的格局有望在相互竞争与争鸣中形成一种新的、开放而又统一的评价体系。

但是从另一个角度来说，现在的改变仍然只是初步的，一个突出的表现是《创业史》等人民文学的经典作品虽然得到了国家与政治层面的推崇，也得到了知识界愈发深入的研究，但是在主流文学界并没有内化为重要的写作资源与参照，很多作家心目中的理想作品仍然是中国古典、俄苏19世纪批判现实主义以及欧美20世纪现代派作品，并未真正将“人民文学”作为自己可资借鉴的重要传统；另一个突出表现是习近平总书记《在文艺座谈会上的讲话》发表已经5年，但并没有真正出现“以人民为中心的创作导向”的经典作品，现有的艺术性较高的优秀作品并没有坚持以人民为中心的创作导向，而有些试图坚持以人民为中心的创作导向的作品则在思想性、艺术性上存在不少缺憾，并没有达到更高层次上的融合与统一。这似乎也很难归咎于作家努力得不够，一个人思想观念的转变是艰难的，而新时期以来“人民文学”及其传统的不断边缘化，红色文学被贬低几乎成为文学界的集体无意识，要转变这样的观念，需要我们做出更加艰苦的努力。

在今天，我们需要在新的时代背景下重新认识“人民文学”的合理性与历史经验，重新梳理新中国前三十年与后四十年文学的关系，重新理解文学与人民、时代、生活的关系，面对21世纪正在渐次展开的历史，我们应该从“人民文学”中汲取理想主义等稀缺性精神资源，从而创造中国文学新的未来。

在这种情况下，青海人民出版社编辑出版的《时代记忆文丛》显示了历史性与前瞻性的眼光，将对重新认识和发掘“人民文学”的精神资源，传承“人民文学”的优秀传统产生重要影响。此套丛书邀请前沿学者或熟谙作品的作者子女选编人民文学代表作家的代表作品，选编丁玲、贺敬之、郭小川、李季、艾青、臧克家、赵树理、孙犁、田间、李若冰等经典作家。每种选编作品前置有一篇序言，系统介绍作家生平、创作，梳理关于他们的研究史与评价史，既有历史与文学价值，也具有新时代的眼光与视野，可以让我们看到这些文学前辈是如何在与时代、人民、生活的融合中进行艺术创作的，他们的经验值得我们借鉴，他们的作品值得我们学习。新时代的中国作家只有自觉地继承“人民文学”的传统，才能在“坚持以人民为中心的创作导向”中大有作为，我们期待这套丛书能够为新时代作家的艺术创作提供可资借鉴的资源，也期待这套丛书能受到广大读者的喜爱与欢迎。

2019年10月28日

序

慕津锋

今年是中国共产党成立一百周年。为庆祝党的百年华诞，青海人民出版社特推出“时代记忆文丛”。该丛书所选均为历经历史和人民检验过的经典文学作品。这些经典之作随着时间流逝，在岁月长河中越发呈现出特有的、厚重的中国文学艺术价值。

回顾党的百年风雨历程，无数中国共产党人为中国革命做出了自己的贡献。而这之中，就包含了以茅盾先生为代表的中国现代作家群。他们以自己手中的笔为武器，与敌人做着坚决的斗争，他们对于中国革命、中国新文学事业的发展起到了重要推动作用。

茅盾（1896—1981），中国现代著名作家、文学评论家、文化活动家及社会活动家，他是中国新文化运动的先驱者、中国革命文艺的奠基人。从青年时代，茅盾便追求共产主义伟大理想。1921 年，他在上海先后参加共产主义小组和中国共产党，他是中国共产党最早的党员之一，他曾积极参加党的筹备工作和早期工作。入党后，茅盾积极从事进步文学创作，他把文学创作当成自己肩负的重要革命工作来完成。

在长达近半个世纪的创作生涯中，茅盾对小说、文学评论、神话研究、话剧、散文、杂文、历史故事等文学体裁均有涉及。而这之中，他的小说创作无疑是最引人瞩目的。无论是长篇小说，还是中短篇小说，他的创作能力极为突出。长篇小说包括了《子夜》《蚀》《虹》《第一阶段的故事》《腐蚀》《锻炼》《霜叶红似二月花》，中篇小说则包括了《路》《三人行》《多角关系》《劫后拾遗》《一个人的死》《他们的儿子》《少年印刷工》等，短篇小说则多达50多部。这之中，长篇小说《子夜》，中篇小说《路》，以及短篇小说《林家铺子》《春蚕》《秋收》《残冬》都被认为是中国现代文学史上的经典文学作品。

长篇小说《子夜》，写于1931年10月至1932年12月。“子夜”，原指夜半子时（深夜11时至凌晨1时）。这是黎明前最黑暗的时刻。这个时刻一过，黎明就要来到。茅盾以此作书名，有着其特殊的寓意，他形象地概括了20世纪30年代初期中国社会的主要特点。该小说以1930年中国第一大都市上海作为故事发生的背景地，以民族工业资本家吴荪甫和买办金融资本家赵伯韬的矛盾、斗争为主线，生动、深刻地反映了当时的中国社会面貌。

《子夜》以开丝厂的吴荪甫带乡下的父亲吴老太爷避战乱来到上海为开始，扑朔迷离的都市景观使足不出户的老朽——吴老太爷深受刺激而猝死。吴府办丧事时，上海滩有头有脸的人都前来吊唁。他们聚集在客厅，打听战况、谈生意、搞社交。这时，买办金融资本家赵伯韬欲拉拢吴荪甫进行公债投机，而吴荪甫又联合其他资本家组成信托公司，想大力发展民族工业，因而与赵伯韬产生了矛盾。赵伯韬依仗外国的金融资本做后台，处处与吴荪甫作对，加上军阀混战、农村破产、工厂的工人怠工、罢工，尽管吴荪甫和同伴竭尽全力、拼命挣扎，最后也没有改变全盘失败的悲剧命运。这部小说生动地说明，在帝国主义的侵略、控制、压迫下，中国的民族工业是永远得不到发展的。

小说《子夜》结构宏大，人物众多，线索纷繁，矛盾复杂，场面广阔，情节紧凑，时间跨度虽仅有三个月，字数不足50万字，几乎囊括了所有复杂的生活内容，情节波澜起伏而叙述有条不紊，堪称中国现代文学史上的巅峰之作，它在中国现代文学史上具有十分重要的影响。瞿秋白曾对该小说有过评价：《子夜》是中国文坛上第一部反映社会的小说，是中国文坛新的收获，它是“中国第一部写实主义的成功的长篇小说”。吴宓对该小说也大加赞赏，称《子夜》“笔势具如火如荼之美，酣姿喷薄，不可控搏。而其细微处复能婉委多姿，殊为难能可贵”。

作为20世纪30年代中国左翼文学的代表，《子夜》的文学史和社会学史价值极高。半个多世纪以来，《子夜》不仅在中国拥有广泛的读者，而且还被译成英、德、俄、日等十几种文字，在国际上产生了重要影响。日本著名文学研究家筱田一士在推荐十部20世纪世界文学巨著时，便选择了《子夜》，他认为茅盾的这部作品是可以与普鲁斯特的《追忆逝水年华》、加西亚·马尔克斯的《百年孤独》相媲美。

中篇小说《路》则描写了大革命失败后，在武汉某高校一群青年学生的日常生活、友谊、恋爱，以及为争取学校民主管理而作的进步斗争。以“薪”为代表的追寻光明道路的学生们在斗争中由于血的教训逐步认识到什么才是自己应当追求的正确的人生“路”和革命“路”。

短篇小说《林家铺子》和《春蚕》则被中国现代文学史认为是茅盾这类体裁的巅峰之作。《林家铺子》以1932年“一二八”上海战争前后的江浙农村为背景，描写了一个小镇上的林家百货小商店由苦苦挣扎想生存下去到最终无奈倒闭的故事。在小说中，茅盾描写了中国当时乡镇小商贩、小企业主在外资入侵、政治腐败、战乱不断的社会里，苦苦挣扎却屡遭厄运的经历，这群苦苦与社会现实作斗争的人，最终还是没能逃脱商店倒闭、工厂停工的厄运。小说《林家铺子》不仅展示了当时的社会生活画面，还生动地描绘了民族资产阶级在殖民地化日益加深的社会中命运多舛的画面。

《春蚕》则是茅盾短篇小说“农村三部曲”中的第一部，该小说塑造了勤劳质朴而又守旧蒙昧的老一代农民老通宝，以及乐观进取、敢于思索反抗的新一代农民老通宝之子多多的形象，通过中国农村新旧两代人的对比，茅盾用手中的笔宣告了老一代农民传统生活理想的破灭，指出了旧中国农村向前发展的必然趋势。在该小说中，茅盾通过对 20 世纪 30 年代初江南农村蚕丝丰收反而生活更加困苦的反常现象的描述，揭示了造成这一悲剧的社会根源：帝国主义的经济侵略、地主和高利贷者的层层盘剥、国民政府的苛捐杂税等，真实地反映了当时江南农村经济破产和蚕农们的悲剧命运。在该小说中，茅盾以细腻的人物心理描写及生动逼真的细节描写，很好地展示了人物的性格。同时，因作者对江南农村蚕事活动的种种风俗习惯的描写也非常生动细致，使得该小说具有极其浓郁的乡土气息和社会生活气息。

为让读者更好地走进茅盾先生的小说世界，“时代记忆文丛”计划出版《林家铺子——茅盾中短篇小说选》和《子夜》两部茅盾作品。在《林家铺子——茅盾中短篇小说选》中，选编者在中篇小说部分除选入《路》以外，还选择了茅盾先生 20 世纪 30 年代创作的另一部中篇小说《多角关系》，该小说描写了因世界资本主义经济在 20 世纪 30 年代对我国的输入，引起了中国民族工商业的凋零、倒闭、破产和大批工人的失业，并由此导致中国社会各个阶层在这一变动中的矛盾与斗争。而在短篇小说部分，除选入《林家铺子》和农村三部曲《春蚕》《秋收》《残冬》外，选编者还选入了茅盾先生第一部短篇小说《创造》，以及其他 5 部不同时期有代表性的短篇小说《大鼻子的故事》《报施》

《诗与散文》《石碣》《有志者》。

茅盾的中短篇小说极富革命现实主义，体现出哪里有压迫，哪里就有反抗。为了反抗帝国主义、官僚资本主义、封建主义三大敌人的残酷压迫，为了争取自身解放，中国人民前赴后继，奋起斗争。在他的小说中，茅盾不仅成功地塑造了各种各样具有鲜明个性和时代色彩的典型形象。比如，《路》中的进步学生薪、杜若等，《多角关系》中的老板唐子嘉、失业工人黄阿祥等，《创造》中的受新思潮影响，开始寻找妇女解放的小资产阶级女性娴娴；《林家铺子》中苦苦支撑的林老板，《春蚕》《秋收》《残冬》中的老通宝、阿多、荷花、四大娘，以及《大鼻子的故事》中倔强善良被罪恶的旧社会扭曲了性格的小瘪三大鼻子。正是通过这各式各样人物的塑造，茅盾小说对20世纪三四十年代旧中国社会现实作了全面的深刻的反映。而且，茅盾还真实描写了人民的苦难生活，以及他们的反抗精神，描绘出一幅又一幅如火如荼的旧中国城乡革命运动的壮丽图画。《春蚕》《秋收》《残冬》反映了农民从自发的经济斗争发展到武装斗争的全过程。《大鼻子的故事》展示了中国工人阶级、知识分子和其他劳动人民反帝斗争的怒潮。茅盾用自己手中的笔，无情地鞭挞了旧中国社会和一切反动势力，用生动鲜明的艺术画面再现中国新民主主义革命的艰苦曲折的历程，特别是20世纪三四十年代的风云变幻，指出反动派必然灭亡，人民革命必然胜利。

对于自己文学创作中一直坚持的革命性及人民性，其实早在1920年，茅盾在创作《现在文学家的责任是什么？》一文时，便有明确的提及："文学是为表现人生而作的。文学家所欲表现的人生，绝不是一人一家的人生，乃是一社会一民族的人生……他们描写的虽只是一二人、一二家，而他们在描写之前所研究的一定是全社会全民族。"茅盾主张"使文学成为社会化，扫除贵族文学面目，放出平民文学的精神。

下一个字是为人类呼吁的，不是供贵族阶级赏玩的；是血，和‘泪’写成的。”这是茅盾对文学作用的见解，也是他此后一生创作都坚持的观点。此观点时至今日，依旧有着强烈的现实主义。它与我们所提倡的文学创作中的“人民文学”有着相通之处。

发轫于五四时期的中国现代文学经典，直至今日依旧有着不可取代的作用。希望当你翻阅此书时，不管是初次阅读，还是再次重温，都能通过阅读该书中的作品，走近文学大师——茅盾，走进他笔下那个丰富多彩的文学世界，看到他为我们所描写的旧中国不同时期背景下中国人民的困苦生活状态及那个波澜壮阔的革命时代变迁，从中感悟到人民才是中国历史的真正创作者，才是中国文学创作的真正的根。

2021 年 4 月

目录

中篇小说

路

一

一九三〇年，刚过了“五一”节。早晚虽则还凉快，正午时分却已经像盛夏那么热。软瘫在骄阳下面的江汉关码头，蠕动着声嘶流汗的人脸。过江来的箱笼包裹，倒也不少。这是因为近来风声又紧，武昌城里的老百姓不得不打叠些细软送进汉口租界。

究竟是怎么一回事？谁也不很了然。徐家棚车站昨夜开出了一列兵车，是千真万确的；湘江轮船到岳州被扣，许多逃难的老百姓改搭了木船下来，没有地方住，就在文昌门外空地上过了一夜，也是千真万确的。大智门方面也不闲静。每天总有四五列车的伤兵装到。上游到沙市，下游到武穴，节节红旗飞舞，战火弥漫。只这武阳夏数十里周围算是“匕鬯不惊”，然而有人满之患。汉口的旅馆都告“客满”。旅馆老板眯着笑眼，拍拍装饱了的钱袋，赶快又去做公债“空头”。

前方怎样，上下游怎样，武昌的老百姓老实是满不关心的，最近的又起恐慌，无非是为的紧在后方。听说桂军逼近了湘潭，说不定还是要在贺胜桥、汀泗桥之间再演三年前的老把戏。

夹在这大堆的嚷嚷闹闹的过江人中间，青年薪，也挟着一只小小的上等牛皮手提箱，被波浪似的肩阵在簸荡。他是一个大学生，快要毕业的大学生。从服装看来，该是个寒苦的学生，然而从他的丰腴的脸庞、从容的气度和眉宇间的英俊飒爽看来，似乎他的出身并不怎样“微贱”。他是属于破产的所谓“士大夫阶级”的子弟。手提箱却不是他的。自然他也有过和这一样地精致名贵的一只手提箱，但那是很久很久的事了，并且卖了那箱子换来的几本书和一套制服也早已破旧不堪。现在这手提箱是一位女同学的。总该是装着贵重的饰品的了。也是听得风声吃紧，所以托薪带过江来，打算寄放在法租界的亲戚的家里。

挣脱了人堆的青年薪，松一口气，揩一揩额角上的汗珠，拿眼瞅着包围拢来的人力车夫，一面用手插进衣袋里，数着剩下来的铜子。

“法界，天主堂街！”

“六百钱，拉您家去！”

他的衣袋里的铜子也数完了。是十九个双铜子，三百八。无论如何不够坐车子。怪窘地摇着头，忍心装作不曾听到别的车夫们嚷说的“五百六”“五百”，他匆匆地冲开车夫的圆阵，沿着江边马路往东走，手提箱换在右手里。

觉得手下渐渐重了，他再换一次手，忍不住对箱子瞅了一眼。亮晶晶的两具弹簧暗锁就是箱子的女主人的一对俊眼睛，多么温柔，而又常是那样含情未吐。薪的心有些晃荡了。眼前散乱的人影都幻化成他这知心的女同学。脚下慢了，思潮的起落却更频繁。

女同学中是她学问最好……模样儿差些，但是那一对聪明外露的眼睛呀……不多说话……只眼光那一闪就叫人风魔了够透……听说父亲是巨贾，什么厂在信阳……咳，怎么想到这上头去了？……太骄傲是真的，但现代的女子不有点儿骄傲便会受侮辱的哪……也并不是不能温柔……对上了她的心，温柔得叫你醉……比自己大了几岁……但据说正是那样过了二十五岁的女子才能真心爱人呢……薪的脸上掠过了满意的笑容，微颤着的嘴唇轻轻哼了一句：

“满堂兮美人，独与予兮目成！”

吟味着这知遇之感，脚步是快了，眼光有些发愣，下意识地把箱子再换一次手，却突然闯过来两三个人，阻住了去路。

是三个巡捕。外国人和中国人。要看看箱子里是什么东西。当真是女同学并没把钥匙交给薪。竟忘记了法租界时时要检查行人。然而箱子里管保都不过是些女子的用品，也许有点贵重首饰。要寄放到某公馆去。亲戚？是这箱的主人。自然某公馆里不认识薪这个人。却是有一封女同学的寄放箱子的信。

一切的申说都不行。箱子是颇重。巡捕们交互提着估斤两。眼光只在薪身上打滚。看过了女同学的信，又搜过薪的身体，结果还是连人带物都弄到捕房里。

也是少爷出身的薪好像闺秀被人诬污似的很生气。看着别人也是箱笼包裹的安然在街上走，更是不平。格外又有一层不放心。生恐箱子里的“宝贝”丢失了一二件，则将何以对女友！此时他真有点反对军阀的内争了。不是恁地，何至青天白日检查行人？

等待一切都弄明白又到天主堂街某公馆交付清楚以后，已经是红日西斜近黄昏。薪饿着肚子渡江回去。站在船舷上，晚风吹着颇有些凉意。到舱里，又是汗臭烟味闷得人发昏。算是右后舷差可，他就蹲在那里静听人们谈论着前后方的军情。倒映在江水中的汉口的灯火一点一点远了，混成一片金波。拦江泊着的五六艘外国军舰顶桅上的灯，闪闪地像是半空的大星。就是这五六条大汉使得汉口租界成为“保险库”！不图今天自己也上了“保险库”。无端又碰到麻烦。总算外国人还讲理，仅仅耽搁他四小时。这么胡乱地想着的薪猛记起学里某教授说的“帝国主义不打自倒”那番议论来了。可不是？没有内战，租界失却了“保险库”的作用，帝国主义也就无计可施！

上流水面托着半轮红日，映得半江的水色成为赭里带金。薪侧过脸去瞅着，思绪又转了方向。女同学的箱子里藏着一张男子的照片呢！同学中没有这个人。莫不是她的未婚夫？许是什么大学的教授？北平？南京？也许是政界中？那么，委员呢？什么长，什么主任？光景是总比将毕业的他阔绰得多！一缕酸意冲上他鼻尖来了。近来常常在他心头萦回的那些问题忽地一齐发动。父亲早就渴望他挣钱帮家用。可是老糊涂了的父亲何曾知道学校中虽是“高材生”的他到社会上找职业时反不及一个熟练的劳工。入党政界罢？不但要人汲引，并且也得会拍会钻。教书呢，没有现做教育局长或是校长的至亲。而况自己又是高傲成性，受不了半句话就要炸。……龟山已经消失在暝色里，薪亦深埋在愁思中，捧着头一动也不动。他本来有个指望。说来并不高明，但却是中国几千年来“寒士”们照例的指望。也是像他那样俊俏聪明的人儿不算非分妄想的指望。然而刚才无意中看见了箱子内的男子照片，他的指望打成粉碎了。人家何曾有意，都是自己心痴，神经过敏！

靠着薪左边的两个人谈了半天的话，此时也忽然静默着，时时泄出一两口闷气。水波是叫得怪响。两个人之一好像睡梦中惊觉来似的率然又开口了，声音很低，然而沉着：

“只有一条路，当土匪去罢！要活，就得走这一条！”

薪的重压着的心卜地一跳。斜过眼去看，是两个高大的汉子，胳膊的筋肉有啤酒瓶那样粗。再看看自己的体格，薪真感得自己没有生活在这世间的权利。忍不住眼眶儿红了。

汽笛连叫了两声，水汽挟着煤屑吹到薪的脸上。眼前已是汉阳门。薪挣扎着再杂在人堆里让带到岸上。肚子里不客气地乱叫，腿又重得像铅柱一样，他把手插进衣袋里，摇了一下，咬着嘴唇，头垂到胸脯前了。杂闹中有人在后面叫。他装作不听见。然而随即叫声到了他的身边，是一个女子，也是同学，低一级，向来熟识，总算是朋友。

“薪，早就看见你，在船上。”

像被人捉到了阴私，薪红涨着脸，没有回答。

“到了汉口罢？一个人？干么？”

“没有什么事。”

说这话时的薪，脸色忽又转为灰白。女子微笑，点点头，往前去了。可是走得不多几步，便又站住，等候薪到了跟前，她又说：

“赶不上校里的开饭时间了。一同上馆子罢。”

“那——不行。我没有带钱。”

“不要你花钱。”

虽则不很愿意，但肚子确有这需要，薪亦就不再拒绝，惘惘然跟着女子，到了他们校里同学们常去的一家小馆子，各人吃了一碗面。女子喜欢说话，看出了薪好像有心事，话更多了。这是她的脾气；她就喜欢这么拿自己做本位，缠着人不放，算是一种特别的消遣。她讲起学校里最近的事来：同学中间闹党派，学校当局腐败颟顸。薪听着，不作声，脸上一点表情也没有。他像一个冥想的哲学家，然而实在他并无所思，只是空虚，异样的未曾经验过的空虚，主宰着他的神经中枢。不是一个活的，有生命力的人，却是一副机器，接收外界物象的机器，能听，能看，也能起反应，但只像泡沫似的一闪即灭。仅当跑堂的一双粗胳膊呈现在他眼前的时候，他起了一次较持久的联想：渡船上坐在他左边的两个高大汉子以及偶然落到他耳朵里的那一句话。

“毕业后你有什么计划？”

在并排走着回校去的路上，女子的散漫的闲谈中跳出了这么一句。

薪全身一震，空虚的脑海中突然生出许多丛杂的旋转的什么，同时他又是活人了。又是主动地会思索会烦恼的活人了。他叹一口气，拿眼睛瞅着他的女伴，好久，好久，方才摇一下头。

当头是一轮明月，洒下水也似的青光。在这神秘的月光下，薪的饱孕着愁思的俊俏的脸庞也别有一种神秘的力量。无论如何总还是一颗血肉做成的心在胸脯里跳跃着的女伴，无论她怎样顽皮，此时也受了感动了。好像有这样的意思通过了她的心：可怜哪，现代的青年！这样一个可爱的青年！并排着默然又走了几步，她带点宛曼的神气说：

“我是不想读到毕业了。究竟我们在学校里学了些什么呀？吹上课号了，我们拿了书去上课，又吹号了，我们下课。考试了，我们要范围，我们预备。纪念周了,我们读遗嘱。‘五一’‘五七’要开会,我们喊口号。就是这么一回事！只不过得到了几份讲义。可是，你抱了这些讲义到社会上去找事，谁也不会来理你！薪，看你的样子，家里未必宽裕罢？下半年你总得弄点事情做做，是不是呀？”

“找不到。没有专门技能，找什么事情好呢？”

薪突然站住了。他的含有深愁的炯炯的目光注在女友的身上。比自己矮得多，也像是比自己年轻得多，专爱淘气顽皮，整天跳来跳去的这个杜若，竟会说那样的话！那样的似乎应该出自蓉口中的老练的话！他的眼光移到了她的脸上。是一张颇为白皙的、有一对大黑眼睛和两道会说话的眉毛的面孔。他从来不曾仔细看过这面孔，也是从来不曾怀着现在那样的心情去看这面孔。他忽然觉得不好意思了，垂下眼去，成了化石似的一动也不动。

女郎却笑了。是元气旺盛的笑，是她那样的什么都不顾忌的个人主义者的不可捉摸的快乐的笑声。薪有点不好意思了，急口地叫着：

“杜若——杜若！你笑什么？”

"只要你练到能够盯住了人家的面孔看十分钟，包你就找到了职业。薪哟！"

然而薪不懂。他懂得的，是杜若的憨笑的内容。仿佛记得前次也有谁笑过他这受不住人家看也不敢多看别人的生性。大概就是蓉吧？当真他从来不曾盯住了人家的面孔看上两分钟，尤其是对于女性。但是和找职业又有什么关系？他很窘地把肩膀一摇，望了杜若一眼，想不出回答。

"我可以断定，薪，你还没有看清楚，究竟蓉的脸上有没有麻粒。"

"那，你，未免言之过甚。"

薪软软地反抗了。同时也含有不愿提起蓉的意味。

"那么，讲给我听，她脸上有没有麻粒？在什么地方？"

这又是淘气了。薪苦笑一下，移动脚步。女郎吃吃地笑着，跟了走。渐渐地她笑声停了，又轻轻地郑重地说：

"薪，记好我的话，去练习，练到不怕人家看，也不怕看人。最低限度，要这样的一副老面皮，才行。"

薪点着头。此时是另一个东西占据了他的思想了，就是到校里见着蓉复命时，应该探询一下那张照片的性质。可不是杜若说得很对，不要太脸嫩！老面皮的人是有福的呵！

时间已经不早。似乎有了新希望，薪的两条腿矫健起来了。但是赶到学校后刚松过一口气来，熄灯号已在呜呜地催人上床。

二

薪和蓉在校园里谈话。已经抱怨过薪不该交付了箱子不取回收条，这位脾气高傲的小姐还是蹙着眉尖，用皮鞋的尖头踢紫荆树老根边的绿草。

什么收条，也许只是借端发作。薪和杜若上馆子，一同回校，还有什么什么，已经成为今天校里的“大事件”，大家都在谈着，精明的蓉自然什么都听到了。可是她装作不知道。眼睛瞅着薪，她甚至怀疑到什么在法租界捕房受检查，根本是一个谎。大概是想偷看她的东西，弄坏了锁，却来骗她罢？

当面揭破他么？没有佐证，他肯承认么？也要闹得大家知道，犯不着！

“好。谢谢你。可是，箱子里有一张照片，还在罢？”

沉吟了一会儿的蓉，用眼光罩定着薪，忽然又很温柔地问了。

照片？她先问起了哪！多么关心她这照片呵！一缕酸味又冲到鼻尖，薪迷乱着竟忘记了回答，只是愣愣地瞧着他的对方。

“记不清么？箱子里只有一张照片。就是一张！”

“好像没有看到。”

薪奋勇地说了这么一句；虽则心里反复默念着杜若的教训，“不要太老实”，可是声音到底有些异样，脸也红了。

“明明白白放在箱底的呀。记得还是本年耶稣圣诞节，哥哥从纽约寄来的。一向就藏在箱子里。哦，一点也不错。是八寸的半身像。”

“呵，呵，是你的哥哥么？真是——”

薪的嗓子突然提高，近于嚷，他的心，例外的卜卜地跳，是快乐，也是发窘。原来误会了。可是已经撒了谎，怎么好！

蓉冷冷地看了薪一眼。她脸上的麻粒，比平时更清晰地凸现出来，简直有几分狰狞可怕。这在薪，还是第一次看到。杜若的那句顽皮话“有没有麻粒”，又是那张照片中少年的生气勃勃的英姿，又是渡船上那两个高大汉子的粗胳膊，都同时错乱地交流过薪的意识域，一时忘记了说话。但是蓉的眼光逼住了他，总得定下神来应付过这一场。他嗫嚅地接着说：

“总之，东西是一件也没有少。照片呢，许是有一张，一大张，记起来了，箱子底，不过我没有看明白。”

料想来已是最后的结论，蓉亦不再追问，一丝似笑非笑的皱纹漾过她的嘴角。仰脸看天，腰肢摆了一下，似乎想走开，但到底不曾移动脚步。天空是浮动的轻云。麻雀儿在紫荆树上叫。蓉的美目望着，忽然轻声一笑，可是温柔的口吻了：

“薪，巡捕拦住你的时候，你该是心慌罢，究竟事前你并没知道箱子里有些什么。应该先给你过眼的。可不是么？”

“不慌。我知道危险品是没有的。窘的是没有带钥匙。”

“累你坐了半天牢。”

蓉抱歉似的又笑了。然而薪不笑。杜若的教训“不要脸嫩”，总是在他的心里蠢动。然而本性的拘束又总是摆脱不下，拿眼瞅着蓉，他在心里鼓励自己，提出那迫切的问题来罢。

“蓉——有一个问题，和你……”

顿住了，眼光垂下，他把手插进衣袋里，下意识地弄动他的全部财产的几个双铜子。这显然给蓉一个误解。她微笑地接上来说：

“和我商量？是经济问题罢？”

“不！”

因为是不但被误会，并且听出语意中还带点轻蔑的口味，薪锐声叫出来，挺直了胸脯。受惯经济压迫常恐被人看作唯利是图，因而不知不觉间养成了的绝对不肯认穷、绝对不肯开口向人借钱的那种傲气，突然把薪的心涨大了！天性的脸嫩刹那间摆脱了，炯炯的目光注在蓉的脸上，他兴奋到声音有些抖：

“钱，臭铜，什么东西！最看不起那些恃富骄人的家伙！经济问题？我火薪传诚然不是资本家，然而生平不受人怜哟！钱，买不动我。问题是心——”

像是皮球泄了气，他的牢骚一过，便又不能滔滔说下去，只紧闭着嘴唇，发怒似的看着蓉。这时，他的英俊的丈夫气比他的温柔腼腆更加能够击动女子的心。尤其是像蓉那样年岁稍长洞达世故的女人。然而正因为洞达世故，蓉此时的感想却不利于薪。虚伪，矫情，和什么在法租界受检查同样的把戏……蓉微笑地想。同时她又感慨于青年男子之富于危险性。是怪东西。从前看他多么诚实，今儿却被试出了原形。心？和杜若上馆子，夜里过九点钟才回来，也是那个心！呈露在蓉的这样感想下的现在的薪便只觉得可鄙。

一只蛤蟆从草里跳起来。蓉伸脚去撩，腰肢一扭，猛可地失了平衡，上身斜侧过来，正撞上了薪的胸脯。像感了电，异样的热的震动通过了薪的全身，本能的莽撞的一出手就抓住了蓉的臂膊。这是意外！蓉的脸色陡然变了，挣脱身，冷冷地瞅了薪一眼，似乎是说“你好！”转身就走。

“蓉！”

薪从后面叫，跟了上来。他怎么能够不解释明白，就让这样过去？然而那边校园门口来了人。只看那娇小玲珑的身材，只听那元气旺盛的笑声，就知道一定是杜若。后面还有一位女生，叫作蘅。蓉蹙紧了眉尖，面孔白的像死人。跟在后面的薪却是涨红了脸，并且喘息未定。

杜若站住了笑，眼光从蓉的脸上又移到薪。在蘅的耳边说了一句不知什么，她就托开双臂拦住了去路。

“不要走！”

“校园是你的？”

蓉尖利地掷回一句来，同时也就站住，因为正是杜若，蓉这火气就更凶。

“不是那么说。外面闹得正上紧。你们早就躲在这里的，何苦又出去。”

素来和蓉交情还好的蘅赶快这么意识地解开去，然而下意识地还用了一个“你们”。生来高大健硕的她，有名的外号叫作“健康美”，也是女生中间公有的“理想的丈夫”，——男生中间的轻薄儿用这句话来嘲笑蘅的七分像男性。

闹得正上紧？多心的蓉，便怀疑到是和自己有关系。她倒踌躇了，但瞥眼看见杜若已经公然跑到薪的旁边，她就下了决心。

“看清了没有？麻粒？”

杜若凑着薪的耳朵低声说，回眸瞅着蓉，又笑了。像有什么东西在蓉胸膛里爆了开来。薪皱起眉毛苦笑了一下，便夺门而去，斜阳照见他的面孔是红得和猪肝一样。蘅挽住了蓉的臂膊，嘴里叫杜若，装作不听见，杜若赶着一只大黑蝴蝶，纵纵跳跳跑到校园后面去了。

三

总务长荆先生查见学生的一个文艺性质的团体有左倾的征兆，正在大发雷霆。是“朕兆”！总务长自己在学生时代也有这样的左倾思想，或许还要左些；但正唯其是过来人，所以现当了总务长的他就能够从学生的“壁报”中发见了左倾的“朕兆”。“壁报”实在也是可怜的“壁报”了。小小的一张，照例是诗歌、小说、学校新闻、男女同学的恋爱消息，还有短评。毛病就出在短评上。

薪也是这个壁报的后台老板，文艺团体中的一员。短评却不是他的手笔。他时常做的是诗。父亲教过他旧诗。他偶尔也做旧诗，例如已经在壁报上发表过的绝句：《汀泗桥怀古》。

蓉的怒容尚在他眼前闪动，又是杜若的附耳低语时的口脂香，正当他这样年纪，有这样的自然要求，惹到这样腻人的事，什么总务长的大发雷霆便好像完全和他不相干，他贸贸然踱进了他所属的文艺团体的大本营第四号自修室了。几个同学而兼文艺同志都在眼前，总务长荆两手插在裤袋里野熊似的朝里面站着。

自修室是死一样的静。总务长已经就应行训诫的几点都训诫过了，此时翻起了眼睛正在再搜索材料，猛可地回头看见了薪，就触动灵机。

"火薪传！你的思想也不正确。壁报——某期，不是有你的一篇诗么？《汀泗桥怀古》。是旧体诗？有腐化的倾向。"

扑嗤嗤地一阵笑。算是屏息静听了半天的六七位文学同志借此松一口气。如果不是说的"有腐化倾向"，大概仍是不能笑。可是总务长却激怒了。眼睛翻了两翻，厉声说：

"笑什么？腐化的倾向！我们要打倒腐化！哦——还有。火薪传，你的思想简直的不正确！那篇诗里你有'一将功成万骨枯'的意思。你连本党革命的意义也认识错误了！本党是为民众而革命！民众应该忍受革命的牺牲和痛苦！'万骨枯'是为了革命，也是为了民众。'万骨枯'而'功成'便是民众的'功成'。你不看见民众都拥护本党的革命么？你却说是'一将功成'，那就是抹煞革命的意义，就是诬蔑本党的革命！这是反动的行为！恶化！恶化的倾向！腐化和恶化，集于你一身了！"

总务长一双手霍地从裤袋里拔出来，偏着作了个砍的姿势。

倾听的六七位都打了个寒噤。受批评的本人薪反倒坦然。总务长把眼光在大众脸上溜了一转，觉得大可"善刀而藏"，手回进裤袋里，威风凛凛地走了。

大约足有两分钟的沉默。各人都在等候别人先发言。薪落在座位里，捧着头。似乎有一个新的东西在他意识里滋生蔓长起来，可是无以名之，而且亦仅能感到极模糊的轮廓。这无关于某一件事的浑朴的感念，或理解，好像本来有了被人叫惯的名称的，然而恁地想不起来。同学们的议论声音渐渐繁杂了，薪好像全没有听见。一会儿嘈声中冒出了极像女子的尖音，这是同学彪，然而蓉的薄嗔的面相却在薪的半闭着的眼睛前闪了出来，倏又幻化为嬉笑的杜若。

"岂有此理！我那短评里的话就是从老荆三年前的旧文章里抄来的，他要骂我，先得骂自己！"

"可是他说，此一时，彼一时；那样的话，现在就不准说！"

这几句是例外地清清楚楚完完全全落到薪的耳朵里了，他抬起头来。在他意识里滋生着的那个感念好像和刚才那两个同学的话混合着起了发酵作用了。他本能地捏紧了拳头，似乎努力要抓住这发酵着的观念。

"然而三年前的三年，那样的话，却又不准说。什么真理，舌头扁，说话圆！"

这是彪在说。薪的脑筋像拔出了一个塞子似的忽然思潮汹涌起来。正是这个！显现在薪意识上的不得其名的浑朴的感念，就是该用这样的话语方式来表白的！人家叫这为——怀疑主义，对，就是怀疑主义！

薪忍不住独自笑了。想来自己的《汀泗桥怀古》就是站在怀疑主义精神上做的，便像是无父之儿忽然发见了父亲原来是名人，真是不胜自慰而且自负。总务长说是思想不正确，管他的！

"我赞成彪的话。没有真是非。时代不同，环境不同，是非亦各异！我相信再过了几年，老荆对于我那首诗又要称赞是说得很对呢！"

“那么你承认现在你是错误了么？吓！认什么错！就如我的短评，那样的话，老荆三年前可以说，现在，我说，就不行，因为是今年，不是三年前，可是今年的客观情形，究竟和三年前有什么不同！”

接着是静默。大家的目光都射定住发了这样议论的炳。也是二十多岁的青年，异样的一张方脸。拿拳头在桌子上捶了一下，炳接下去：

“真是非何尝没有？可是我们先得看一看谁在那里是是非非！老荆那样的人，根本不配，他说薪做旧体诗，便是腐化，他自己嫖妓，打牌，威逼女职员做姨太太，难道是美化么？”

堤防决了，从那许多抢先说话的嘴巴里冲出来的，都是总务长荆的罪恶。自然，一半是得之不正确的传闻。但如果给他们晓得了正确的真实，老荆的总务长大概会干不下。忽然话牵连到杜若了。杜若？她和总务长有故事么？薪的听觉特别尖锐了。装作毫不关心罢？然而心在胸腔内很可恶地乱跳。后来松一口气。原来老荆碰了钉子。薪笑出声来。大家的眼光又集注到他身上。猛可地彪在薪的肩膀上拍了一下，用细而尖的声音说：

“谁叫你和她上馆子，过九点才回校！那你自然是‘腐化和恶化集于一身了’！小白脸儿，留心，一百个留心！”

吹号了。是晚饭。大家一窝蜂涌出去的时候，炳看了薪一眼，坚决地说：

“联合第三号自修室，下总攻击令，第九期的壁报扩充一半篇幅。干！我做三个短评！”

饭堂上薪的同桌者有几个第三号自修室的人。什么？老荆到第四号里发脾气？你们乖乖像绵羊似的？活该！你们这伙“秀才”！也要来第三号么？哼！他敢？……忽然坐在薪斜对面的华将筷子重重地在桌子上一拍，高声嚷起来；他正是第三号自修室里的“魔王团”的一员。

“这家伙实在该死！前天我和郁玩玩 twenty-one[1]，又不是当真，他来噜嗦了。他当真好像已经忘记了自己在汉口宾馆里开房间，被我撞见！给我们一顿臭骂,他还敢噘起了嘴巴说‘记得’！记得？他妈的！”

豁剌，华拿起一个盘子扔在地下。郁和华并坐的，冷笑了一声，随即将一口饭吐在桌子上，把桌子捶得震天价响。一片声嚷起来：

“找总务长！找老荆！”

仿佛这是发难的号炮，满饭堂都嚷起来。大家离了饭桌，向中间职员的一桌包围了来。在这学校里，是总务长老荆最专权，——也不妨说是最负责，例如一天三餐，他常在饭堂上和总务处的职员共桌，一半是监视学生，一半也表示他的平民化。当下他看见忽然起风潮，虽然有点吃惊，却还不动声色。

“菜里有虫，饭里有玻璃屑！卫生，怎么讲的？”

“是那一桌的事？”

“我们，第八桌！”

“我们也有！”

“我们昨天就有，明天一定还是有！”

“总务长负责！”

“什么我负责！不要闹，叫厨房来！”

“啐！厨房是你的私人，只找你！”

华挺直了胸脯，几乎要碰着总务长的鼻子似的怒吼着。

“什么厨房，我们不管！平常总是你来找我们说话，今天我们有事，也找你来！”

“胡说！好好儿讲！闹可是不成！难道没有纪律！”

“闹？你当学生的时代不闹饭堂么？”

① twenty-one：英语。意即二十一，扑克牌的一种玩法。通称二十一点。

“你当了总务长还在汉口开旅馆！”

厨房来了，这里那里赔笑脸。几位职员做好做歹，从中排解。老荆悄悄溜走，从人丛里挤过去的时候，大概是很吃了几下冷拳。

郁笑着耸肩膀，翘起一个大拇指对薪说：

“要摆布他，就得用这非常手段！你们书呆子咬文嚼字，反倒给他说是恶化哪腐化哪，真是活该！”

薪点着头。虽然觉得快意，心里却有点感慨。有真是非么？眼前这活剧明明是同学方面没有理由，然而老荆失败了。他的现在已经意识地抱定了的怀疑主义更快更有力地发展起来。他的俊俏的脸上露出哲学家的沉思态度了。人丛中看见蓉远远地望着他。这眼光的意义，他是懂得的。有点恨，又有点恋。咳，恋爱！即使当真恋了，又有什么意思？然而另一件大事，生活，总该不愁了。可是生活有什么意思？生活，生活，这谜！

忽地他又自己笑了。诧异自己的感念竟会如此玄幻。白心痴！人家心里何尝有你！怎么就居然想到……妻财，裙带势力，大丈夫何须乎此！不受人怜！……然而总像有一些什么桠桠杈杈的东西塞在他胸里似的不很舒服。轻轻呼一口气，一句《楚辞》闪过他的意识：

“采薜荔兮水中，搴芙‘蓉’兮木末！”

在“蓉”字上一顿，他仿佛觉得又有点鼻子酸。

四

就是神经迟钝的人也嗅得出到处紧张的空气。城内连保安队也开走了，代替着来的却没有带枪的兵，而不是谣言。校里上课时少了些学生，大概是跟着胆小的家族过江去了。蓉亦住到汉口的亲戚家里去。

杜若没有走。

偶尔觌面相逢，杜若总是瞅着薪怪样地笑，这笑使得薪迷乱，同时却又感到些微的战栗。在普遍的紧张空气中，他是例外；他独自沉浸在他的梦幻迷离的一角。在课堂上，他对着讲义危坐，然而是什么也不曾听见，什么也不曾看到，只有蓉的颀长的身形，蓉的那双含情未吐的眼睛，常常像烟云似的在空间凝结，显现，然后又渐渐消褪，成为灰黑的一团，重压着他的灵魂。每逢教员点名，唱到“江蓉”，他，薪，便不由自主地全身一震。没有听见宛妙的回答“到”。他便好像失落了什么似的，好久，好久，仿佛觉得身子并不是坐在凳上，而且不在课堂里。

夜来躺在床上，因为空想太多而神经兴奋而辗转不能入睡的时候，他那样年纪所不能不有的自然的要求，便往往驱使他暴躁。那时，和蓉的幻影一同来的情绪便是恨。恃富骄人的小姐罢了，况且模样儿也不行。生气的时候多么可怕！把全部的忠心报效她，何尝能得到她的一声好。自己忘了给钥匙，却总是怪别人办事不周到。是要了你的全部自由全部独立由她支配还感不足，还自以为是大有造福于你的恩人哪！

可是他不无所得么？是！也许有所得。但他所有的全部一定是保不住了。赤贫的他所有的全部就是个人的独立和自由。这在薪看得比什么都重要。

还有他的傲气。赤贫的他所仅能骄人者，就是他的有所不肯为不屑为的傲气。削除他的傲气便是要了他的命！诚然是穷，然而愈穷愈硬！

夜凉如水，同卧室的华和彪鼾息正高。月光带着树影子落在床上。薪撑起半个身子来望窗外。一天繁星，月亮挂在那边女生宿舍的屋角。忽然尖俏的声音破空而起。薪一怔，躺下了。是彪在那里说梦话：

“那你自然是腐化和恶化集于一身了……”

薪忍不住暗笑。想唤醒彪。但随即另一种幻象起来将这想念淹没了。

是杜若的使他迷乱又使他战栗的奇异的笑；是杜若附耳低语时的口脂香，他永远忘不了这香，是杜若的大黑眼睛，会说话的眉毛，娇小丰满的胸脯……和这些一同来的，不是忽忽若有所失的苦闷，也不是想撇开却又不能的怨恨，而是火一样热的自然要求的勃然发动。这是从来不曾有过的。天哪，他变成什么去了呵！薪像蛇一样搅住了那床单被发怔。

经过了这样的病态的发作以后，每逢瞥见杜若，甚至于听见她的声音，薪就忍不住要脸红。存心躲避她，可是碰见的次数偏是可怪地更多。有时也谈话。虽然薪早就居心和她少说话，“她背后追逐的人多”，可是只要杜若的小口一开，薪的说话是不能自止地会比平常任何时多些。

“薪,那自然是‘腐化和恶化集于你一身’！留心哪,再一百个留心！”

瞥见了他们俩在谈话，故意在旁边走过的彪，总是细声地这么说。也曾很不巧地撞着了总务长老荆。不好说什么，这位总务长只能斜目怒瞪。

这也要他来管么？他配？薪的天生傲气起了反抗作用。他意识地和杜若更亲近，心里替自己解释：不为别的，只是要蹩的老荆气死！

光景就是为了这一点，总务长和第四号自修室里几位中间的敌意更深。炳是天天在进行他的联合战线下总攻击令的计划。看见薪似乎已经忘记这件大事，炳很不高兴。

“怎么,闹恋爱了？你担任接洽的“魔王团’已经到了怎么的程度？”

“什么恋爱！你也学着彪油嘴。”

“那么说正经话，什么程度？”

“恐怕是不行。”

“怎么，他们赞成老荆？”

“也不是。他们赞成的是打倒老荆，但不赞成的，是你那个提议。

他们主张直截了当哄走老荆，就像那天闹饭堂那样的方法。不主张做文章骂他——你所谓‘宣传’。他们说我们‘秀才派’不中用，书呆子气太重！”

“这是谁说的话？”

“是华，也是郁。”

炳冷笑了一声。华和郁么？不会动笔的人自然主张动手了。但是“联合战线”的计划，不进行又不成。共同目标是有的，策略不同。利害不一致，认识不同么？可不是！炳他们反对的，是压迫言论自由的老荆；然而华他们反对的则是在汉口娱乐场中见面时虽然还和气但在校里却依然摆出总务长架子的老荆。分工合作如何？也许成。至少，目标是共同。

“薪，再进行。他们干他们的，我们干我们的，只要有联络，同时发动。”

自然没有什么不答应。但并不能十分起劲。在薪看来，总务长及其族类都要压迫学生；即使是本来头脑很新的人，一旦做了总务长等类的职务，就不行。老荆从前不是也很新，甚至于“左”么？天下的老鸦一般黑。去了此荆，还有彼荆。

怎样方可使“荆”及其族类根本不存在呢？这问题似乎也曾在薪的意识中一动。他依稀记得有关于这问题及其同类问题的许多谠论宏文。这些谠论宏文自然是“人”做的，但训育主任也是“人”做的；看到老荆的前后变迁，怀疑论者的薪也就觉得那些谠论宏文不过说说好听而已。

华是同卧室的，也比较的相知，光景还是从他身上再找联络的线索。可是要找这位“魔王”，却费工夫。不一定上课，而且退课来一闪就不见影踪。晚上是总得过九点钟才回来，扑在床上就呼呼打鼾。但是炳催的那样紧，只好到各处去搜寻。

在操场上遇见了杜若。她悠闲地靠在一棵酸枣树下，看人家踢足球。

“找什么人？薪！”

“找华。”

杜若的大黑眼睛，似嗔非嗔地斜溜了一下，笑了，似乎说“骗谁？不相信！”这比任何话语都有力！薪立刻的脸颊上又泛出了红晕，没有话，只站着发愣：心里只想走开，但腿不肯动。

“我告诉你罢！是和蘅在宿舍里看什么信。”

“我是找华呢！”

杜若摇头，不相信，对着薪的面孔，轻轻地啐了一声，侧过头去，又微笑着咬嘴唇。薪惶惑地瞅着，声音有点不自然：

“到底你说的是谁？”

“还不是蓉！再没有别人。”

原来她回校了么？薪的心里像已经放满了东西却又不意地挤进什么似的乱札札了。杜若只是格格地笑。是叫人心荡又叫人战栗的笑。

“当真是找华。有正经事。”

杜若笑得更厉害了，几乎透不过气。忽然从树背后跳出一个人，直扑薪跟前，拍着他的肩膀带笑嚷：

“不带眼的小白脸儿！你看我是谁？”

正是华。这“魔王”！他躲在树后。想到是华先和杜若站在这里看见自己来了这才躲起来开玩笑，薪无端有些闷闷，又感到荒凉的寂寞，竟连正经事儿也忘了，他转身想走。

“薪，你有事呢？不要走！”

杜若这一声叫，把薪的头拉回来，刚好接着她送过来的一个眼波。是新近和杜若亲近以来最使他感到甜蜜蜜的一个眼波。薪站住了。华像先已经猜到是什么事，将身子斜靠在树干上，冷冷地说：

“不谈‘政治’！什么‘政治工作’，‘宣传方法’，真不要听！武力解决！只是武，不要文！杜若，可不是，你也——喜欢武……”

杜若板起了脸，走得和薪近些。

“总是开玩笑！……找你正为的这件事。大家都要赶走老荆，联合起来岂不更好？你们就用你们的武。我们弄不来你们那一套，又不好袖手旁观，那就只得用文。杜若，你说不是么？”

薪笑嘻嘻地说，瞅了杜若一眼。这瞅，也只有杜若懂得是什么意思。有这样的感念像微风似的飘过她的神经：这薪，这可爱的小子，再也逃不出我的手掌心了！想来最好是不出声，她就娇慵地侧着头，只是笑。

“好罢，就是这么，我倒是无可无不可。郁这方面，却要你自己去。”

这么说着，华忽地扬起了一双手，高喝一声“好！”那边足球场中正开了好球的新纪录。是郁的头顶进去的。一片掌声起来了。接着便是闹哄哄的呼喝。

薪又提到他们用“文”的计划，虽然是说给华听，可是听进耳去的却是杜若。足球散场了，郁和两三个也是“魔王团”里的人走过来，嘈嘈地也在议论什么。

“要干就干，讨论什么！你们‘秀才’就只爱多讲话！”

听到一两句，明白了是怎么一回事的郁，跑到华的旁边，高声嚷，把手里的制服围在颈脖子上，打成一个大结。足球玩倦了的十来个人，本已打算回去，听得这嚷，便又走拢来，散散落落地站着瞧。

薪瞅着华的面孔，笑。“魔王团”的脾气，他有点懂得。和他们辩论是不中用的，最有效的方法是激怒他们。可是那么多人拥在一处，真不便说话。杜若似乎已经看透了这一点，耸耸肩膀，转身先走了。看着杜若的背影，薪慢慢地说：

“郁，图书室里新到一册《中国学生》，多么漂亮的封面！”

“是什么‘皇后’罢？真怪！这儿连“皇后’也没有！”

“我来发起捧杜若！”

华很有权威似的说，眼光扫过众人的面孔，好像等待大家举手赞成。有几个附和。薪笑了。郁在鼻子里哼了一声，生气似的拍着华的肩膀：

“捧你的姑奶奶！她配？洋娃娃这么一点点儿小！”

都笑了。郁自己却不笑，挽着华的胳膊离开那棵酸枣树，嘴里叫薪：

“来呵，薪。听见说杜若不好，生气了么？”

薪还是笑。无论是说她好，或是不好，总之提到了她的时候，薪就觉到心里松弛弛地怪受用。这就是爱么？爱她的什么？薪自己也不明白，而且从来不曾意识地推求过。

三个人挽着胳膊走，郁在中间。看去像是三个好朋友。也可以说真是好朋友。在考试时，薪替这两位“魔王”包办试卷，已经有两年之久。他们的回报是请薪上馆子，看影戏。如果薪肯开口，他们还可以帮助他的经济。

“你们当真要赶走老荆么？算了罢！换一个来也许更坏！”

郁看着薪说。真不防是这么一句！薪怔住了。太不像“魔王”的口吻。而且又何其富于“怀疑主义”的气味，应该是薪自己说的罢，然而恰像大考时候抢替试卷似的顶了郁的名字。

“老荆嫖、赌、舞弊，都在我们的眼里，他不敢来认真干涉我们。换一个要是不嫖不赌，那才不容易对付！”

原来这方面来的风！薪微笑了。“魔王”到底还是“魔王”。他们是利于拥戴着像老荆那样的混蛋！因为他们自己也要嫖赌。然而华的意见却不同：

“咄！你肯饶他，我不肯！这狗东西，赌场里看见他的时候还笑嘻嘻像一个人，到校里来就摆他的狗架子！换一个新的来你就怕，是不是？”

“还听说，他有过这样的话：谁不知道谁，‘魔王团’敢来动我！光景是等着暑假考试的时候，他要报仇。”

薪赶快接上来说，拿眼睛睄着华。忒楞！三连环的胳膊脱落了一节。华捏起拳头，跳脚咆哮，一叠声骂“狗东西！”郁冷冷地瞅着薪的面孔：那是微皱着眉头的很严肃的一张面孔，素来说话负责任的一张面孔！叫人不能不相信。轻轻拉住了华的胳膊，郁的嘴角边又露出冷冷的微笑，轻而易举地表示了他的决心和计划。

“干罢！明天联络一二年级，后天开大会宣布他的罪状，立刻哄他走！”

于是好像大会已经开过，老荆已经赶走，华扬开了闲放着的左臂，“啦，啦，啦！”地唱起来，郁撮着嘴唇吹“进行曲”。

晚上在卧室中，已经打过九点钟，吹过熄灯号，华醉醺醺地跑进来，一屁股坐在床上，开口就骂老荆：

“狗东西！他敢，敢吩咐号房过了九点钟不开门！……不是老子会跳墙，难道到斗级营旅馆去喂臭虫么？”

薪和彪，都忍不住笑出来了。老荆倒真厉害！他做了“州官放火”，居然不许“百姓点灯”。

“但是，华，恐怕狗东西命里还有几天的总务长。城里戒严，司令部告示禁止一切集会，后天的大会未必能够开成。”

“谁说的话？”

“是杜若。并且学校里也要出同样的布告。彪看见书记在那里写。”

“大会堂已经被老荆封锁。”

“哼！我们还有饭堂，还有操场，后天不打他不姓华！”

接着是一阵的床架子响，然后寂然无声，好像这位“魔王”已经睡着。彪轻轻咳了一声。拿出电筒来探照。一条白光霍霍地在室中到处嗅。偶尔落在薪的脸上。薪闭住了眼，翻身向里床，喃喃地说：

“不要胡闹。”

“你再说，你到底爱她的什么？”

忽然华在床上哈哈地大笑了，原来并没睡着。一骨碌翻身坐起来，他也拿出电筒来照，又怪声怪气地呼嚷：

“两个好小子！瞒着你爷爷做把戏了么！”

这把薪和彪都吓了一跳。好像是在嗔着彪的太多嘴，薪翻身向外，恨恨地说：

“都睡好了，你又来什么爱呀不爱；你去爱罢，没有人抢！”

彪只是细声笑，没有回答，却把电光注射在薪的脸上。一张红喷喷的俏脸，眉头皱着。生气了罢？不像。在他的可爱的口辅边，隐藏着心里发出来的笑意。是青年人，谁不喜欢人家讲到他梦魂缭绕的女性哪！

“哦，是杜若，洋娃娃，薪。你这小白脸儿，活该！将来你明白！”

这样说了，华丢开电筒躺下，当真就睡着，呼呼地发出毫没心事的鼾声。彪还在细声问“爱她的什么？”但是薪不理，装假睡。在黑暗中睁得大大的他的一双眼睛仿佛看见杜若也是睁大了眼睛睡在床上发愣。“爱她的什么？”不明白。洋娃娃？是有几分像。“活该？”怎么讲？为什么她故意冤人是在找蓉？自己当真想看看蓉么？何必。太骄傲的小姐，没有意思。然而杜若。什么“活该，将来你明白”？华是浑人！

于是脑子里好像有一会儿的虚空。什么感念都没有。只本能地听着不知何处来的静夜的军号声。是集合号呢！城里已经戒严。怎么蓉倒回来？听说长沙吃紧得很！家里怎么办？没有钱走不动！

黑暗中他看见磨石一般大的黑色的手压下来，重的透不过气。猛然一个新鲜的感想在他的心里一动：到处在招兵！是，到处在招兵，可是家里却盼望他好好地找个事弄钱回家帮用。生活呀，这魔鬼！这谜！

五

戒严令风行雷厉。不准集会，也不准罢课。第三号自修室中，“魔王团”的灵魂郁，双手插在衣袋里，来回踱着，冷笑浮在嘴角上。华呢，这“魔王团”的铁臂，咆哮若雷。

刚和第四号自修室的“秀才派”开过联席会议。虽说是联席“会议”，实在是“会”而不“议”的。两方面管自己说话，碰不到头。没有了大会堂么？还有操场，还有饭堂，是华的主张。“魔王团”大部的人都赞成。可是用什么名义“发难”呢？总得是一个比较重大的题目才行。郁因此在踱方步，在冷笑。

在壁报上攻击老荆，引起全校的注意，造成紧张空气，然后再……这是“秀才派”中差不多一致的主张。好，让他们先去这么造点“空气”。

嘴角上缀着冷笑踱方步，郁在计算日期。他的尖利的眼光时时掠过他的同伴们的气忿忿的面孔。他们不是能够静的。因为他们的“灵魂”不作声，他们的议论就更加荒唐可笑。有一位主张晚上偷进老荆的卧室，捉住了他和某女职员的幽会。这是个有趣的提议。大家哄然笑了，笑的出于真心。

郁不笑。可是也不踱方步了，走近那位提议者的跟前，他盯住了他的脸孔看了好一会儿。异样的忽然满室无声。袅起了郁的沉着的谈吐：

“老荆没有那么蠢！就在卧室里干这把戏？不要忘记，他的外房还有两个校役睡在那里！偷偷儿进去么？不行！”

"校役可以买通！"

用一个冷笑回答了华这献议，郁再踱方步。有这样盘算，在他心头颠来倒去：要创造出一件事来使老荆丢脸。要是大大的丢脸，使得外间人全知道。不得不用苦肉计！谁行这苦肉计？男的呢，女的？女的！谁？杜若。这洋娃娃，她准定不肯。男的？丛是个傻小子。今天是星期几？星期四！后天，后天老荆一定要到汉口去！

郁微笑地向丛瞥了一眼。这傻小子，还在呶呶地争辩他的"捉奸"提议有实现的可能。他自愿担任黑夜里"捉奸"？那么光天白日下跟老荆闹一个稀糟，大概没有什么不愿意。

还有两天工夫。这两天内让"秀才"们先冲锋去。

仿佛总司令誓师一般，郁踱到同伴们面前，冷冷地看着他们，简简单单说了这几句：

"老荆不是傻子，老荆又是坏蛋。他有不傻的坏本领！我们对付他的方法也须得坏而不傻，才行！从今天起，大家都要努力侦探老荆的一举一动，都来告诉我。星期六正午，我们全体都在这里集合，谁也不准私下里溜走！"

"是星期六动手么？可是老荆星期六到汉口！"

"我们跟了去！"

只回答了这一句，郁跑出自修室，到第一教室门前看"秀才"们的壁报去。本不是当真想看壁报。那无非是攻击老荆思想腐败，言行矛盾。再不然，便是拣着老荆的话来反复辩驳。

但现在既已是"联合战线"的形式，郁想来应当去看看"秀才"们到底鼓动了怎样的空气。

出乎意外，没有壁报。第一教室门前也没有人。远远地站着一个女生。是蓉。这"女才子"！在想什么心事？在等候谁？讨厌！骄傲的比她的麻脸还叫人作呕！

郁耸耸肩膀，心里冷笑着，顺脚往体育主任艾卧房走。刚进房他就吃了一惊。端端正正铺在桌子上的，可不是张壁报么？

“你看！老荆撕这张来搁在我这里。鬼心思！”

“你怎么说？”

“我说，好极了，我正要研究研究挨骂挨赶是个什么味儿！”

“他恨你！”

体育主任张开大嘴，将舌头一伸，笑了。想到每次校务会议时老荆那种旁若无人的态度，真叫人难受。也有今天，这怪物！

“还说些什么呢？”

“谁？”

“老荆。”

并没马上回答，体育主任拿起桌子上的壁报来撩在字纸篓里，坐在桌子上了。掏出卷烟来燃着，用力吸了一口，然后慢慢地喷出来，让白烟成为一个一个的圈子。

“他说不怕。还发了牢骚。”

“鬼牢骚！”

“可是倒像‘人’话。他说，整顿校风，严明纪律，是下了决心的。任劳任怨，他是负责任的。万不得已，为党国前途计，解散全校，亦所不恤。”

“他有这权力？”

“好像有！”

“他忘记了自己多么混账，嫖，赌，奸诱女书记！”

“一点也不忘记。嫖，他说，偶尔游戏；赌，应酬；勾搭个把女职员，恋爱自由。反正都不是在校里干的。学生在校外的行动，他不干涉；

只要不用学校的名义。在校内犯规则，目无纪律，那就不行！”

郁冷冷地微笑，从字纸篓里捞起壁报来望了一眼，随即又丢进了字纸篓，瞅着体育主任的脸，沉着地又问了一句：

“老荆讲到我们‘魔王团’么？”

“贯彻他的整顿校风的决心！”

郁耸耸肩膀，右手从衣袋里拔出来，将小小的一片纸放在体育主任的面前。什么！给老荆的明信片。汉口某旅社的绮琴，好像是一个妓女。体育主任看过后还给郁，轻声问：

“怎么办呢？”

“仍旧送给老荆。”

体育主任将手中的卷烟尾巴用力吸了几口，丢在痰盂里，对郁笑了一笑，跳下桌子来拍着郁的肩膀说：

“魔王！好好儿干去，留心秀才们放的野火烧了自己！”

郁再经过第一教室的时候，墙上又是一张壁报，赫然四个红色大字：本期再版。几个学生仰起了脸看，杜若也在内。不知看到了一句什么，大家都瞧着杜若笑了。装作不理会，杜若扭着腰走开，恰好跟在郁的背后。知道是有什么人在背后，郁忽地转过身来，面对着杜若，不转眼地下死劲地瞅。“洋娃娃”却笑了，坦然走了过去。

“杜若，回来，给你看一个东西。”

已相离丈许了，郁这么叫着，追了上来。又尖利地看着杜若，似乎在考虑估计，然后突然下了决心似的，手从袋里伸出来，他把那张明信片端端正正摆在杜若眼前。

“我不懂。”

“要懂也容易。你把这张东西送给老荆的爱人，女书记馨。”

“我不去。”

“你应该去。她一定感激你。如果你喜欢看把戏，今晚上八点钟光景等候在东大院里。不妨多约几位女同学去。可是事前要守秘密！”

东大院？不是老荆卧房外的院子么？这魔王！又在那里捣鬼！杜若一声不响，接过那张明信片来藏在衣袋里，转身就走。

“只说是地上拾得的就行！”

郁在后面轻声地补一句，冷冷地微笑着自去布置。

此时第一教室前已经攒集了许多学生。这“再版”的壁报多了一则警告，痛骂私揭壁报的人，“比之为军阀捉了青年，不经过审判就私行枪毙。……此种万恶的军阀，终有一天要被民众扫除，……教育界的蟊贼，命运也不长，……被压迫者奋起的时机到了！”署名是“炳”。站在壁报前的学生都兴奋地笑了，似乎已经看见老荆爬在地下发抖。哦！那边可不是老荆来了？居然不发抖。敢是又要来撕毁这“再版”的壁报？他敢！我们打他！——几个学生的燃动着愤火的眼睛闪出了这样的意思。

老荆向攒集着的学生们睄了一眼，竟自闭着嘴走过去了。这狗东西倒镇静！心里准是在发抖！也许还在盘算什么坏主意？

可不是，老荆心里很忙：现在是“魔王团”和“秀才派”联合起来攻击他了。一年级也在摩拳擦掌。二年级看来也不稳，在那里的他的一伙“忠实同志”有点支撑不住。联合起来总攻击了！怎么应付？拆散这联合战线，各个击破！先消灭最可怕的敌人。一年级是些傻小子，没有背景。“秀才派”内幕复杂。炳是文学系某教授的得意门生。“魔王团”和体育主任接近！二年级里反对派的中坚有点国家主义臭味，是史学教授某的亲信。都在冷眼旁观“魔王团”的冲锋？“秀才派”光景是担任了“政治”？“军事”一任是“魔王团”。先消灭敌人的“军事势力”！

已经走离壁报处有二三丈远的老荆突然转身站住，仔细瞧着那一堆看着壁报乱嚷乱叫的学生。是各级学生都有的混合的一群。是“杂牌军”。只没有他的“忠实同志”。不济事的奴才们！都躲起来么？……老荆的插在裤袋里的一双手捏紧了拳头，好像已经扼住了他的不肖党徒的咽喉。

总得老练一点，先和这些“杂牌军”周旋一会儿。于是拿出十二分的镇静，老荆慢慢走到这一堆各级学生混合的群众前，说了这么几句：

“哦，看壁报么？……文章倒很不错！青年时代都有这种‘发表欲’。我也是过来人。可是现在得格外小心。外界的诱惑太多，思想庞杂，容易走入歧途。我们担任了学校当局，真有说不出的苦衷。看着可爱的青年们盲目地跑到腐化恶化的路上去呢，不能不纠正；要纠正呢，又招反感。那么放弃了责任只在这里拿薪水么？良心上过不去！……”

“良心！咦——”

“壁报上难道不是良心话？为什么你要私下里撕去？”

从学生堆里跳出了这两个插句。不知道是谁说的。老荆一顿，眉毛尖簌簌动了，但立刻装出不以为迕的宽大态度来，笑了笑接口说：

“我是一向赞成有话就说，公开批评。我欢迎批评。可是爱护青年，保护你们不受危险，也是我的责任。我不能放弃责任。譬如这张壁报，……自然都是良心话，我知道本校的同学大多是洁白的青年，然而话说得太过火，外界人见了就不会像我那样能够了解。你们自然知道这几天外边很紧，抓去了许多……我所以揭去了那张壁报就为的是本校的同学，我总有爱护之心！”

抓去了许多人！这黑咒使得大家背脊上发冷。脸上都有些悚然了。眼光在自己队伍中找寻。有没有“秀才派”的人？没有。他们自己不露脸！“……就为的是本校的同学，我总有爱护之心！”多么漂亮！让办壁报的人自己回驳去！

"可是壁报上说的总务长个人的事，怎么讲呢？"

老荆赶快用眼光去找这发言者。是二年级的学生，叫作熊。训育主任的注意中，一向倒并没这个人。莫不是看错？然而熊的炯炯逼视的眼光分明是在自己报名。老荆嗅出四周围的空气都在同情于熊这质问。

"我个人的事，自有公论。一切批评我都欢迎。因此这份'再版'的壁报，我还是让大家看了，然后再去叫第四号自修室自己收回去。只要不至于惹起政治上的问题，我个人的毁誉，不足重轻。"

转过身子去，老荆像是要走了，但又回头加几句，

"总之，对于思想上不大正确的同学，我是在爱护的原则下加以纠正；至于专门捣乱，行动荒唐，学业低劣的份子，那除了严格制裁，我也没有别的办法！"

这样轻轻暗示着，——而这又是先对"魔王团"开火的分化策略，老荆赶快离开了壁报下那一群"杂牌军"的学生。第四号自修室他也不去了，一直回到自己私室，先把熊这名字入了他的秘密的"黑册子"，就唤他的"忠实同志"来大加申斥。

"怎么？你们都躲起来了！这样紧急的时候，脱离群众！"

"并不是我们离开群众，却是群众已经对我们下戒严令。"

"他们当面骂我们是——老荆的走狗！"

老荆却笑了。走狗！怕骂的就不是好走狗！似乎看透了老荆这狞笑的意味，二年级的锦，女书记馨的弟弟，也加上来说：

"岂但是骂而已！打走狗！'魔王团'的人总有一天要动手！"

因为锦是很瘦弱的，不像是已经有了二十岁的青年，所以这话在他嘴里说出来便颇带些儿恐怖的意思。其余的几条"走狗"都斜过眼睛来瞧锦，似乎在说：打？你是特别关系，先打你！老荆拧起了眉毛不作声。"魔王团"要打么？当真会干出来的。打了就有办法。要他们

打这瘦弱的锦，表面上摆出来是无抵抗的锦！这孩子怕么？鼓励他去！

“好。怕人家骂？你们真是小姑娘似的，干不了大事。同志，记好，你们不是小姑娘，不要害羞，泼辣些，钻到群众中间去！不能让他们胜利。让他们得了胜利，就永远有人骂你们走狗！和他们对骂去！特别不要始怕‘魔王团’。他们动手打么？抵抗！特别是锦，你得找机会要他们来打你！”

这么说了，老荆把眼光逼住了锦。这可怜的孩子全身发抖，一句话也没有。他怕“魔王团”。尤其是华。好像他的拳头比自己的头还大些。老荆轻蔑地摇着头，生了气：

“怕什么？总不会打死你！去罢,明后天就要你们的报告。除了‘魔王团’，其余的人现在不准你们得罪。哪怕是骂你们，也得笑嘻嘻地和他们讲交情。”

挥走了他的“忠实同志”，老荆好像很疲倦，就躺在床上闭了眼睛。斗争进入了肉搏的危机，他倒感得兴味。所遗憾者，部下太不中用！自己当年是何等的勇悍。但现在的青年似乎都是软骨头！以此例彼，则“魔王团”亦不过一味蛮横而已，正不足畏。“秀才派”呢，收拾起来更容易，胜利是属于他的！

是这么估量了的，颇有轻敌之意，所以那晚上女书记馨悄悄地跑进他房里，拿出那张具名绮琴的明信片来质问的时候，他竟忘记了所处的环境，使出强硬手段来对付。他承认绮琴是妓女，有往来已久，他并且骂馨没有吃醋的权利。

女书记哭了。眼泪淌过粉颊，成为两条黄色的小沟。想起来，她是太吃亏了。把自己整个的身心都交给了他，还是“没有吃醋的权利”。而况何曾从他那里得到几许甜蜜的欢娱！贴完了历年的私蓄，又把每月全部的薪水供给他浪费。在过去的冬季，夜半月黑风劲，手指尖冷得发疼，头涔涔然，背脊上像是负着一块大石头，工作过度的她唯一的需要是安息，然而想起日间接到他的字条要她半夜里去，“解决他的生理上的要求”，她还是冒着寒风，摸着黑路，鬼似的偷进他的卧室，忍着满身的筋骨酸，接受他的粗暴的蹂躏，而当他既已满足以后，一叠声催她回去，——依然冒着寒风，摸着黑路回去，便要多捱一分钟也不行，多说一句话也不许：这一切一切，原来却只换得今天的狺狺然怒骂，“没有吃醋的权利”！

什么爱，给他“泄欲”而已！什么爱人，只是奴隶！不是人，是一件东西！素来柔顺的馨发狂似的失了本性。她哭，她诅咒，她全然不怕总务长的威吓。

“算什么呢？赶快回去！干涉我？拿镜子照照自己的脸罢，你配！”

老荆厉声说，抓住了馨的臂膊，像要折断它似的下死劲扭。馨躺在床上挣扎，不肯起来。“你配？”这两个字像一支尖针刺痛了女书记的心。她突然挺起身来，看住了老荆的面孔，大声嚷起来：

“配？不配？当初你为什么找我？”

老荆脸色青了，咬嘴唇。当初？此一时，彼一时！但如果女书记不先把粉脸儿哭的那样难看，老荆或者还有几分怜惜。可是现在他只有厌憎。手插在裤袋里，他明白多言无益，也省悟到他目前的环境不利于和馨闹架。他稍稍自悔开头为什么不用“外交手段”。然而已经不及。像是回答馨的哭嚷，一声长笑忽然从窗外院子里爆出来。接着是杂沓的脚步声，接着是窗玻璃响。人真不少，乱七八糟的尽是问句和惊叹……怎么一回事？……哭哪……打架？总务长怎么说的？……早就吹过熄灯号！……压迫女性……有话公开地来说！……密司馨，密司馨……

房里的两个人都怔住了。忽然女书记跳起来跑到窗前。被老荆一把抓住，掷到了床上去，她就放声大哭。是一切悲哀委屈都兜上心来的痛哭，是已经闹穿了便不再顾忌什么的痛哭。虽说是平素镇静，老荆此时却也慌了手脚。掩住她的嘴，不让哭罢？喝退那些学生罢？主意还没打定，猛可地好像从噩梦中醒过来似的什么声音都没有了，女书记睁大了哭红的眼睛，瞪视着窗。微弱的带些哽咽的呼声正就在窗下响，正是她的弟弟锦的呼声：

“姊姊……你怎么了……”

这孩子也来了！干么？老荆惶惑地看着窗。被弱弟这悲声所激动，又陡然想起白天锦来告诉，如何老荆强迫着要他去尝试“魔王团”的老拳，女书记那股悲哀忽然被愤火烧干，自己也不知道怎么一回事，她跳起来揪住了老荆，发狂似的嚷：

“你这贼，狗，没心肝的怪物！牺牲了我们姊弟俩，成全你自己么！……啊哟，弟弟，苦死我们了。狗，贼，你弄死了我们罢！弄死了我们罢！”

她哭，她嚷，勇敢的苍蝇似的几次扑到老荆的身上。窗外的锦也放声大哭。不知道有多少的学生在那里发喊，唾骂，敲玻璃窗，女学生们的惊惶尖锐的声音叫着“密司馨！密司馨！”自有东大院以来，这回是新纪录！

蓦地三四个女学生排闼直入。有蓉，也有杜若。她们不理会老荆，旋风似的围住了女书记馨，嘈杂地叫唤着。乘这机会，老荆悄悄地溜走了。

学校附近的公安局派了人来查问。全学校都起来了。没有什么大事么？男女中间常有的活剧！牵连着总务长呢。天哪，竟是他！自始就不曾上过床的华，捋起了衣袖在人堆里到处晃：“打他！给密司馨抱不平！太，太岂有此理呵！”郁站在那里冷笑，炳追着薪说：“赶快做文章！明天特刊，壁报！”薪呢，还是一副怀疑主义者的忧悒的面孔，偷眼看拉着女书记馨到女学生宿舍去的蓉，又看看杜若。他是满心在可怜这位不幸的女书记，但作怪地眼中只看见蓉和杜若，脑子里只回旋着这么一个感想：恐怕自己还得不到那么多的同情罢？

教务长不在校。史学教授和文学系主任看见学生就说："没有事了，回去睡觉。"努力忍着，不笑。只有体育主任艾好像完全不知道有这么一回事，始终关在自己房里睡得又甜又美。

六

第二天是壁报"潮"。许多学生忽然都会做文章。炳他们的老牌子壁报反见得逊色了。"紧张起来！猛烈攻击！"方脸上耀着兴奋色彩的炳见着他的小团体里的同志，总是这两句话。还是照常上课。可是谁也不曾正正经经上课。刚逢到有课的几位教授都被逼着来谈"昨夜的事"。都被逼着发表意见。不好多说什么，教授们只好耐心听着，微笑。

学校当局怎样？什么表示都没有。就同不曾有过这桩事。当局决不因此小小的"个人"私事便尔张皇。哼！可是此所谓"个人"却正是"总务长"呵！壁报，壁报！攻击，攻击！到午后"壁报"更多了。几句标语式的"打倒某，打倒某"，也算是壁报。而且目标扩大，从总务长移到体育主任，移到教务长，移到史学教授，文学系主任，打倒某，打倒某，甚至于"打倒杜若！"有人乘机捣乱？都是良心话！但凡是一个活人，心里一定有几个要打倒的谁某罢？

总务长怎样？躲了半天，到下午又摇摇摆摆在各教室的走廊前巡察。不要脸！难道他没有看见到处都贴满的壁报么？进一步对付这狗东西哟！非常手段罢！直接行动罢！

"魔王团"怎样？怪！没有举动。他们安的什么鬼心肠？肯站着瞧热闹？不干就算了！没有他们就不成么？现在是全学校都起来了！

傍晚时学校里出了布告。禁止“谩骂师长”的壁报，禁止“不署真姓名”的壁报上的文章。这是总务长反攻了，紧张！再紧张！不要退缩！

只有薪的怀疑主义的敏感似乎已经嗅出了不吉的预兆。这是自从“壁报潮”中有了“打倒杜若”这怪呼声——虽然只得一声，他就感到前途不好。是胡闹罢了，何曾是全学校都“起来”呵！并且“魔王团”的仿佛是作“壁上观”的态度，也使他骤然感得缺少了什么似的寂寞。虽然是“秀才派”,近来他却有点倾向于“魔王团”了。杜若已经告诉他，“昨夜的事”全是郁的计划。是乘虚袭击了敌人的要害了！“要摆布他，就得用这非常手段……”上次闹饭堂时郁的这句话又回到薪的记忆里。可不是，对于像老荆那样厚脸皮的人，壁报中用么？进一步对付他！非常手段！空气中是有这闪电。然而没有“魔王团”，谁能够应用非常手段呵！

他找到郁，巧妙地探询。郁冷冷地微笑，一句话也没有。但是从郁这微笑里,薪看出他们“魔王团”一定有计划。还是找华罢！华这浑人，藏不住话。例外的华的嘴巴也紧起来了。一定是受了郁的嘱咐。只好撒个谎：

“当真没有？那么，郁说的明天怎样怎样都是骗人了，岂有此理！”

没有回话，华睁大了眼睛发愣。装出极不高兴的样子，薪也转身就走，故意脚步慢些，果然就听得华在后面哈哈大笑，赶上来说了这么一句：

“不准再去告诉别人！”

“我有这么傻？可是想来你们这计策未必灵！”

“怎么不灵？”

薪咬着嘴唇笑，没有回答。忽然他跳起来，拍着华的肩膀说：

"骗你的。郁也不肯说。可是你们既然有计划，对我说说也不妨。"

好像是给扒手摸了什么宝贝去，华的两腮都鼓起来了，样子很难看，瞅着薪好半晌，这才慢慢地说：

"小白脸儿，也不老实！说给你听罢，可是不准嚷出去。只有'我'知道呢！明天老荆一定要到汉口去玩，我们偷偷地跟了去。就在那边妓院里和他大闹一场。"

"那也不算什么了不得。"

"哼！不算什么！跟他闹到公安局。我们准备一个人和他一同坐牢。"

真是魔王的计策！明天老荆一定完了。薪笑着，又在华的肩膀上重重地拍了一下，算是谢他，又算是鼓励他，两个人便走开了。薪暂时觉得像洗了一个澡似的浑身畅快。自然说不定继老荆而来的也许比老荆更坏。但无论如何打倒老荆总是一桩快心的事，为的他实在太"无耻"了。并且也为的女书记馨太可怜了。

到底薪把这"秘密消息"悄悄地告诉了炳。两个人脸上都闪出喜气来，却不便高声笑。听说所有的"壁报"都被总务长命令校役撕去了。哼，随他去撕罢，看他明天还能耀武扬威么？明天就有做文章的新题目了！

在期待和兴奋不宁中过了星期六。

因为有了禁令，壁报这玩意儿居然没有人再干。但也许是大家都在等待新的发展罢？至少炳是这么等待着。他依据了薪的"秘密消息"，写好一篇极激烈的文章攻击老荆，只要一声报道"魔王团"袭击成功，他这篇文章马上就贴出去。他又打算秘密地准备好一期的壁报，拉薪帮忙。薪却转荐了彪。到汉阳门去专候华回来，宣布最早的惊人消息，也是一件要事，薪自愿担任这个差使。

约一个人同去，不更好么？可不是，一个人待在码头上怪寂寞的。约谁呢？杜若？不行，太惹人注意。还是谁也不约妥当些。

这天有点阴雨。轮渡码头上还是挤不开的人堆。薪守过了四点钟，总不见华以及“魔王团”的任何份子。确是都过江了，薪亲眼看见的。然而没有一个回来，难道都陪着老荆坐牢去？觉得肚子饿了，雨又变成密集队，薪挨到卖香烟和芝麻糖花生等类杂物的小摊旁边躲雨。以为是主顾来了，正在和人谈一些什么的摆摊子的那汉子很殷勤地起来招呼。不好意思，总得买一点儿。可是手放进了衣袋里却伸不出来。一个铜子也没有呢！薪涨红了脸正想走开，肩膀被人拉住，同时听得一个沉着的声音从脑后送来：“是你么？”薪突然快活到发抖，急回过头去。然而不是华，却是另一个青年站在那里。苍白的三角脸，长而且乱的头发，一对射出火来似的眼睛。也许见过，此时想不起。

青年却叫着薪的名字,问他到那里去。声音又是怪熟的。青年笑了。是张大了嘴巴却没有声音的笑。于是从尘封的记忆中突然跳出一个名字：“雷”！就是雷，三年前中学校的同学，即今容貌已非，然而声音还是从前那声音，笑还是从前那怪样的笑。可不是听说半年前被捕入狱么？怎么会又在这里？薪很想知道个底细。但是雷不肯多说，问过了薪所在的学校，就随口加了个批评：

“你怎么到了那边去？你们的总务长混蛋得很！”

奇怪！他亦知道这个。好像被人说着了家里的丑事，薪又脸红了。瞅着雷的面孔，他很腼腆地然而又带点自解嘲的意思回答：

“现在就要赶他走。”

“赶得了么？你们学校里没有人！”

没有人？薪有点不服。可是汽笛叫了,雷拿起薪的手来用力握一下，转身就走，和来时一样的突兀。码头上刚到了渡轮。薪只好暂时撂开了关于雷的一切，睁着倦眼，努力在杂沓的人群中找寻华或是郁。

依然没有。天色却已将垂暮。想到学校里开饭的时间快就要到了，薪拖着一双酸腿回去。痴人似的站了这半天，又让雨淋了个全身湿透，究竟是为的什么呢？在归去的路上，薪又不禁这么自问。为的是反抗，要求解放，争自由？然而明明知道后来者大概还是和眼前这一个差不多。……最迫切的问题还是肚子饿。赶走了老荆能够解决肚子饿的问题么？……而现在因为久候华他们不到，因为腿酸，因为肚子饿，薪在这怀疑而外，又加上了几分颓然的意味了。

或者华他们早已回去，而且校里已经闹的和菜市一样了罢？将进校门的时候，薪的脑筋上又蓦地闪过这样的幻想。立刻证实不过是“幻想”！校里很静。和往常的每个星期六一样。不曾碰着什么人，直到会客室前，方才瞥见有一个垂首深思的颀长的女子。正是蓉。

像是给什么绊了一下，薪很不自然地站住了。是她？真不巧！不说一句话就走了过去么？似乎不妥当，而且他的已在那里突突跳动的心也不许。可是说什么好呢？本来也不算生疏，怎么近来却总觉得彼此间隔膜：是有许多话该说，但连半句也想不起来了。

“看见炳么？”

不知是何等的下意识作用，薪单单只拣了这没头没脑的四个字来掩饰自己的窘迫。等到他自己的耳朵听明白了是这么一句时，他几乎不能自信，他红了脸，很惶恐地睃着蓉。

然而蓉并没有丝毫惊讶的表示。她用一句问话来回答：

“不是你和他一同去的么？”

薪摇头，迟疑的眼光表示了他实在不懂得蓉为什么发出这突兀的反问。

“那么你是没有问题了！”

说着松一口气，似乎放下一桩心事，蓉的脸上有点笑意了。

“什么问题？”

没有立刻回答。蓉尖利地看着薪的面孔，然后似怨非怨地眼珠一转，低下头去，轻声说：

“原来你完全不知道么！事情是闹大了。公安局抓了炳去……大家都说你也不免。我——我们大家真着急。现在，这才明白，到底没有你的事。”

好半晌，薪说不出半句话。许多巨大的问号在他眼前晃。抓了炳去？是被捕了！为什么？事情闹大？都是和总务长的事么？自己没有问题？咦！……他忽然歇斯底里地笑起来了。这笑使蓉吃惊。可是薪并没注意到。似乎想通了一切似的点着头，他踉踉跄跄地走开，撇下蓉独自站在那里发怔。

一直进了寝室，便往床上睡。心里是乱麻麻地，但又什么想念都没有，不知过了多少时候，好像又回到了他自己，抬起头来看一下，他这才瞥见房里还有人。在华的床上满脸酒红躺着的，何尝不就是冤他等候了半天的华呢！

“你几时回来的？喝过酒？睡着了么？”

薪注视着华的面孔，一口气就下了三个质问。

回答是懒洋洋地睁开了一次眼皮。从血红的眼球的一滚中，似乎又表示了这样的意思：狗是睡着！老子不醉！喝醉了的算是狗！薪苦笑一声，从床上坐起来了。在许多疑团之上，又加了一个，便是华今儿醉得出奇。不问个明白他怎么肯罢休！把脑袋向前一伸，薪装出十分机密的神气来，轻声的然而沉着地说：

“可是你们今天上汉口和老荆算账去？”

“谁说不是！”

又是一次懒洋洋地睁了一下眼皮，但嘴角的皱纹是严肃地收缩起来了。

“但是你喝的那么——醉！”

“醉的是狗！怎么……你，你，瞎说！我醉？哎！蠢东西！算账是要喝一点儿酒！一点儿酒！”

“那么，胜利是属于我们的？”

“我们的。”

薪觉得像是揭去了一层什么东西，浑身都感到轻快，嗓子也就响亮些了。

“想来老荆是结结实实挨了一顿——”

“一顿教训。不存心打他的，不是人！可是，喝多了酒，倒不好意思了。”

说着这样话语的华也坐起来了。斜着一双醉眼怪样地对薪瞧。看见薪在沉吟，华又加着说：

“我，姓华的，一生扶弱锄强：你想，老荆乖乖儿的陪脸讨饶，你好意思动拳头么？算是这小子好运气，懂得风色。往后绝不敢再和我们捣蛋。什么都叫他承认下来了。只差没有写张字据儿。吓，马到成功，昨天我不是说过的么？我们一伙人本不是打算吃他的，可是这小子要做脸，连吃带喝带玩，总共花了他七十元大洋。哇！想起来了，有一个——”

“什么都叫他承认下来了么？可是炳，炳，给他们勾通公安局派人来抓了去了！这，这，怎么说哪？”

薪透不过气来似的急口说，连身体都有点颤抖了。华亦似乎一怔。瞪着酒红的眼睛，忘记了闭嘴巴，口涎像一根玻璃丝直挂到胸脯前。于是他耸耸肩膀，扁着嘴唇说：

“谁？炳？方脸的小子么？共产党！我们和老荆算账是和‘老荆’算账，犯不着给共产党利用了去。郁早就打算警告你——”

“炳不是共产党！”

“那也好。让他自己和公安局算账去。得了，得了，刚才我想起来，昨天在汉口看见一个姑……娘，模样儿真像——杜若！”

薪倏地脸红了。也许是为了炳，但也许又是为了杜若。然而无疑的是他在生气。霍地他站得直挺挺的，眼光逼住了华的面孔，似乎要说什么，要骂什么，可是突然又坐了下去，闭着眼摇头。自从回校到此刻把他弄糊涂了的一切疑团，一下里被他猜透了，总务长对“魔王团”妥协，向“秀才派”进攻，为了自己的利益，“魔王团”出卖了同盟者了；第一位牺牲者是炳，以后将是……然而他不能再想下去，“杜若，杜若”的声音震得他心跳。

“当真像杜若！你心坎儿里的杜若！哈，像杜若，汉口一个姑……娘！”

华怪声嚷着，跳起来抓住了薪的肩膀乱摇。

七

“魔王团”既经妥协，“秀才派”又已慴服，炳待审在公安局，至少在薪看来，学校里现在是死水一样静了。但不知为什么，总务长老荆也告了假——到暑假为止的长假。体育主任艾兼代了总务长的职务了。这一切事故，也许在全校大多数学生的眼中，正如校园里的榴花开了又谢又结成石榴一样。只有薪，略略嗅到其中的鬼蜮秘密，然而正唯有这一点的嗅到，怀疑主义者的薪又加了几分颓唐。

他在意识地自暴自弃混日子。理应憎恨“魔王团”，最少限度亦当不与往还，然而存心自暴自弃的薪却照旧和华他们混得很热。

“我现在的生活，不是寂灭，便是荒唐，没有法子使我自己理智起来。看去什么都是黑暗，什么都感得只是虚空，我想我还是死了的好罢。但是我的热血尚在奔流，我总得过日子，我就荒唐地过了一天算一天罢！”

有一天和彪在校园里闲谈，薪这么慨然说，替自己的亲近了“魔王团”做解释。眉头常是微皱着，可爱的口辅边似乎略见瘦削了一点，这薪的近来的悒悒愁牢的风姿比他精神焕发的时候更加动人怜念。彪侧着头不作声，过了一会儿，他拍着薪的肩膀，把嘴凑到薪的耳朵边，用极尖利的细声说：

“骗谁呀？你是在那里望梅止渴！”

薪摇头，眉尖锁得更紧了。

“不承认？那就戳破你这假面具罢！你之所以常和华他们到汉口去，就因为那边有一个姑娘很像这里的杜若！”

“没有的事。不要乱说！”

“没有的事！华说过，你自己也说过，连杜若自己也知道，她还说她也想去看一看。”

再不能掩饰了，薪望着彪笑。于是好像被彪提醒了似的，薪自己也觉得近来的荒唐，未始没有几分是对于杜若的“望梅止渴”的动作。太无聊么，什么事可说是有聊的呢！然而最初当真不曾这样存想。现在可就难说了罢？薪自己也弄不明白。对于自己的一切之所以然，薪突然也怀疑起来了。

轻轻吁一口气，薪掉臂走开。彪在后面格格地笑。薪装作不曾听到。

拣了一棵大柳树的僻静的角落，薪坐在树根上支颐默想。麻雀儿在头顶上啾啾地叫。顺风吹来了谁家女郎的元气旺盛的笑。似乎就是杜若！薪皱着眉尖，咬嘴唇。竭力想把自己的思想的焦点移开这魅人的杜若，竭力想搜索些别的事情来勾住他的彷徨无定的思潮，可是他的思潮绕着圆圈子终究又回到了杜若。没有法子不想她么？看见了蓉，和蓉谈话的时候，便暂时会觉得世间初无杜若这个女郎。然而即在那样的时候，那样的时候，他又往往以为蓉就是幻化的杜若，是捉摸不定的突然会不睬人的冷酷时候的杜若。

说是在发狂地爱着杜若么？薪不承认。他自己对自己的解释是：正唯其在可爱不可爱之间，在决不定究竟是爱她好呢抑是不爱她更好，所以他衷心倜傲，所以他的思想观感不能从杜若移开了。并不是什么难解决的问题。可是青年的薪只是在那里狐疑，在那里颠倒忖量，在那里独自煎熬。

无望地频频摇着头，薪的上半身往后一仰，靠在树干上。闭了眼睛，嘴角上浮着一个鄙夷的淡笑。这是他对于自己是什么也在怀疑的时候不知不觉地流露出来的姿势。然后，否认了一切似的，把两手插在衣袋里，下意识地在那里掏摸。

衣袋里的手指碰到了什么。蓦他的脸色变了。手指抓得紧紧的，却又在发抖。又是犹豫不决的眼光垂注在地上。终于很费力地拔出手来，定眼瞅着抓在手指里的一片纸。

是家里父亲寄来的一封信。是读过许多遍，几乎一字一字背诵也能够，又滴过几次眼泪，当作一个问题似的搁在这衣袋里已经有了四五天却还没作答的一封信。

问题是比什么都严重：母亲的老病转剧，又逢刀兵。可是没有钱逃不动。硬头皮挨在长沙也不是路。没有进项，出账偏多。虽有几亩薄田，但城外已成为“苏维埃”，谁也不敢下乡去讨租。然而打进来又打出去的官兵却都找定了留在长沙的市民要军饷。六十老翁的父亲属望在儿子……儿子？他，薪，有什么办法呢！

眼睛定定地瞧着那“戒严司令部检查讫”的长方的戳记，薪把这个带有重大问题的信封托在手掌里，只是咬嘴唇。焦灼忧虑到极点的时候，他几乎有点怪他父亲不识时务。凭一个大学毕业生怎么能够养活一家人！暑假后他自己的吃饭问题还不知道着落在何处！胁肩谄笑是不屑，诈取豪夺又不能。会请他到汉口去沾些荒唐余沥的华和郁他们未必肯解囊接济他的生活，况又是家用。天生的他又不是能够“铤而走险”的拳脚！完了，完了，在他前面，没有一条路！

忽然他的眼里闪动着一丝活气，但随即下死劲地将拳头一挥，脸也红了。可不是有一次半醉了的华曾经说过他是带着很大的本钱而不知道怎么运用，说是阔人的太太小姐们顶喜欢找他那样的小白脸儿做“私人秘书”。荒唐！那不是等于出卖身体？出卖自由？他，堂堂的薪，宁死也不干这种辱没的事！

天色黑将下来了。一只乌鸦蹲在对面的短墙上向他哇哇地叫。左思右想都到了绝地的薪以为这乌鸦便是不吉的预兆，至少是在嘲笑他。好像找到了怨恨的对象，他跳起身来，赶到短墙下，发狂似的耸身扑这乌鸦。很轻灵地跳了一步，乌鸦又蹲在柳树枝上侧着头对薪瞧。薪拾了一块小石子用力掷去。没有打中。接连着是第二块石子。乌鸦哇哇地叫着飞走了。薪还在狂乱地掷石子，直到一个人的声音惊觉他回复到冷静的意识。

不是别人，是蓉。也许早就在那里偷偷地瞧，所以此时蓉远远站着，只是望着薪笑。这样冶逸的带点天真趣味的蓉，在薪还是第一次看到，他倒觉得局促惶恐了。迟疑了一会儿才走过去，勉强笑着说：

“这老鸦讨厌。你看，打它不到。”

蓉的一双澄澈如水的眼睛钉住在薪的脸上，微笑着不作回答。薪又勉强笑了一笑，正要走开，蓉唤住了他：

“这几天的长沙，打进打出，你府上都好么？”

“都好。谢谢你。”

蓉不相信地扁着嘴唇，又狠狠地瞅了薪一下，像老阿姊教训弱弟似的说：

“这也要瞒人么？而况又瞒得不周到。你的神气已经说明了一切了。你手里这封信是什么？还骗人哪！都是同学，就是说说呢，未必人家就怪你对谁个太亲热了罢？”

虽然薪此时有点神情恍惚，却还辨得出蓉这番话里带着醋意；虽然还没有这一类事的充分经验。然而他本能地感到异样的激动了，脸是更加涨得红了，仓促间找不出妥当的回答，一伸手就把那封家信递给了蓉，同时他的幽悒的眼光在蓉脸上瞥了一下，似乎在说:不要多心，请看罢。

“啐！——呀，着急了么？既然不见外，我就看罢！”

说着又是一笑，蓉接过了那封信，且不先开读，却夹在手指间旋弄着。薪的头慢慢垂下去了，心里在后悔：把自家寒酸的境况给这位骄傲的小姐知道，不是自取侮辱么，可是已经收不回来了！他就准备着用更强硬的傲气来回答那万一发生的当面的讪笑。布好了阵势似的，他紧瞅着蓉，决心不肯放过每一个最轻微的看不起他的表示。

“可不是我说的‘都好’么？在这里的人总以为长沙城里不得了，桂军和中央军一进一出，四乡又是红军的世界，然而住在那边的人倒也不觉得怎样。”

当蓉看完了信，又折叠好还给薪的时候，薪勉强笑着这么说，表示自己的洒脱旷达，同时却在更注意观察对方的神色。

微微颔首，蓉很温柔地一笑。是无论如何不能使薪认为恶意的那么一笑。瞧着薪的面孔，她又婉转地说：

“看来老人家的意思是希望你去办事。那也很好。现在的学校我都不满意。在学校里何尝是读书，跟着大家胡闹罢了。”

薪不作声，只把眉头皱得更紧些。

“如果你不限定在家乡办事，那么，你何妨去找我的父亲谈谈呢？也许我们那厂里的事，于你倒相宜。”

薪的脸忽然红了。抬眼对蓉瞥了一下，就给一个切切实实的回答：

“笑话！我哪里能办事呢！并且暑假后的事情现在我也不去多想。人事变迁，岂能预料！”

是不愿意。然而太热心的蓉误认为脸嫩心怯。于是她就解释她家厂里的事务并不麻烦，而且她的父亲又是怎样喜欢奖掖后学。她的词令真好，叫人不得不倾听；如果没有最近的隔膜，薪大概要感激涕零了，但现在薪至多只能承认蓉并非在嘲笑。想来机会倒真不差。却是有一点也得顾到，不会从此丧失了自己的自由么？自由！一无所有的薪，只这“自由”是唯一的财宝呀！

“你都明白了罢？考虑后再回复我。好在日子还多呐。”

看到薪在踌躇，蓉微笑着这么说，就翩然去了。

薪惘然望着暝色四合的天空，皱了眉头，手指卷弄那封信的封套角。他的瞀乱的脑筋竭力在推求蓉这“仗义行为”的动机，然而愈推求愈糊涂了。最后，他摇着头，心里说：“什么‘惟圣罔念作狂’！简直是‘惟圣克念作狂’呐！我简直要发狂了！”于是抛弃了一切似的挥着双臂，他快步跑出校园。

成问题的那封信依旧放在衣袋角。写回信那样的事，他依旧想也不曾想到。

八

听说汉口方面每天要枪毙十多个人。又听说其中实在也有并不是共产党的青年学生。学校里几位“宅心忠厚”的教授警告学生：莫到汉口去！时常把孟夫子的“惟不嗜杀人者能一之”当作政治哲学的社会学教授更是谆谆告诫，差不多声泪俱下。每逢听得了这一类的谈虎色变的议论时，薪的眼前，便浮出了被捕的炳的面貌。事情是已经这么久，而且什么消息都没有，光景也是“到封神台上去了”，——历史教授常用这句话来代替那些“暴徒”的被杀。然而可怪的是大家好像早已忘却有过炳这个人及其被捕的一回事，“莫到汉口去”的警告中从没把炳这疑狱作为眼前的实例。已经坐实了炳是共产党么？

这使得薪常怀愤愤。渐从怀疑主义走到了虚无主义的他，便时时幻想着假使炳当真是共产党而且手上染过仇人的鲜血，那就一死也不枉。有时他的幻想更前进一步，想到暑假后自己毫无出路的时候将忍受富有者之轻蔑侮辱，他便觉得做了共产党也好，——尽杀己所鄙视者而后死，多么痛快！

在这些时候他也往往联带想到蓉所提供给他的“出路”。到她老子的厂里去办事好么？为什么蓉如此垂青？是因为爱么？那么，他，薪自己，究竟也爱着这位骄傲的蓉小姐否耶？最近来思想日日在剧变的薪不能下一解答。有时他断然曰否！和杜若混熟了以后，对女子的经验渐多的他，已经比较出蓉使人栗然寡欢，而杜若则活泼可喜。贫富悬殊的观念，在他又是牢不可拔。他总觉得富的阶级伸手给贫的阶级大概没有好意，因而猜想到蓉之破格垂青其动机未必纯洁，多半是像张网的蜘蛛一样在猎取他为俘虏。

然而究竟又因为蓉是他所接触的第一个女性，在他的青年的灵魂上有一种神秘的印象，所以有时他又不能坚持他的“否”。特别是感觉得杜若太浪漫太喜欢玩弄恋爱的时候，薪就几乎以为即使做了俘虏也不要紧。

这么着，神经过敏的他，从蓉的代谋生活之道立刻联想到候补姑爷，从候补姑爷立即又生出若干彷徨疑惧，结果就连送给他的这条现成的生活的路亦不敢走。已经过去了三天，他还不曾考虑好，不曾答复蓉。

他渴要活着，然而也厌倦了生活。并不是已经喝干了人生的满满的一杯，却是因为生活太困难而且找不出为什么他必得负荷困难而生活下去的理由。勉强找出了一个理由是：还有人，他的父母，希望他活下去。但是这个理由的力量只能支撑他维持现状，不能鼓起他的积极的兴味。每当夜深人静这样的苦闷啃啮他的时候，他就以为冒着被俘虏的危险而走上了蓉所指引的那条生活的路，根本没有意义。

只有杜若的元气旺盛的艳笑还能使薪的心灵激荡，感到一些生活的趣味。还有天天从汉口来的共产党被捕杀的消息，也每每使薪感得异样的震动。据说共产党都是和他一样的青年学生，他们为什么要干这危险的把戏？是不是和他一样厌倦了生活？如果不然，则他们一定有他们的必要那么负荷着困难危险而生活下去的理由！苦闷到了极点的薪恰也是好奇心和要求刺激发展到极点的薪。

“莫到汉口去”的警告反而使得薪更加渴想着汉口。“魔王团”的郁和华也不是怯哥儿。同伴有的是！而且照例请他“揩油”。

还是到常走的那些地方去：电影院、酒楼。也到旅馆开了房间打牌。这个玩意儿薪不加入。往常他总是独自躺在床上看报纸，或者闭目幻想过去未来的一切问题。可是现在他有点变了。定不下心！报纸上的捕人杀人新闻总使他联想到一去无消息的炳，并且那些新闻又结为古怪的一团东西在他心里揉磨。皱着眉头，他走到华他们的牌桌旁边站了一会儿，然后又靠在窗口俯视马路上的杂沓。那边转角处麕集了一堆人。看去不过十多个，也好像并没有什么举动，可是警察远远地来了，两个、三个，都是挺着毛瑟枪，光景是要抓人。但在警察还没赶到以前，这小小的人堆里发一声喊，抛出些印刷品来，落在街心。是发传单呐！无疑的是“暴徒”！薪的心突然跳得卜卜有声。人堆立刻散开，像燥土上的水珠似的钻到薪所看不见的地方去了。接着是警笛的连续的尖音。惊动了乱跑着的行路人被警察抓住。附近商铺里探出来惊愕地窥视的人头，并没看明白，赶快又缩进去。传单躺在街心被疾驰的汽车轮子卷走，车门两旁都站着手提盒子炮的卫兵。

薪瞪眼看着，心口像是压了一块大石头。炳的面容又浮在他眼前。又似乎每一个被抓住了的不相识者远远地看去都有点像炳。

——老是这么发传单，为什么呢？总是被捕，为什么还要发传单呢？

有这样的意思在薪的迷惘的神经上泛出来，但是他的注意立即被另一事件吸住。正当他靠着的这个窗下，相近旅馆大门的旁边。有一个青年在徘徊。苍白的三角脸，长而且乱的头发——几天前曾经匆匆一面的音讯久隔的旧同学雷！

好像意外遇见了久觅不得的亲人，薪猛叫一声“雷”，便转身跑出房间，一直下楼梯，赶到旅馆大门口。

雷还是站在老地方，冷静地用眼光向四处搜索唤他的人。他先看见薪，他的一对射出火来似的眼睛对薪瞅了一下，似乎在说：“刚才那么怪声叫唤的，不是你么？”薪的阴郁的面部此时却露出一丝笑意，抓住了雷的手，不知道应该先说哪一句话。

“你，发疯了么？什么事？这样慌张！”

雷轻声说，将身体略挪动一些，隐在电线杆的后面，又笑着，是张大了嘴巴没有声音的笑。薪微笑摇头。但立刻他的脸上又布满了阴云，话也说不连贯：

“也许——可是此时还没有。照这样子再过一星期、两星期，我自己也不知道会变成什么去。神经病么？难说！我是一天一天的对于自己没有把握。自己到底是什么，也在一天一天的怀疑了。”

雷冷静地听着，瞅着薪，什么表示都没有，只反问了一句：

“你住旅馆干什么？”

“是几个同学在那里打牌。几个把学校当作旅馆的少爷。你住在什么地方？到你那里去谈谈如何？我，无聊得很！”

没有回答。雷的炯炯的目光射在薪的脸上，足有半分钟，他这才说：

“那就去罢！”

雷住的是商人家的一间小房，厨房就在对面，窗上的玻璃被煤烟熏成焦黄。虽然正当五月下午的骄阳，然而房里阴暗得和地窖一样。薪皱着眉头，向雷的苍白的三角脸望了一眼，意思是：“你脸上的血色被这间房吮吸完了呀！”雷微笑，推开了一扇窗，就有成块的煤烟扑进来，还挟着叫人喉呛的油锅气。随手再把窗关上，雷瞧着薪说：

“很难找到的一个好地方！可是我也住上三个月了。”

“为什么不搬呢？阳光、空气，都没有，太不成话！”

“惯了也就不觉得怎样。太阳光和新鲜空气，素来和我没缘分。况且这比监狱到底好多了。这里有监狱所没有的宝贝：行动可以自由！”

听说雷曾经被捕入狱这一回事，突然闯到薪的记忆中来了，他正想要问，雷已经接着说：

“上次看见你的时候，不是你们校里正在闹风潮么？是反对总务长罢？后来怎样？”

薪的眉头又皱紧了。真不愿意再提起这所谓风潮！然而被雷的眼光逼住，总得回答。声音低到几乎听不清，他只吐出了两个字：

“失败。”

“失败？可不是！前次我就预料到你们会失败。但是不要紧。你们可以再干。你们有了这一次失败的教训，第二次就有胜利的希望。”

料不到雷是这般的论调，更料不到住在这个地窖子似的阴暗房间里的雷会有如此活泼愉快的心境。薪抬眼望了他的朋友一下，摇着头说：

“不行。你把事情看得太容易了，原来是两派学生都反对那总务长，结果是一派半途不干，又一派的重要份子被捕。那就什么都完了。”

“半途不干的一派？为什么？这就很可以研究，教训就在这些地方。为什么他们半途不干？有人被捕？难道大家就此害怕了么？捕了人，风潮正应该扩大！”

听到最后的一句，薪似乎也兴奋起来了。可是随即苦笑着摇摇头。事情的内幕，他是看透了几分的，亦正唯他有这几分的看透，所以他不能和雷那样的设想。于是他把过去的情形大略说了一遍，淡淡地做个结束：

“老荆请了假，不再到校，大多数同学，自然以为是胜利了。谁还管有人被捕！——到现在一点消息都没有。雷，听说你也曾入狱，究竟监狱里的情形怎样？后来你怎么又出来了？”

雷没有回答，吊起了眼睛在想。过了一会儿，他才郑重地说：

“这件事，还得怪你们的布置不周到。对大多数同学的工作没有做好。现在你是灰心了罢？颓废一下，是不是？”

因为觉得语气带讽刺，薪的脸立刻红了，第一次他提高了嗓子像一个元气旺盛的青年和朋友辩驳：

“绝对不是什么灰心！本来我的意见就不同。并非以为老荆那样的人可以容忍，——不，赶他出学校还不够，应该赶他出社会，出人群，只把他赶出一个学校，不算彻底，况且老荆那样的人，滔滔者皆是，换一个来，何尝会比他好？——”

“但是你们在学校就应当先赶他出学校去！”

“不错。我们赶过了，也算是赶走了，然而你看，失败的还是我们！只换了一个人来做总务长，并没换过那些压迫我们的规则章程！”

“毛病就因为你们只反对个人，并没从根本——”

“可不是，赶老荆也是白费力，所以我的意见自始就和他们不同。”

暂时两个人都没有话。雷站起来，从一件挂在门后的灰布大衫的衣袋里掏出卷烟来，慢慢地吸着。薪的眼光却被室中唯一装饰品的油画女郎半身像吸住了。因为饱受煤烟，油彩的颜色已经不鲜明，构图也很简单，委实没有吸引人的资格，然而作怪地那女郎的张开嘴憨笑的姿势很像杜若。还有那一对大黑眼睛！这就简直是从活杜若的脸上挖下来的呀！薪惘然看着，幻想又像春云般展开，不知其所届。白烟圈从雷的嘴边浮到空中，挨到那油画旁边就消散了。薪的惘然的眼光由烟圈移到雷的脸上，这才觉到雷的射出火来似的眼睛正盯住自己瞧。雷笑了一笑，从嘴上取下烟卷，很从容地说：

“我们是有四年不曾见过，你长成一个大人了，可是你还是四年前的你，丝毫没有改变。”

薪随随便便地点着头。从油画女郎像所伸展出来的幻想尚缭绕于他的意识域。雷接着又说下去：

“你自己说‘不知道会变成什么去’，但是据我看来，你现在还是和四年前一样！自然你多读了几年书，可是都不相干，你的性格、思想，还是从前的老样子，说不上有什么变动！”

“呀，没有的事。就是在思想方面，我自己明明白白知道天天在变动，我一天一天的对于自己没把握。还是和四年前一样么？雷，没有的事！”

好像受了一针，薪急口分辩，手也跟着舞动了。

“不承认？好！我们举一个眼前的例。我们同学的最后一年也有过小的风潮，那时你的主张正就是刚才你说的那一番话。”

“哦，你还记得那一回事。但这是事体上的偶合，不能概括我现在的全体；在别的方面，我确实自己知道是不同了。我从来没有像现在那么心里不安定，那么消沉，那么苦闷！”

这么说着，薪的皱紧的眉头暂时一驰，同时他松一口气，他好像是很费了力气方才能够吐出这几句话，然而又好像既吐以后便会减轻了若干的不安定，消沉，和苦闷！

雷在冷静地听。他的苍白的三角脸上什么表示都没有。中学校时代的薪在他眼前闪出来了：腼腆、自负、不忤人，亦不受人欺、多思、少动。小资产阶级士的门阀所夸耀的中庸敦厚的佳子弟！然而在现今这变动的时代，便是“苦闷”这怪名词的专利人。

站起来走到薪的面前，雷拍着他的肩膀说：

“薪，什么事使你苦闷，我不知道，可是我看见过不少和你一样叫着苦闷的人，大概都犯了一个毛病：知道善善恶恶，但是善善而不能行！你说你从来没有现在那样苦闷，就因为你从来不曾接触过像现在那样疑难复杂的世事，你的‘善善而不能行’的本性从来不曾像现在那样受着严重的考验。哦，你不承认？这又是你自负的本性。”

“自负么？从前的我，也许是。现在我假使还能够自负，或者倒还好些。可惜现在我已经丧失了这一个本性。我现在是，自己到底是什么，也在一天一天的怀疑，什么善，什么恶，我也在怀疑。所以你说善善而不能行，我不承认。”

“那么你是在苦闷的前期。不久你就会走到苦闷的后期，如果你的生活没有大变动。”

像算命先生断定了人们的流年似的，雷十分肯定地说，两手合抱在胸前，慢慢地在他这几乎没有回旋余地的斗室中踱方步。薪却笑了。站起来想要回去，蓦地记起一件事，便拉过雷的肩膀来，指着那幅油画女郎，很率直地问：

“这位，是谁？”

“不知道是谁。”

薪微笑摇头，把眼瞅着雷，意思是说：何必说谎呢！

“哈，薪，当真你有点傻气！画家的模特儿，谁去根究底细。况且这画本来也不是我的。是一个患难朋友的东西。”

“那么你的患难朋友叫什么名字？”

“你不认识的。——可是，你真问得诧异！”

“一点也不诧异。因为这画中人很像我们校里一位同学。”

“也许就是她。如果你和她有交情，我就把这幅画送给你。”

“不是你说过，原来是朋友的东西？”

“这位朋友已经死了。挂这画，也无非纪念死友；现在转送给你，一旦我死了，便算是我在你那里的纪念品。”

死！薪忽然心跳了。他的惯于联想的脑筋立刻把这“死”字牵系到另一个“死”——炳的死。他的敏感的神经立刻替这位四年不见，曾经下狱，行动诡怪的旧同学雷，描画出一个特殊的身份。溜过眼去望雷，还是那么冷静，三角脸上什么表情都没有的雷，射出火来似的眼睛，也正在向那幅油画凝视。

“雷，听说你坐过监狱？当真么？多少时候？”

“一年多些。”

“你的身体一定很吃亏！”

“也许。但是我得的好处真不少，都是现在学校里一定得不到的知识。监狱里有许多好本事的人，思想家、政治家、经验丰富的革命党，——还有诗人、艺术家。一个顶好的大学也没有那么人才齐备，但是你一进监狱，他们都是你的老师了！而且单教你一个学生。”

“以后呢？”

“以后我就出来了。”

“现在——光景你有工作？”

雷看着薪的面孔笑了一笑，随手把墙上的油画取下来递给薪，一点感情也不动地说：

“我的父亲本来是铁路上的小职员，现在我也打算到铁路上做工。明后天没事，也许过江到你校里谈谈。”

看着薪走后，雷回到房里就收拾他的寒酸的行李，原定是今天他要搬家。天色已黑，房里那盏电灯像是玻璃瓶中挂着几根红线，连这小小的房间也不能照明。二房东的车夫在房外敲着窗高声问：

“今天搬出去么？到明天就要算半个月房钱呢！”

九

杜若瞅着薪携回来的油画，一声不响。似乎在追忆什么，她的头渐渐低下去了，秀发纷垂，露出了最下一部的后颈，赫然呈现一抹淡红色的小疤。看样子是什么尖利的铁器的伤疤。薪的眼光注在这疤上。他的活泼的想象开始又发酵了。然而杜若蓦地抬头很迫切地问了这么一句：

“保有这油画的人已经死了么？”

“据我的朋友说，已经死了。”

“姓什么？叫什么名字？”

"雷——"

"不是！！"

杜若用劲说，生了气似的。薪愕然，张大了嘴，尽瞧着他的女同学。这样把事情认真的杜若，在他还是第一次看到。杜若也笑起来了，转为和缓的口吻说：

"不是那个姓雷的。是问姓雷的朋友，那个已经死了的人呀。"

"那我也不知道。曾经问过。可是我的朋友不肯说。"

"连他是怎么死的，也不知道？"

薪觉得不好意思再说"不知道"了，勉强点一下头。同时疑云也在他胸中凝集，为什么这个嬉皮笑脸的杜若忽然有这样严肃的态度？为什么她那样注意一个不知谁何的死者？而且她好像承认这油画正是她自己的肖像？……薪转眼看油画，突然发见右下方正当画中人的衣角处有红色的英文字母的简略署名隐在一抹作为背景的褐色的油彩上。高兴得忘其所以，薪跳起来一手抢过那油画，定睛细看，同时嚷着：

"有了，有名字了！在这里！ C.M.Kin……Kin！金？晋？荆？"

杜若却在旁边微笑，既没参加薪这趣剧，连一点兴奋的神气都没有。当薪抬起头来准备领受嘉奖似的看她的时候，她却扁着嘴唇说：

"谁没看见！这是画家的署名呐！你能够断定这位画家便是你那朋友的死了的朋友么？"

没有话可以驳回。薪很扫兴似的将油画撩在桌子上，轻声的似乎在对自己说：

"好！下次看见雷的时候定要问个明白，定要他说出来。"

杜若不赞一词。眼看着窗外的远处，汇入了冥想。于是陡然惊觉了似的，她舞动双臂，身子旋一个半圆，唱出一句薪所从来不曾听到过的怪悲壮的歌词。她回复到活泼豪宕的她了。走到薪的面前，眼光看住他，用了很像教训的口吻，她说：

“好好儿宝藏这幅画！藏在箱子里罢！画家一定是很有才气的青年，奇才，——不是这变乱时代便产生不出来的奇才！这样的奇才，不限定作画，什么事情都敢作！也许他正在我们脚底下轰发起地心的烈火呢！我很希望你那朋友的已死的朋友不是他！”

杜若转身走了，但随即又回来很郑重地嘱咐薪：

“千万不要对人说——任何人说，你得了一张油画和我很像！”

第四号自修室中现在只剩下薪以及他的许多杂乱的怀疑。最近这几天的平淡无奇的生活也像先前赶老荆的风潮一样使薪猜不透，看不清。什么都不是他所能理解。度过年半监狱生活的雷会比进大学还有益处，今天的杜若又是另一种样子，关于什么“奇才”的论调也是她素来所不曾说过的，油画背后似乎有些……薪咬着嘴唇摇头。努力想认识人生，努力想索解人生的意义，几天来他不是梦魂颠倒于此么？不是因此连自己最近将来的生活问题，家里的生活问题，也都搁在那里不求解决么？然而是愈想愈糊涂！

要不想却也不能够。不知从什么时候起一条理论在他脑子里生了根：没有先弄明白他到底为了什么而生活，那他就没有兴味去求解决生活的路。看来各人都是兴致很好地在生活。一般同学，华和郁他们，自然不用说，有一天钱，过一天快活。但是雷的情形也像很窘，为什么他也那么兴高采烈？为什么他能够那样活泼地负荷着困苦而生活下去？

这么苦苦地推求着，薪的上半身伏在那张油画上，坐在那里像已经入睡。

彪的笑声从门外进来，接着是脚步声，接着是贴近了薪的耳朵很使他吃一惊的嚷叫的尖音：

“老荆回来了！”

“什么老 Kin？”

薪抬起头来问。

“老荆就是老荆，还有第二个么？——看你的神气！真不行！胡思乱想干么？斗争！第二个斗争又起来了！”

薪皱着眉头耸肩膀。他的精神上忙得很，无暇过问到什么斗争。但是他亦不能再坐着空想了，彪拉着他走。

他们到了那有名无实的图书馆。十几个学生围坐在长桌边，看见彪和薪进来，就有人“嘘——嘘”地吹着嘴唇。什么？不欢迎！薪的脸立刻红了，迟疑地看着彪，很不自然的在门边站住。彪的神色却镇定，一面推薪进去，一面对围坐着的众人说：

“干么嘘？说过不许用激烈态度，不许意气用事！”

“哈！听他娇声娇气尽在那里袒护他的——”

有人用了这么俏皮的口吻。大家都笑起来了。薪摸不到头路。是开玩笑呢，还是别有问题？正要开口，可是彪已经抢着说：

“声音轻些！老荆有侦探呢！大家来平心静气的讲老实话。老荆又已经回校，薪，这个，你也已经知道。老荆不回来，上次的风潮我们已经失败，现在他回来，我们更该吃亏了。大家来商量个办法。还有少许秘密消息，仍旧请老熊报告。”

“大家都听见过，不用再报告了。先请薪说明他和‘魔王团’的关系罢！”

和“魔王团”的关系？薪虽觉错愕，却还坦然；他没有什么不可以告人的事！他向那位发言人看了一眼。是二年级的同学，身材高大，脑袋却是异常的小。薪不知道他就是熊。许多的眼光都射住了薪和彪。有一个声音说：

“什么关系，不要听！难道还想和‘魔王团’合作，再上一次当么？”

“这一次我们要先对付‘魔王团’！”

坐在薪旁边的一位说，还用眼瞟着薪，意思显然是“你也在内呀！”

薪的脸皮又飞红了。他觉得太冤屈，怒气激得他两腿在桌子下面发抖：没有再想的余裕，他就脱口说：

“我，什么都不过问！彪，你拖我来，真是多事！”

“嘘——嘘”的声音又接连着来了。有些脚在桌子底下蹭踏作声。薄地板立刻震摇。靠墙的书橱上的玻璃门就起了共鸣。这些哑口家伙的骚动好像是雷雨前的风，众口的一齐爆发只在俄顷。但是高大身材细脑袋的熊站起来了，伸出一双大手像是按捺什么似的在空中作势，脑袋急忙地转动着，一面劝大家静些，一面对薪说：

“不容你不过问！如果你承认我们都是为公共的利益，你应该抛弃个人的关系来和我们一路；反之，你不过问我们，我们要‘过问’你！说明白了一句话，你有接近‘魔王团’的嫌疑，而‘魔王团’则上次出卖了大众同学的利益，我们正要和他们算账！我们现在要大胆的有步骤地去干，从前那些躲躲闪闪枝枝节节应付的办法我们都不取，我们要公开地对全体同学说话，我们要求全体同学接受我们的主张：一、学校应当负责保释前次被捕的同学炳；二、总务长一职由全体学生公举；三、恢复学生会以前的职权。——”

“这是我们目前的要求！不是达到我们这目的，便是我们坐监去！”

在熊的话语稍一停顿的时候，有人插进来这么说。在这场合，插进这么一句，很使大家慷慨兴奋。薪的感触却异乎是昨天，雷所说的关于监狱的一番话，又回到他的记忆。坐监原来是贫苦青年的幸运！他不禁微笑了。此时熊已经换下去说：

“再讲到‘魔王团’，他们无论如何和我们站在相反的地位，他们不但会妥协，并且会做了老荆的爪牙，来和我们捣蛋的。也许因为他们的后台老板体育主任老艾和老荆积不相能的缘故，在此次我们的运动中，‘魔王团’还是反荆，可是他们很可以用什么交换条件互相妥协，再像上次一样牺牲了我们。再不然，到赶走了老荆以后，‘魔王团’一定要公然和我们敌对。我们要预先防备。办法是早就决定了的，一、我们也组织自卫队，对付‘魔王团’的武力；二、同时我们警告他们，不许他们妄动！……”

“警告是无用的！”

薪忍不住插口说，却缩住了下面的一句："而且正是打草惊蛇。"

“不然！我们要警告，公开警告！我们这次的运动，不让他们混入，即使他们要来和我们一致行动，我们也不许。我们不能让大多数同学以为又是‘魔王团’在领头！”

坐在薪旁边的一位赶快接上来说。薪对他瞥了一眼，却不认识，只知道他是二年级的同学。但是因为薪这一发言，会场中的空气骚动了。许多人同时叫嚷起来，谁也听不清谁的话。熊的谈话再不能继续。他的一双大手很用劲似的在空中按捺作势，叫大家静些。彪的脸色有些变了，一会儿对左边的人看，一会儿又对右边的人看，他的尖细的声音在反复说："老荆有侦探的呀！不要闹！老荆有侦探的呀！"有人听得不耐烦了，突然站起来，拳头在桌子上捶了一下，大声说：

“谁不知道老荆有侦探，许多侦探！怕他的侦探干么？明天我们还要和老荆当面算账！”

经这一喝，大众的声音倒静止了。薪认得这人是杜若同班的萧，好像和杜若的交情也不错。于是就联想到为什么今天这秘密的会里倒没有杜若。接着便又猛然想起那张很像杜若的油画还是搁在自修室内自己的书桌上没有收藏好。有点心神不定了。猛可地却又听得萧在唤着自己的名字：

“薪，我们正要你担任去向‘魔王团’警告。还有，要你去和女同学接洽。熊，把我们的宣言读给大家听罢！”

真不防有那样的工作派到他，薪怔住了。也不一定是不愿意，却是太意外。熊在读准备好的宣言也没听明白。接着是宣言搁在他面前，要他署名。觉得全场的眼光都射在自己身上，觉得满场空气中交流着这样无声的问答：你猜他不肯署名么？我猜他是不说不肯，却要等到明朝！同时雷的那句“善善而不能行”的批评又在他的耳朵内怪响。薪耸一下肩膀，从衣袋里掏出铅笔来就在宣言上署名，一句话也没有，也没看清楚这宣言里究竟说些什么话。

十

经过了一夜。是噩梦的一夜。薪梦见自己被捕，居然进了那个不花钱的“贫苦青年的大学”。他的生活问题,他的求知识问题,都解决了。他从梦中笑醒来。

他暂时不再空想人生意义的问题。他已经想得太多，已经感得只在他这空疏的头脑里追求这问题简直是徒自苦了。目前他意识地要把他的精神注在那个将要展开的新运动。为什么这新运动会鼓舞他呢？他自己也不很明白。说是因为受了接近“魔王团”的嫌疑，因而竭力想自己表白么？也许有一点近似。可是薪细想来又不能承认。他不是那样善于处世的人。努力想克制“善善而不能行”这弱点罢？在他毅然署名于宣言的时候，确是这么想着的，可是以后，他担任着派给他的工作，发表了许多意见，那样的热忱，那样的奋发：便不能不说是另外有什么伟大的力量在引导他鼓舞他。

颓唐苦闷了差不多两星期的他，现在仿佛一梦醒来就看见了听见了新生的巨人的雄姿和元气旺盛的号召。在他昏睡似的两星期中，新的势力在酝酿，在成长，在发动，新的战士立在阵头了！这新生的巨人的光芒射散了他的怀疑苦闷的浮云，激发出他的认识和活力了。

清早起来，他就去办警告“魔王团”这一工作。知道华是傻瓜，他去操场上找到了练习五英里赛跑的郁。没有等他开口，郁瞅着他冷冷地说：

“你是替他们跑腿来了罢？看你会上当！”

给这么一顶，薪暂时说不出话，只好微笑，心里也在诧异为什么郁好像已经全知道。郁的尖利的眼光尽在薪的脸上打圈儿。少顷，薪才慢慢地说：

“既然你早就知道，那就很好。”

“很好！老实告诉你，他们的一举一动，我都知道。前天我就看见了他们的宣言。一星期前，我就知道他们有活动。……想和我们打架？吓！‘魔王团’难道还怕打架么？可是‘魔王团’也不喜欢糊里糊涂就大打出手！‘魔王团’里还有我老郁，拳脚倒来得，却是没有用过自己的拳脚，就叫敌人在我跟前跌倒！”

薪微笑听着，紧瞅定了郁的面孔。没有一丝笑意也没生气的一张冷静的面孔。这位“魔王”的性格，薪有点知道。是阴谋家，又嘴巴紧，然而多疑。只有用反激的工夫才可以在这“魔王”嘴里探出几句真话。这么想定了，薪依然微笑地说：

“你都知道？那就更好！大家都说体育主任老艾和老荆已经有了条件。所以这一次你们要帮助老荆了：这想来你也早已知道？”

“随他们爱怎么猜就怎么猜罢。”

“可是又说，你们是一顿饭给买下来的！”

“一顿饭？哼！——可是，这一次，你又那么起劲，干什么？”

“老荆没有请我吃饭，自然我还是反对他！”

薪说着格格地笑了。郁不信似的耸了肩膀，对薪瞅了一眼，自言自语地轻声说：

“小白脸儿，也不老实！”

“那么说老实话。因为从前我是反荆的，所以这次仍要反对他。凡是从前反荆的，这次都应该联合进行，不是么？”

郁冷笑了，掉过头去，已经移动脚步，但又站住，瞅着薪说：

“联合进行么？咱们瞧！”

突然一个人大喊着跑来，一把抓住了郁的臂膊，但转眼瞥见了薪，便又撇下郁，抓住薪的肩膀，大声嚷：

“好！就考问你罢！这，这是什么玩意儿？”

这人是华，手里拿着一张油印的薪他们所发的宣言。郁顺手抢过那张宣言，揉做一团，就丢在地下，一面对华说：

“给你看见了，就要大惊小怪！他们会干，岂不好！”

“上次是我们赶走了老荆的，这次，应该先来和我们商量！”

华气咻咻地说，愣着一对圆眼睛，看看薪，又看看郁。薪仍是微笑，觉得华来得恰好。在郁的紧嘴巴里探不出什么，活该是华这傻瓜来喊破一切了。但是郁扳过华的肩膀，眼睛盯住了华的面孔，说：

“为什么应该先来和你商量？你的热脸儿凑上去，还得挨一下耳光呢！他们警告我们——薪，可不是么？瞧他们的本领罢！可是，薪，看你会上当！”

唯恐华再开口，郁拉着他走了。

看着他们的背影，薪微笑点头。“魔王团”灵魂的郁，消息是灵通的，手段是有的，可是，在群众的严密监视下，他们敢怎样！虽然郁不肯明明白白说出来，但他们光景是坐观成败，表面上算是“中立”罢？

快要上第一课了。是英文课，教师照例要迟到二十分钟。等候在教室里的薪的同学们竟意外地沉默，好像不知道新风潮已在各方面发动。只有平日和薪还算厮熟的两三位用一种探询的眼光看着薪，似乎在说:“不相信你又搅在风潮里了！”薪坦然坐下,稍稍感得寂寞的压迫。难道他们不曾看见宣言么？难道他们不赞成么？他试想和左右邻座的同学谈谈。不行。左右两位是著名的不管闲事的“好学生”,自从有了“莫到汉口去”的警告以来，他们两位除了上课，吃饭，睡觉，便是花两角钱到抚院街的青年会去看电影。稍远处有几位同学在轻声谈论什么。最前排的女同学的一列,蓉和另一女同学低头看一张纸,似乎就是宣言。

“看过‘告全体同学’的宣言么？”

过了十分钟以后，薪再忍不住，跑到平日相熟的同学前，微笑地说。

“一定要失败！”

“时机不对呐！这时候起风潮，准定要失败。红军有攻打长沙的消息，武汉地方连连破获共产党的机关，时局如此，你一开口就会被捕入狱——”

“为什么不等过了暑假？现在这时候，学校当局和平些呢，就是提前放假，那不是什么事都消灭了么？”

第三位抢上来说，用手在薪的肩膀上拍一下。先发言的两位也点着头。薪依然是微笑。看了那三位一眼，他很镇静地说：

“不能等到下学期。你忘记了炳还没放出来么？况且暑假后我们毕业了，已经不在这里，还能干些什么？”

“就是想到炳，所以觉得这次的事情不妥当呀！结局也许是又送几位进公安局。你们真像不知道火有多么危险，只顾好玩，真是糟！”

薪的脸色陡然变了。他心里鄙夷这样自私的人。他霍地站起来愤愤然回答了一句反问，声音也异常粗硬：

“你能说宣言里的要求不正当么？”

全教室将近二十个学生都给吓了一跳。接着是桌子座椅磕撞的声音，一阵风似的学生们都攒到薪和那三位同学的周围，嘈杂地掷过了许多问句来。从人缝里薪看见蓉皱着眉头对他瞧。似乎在抱怨他，又像是替他担忧。薪不禁心里一跳，但只一刹那的心跳。现在他唾弃这样的抱怨或担忧了，他严肃地看着他的同学，很兴奋地说：

“能够说我们的要求不正当么？只有把学校当作衙门的人才说我们的要求不正当，只有把学校当作噉饭地的误尽青年的教员这才虽然觉得正当却不敢明白表示同意。敢说全校的同学一定都拥护我们的要求！除了老荆的走狗。我们要求学校当局负责保释炳。这是三条件之一。但是假使其余的两条不能实现，我们这学校何尝比监狱好些！除了你有出外打牌看戏嫖女人的自由，这学校实在还不及监狱万万倍！我们不要出外打牌看戏嫖女人的自由！我们要青年应有的自由！我们的目的不在去一老荆，我们要改善这学校……”

“但假使学校还没改善，你倒先进了监狱呢？”

插进这句问话的是蓉。她脸上的表情很惹人注意，有点像嗔怒，又有点像失望。但是薪并不对她看。他仰起了脸，轻声笑着说：

“在这学校，倒不如进监狱去；做变相的精神痛苦的罪人，倒不如做名副其实的罪人去；在这恶浊的社会中，罪人就是好人，监狱就是青年的学校！”

突然教室门开了。英文教员的头在门口探一下，却又退回去。学生们像受了电流似的，一齐转脸望着教室门。有几位已经跑回他的本座位。可是不见英文教员进来，只听得他的声音在门外响，好像和人争论什么。薪敏感得有什么不寻常的事发生，立刻跑到教室门边，恰好接住了外面冲进来的四五个人。都是一、二年级的学生，都是满脸通红，耀着喜气，像是些小太阳。教室中立刻跳跃着他们的精神饱满的喊叫：

“一二年级都罢了课了！到大礼堂开会去呀！”

什么！已经罢课！薪惊喜到暂时说不出话。

“罢课呀！开会呀！走罢！”

薪的同班中也发出这样的喊声了。有人把课本抛在空中，又抢别人的课本来抛。薪长笑，和进来的五六个一二年级学生像赶小鸡似的把恋恋于教室的几位同班生都赶出去，随即把教室门下了锁。

他们并没先到大礼堂。教务室前攒集了许多学生。声音嘈杂得很，听不清是什么话。要教务长去开会么？要校长来么？什么！给他们扣住了一位同学？谁？谁？猜他是领袖？哼！大家都是领袖呀！不放？冲进去罢！冲进去罢！被斗争的情绪燃热了的学生群众像潮水似的冲击着教务室，直到教务室里充满了他们的人和他们的声音。可是并没教务长，也没有任何教职员。只有值班的校役。挤满了一室的学生们谁也不知道究竟有没有同学被扣住在这里。原来是一个谣传！谁造的谣？那还查得出来么！赶快到大礼堂去开会的催促却接连着来了。夹在群众中间退出教务室的薪在经过电话机的时候，蓦地站住了。他身边的一张桌子上有一把小刀，他抓起这刀来，电也似的一击，把电话线砍断。

教务长却在大礼堂前劝学生不要开会。“开了会便是犯法！公安局！”谁也不去理他,轰他走罢！带他进去旁听也好！教务长自己想走。可是向大礼堂内尽挤的学生群众将教务长也卷了进去。

薪的右手腕受了伤。是砍电话线时被回跳过来的小刀尖挑了一下。血沁然渗流，把旧制服的衣袋沾湿了好大一片了。他可是不觉得。

八十几度[①]的高热下，挤在人堆里，他倾注全身的力量在耳朵上在眼睛上。然而他看不清楚。运气不好,他没有找到一个凳子。有人高声叫喊："开会了。先选主席团！"举手，举手！大礼堂成了臂膊的林。薪觉得这些舞动着的臂膊使他目眩脑昏。接着是提出主席团的名单。姓名一个一个叫过去。薪的名字最后被叫着。怎么？有他！薪不相信，更用力听。耳朵却嗡然自鸣。头脑更是昏沉。在第二次看见臂膊的森林时，薪的头一歪,倚在旁边一个人的肩膀上就再也听不清。他自己以为很久，但实在只经过了几秒钟，他复又清醒，还听得在呼自己的名字。

"在这里呀！"

薪奋力喊出这一声。此时他方才觉得右手腕有点痛，可是无暇理会。人们半推半拉地将他挤到了讲台边，夹在主席团的另外四个人中。鼓掌声像爆竹一般响着，算是庆祝主席团已经选成。没有报告。也没有辩论。燃热着斗争情绪的群众只要求一个决议："罢课继续到三条要求被承认！"主席团的五个人就算是领导罢课的行动委员会的委员们。

这一切，都是那么的迅速，那么的有组织，那么的出其不意，便是薪也觉得如在梦中。当群众欢呼着离开大礼堂的时候，薪从衣袋里拔出右手来看，不禁变了脸色。右手已经染成血手。眼前又没有什么东西可以包扎那伤口。乱哄哄的人堆在他前后左右推动，卷起了震耳的骚音，谁也听不清谁的话语。薪再把右手放进衣袋，便往前挤。到礼堂门口，看见杜若了。

薪微笑着伸出他的右手来。

"什么！血！"

"小刀子刮了一下，你有手帕没有？"

杜若自然有这东西。把伤口扎住以后，薪松了一口气，望着大礼堂，

① 此为华氏度。八十几度相当于近三十摄氏度。

对杜若说：

“名为大礼堂，并没比第五教室大，人挤多了，简直透不过气，刚才我几乎晕倒了呢！”

“我看见的。你的头还在我肩膀上靠了一会子。大概你不知道就是我。”

说这话时的杜若轻声笑着，薪的心跳了，同时就记起那时仿佛嗅到一种甜而暖的香味。他痴痴地望着杜若，足有半分钟。然后，斗争的情绪和责任的意识，重复把他整个儿占领。

他咬着嘴唇笑一下，掉转头就走。

远远地对面站着蓉和另一个女生。看见薪走来，蓉背过脸去。这好像是一针。没有反省的余地，薪立刻跑回到杜若身边，大声说：

“忘记了一件事。我们谈五分钟。”

杜若笑了，她的大黑眼睛溜在眼角里看着薪，点一下头。可是薪并没有话，眼睛看在地下，显出沉吟的样子，沿着大礼堂的墙壁，慢慢地向左走。杜若跟着，只是微笑，不作声。大礼堂背后是学生军的枪械室，早就闭锁，等闲没有人去。将到这门前时，薪突然站住了，睁大了惊异的眼睛，似乎不自意会跑到这个去处，杜若又笑了，瞅着薪，轻声说：

“怎么没有话了？就在这里等你说呀！”

薪却是不笑。望望枪械室的玻璃窗，又望望杜若，这才慨然说：

“现在只有一句话了：那张油画送给你，算是我身后的纪念品罢！”

望了薪一眼，杜若轻声笑了。是那样的艳笑。夹着一层单衣，她的小小的圆圆的乳房轻轻地在跳。薪依旧很严肃。

“不要笑。那是意中事呢！今天的大会，照他们说来，就是‘不合法’的行动。说不定明天就来一个压迫，我们就此不能再见面。”

杜若不笑了。可是也没有回答。她的眼睛望着远远的天空，她的眉尖微皱，似乎努力在追忆什么。然后，她转过头来瞅着薪，轻声的好像很关切地问：

“你不怕么？”

“怕，就不干了。我厌极了固有的生活，我宁愿去坐监狱，宁愿被杀！”

杜若摇头。她忽然抓住了薪的手，很温柔地，然而又很庄重地说：

“不，……薪，你这话就有点不对。现在你立在阵头斗争，你已经不是你自己的你。固然你不能畏缩怕惧，可是你也不能希望人家捕了去，不能自己送到敌人手里。这，同样是躲避斗争的懦怯的心理。如果你不把这一点认识清楚，那么，薪，现在你是一时的浪漫的情绪；将来这浪漫情绪转了方向，你会消极，会颓废！我是经验过了来的——”

这最后的一句话直钻进薪的心里。他紧握住了杜若的手，下死劲盯住看着她的一对大黑眼睛，等待她再说下去。然而杜若不说下去，只是瞅着薪微笑，把她的空着的那只手放到薪的肩膀上。C.M.Kin！这个名字蓦地跳上薪的脑膜。是一个画家，然而一定也是革命党。杜若的过去生活的轮廓立刻在薪的假想中成立了。一种异常的亲切之感开始在薪的血管中跳跃。他忍不住声音微带些情热的颤抖了：

“可是，你，杜若，你过去的经验，说给，说给我听听，也不妨罢？”

杜若脸色也变了，似乎要镇压她的心跳，她抖脱了那只和薪交握着的手，按在自己胸脯上，另一只手仍旧挽住了薪的肩膀。她的眼光里透露出游移的色彩来了。然后她突然退后一步，背靠在枪械室的门上，双手捧住面孔，很苦闷似的说：

“薪，薪，可怜我罢，不要再追问了，多年以来，我以为我这过去是埋葬了，永远埋葬了。谁知道你，你又发掘出来；先是那画像，现在又是这谈话！可是我已经不是从前的我，没有力气再回到从前的我了。莫问，莫问呀！还是不要再想罢！还是不说罢！”

从来不曾见过这个样子的杜若！薪惶急，不知道怎样才好；他忘其所以，直前抱住了她，连声唤：“杜若！杜若！”

让他抱着，杜若不动，也不作声。然而在感觉得薪的两臂正在一点一点收紧来的时候，杜若忽然用力一挣，脱离了薪的拥抱，对满脸惊愕的薪说：

“薪，这已经太多了！不能再进一步了！”

看见薪的脸色陡然变得惨白，杜若又微笑着接下去说：

“再进一步，于你没有好处，于我也没有好处。你也许，将要为我，将要为恋爱而发狂，而死，我，又多一层负疚！薪，记好！我始终是颓废派，我意志薄弱，我心里什么都明白，但是我没有勇气照我所认识的去做！我做过了，但是失败！你爱了我没有好处！”

不等薪回答，杜若快步跑走了。

十一

杜若的“忠告”，对于薪没有一点影响。薪已经落进了疯狂的状态：在学校风潮的斗争方面，也在恋爱方面。容易消极悲观失望的他，现在又容容易易转为“极端的革命”了。

这一转变如何形成，薪自己不很明白，并且他决不曾意识地推求过；他只觉得这次新袭来的暴风雨似的斗争恰好是苦闷到绝处的他的一下当头棒，而且气味相投。热血，他是有的，愤懑，他是早就有的；生活的苦痛，他是到现在而始感得那样深切，于是他自然会乘这“大风暴”而起，并且兴奋到发狂。

大礼堂开会以后，因为群众情绪的激昂，因为学校当局的好像无力禁止，因为老荆的走狗和“魔王团”的阒无声息，就给薪这高涨的革命情绪更添上一瓢油！一样的五个领导罢课的行动委员中间，薪和叫作云龙的二年级生就是最激烈最彻底。在第一次的五委员会议中，他们攒攻那位长大汉子老熊的“右”倾。

“全体同学已经一致奋起。罢课，一定可以坚持到底！我们应该用自己的力量冲破敌人的包围。老熊主张联络市内各学校，我不赞成。又是联合战线么？我们有过教训了！而且,这好像是自馁。先就自馁了，便是失败的根源！”

讨论到如何保障胜利的时候，薪慷慨激昂地这么说。有两位鼓掌赞成，又高声喝彩。长大汉子老熊接连舞动他的一双大手，意思是叫大家“不要躁急”，可是没有他发言的机会。云龙插进来说：

“不错！要仗我们自己的力量冲破敌人的包围！我们要英勇地冲锋，冲开了一条血路后，市内各学校自然闻风而起！”

又是鼓掌赞成，云龙自己也在内。只有两个人除外：一位是自始就没表示过意见的老张，一位便是老熊，他的很不相称的小脑袋上现在腾蒸着汗气，像是个蒸笼。

“你们太乐观了，——太主观了！同学们的激昂不能持久，学校当局的压迫马上就会来，单靠我们孤军奋斗，是会失败的，一定要失败的——”

很吃力似的说到这句话的熊又把他的一双大手在空中向下一按，透过一口气来，正待接着再说，却又被一声猛厉的吆喝打住。那是两次鼓掌赞成薪和云龙的萧：

“所以你便想到靠别人来援救？”

“并不是‘靠’别人！……”

熊似乎激恼了。一双大手在板桌上重重地拍了一下，望着萧说；

萧也从座位里跳起来了，但是这次熊赶快抢着说下去，并且用力将萧按捺到座位里。

“难道是孤军冒险更能保障胜利？而且发动其他的学校也是很可能的。我们这次的三条要求也就是一般学生普遍的要求。现在每一个学校里都发生着像炳那样被捕的事情，每一个学校都有老荆式的学校当局，每个学校里都需要一个能够保障学生利益的学生会。和我们同利害的，多得很。我们不是孤立的，但如果我们不把队伍扩大，我们便成了孤军奋斗，我们的斗争便难以持久。刚才薪提到‘联合战线’这名词。好像我们到别的学校里去发动同样的斗争便是‘联合战线’了，不是的！这是扩大我们的运动到利害一致的学生群众，不是联合战线！”

“那么你以为别的学校一定能够立刻响应？”

自始没有表示过意见的老张此时冷冷地问了一句。薪、萧、云龙都不屑似的摇头。口舌不敏捷的熊又错过了一个回答的机会。张于是冷峭地接着说下去：

“以我看来，人家的响应极快也要在三四天以后，而我们这里的罢课能否坚持到三天，却是很大的疑问呢！”

“不错。所以我们要一鼓作气，单打冲锋，不要幻想别人的接应。”

“我们明天再开大会，提高全体同学的斗争情绪！”

萧紧接着薪的煽动，提出这有办法的一句。同时有一只手举起来了，是云龙。然而张反对。他急口地看着萧说：

“再开大会？明天？你在做梦呢！今天是出其不意，侥幸开成了会。明天？你连大礼堂的门都进不去，明天，恐怕吹了上课号时有人去上课呢！至少‘魔王团’是端端正正坐在教室里的！也许就在今天午后第一课就有人要去！”

这是一瓢冷水。三位激烈的战士暂时做不得声。熊苦着脸，只顾虚按他的一双大手。老张的太悲观，无办法的呻吟，他也反对，可是思想迟笨的他仓促中又找不出话语来驳斥老张这种“右倾”的观点，并且防止那样的危险——“魔王团”破坏罢课纪律——的办法，一时也想不周全。他只是着急地摆着手。薪却已愤然而起，很漂亮的对大家说：

“现在是动手做的时候，不是空谈的时候。先得预防‘魔王团’捣乱！我们立刻组织纠察队，把守各教室的门；‘魔王团’想上课，不客气，打他们走！”

“好极了，同意。”

“如果想上课的不只是‘魔王团’的几个人呢？”

老张又提出反问来了。

“那他就等于‘魔王团’，也是不客气打他走！”

萧抢着回答。老张冷笑了，做个鬼脸，表示不愿再争似的轻声说：

“这个也打，那个也打，就算人家是木头，你自己也要打痛了手！明明还有办法，为什么开口闭口只是打呢？”

“你有什么办法？”

陷在苦思中的熊惘然问了这么一句。

“办法是我们再加一条要求：我们欠缴的学膳费到下学期再算。兵灾匪乱，家里经济困难，我们这要求是有十足的理由。并且全体同学一定肯为了这一条要求而奋斗到底。这才是各个人切身的利害关系！”

老张一面说，一面很得意地环顾列坐的四位。激烈派的三位都点着头了，只有熊苦着脸没有表示。他也是欠了学膳费的，他也是穷到只剩身上的一身衣，经济的要求正也是他切肤之事，然而他又感得加这一条要求有点不妥似的。他沉吟了。

“没有异议就通过了？”

老张再逼进一句。

“不行！我不赞成！”

是熊的突然的似乎闭着气喊出来的声音。多么意外！大家都瞪着眼不作声。素来不会抢着说话的熊于是慢慢地申述他的反对的理由：

“不行，因为加这一条便混淆了我们的目标：本来我们这次罢课是政治的意味，加这一条便夹杂了经济的意味，大多数的同学就会拿这经济要求当作主要的目标，原来的三条会被丢到脑后去，那么，不欠费的同学也要觉得这次罢课和他们没有多大关系，结果我们的队伍便会分裂。”

“好，好，那么你赞成纠察队？”

老张负气说，嘴角上浮着冷笑。

“纠察队要得。可是专靠纠察队的拳头来维持罢课我也觉得不妥。所以办法是要详细讨论的。”

熊艰难地说，依然苦着脸，十分郑重地在空中虚按着他的一双大手。四位都笑起来了。云龙学着熊的手势，歪着头，故意一字一字的慢声问：

“你——有——什么——办法——呢？”

大家又笑起来了。可是他们不能多笑。会议室的门突然开了，闯进来的是彪，满脸的惊惶。也不问五个委员“工作”到怎样，开头就用他的尖细的音调夹七夹八地说了一大篇话：学校当局已经出了布告……罢课是犯法的……弄坏了教务室的电话线，尤其是近于“暴动”……他不知道那电话线是什么人弄的，也不能相信同学中会有这样“幼稚”的动作，但电话线确是坏了……这是落在学校当局手里的一个把柄……罢课前途因而就蒙了损害了……学校当局的布告中警告学生立即复课……炳是公安局捉去的，学校未便过问……总务长的问题以后再讲……

"因为有这布告，所以你那么慌张？呵！"

听得不耐烦的薪冷峭地剪断了彪的唠叨。

"布告？布告他们的！我们干我们的。停止讨论，就付表决罢！"

云龙大声接着说，对彪瞅了一眼，似乎很讨厌他。

"学生会问题怎样？布告上？——"

熊用着在他是罕有的速度来追询着，阻止了将要发生的彪和云龙中间的争闹，同时，唯恐别人又来搀言似的，他的一双大手一面一个按住了薪和云龙的肩膀。

"学生会吗？好像是说有关中央政令，毋得轻举妄议……"

"好呀？你简直把这鬼布告读熟了哪！给你个 Full mark[①] 罢！"

"不要开玩笑。目前最重要的事情是对付这布告。我们要是尽坐在这里讨论研究，恐怕全体同学都去上了课，我们还不知道呢！不要再说废话了！立刻去组织纠察队！第一。是罢课要继续下去！"

薪高声呼喊，脸也涨红了，眼睛里有一种可怕的近乎发疯的闪光。萧和云龙赞成。张只是微微冷笑。熊还是要"从长计较"，可是他的不敏捷的口舌愈是在急忙中愈不听指挥。在三位激烈者的旋风似的气势中，熊不能按部就班地申述他的见解。并且一时之间他亦想不出别的"紧急处置"的办法。结果是在"坚持到底！奋斗！纠察队！"的呐喊声中，大家离开了会议室去活动去了。

纠察队的组织倒还顺手。学生中间并不缺乏勇敢的先锋队。或者可以说，因为有了那一纸什么都不肯承认的布告，大部分学生的斗争情绪更加提高了。薪错过了午饭的时间，却也不觉得饿。离开法定的午后第一课的时间还有半个钟头。学生们麕集在自修室和校园，都时时向教室区域探头。人人心中期待着什么似的又焦灼又兴奋。形势就

① Full mark：英语。意即满分。

要轰轰烈烈地展开呢！“等着瞧罢，胜利是我们的！”偶然相遇的兴奋的眼光中都好像表示着这样的意思。教室已经交给纠察队。他们雄赳赳地站在那里。

最少数的学生则聚在寝室里。这，一方面是表示不去上课，另一方面却也含着“什么都不管”的卸责的意味。他们可没有那些在自修室前跑来跑去的同学们那样严肃地沉默。他们的话特别多：

“看着罢，不到今晚上，就要出乱子！”

“学校方面一定不答应总务长公举。”

“听说已经有名单送到公安局去！”

“什么！竟这样的反动，这样的卑鄙？”

“你还希望比这好些么？”

“所以大可不必与虎谋皮；混过了暑假，危邦不居！”

“然而天下的老鸦一般黑！——哈，杜若，你干什么，探头探脑的？”

“火薪传不在这里呀！”

杜若不理他们的嘲笑。站在那寝室前院子的走廊口，她望着室内的五六个男同学，她的脸色例外地显着不安宁。似乎既已看清楚了是哪几位，便匆匆地跑走。

当真她是在找薪。人多的地方，她都找过了，都没有。她又到阅书室去。那里是什么人都没有。最后，还是在大礼堂后面的枪械室前看见薪呆呆地站着，脸对着枪械室的封锁了的门。因为是发生过早上那么一出“趣剧”的历史的地点，杜若觉得心跳起来，脚步也慢了。但只不过一瞬间。立刻她悄悄地敏捷地跑到薪背后，伸手掩住了薪的眼睛。

“快放手！一定是彪！孩子气！”

薪带着几分斥责的意味说，一面抓住了掩在自己眼上的杜若的手，转过身来。一见是满身憨态的杜若，薪的脸就红了，手却不放松，下意识地更加捏得紧些。让他捏着，杜若只是笑。多少有点使薪感得不舒服的怪样的笑。像他那样的青年人所常有而尤其是他所固有的一种对于女性的负气的本能,就跟着杜若这怪样的笑而扩展开来。他一摔手，放开了杜若，恨恨地瞅了她一眼。杜若又笑了。夹着笑声，她说：

“你恨我么？你不能够像对待一个好朋友似的对待我么？”

“能够！可是我在这里用心思，为什么你——”

“为什么我来打搅你？是么？在你看来，我是除了胡闹以外就没有正经事情？是么？为什么你不问问我，一直找到这里找出你来，有什么事呢！”

薪的眼睛垂下去，没有回答。似乎他略见冷静些了。

“我找了你好半天，有个重要消息告诉你。学校里已经报告了公安局。极迟是今晚上要来抓人。你得心里明白，早早准备！”

很不以为意似的耸耸肩膀，薪微笑着回答：

“这是意中事。我正在这里想准备。你看这里面的枪支！我们现在是推着重车子上山坡，狭的路，转弯是不容许的，不是我们上前便是让车子倒退下来，压死了我们！——可是你这消息从哪里来的？”

“就是女书记馨。上次东大院的把戏后，她和我做了好朋友。不过，薪，硬干是不成的，徒然牺牲了自己。”

“牺牲也算不得什么。这样的人多得很。这世界对于我没有一点好处。”

杜若不作声了。惘然看着薪半晌，低声叹一口气，转身想走。也落在沉思中的薪，此时他的幻想的眼前正历乱地移动着火，枪弹，血，监狱，刑场……

杜若又到薪的跟前，温柔地瞧着他的面孔，正打算说几句什么话，薪蓦地挺直了身体，做手势不许杜若开口。他听到从东边的教室区域传来了不寻常的哄哄声了。两三秒钟以后，这沸腾的人声已经自己说明了它的性质。下意识地一把拉住了杜若的臂膊，薪就往外跑。

许多学生跑往第一教室那方面。都不知道究竟是怎么一回事，乱哄哄地嚷着问着：打老荆的走狗么？“魔王团”？哼！干一个痛快！警察来抓人？军阀，压迫青年！学校去勾结来的！薪一言不发，钻进了人层，掀开一些回过头来用眼光询问他的同学们。挤到第一教室的走廊口时，再也不能向前了。这里是打成一团的学生，看不清谁是友谁是敌。喝打，叫骂，还有什么人在劝解，都混成一片。但情形已显明是“魔王团”和纠察队的冲突。有人拉住了薪的臂膊了。是长大汉子的熊，依然苦着脸，可是眼光很坚决镇定。薪这才觉到杜若已经挤散。越过两三个人头，熊伸过他的小脑袋来对薪说了一句话，薪还没听清，前面的人堆已经像一堵墙似的压下来，薪跌倒在人堆的脚缝间。

不知从那里来的大力气，薪立即掀开了几个压在他身上的学生，再站起来，可是他自己的脚踩在一个人的身上了。一声裂胆的狂喊！正是“魔王团”的华，赤怒的一双眼睛正盯住着薪在看。薪打一个寒噤，本能似的疾伸手去拉起华来，然而围着的人层第二次崩解，又把薪压在地下。他看见一些脚从他面上跳过去，然后是什么人的身体像一段木头似的落在他胸脯上，接着便是腰间一阵剧痛，便是刹那间的什么也听不到，看不见。

忽然一道亮光从左边射过来。左边人层稀薄。身体向左滚过一步，薪蹶然跳起来了，但在刚感得又是脚立在地上的时候，一片金星在他眼前迸散开来，他失却了意识，像一个醉人似的被群众的退潮卷走了不知多少远。

胸膈间痛，喉头痒得怪，头重，脚像是踏在棉花堆上一般，薪本能地只望人少的地方走。忽而平些忽而又高扬的呼噪声还是在他左右，可是在薪的忒忒地自鸣的耳朵听来，好像已经隔得很远。他走到第二教室面前，哇的一声，咯出一口鲜血，两脚歪斜地摇了几步，便软倒在地上。

再清醒过来时，首先进入他的眼睛的，是落在衣襟上的还在放热气的一堆鲜血，其次是感得自己被温软的肉体拥抱着。他努力抬起头来，却正接着黑而大的一对眼睛里滴下来的泪珠。

“送你到医院里去罢？”

杜若轻声说。

点一下头以后，薪的意识又模糊了，他又恍惚觉得还在第一教室前混战。

十二

躺在病床上的薪听完了杜若的报告，只是闭着眼睛沉思。太阳光在他那白色的病人服上一闪一闪地跳跃。医院里的钟正打八点。似乎刚才的一大篇话语说得太急，杜若有点气喘，她的圆凸的胸脯激烈起伏。她也在瞧什么，凝眸看着空间，一只手被薪握着。

“单是熊他们四个被送进了公安局？没有‘魔王团’里的人么？”

沉寂中薪好像很费力似的再追问，依然闭着眼睛。

“没有。听说纠察队也有几个被抓。”

“那么一切都完了！今天是照常上课？”

“不！同学们还是很坚决，——更加坚决了！昨晚上开过秘密会，今天罢课继续。我出来的时候，不过七点钟，已经有代表派到各学校去联络去了！……”

薪睁开眼来，突然撑起上半身，兴奋的红色飞上他的苍白的脸颊。他想说话，可是被杜若的手按住了嘴巴，又挽着他的头回到枕上。

“镇静些！忘记了医生的吩咐么？——是的，今天一定继续罢课。不过大家不主张再用纠察队。因为，那是给敌人一个攻击的目标：因为，只有最勇敢最坚决的人才能做纠察队，然而把最勇敢的人去担任纠察队便是暴露了自己的主力。……现在，他们认为胜利不能一蹴而得，必须用持久战，他们，认为暂时没有组织纠察队的必要。”

“这是谁的见解？”

“和我同班的，你不认识，向来不声不响的一个人。”

薪点着头微笑。似乎又在追想什么，他的眼睛又闭了。杜若却是什么也没想，眼光跟着那落在病床上的一闪一闪跳动着的太阳光——经过窗外树叶筛稀了的太阳光，只觉得自己被捏着的一只手是渐渐地被捏得更加紧了。她的眼光移到薪的脸上。这失血的然而可爱的脸儿从嘴角起的肌肉收缩的多么紧绷绷！显然是有什么严肃的思想在薪的脑膜上经过罢。于是昨天早上在枪械室前薪的求爱的举动又浮到杜若的记忆中来了。恋爱！自己是被这位青年发狂地恋爱着！想躲避么？不必要！就此结束了自己的浪漫生活罢？问题多着！被自己的生活所逐渐熔铸成的自己的性习，已经是不怎地便不能快活了。然而他却是那么狂热，非要自己陪坐在这里不行。而且用劲地捏着自己的手不放。而且好像有极强的热度从他的手掌传导过来了。……杜若禁不住心跳了，而且有一些异样的苦闷了。

但是薪仍然闭着眼，仍然是那么严肃的表情。全然相反的思想，在他脑筋里奔流着，展开着。突然他高声笑了，手里用劲一拉，几乎使杜若跌倒在他身上。他的眼睛睁得很大，耀着一种胜利的而又叫人害怕的怪光。

杜若轻轻地咬着嘴唇，微笑。盯住着薪的面孔看了几秒钟，微微叹一口气，霍地站起身来，似乎下了决心似的说："薪，我回去了。下午再来看你。"

"好，我们一块儿走罢！"

杜若的脸色倏地变了，嘴唇动着，却没有话，疑惑地望着她的对方。

"你想，人家正在斗争，我却躲开么？况且一个人在这里，寂寞死了。"

"你有病呀！"

但是薪不理。放开了杜若的手，他在床上撑起来，一抖手就脱下了那件白布的病人服。看到是当真要起来，又联想到昨天他的发疯似的情形，杜若再不敢犹豫了，她猛前一扑，把薪推倒在床上，乘势便伏在他的胸前，几乎脸贴着脸地急促地说：

"薪，薪，你又疯了么？镇静！镇静！薪，薪，乖乖地听我的话！"

到底觉得乏力，薪躺着喘息，不再挣扎，却是还要勉强说话：

"不疯！我不疯！一点儿也不！让我同你一块儿回去罢！刚才我想过，我想明白了。发疯拚命，只有把事情弄糟！持久战，持久战。我想起熊来了。他还见得到。昨天他并没发疯。但是，但是，被我们拖着跑了。但是，但是，熊，他这人，才具不够。我想起来，想起来了。他反对我们的办法。他，可是，说不出理由来呀！他，自己也没有办法。——唉，杜若，杜若，你，你把我的胸脯压破了！"

杜若站了起来。松过一口气，薪又接着说：

"第一次风潮后，我是消极，悲观；这次，这次，我是发狂，拚命。都不对，我知道了。要坚韧。不消极，也不发狂。持久战！说这话的人，比我们都强些！"

"可是你有病呀！薪，镇静，那些事，且不要想。"

暂时没有回答。薪闭着眼睛似乎又在想什么。杜若听得他的心跳得很快。这心，这心，在说什么话呀！慢慢地又睁开眼来，薪轻声地然而坚决地说：

“什么病！不过几口血罢了。躺几天就好。回去也是一样的躺，住病院，这，成话么，况且，钱——”

“你不能回去了。他们要送你到公安局！”

“谣言，恐吓！”

“绝对不是谣言，不是恐吓。你看熊他们怎样了？”

薪皱了眉头，无力地又把眼睛闭上。杜若凝眸瞅着薪一会儿，又侧过脸去望望太阳光，觉得是该走了；并且说到钱，她知道薪没有办法，如果她再守在这里不回去活动，那就更没有办法。这么打定了主意，她就抬起身来，把垂到眉间的头发往后一掠，可是薪又睁开眼来，拉住了她的手，微笑说：

“杜若，我还是要出去。我到一个朋友那里去。就是送给我油画的那个雷。”

这是一点不像神经异样了。杜若很放心。她又元气旺盛地笑起来了。很娇憨地摇动她那只被薪捏着的手，她说：“耐心再住一天罢。今天你不能出去。没有付清钱，医院里也不让你走。”

“可不是，为什么不住普通病房？”

“榻位已经满了。”

“那么，再住一天，医院里就不要钱么？”

杜若又笑了。她举起空着的一只手，屈着指头计算了一会儿，很有把握地说：

“不是明天，就是后天，一定可以弄到钱。你放心！现在当真我要走了。”

再没有可说，薪只好点头。

看到杜若袅袅地走了，薪把两手捧住了头，一动也不动。然后他又抬起头来，咬着嘴唇，瞪目看着空际。于是像什么都决定了似的，他从床上爬起来，取下了挂在墙头的病历纸和铅笔，就在那张纸的背面写一封信：

双亲大人，先请不要生气。脱离家庭的儿子，我们家乡已经很多。也请不必替我担忧。死生穷达，在人自为。时代给我走的，是一条狭的路，不是前进，便是被人踩死。给人垫在脚下做他爬上去的梯子，我不肯。只有向前进。前进还有活路。父亲往常教训我，要我“无愧于未尝欺良扶恶的家风”，父亲啊！什么都免不了是间接的“扶恶”，除非走上儿子现在自己所找得的路！这是最后的一封信了。做儿子的未尝不想念两位孤苦衰老的双亲，儿子的心碎了，但是即使卖掉了儿子的人格，良心，也仍然不够赡养你们。而且没有了人格和良心，也就没有儿子了。以此我决心……

多角关系

一

“嘘嘘！有人来了——嗳，讨厌！你——文静一点不好么？”

和这说话声音同时，东边窗的白绸窗幔上两个人头影子也就分开。

高跟皮鞋阁阁地响了几下。影子中间的一个——像一个鸟窠的，移到那白绸窗幔的左边去了，晃了几晃，终于留半个在幔边上，却换成侧影：朝天鼻子底下张开着两片薄嘴唇。随后是吃吃的一串笑音。

白绸窗幔的正中有一个寿桃式的影子，一只黑手移到那“寿桃”上，搔了两搔。

然后“寿桃”影子像一个足球似的，也滚到窗幔的左边去。一团黑影的跳动。末了，窗幔上一片白。

西边的窗没有拉上绸幔。斜射的太阳光发狠地晒着。好太阳！这半西式的小书房里全是一片金黄色。头发像一个鸟窠的女子现在是背向着窗，站的姿势像一个大写的S字母；她伸出了右手的食指，指着前面说：

“不要！——嗳，不能在这里；人家走进走出的过路。——你给我乖乖地坐在那边罢，不要只管想——动手动脚。”

“哈哈！依你依你。其实要什么紧！”

寿桃头的男子说是这么说，却依然朝那S形的身段走上了一步。

“啐！屁话！你们那吊眼皮的陈妈，还有癞痢小王，都是贼眉贼眼的，一股贼腔，——嗯，你这地方真不好。”

“那么，就照刚才说的，到上海去玩一天；马上就去！四点廿七分快车，还来得及。”

“啊哟！少见你这样性急的！”女的看手表，“三点廿分了，我还得回家去收拾收拾，——妈面前也总得撒个谎。哦，不行，我一件皮大衣叫裁缝去修改，还没改好。来不及！——今天总是来不及的！明天，后天。……又要过年了，爽性过了年再说罢。”

“你总是推四捱四，——皮大衣么，哦，我看见大街上一家铺子里有一件，狸猫皮的，我和你马上去买！还有一个钟头呢，怎么来不及！”

男的说着，便又走上半步，用一个很熟练的姿势伸出右臂去挽住了S形的中段，同时把他那寿桃头靠到蓬蓬松松的“鸟窠”旁边。这回，女的却不担心被人看见，斜过眼波去朝男的脸上一溜，嘴里自言自语地说：

“哦，那一件狸猫皮的么？——样子不好。”

太阳光忽然淡了一点。窗外的树叶子瑟瑟地作响。

男的上身一扭，将一条左臂也围到了女的腰间；两张脸正对了，男的脸只管逼过去，一面说：

“你穿上就好看！你是什么都好看！”

“喔唷唷！不要灌米汤了——”

女的脸上像红了一下，眼光避开，脸一偏，男子的嘴唇啄了一个空，同时女的用一只手托住了男的下巴，歪着头，咯咯地笑起来。

“好人！月娥！好——”男的低声叫着。但是女的一挣身就滑出了男子的拥抱，飞快地跑到门边，一手拉着门上的锁柄，回头朝男子笑着说：

“再会，唐——再会，过几天我来拜年。”

这时男的也抢步上来，嘴里哀求似的叫着“月——月”。女的似乎怕被他捉住，便一跳跳在一张大沙发的背后，上身靠在那沙发的背脊上，一对乌溜溜的眼睛望着那男子，噘起了人工的红嘴唇，摆出一脸的娇嗔来：

“对你说，文静点，文静点——你就坐在这里，我们规规矩矩说话。”

“那么四点廿七分的快车？”

男的似乎也觉得此时此地大概难以如愿，就坐在那沙发里，欠转着上身，脸对着女的脸说。女的笑着，不回答。男的把两手撑在沙发臂上，把上身再撑高一点，用了恳求的口吻：

“月娥，好妹妹！四点廿七分的快车罢！皮大衣，就买了那一件狸猫皮的。”

“嗳，缠死人了！——那一件，样子不好看，——此地不会有好的，——要好的，到上海去买。可是，可是，……”

“这容易得很呀！四点廿七分去，七点钟你就有了。”

男的赶快接口，就摸出表来看。女的咬着嘴唇笑了笑，居然伸下一只手去捏住了男的左手，低声说：

“那么，你打算住几天？”

男的全身一跳，——也不知是这句话的效力呢，还是那只手的效力，总之是两样都有一点；特别是手，此时竟和平时不同，像有电，把男的身体酥麻了半边。他恍恍惚惚回答道：

“随你喜欢，你打算住几多天就住几多天。”

“哦——上海呢，住一天也够了；买大衣再买点别的，——有一种新式的女人用的挂表，我好像见过广告，很中意；买买东西，一天也够了，上海也没有什么很好玩的，我们转杭州去多玩几天；——人家过新年，都到杭州去玩，赏赏梅花，——新年里我还没有到杭州去过。”

“好！你的打算真出色！”

男的高兴得跳起来，一翻身就隔着沙发扑过去；然而太猛了，那沙发脚下的滚轮又很灵活，女的身体一闪，那沙发就走了过去，男的险些儿跌一跤。

女的撑不住咯咯地笑了，一边笑，一边又说：

“要是你没有那么多工夫，到上海买了东西，当天夜车也可以回来。”

“有工夫！有，有！”男的没口的叫了起来。他伸手到口袋里想掏出一块手帕来扑衣上的灰尘，忽然有一个东西在他的心头一闪，他忍不住便“呀”了一声。他工夫是有的，钱却不多；照那样的买东西再作“十日之欢”，他现在的钱袋是无法应付的。真是不凑巧，月娥这“提议”早两礼拜来就不用他发急了。然而他还能够只在心里着急，他赶快顺着那“呀”的一声转口说道：

“呀——那么，那么，还是乘九点四十六分的特别快车罢。打算多玩几天，你得收拾收拾；我，我也有点小事情要先去接洽。”

他这时倒真文静一点了，两手插在裤袋里，定睛朝女的看。然而这不是“看”，这是人有心事时候的发呆。女的立刻觉得了，这却轮到她在心里着急。她觉得皮大衣呀，新式的表呀，还有许多好看好玩的，都从她手缝中滑掉了，飞去了。她看着自己手上的红指甲，心里想道：“我一开口，他就支支吾吾的；哼！”但是她还想探一探。她绕过沙发，走到男的面前，轻轻拉住了他的手，微笑着说：

“可不是，我知道你没有工夫，跑不开；过了年罢——”

“不是，不是！你听我告诉你呀——”

男的脸都涨红了，拉着女的同坐在那大沙发里，把女的一只手合在他的两片手掌中轻轻地搓着，似乎竭力定了定心，这才看着女的脸上说：

“我要去接洽的一点小事情，就是钱。我身边不多，一百块光景，这够什么用；——我，我再去弄点来，舒舒服服玩几天。”

女的笑了，暗暗松一口气；这几句话，一字一字她听着受用得很。她知道这不是假的。她知道这个虽然颇为荒唐然而并不滑头的唐少爷，逃不出她的手掌心的。

“哦——何必。等你有了，我们再约日子不好么？”

她故意这么轻轻说，把一个蓬蓬松松的头贴着男的脸。

“不，不，不！今天就是今天。”男的像是对了菩萨发誓。“我刚才知道，老头子是昨天夜里夜车来了的；此刻不在家，回头他回来，我就向他要；——快要过年了，此地的开销，四五百是少不了的，我这样说，不怕他不给。”

“日后对穿了，你可要挨骂呵！”

女的带笑说，说了又笑，手掩着口，直笑得把一个头钻在男的胸前。男的低下头去，也笑着。可是女的头拨不转来，突然她朝上露出半个脸来，那半个脸还在笑，男的脸就赶快落下去。格格格——女的笑得似乎转不过气来。蓦然她跳了起来，跑开一步，红着脸，瞟了男的一眼，就掠掠头发轻声说：

“我要回去收拾收拾了。几点钟，车站上？”

“八点钟——嗯，八点钟你再到这里来，好么？”

“不来了，这里不来了。你们的陈妈和小王全是鬼鬼祟祟的。”

“那么，车站上罢。不过，不过，——”

女的又觉得有点不对了，高跟皮鞋不耐烦地阁阁地敲着地板。男的走上一步，像犯人似的吞吞吐吐说：

“不过——没有什么。就只怕八点以前老头子还没回来——”

“喔喔，真讨厌！”女的把头一扭，盯着男的看了一眼，可是到底笑了一笑说，“那么，七点罢；七点钟我在公园里听你的回音。”

男的还想说什么，可是女的抿着嘴笑了笑，飞给他一吻，就阁阁阁地走了。

二

这位姓唐的青年，叫作慎卿，二十来岁。他的父亲近来常说他的尖下巴不像“福相”，但是他的母亲却中意了他的尖下巴上面有敞开的额角和平圆的头顶——所以是“寿桃头”，而“寿桃头”据说是一世吃着不愁的。

唐太太的“相法”也许是对的。因为唐慎卿的父亲近八九年来的确把祖传的家业扩充了好几倍；虽然没有经过会计师的正式核算，登报告白，但好事之徒喜欢代为估计，得表如下：

人欠：租米（本年份——民国廿三年的，以及去年前年的陈租），约计三千五百担，合洋二万余元。

应收的房租（连上海的市房也在内），一万二三千元。

呆账（主要是五年前放出去的），连复利应作二万三千八百元计。

贷款（已经倒掉的不算），四万元左右。

欠人：银行及钱庄到期押款，合共十六万元（本年份利息未清）。

到期空头支票（内有十分之八是付给王乐记营造厂的），一万二千元左右。

华光织绸厂名义所出期票（内转期者二万元，将到期者五万元），他名下应摊认的约一万四千元。

华光厂所借押款（他名下应摊认的），二万五千元左右。

华光厂所欠客家保证金（他名下应摊认的），一万八千元左右。

交易所经纪人处（上月新欠证金），二万四千元。

华光厂欠付工友薪水（他名下应摊认的），八千六百元左右。

华光厂失业工友遣散费（他和别的股东都尚未承认），约计六千元。

立大当铺（本年端阳节收歇）未付散户存款（他名下应摊之数），约一万二千元。（此款他已经肯认二成，但须分期无利拔还。）

资产：良田一千余亩，约计四万元（照上年田价）。

市房（本地的和上海的），连地皮，约计三十万元。（内上海房产地价暂依一九三〇年工部局估价八折计算，应合洋二十三万许。）

祖遗住宅一所，约值二万元。

上海公馆一座（连地皮），约值三万数千元。

华光厂机器生财（估价二十五万元），他可摊得五分之一。

华光厂存货（估价十六万元），他可摊得五分之一。

家具汽车古玩字画等等，约共值三万余元。

现款——数目不明。

（附注）大太太和姨太太的私蓄，有人说是十万光景，有人说是六七万，应作别论，不在本表范围之内。

唐慎卿对于自己家里的经济情形，虽不及外边的好事之徒估计得那么清楚，可是他很觉得他的那些酒肉朋友恭维他的话语不是一顶高帽子。大约是一年前罢，他写出第一张“待父天年”的借据时，那位借钱给他的赵歪嘴就拍着他的肩膀说：“照老兄这样家当，一年花上这么一万八千，真也不算什么一回事；尊大人实在太精明了。”唐慎卿也觉得他的父亲当真不像样；去年只许他花了二千多，今年连一千也不满。而且大概也是老头子在外面有过“声明”罢，所以今年他连“待父天年”的款子也借不到。

现在，他有四五百元的急用，也只能向他父亲讨。

他看手表，还只有三点三十五分。他望着窗外，太阳光似乎特别金黄，园子里的两棵山茶花特别红；天气暖和得跟春三月相仿。他打了个呵欠，往沙发上一躺，但是立即又跳起来，跑到书房外的过道口叫道：

“小王，小王！老爷回来了么？”

可是他一看见小王的癞痢头慢吞吞地从客厅外的台阶升上来，他就改口道：

“老爷一回来，你就来告诉我！不要忘记！”

他再打一个呵欠，就缩进书房里躺在沙发上，闭了眼睛。他先在肚子里打稿子：回头父亲回来了时，指什么用途开口要钱呢？店账么？不妥。店账向来归家里的账房先生老胡经手。说是正月里自己要请客，母亲也要请客罢？也不大妥。菜馆里向来是记账的，而且请几次客也不用三四百。……最好是把这项用途做在母亲身上……他微微一笑，在心里对自己说：“小唐！你怎么会忘记妈在八月里生过半个月的病了？只说你特地请了外国人——一个美国医生，来诊过几次，不就哄过了老头子么？”

他得意地笑了一声，于是就忙着想象怎样同月娥去逛西湖；他觉得已经上了火车，而且一下里已经到了西湖，——多少游艇包围上来拉生意！嚷得真热闹！……他猛然睁开眼来，还听得大声的嚷。他侧耳一听，立刻跳起身来往外跑。

这是他父亲的声音。他父亲回来了，他急忙看表，还好，四点还不到，长针指在9字上。他在客厅里碰见小王，他也来不及骂他误事，只顾飞步跑进了他父亲的“签押房”。

不错，这是“签押房”。这小三间的花厅，从他祖父芝轩公以来就叫作“签押房”。

现在呢，却是他的父亲子嘉二老板跟账房先生老胡在那里算账。

二老板的脸色很不好——七分生气，三分尴尬。

“爸爸，刚才吃中饭时，我听妈说起，这才知道你回来了。

我正有点事要告诉你——”

慎卿正待把拟好的一个大谎说出来，二老板却立刻打断了他的话头道：

“你没到外边去过么？不要出去乱说我回在家里过年呵！懂得么？”

慎卿呆了一下，二老板却已经转过脸去朝着老胡，把雪茄烟的蜜蜡咬嘴指着一本厚账簿上的一行。慎卿赶快应了个“懂！”伸手搔搔头发，就鼓足勇气说道：

“爸爸！你给我五百块钱，——我经手过一笔账。”

二老板转过脸来，一对眼睛瞪出得跟金鱼眼睛一样。慎卿不慌不忙把编好的故事背了出来。二老板似信不信地听着，仰起了头，只喷着淡青色的烟气。他摇了摇头，冷然说：

“我不认这笔账！什么美国人，诊费要那样大！”

他吸了一口烟，回过脸去，又问账房先生道：

"怎么到今天才来对我说呢？你没有提起过呀！"

"那是少爷——"老胡顿了一顿，慎卿在他身边悄悄地拉他的衣角。老胡便像想起了似的接下去道："少爷自己陪了来的。我不会讲洋话，没有招待，——还当是少爷的朋友呢！"

"他是我的先生的朋友。卖面子才肯来的。"

慎卿也赶快接口说，松了一口气，觉得那五百元是九成有望了。

不料二老板却淡淡笑了一笑道：

"既然是情面上来的，送钱不如送东西。他们外国人喜欢中国古董，一只新窑的彩描瓷盘也当作宝贝。我有许多鼻烟壶在那里，等我闲了，挑一只送给他便算了。——其实不送也不要紧。"

"那——那怎么好意思！"慎卿急得满头是汗。

忽然二老板站了起来，双手在那本厚账簿上重重拍一记，就大声嚷道：

"钱么？钱在这本账簿里。有了田收不到租米，造了市房收不到房租，——你们母子两个倒只管向我要钱；难道我身上长得出钱么！钱都在这本账簿里，不要说是五百块，五千也不止；阿慎！你有本事去讨了来，就算是你的！"

"我从来不经手这些事，我——"

"可不是？你就只会花。自己有钱放在人家手里，单叫你去讨，你就不会了！"

"又不是我花的！爸爸——"慎卿也气上来了，似乎他忘记了什么美国医生的诊费根本是一个谎，"没有就没有，犯不上借着由头排揎我呀！"

"啊啊！慎少爷，你这笔钱回头再商量吧。二老板才来，许许多多账头全没理清楚呢。——这年成，唉，跟人家讨债倒要赔笑脸，说好话，莫说你慎少爷弄不来，就是我老胡也是走投无路。如今讨债竟比从前借债还难了！”

账房老胡一面说，一面用脚尖去碰碰慎卿的皮鞋，又朝二老板笑了一笑。

账房老胡刚才也吃过二老板几个软钉子，所以他那后半段的话，一半也是自己发牢骚。

二老板叹了一口气，仍旧坐了，看着慎卿那一张又像着急又像生气的“寿桃脸”，就慢吞吞地说道：

“慎卿，你们年轻人真不知世故！如今这世界，钱放到了人家手里，就不算是姓唐的钱了。十万二十万的账，放出去容易得很；回头你自己要用，哼！你就是活巴巴要饿死，也没有人来睬你一下！算了，你这什么诊费，到底是不急之务，——到期的过期的债，人家还赖呢，——况且据你说，又是朋友情面，迟几天更不妨。你自去罢，我还要同老胡商量收租呢！你倒查查账簿看，佃户欠了我们多少？房客欠了我们多少？”

“可是我已经同朋友说过了，今天送去，外国人是最讲究信用的。我丢不了这面子！”

慎卿说得顶认真，似乎他背后当真有一个“朋友”，而“朋友”背后又站着那“美国医生”，都瞪大了眼睛在望着他。

二老板却笑起来了，闭着一只眼，摇了摇手，冷冷地说：“什么面子！一点小事情，也面子长面子短，还能做人么？阿慎！你将来老练点，就会明白，现在，——哼，上千万家当的什么大王也欠了一屁股的债，公堂里天天有他的官司，嗨，他老人家照样吃酒应酬，面子蛮好在哪里呢！去罢，不要耽误我的正事了！”

二老板的肥而且红的手指于是又落到那本厚账簿上。老胡侧过脸去朝慎卿使了个眼色，又微微一笑，便走近二老板身边，眼光跟住了二老板的手指，在那账簿的字里行间移上移下。

慎卿左手插在裤袋里，右手摸着他的尖下巴，眼看着地下的方砖，转了几个圈子，他看见方砖上的太阳影子一个一个都像是月娥的蓬头。他低低叹了口气，觉得有生以来从没如此之窘，如此之糟！

“区区四五百块钱都弄不到，这个台，在月娥面前可坍不下呐！”慎卿咬紧了牙齿在心里对自己说。他失神似的踱出了那“签押房”，就转念要去跟他母亲想想办法。

三

二老板的肥手指在账簿页上慢慢移过。太阳光从梠木窗的回文格眼里射进来，二老板的手指映耀得赭红油亮，就好像一根上好的香肠。这“香肠”的中段有一个金黄的箍，豌豆大的一颗钻石在闪闪放光，耀得老胡的眼皮只管发跳。

二老板的肥手指忽然停住在账簿的一行上，嘴里轻轻念道：

“赵三保——民国廿一年欠租米五石；——廿二年，八石；廿三年，十一月十日收过一石五斗，廿二日收过八斗，尚欠十四石七斗。什么！（二老板的嗓子突然爆发了）什么！老胡！本年份赵三保户下竟是全欠么？太不成话！”

“催过两次，割肉似的拿了他们二石三斗来；可没有去第三次。”

老胡一面回答，一面他的眼光总离不开二老板手指上那颗宝光四射的大钻石。

“怎么没有去第三次？”二老板的声音尖而带冷了。

“太太叫我不要去了。赵三保的女人来求了太太，说他们是二三十年的老佃户了，还是老太爷手里做起的，一向不欠租；本年份实在是旱得厉害，他们实在没法，求太太开恩；赵三保那女人真会说话，——太太……太太就叫我不要去催了。”

“放屁！——哎！哎！太太真糊涂！搁不住人家三句好话！喂，老胡，——哦哦，我想起来了，这赵三保他家上代给老太爷当过轿夫，凭这一点小意儿，哄得老太爷欢喜，本该是一石租的上等田只收他们八斗。我也为的是老太爷手里那么办了，不便改动，哪里知道他们真黑心，还要欠租！真真刁猾！”

二老板的钻石手指就移到砚台前，拿起笔来在赵三保户名上打了两个圈子，一面说道：

“老胡！勒令他们退租！这样的好田一石二斗起租还怕没有人要么！”

“是，是。不过太太——”

“不关太太的事！你关照小王，以后不许放赵三保的女人进来！”

二老板弹了弹雪茄灰，揭过了一页，皱着眉头先看第一行，接着看第二第三第四行，接着把左右两面全都飞眼扫过，就摇了摇头说道：

“太不成话了！没有一户不欠的！陈租，新租，欠的比还的多一倍也不止！照这样下去，我还要田地来干么？喂，老胡——”

“二老板，这里的两图，一百多亩田，十三户，还算是好的呢！下边有几图，简直抗租！他们说今年天旱，粒米无收，——”

“没有那样的事！”二老板快刀似的斩断了老胡的话，“我知道今年天旱，有的地方是真真不得了，有的地方却比上年还好些。我的田全是靠近大港大河，哪会有粒米无收的事。这些刁民，非办几个不行！老胡，你说，哪几个最刁？”

二老板提起了笔，便歪着头看定了老胡的面孔。

老胡是一副为难的面孔。他迟疑地伸过手去，把账簿边轻轻地翻了两翻，便揭开一页来，吞吞吐吐地说道：

“二老板，这里是——××乡十七十八廿三图的佃户，他们——他们才是最刁不过的浑蛋！路又远，我去了一次，他们，他们几个村坊的佃户一哄而来，七嘴八舌不容我说半句话。他们，他们倒说，租米一粒也不交了，老板要田，他们全伙退租！”

“好！好！好！”二老板愤然把寸把长的雪茄烟头也丢在痰盂里了。老胡的眼光不由自主地跟着那雪茄烟头也钻进了痰盂去！他知道二老板吸的这种雪茄烟一元多钱一支，也不过四寸来长，一个寸把长的烟头就值大洋三角多。二老板又吐了一口痰，这才接着说道：

“退租？好，好，好！叫他们清了欠就退租！”

“是呀，我也这么对他们说的呢，二老板！可是他们怎样回答！他们说：只有一条命，要——就来拿！这一伙，真是亡命之徒！”

二老板听着就哼了一声，却也不说话。他低头看着账簿，他的肥手指在账簿页上慢慢扫过，他好像在计数，但随即又不耐烦起来了，把账簿一推，阴沉沉地问道：

“那边一共有多少亩？多少户？”

“将近二百亩，倒有四五十户。”

“陈租和新租一总算来是多少呢？”

“大概有二百石光景罢。不过今年那边确是旱了，本来就定六折收租。”

“好，好！哼！老胡，你明天带几个警察再去一趟。谁要敢说一声退租，我就收田；看他们还说不说退租？我二老板拚着二百石租米不要了，赶这班杀胚滚！我们姓唐的放租田也有三四代了，碰到这种事倒还是第一次！”

“不过，二老板，那边的田，放租也实在不大容易。多下几天雨，就闹水大；多晴了几天，又怕没有水。二老板——还是……”

“不，不！我宁可让田荒起来，不给那班杀胚沾点儿好处！”

二老板说着脸色都青了，把账簿一拍，站起来踱了几步，又吩咐道：

“我还有事呢！老胡，你去扎出几个最刁不过的来。抄一张横单给我。明天我去拜会公安局长，办他们一个抗租！”

“那——就怕要得几十罢，似乎太多？”

“你抄了名单来再看罢。哼！——这年成，有田也不够味儿。米价又贱，佃户又要欠，正税，附税，——附税比正税还重，一亩田收了租米完税还嫌不够，有什么意思！”

“可是，二老板，我们这里还算是好的。前街林府上，田有两千多，听说去年净赔了七百。林焕翁借债过了年。今年端阳节债头逼拢来了，焕翁拿田单出去抵押，竟没有人要。他情愿吃亏，两年前还是八十元一亩的，对折让掉，竟也没有受主。田地会这么不值钱，许许多多大户人家都要变成穷光蛋了，这世界！嗨！”

“莫说是田，什么都一样！”

二老板叹着气说，慢慢地摸出一根雪茄来，慢慢地点着了，衔在嘴里，出神似的朝窗外看着。他现在的脸色更不好看了——是四成生气，六成尴尬。

“二老板。房租——今天不算了罢？”

老胡轻声说，从身边摸出一叠纸来。

“哦——哦！”二老板急转过身来，下意识地从嘴边拿下那雪茄来，又下意识地朝那雪茄看一眼；这雪茄的火头已经灭了，他就下意识地伸手到口袋里去摸火柴匣，可是伸出来的还是一只空手。这当儿，老胡已经擦燃了一根火柴，送到二老板面前来了，二老板便凑过去吸着，他那拿着雪茄的手指上的大钻石又吸引了老胡的目光。老胡叹气似的低低哼了一声，丢掉了火柴梗，就揉揉眼睛。

二老板那时就说道：

“哦，房租么？你办得怎样了？我正要问你。横街上那几户——一个是裁缝铺，一个是剃头店，还有——还有一家是摆个花生摊什么的，都已经勒令迁移了么？”

“刚才都去过。只有那家摆个什么花生摊的，说话不讲道理；——咳！二老板，那摆花生摊的，听说本来是华光绸厂里的工人，厂里停工以后，坐吃山空，他的女人勉强摆个摊子卖卖花生什么的，一天卖不到五六百个钱，房租欠了四个月……”

“哦——管他呢！叫他搬！”

二老板不耐烦了。提起华光织绸厂，他总觉得心烦。

“是——后来叫了警察，才限定他明天倘不付一点，一定要让出。”声音放低了些，“他——他好像并没知道房东就是你二老板。”

“吓吓——还有那两家呢？”

“那两家都限他们到明年正月半。裁缝铺付了五块钱。剃头店付了四块。”

“还欠了多少？”

“一家是两个月不到，一家是整整三个月。”

“怎么！还有三四个月！喂，你再去催讨。这班人刁得很，也贱得很，敬酒不吃吃罚酒；先前不是咬定牙根说一个钱也付不出么？要他们搬，就四块五块的塞老虎屁眼来了。蹩脚裁缝忙一冬，年关里剃头店哪有个不出生意的？就是脾气坏，拖得动一文是一文罢哩。老胡。年前一定要他们再拨付两个月，两个月！”

“可是生意清淡倒也是真的。今天是二十六了，剃头店里椅子空起一大半。”

“明后天可就会热闹了。这班人——你不去逼他，他住了一世也想不到要出房钱的！哼哼！”二老板于是想起了什么心事似的踱了几步，两手反剪在背后。

“大街上和城外马路上的那些租户，我开了一个清单在这里。”

当二老板踱到第二个圈子，正跟老胡面对面的时候，老胡就一边说一边递过那一叠纸去。这是两张三十六行手卷式的信笺，写得满满的。二老板把雪茄衔在嘴里，接过那清单去，看了几行，眉头就皱紧了；他翻过去看后半页，草草瞥了几眼，再翻过去看第二页；末了，他又抡着他的肥手指，似乎大略算了一算，他放下了清单，就说道：

“真笑话！五六十家租户，越是那些大字号，越欠得多；平均算来统欠三个月！十几家大铺子竟有欠上四个月的，好像约齐了来和我开玩笑！哼哼！”

“当真他们好像约齐了的。小铺子倒还说，‘求老板宽放半个月，过了年一定拔还些罢。’小铺子听说老板要收回房子，倒还存几分怕惧。大字号啊，哎！软来不中用，硬来呢，他们就像约齐了似的说，‘市面不好，几十年的老店都拖欠半年八个月呢！要是房东们都像你们二老板那样顶真起来，叫一声让房子，那还有什么市面！’二老板，——他们还说：‘叫官厅来封门罢，我们巴不得！’哎，哎！我老胡干了廿多年的收租人，这还是第一次碰到。”

“哼，笑话，笑话！”二老板像费了很大的力气这才吐出这几个字来。他的脸上现在简直是晦气色了。刚才他对付佃户剃头店裁缝铺，乃至对付摆花生摊的租户，那种的威风，完全使不出来了。

然而他的心里除了“尴尬”的感觉而外，还有点“气不过”的酸痛：他“气不过”这里（不是上海！）的大字号租户竟也学起上海那些租户的样来；他想不到他在上海碰过的那种钉子竟也在“这里”再碰一回。

老胡好像也懂得二老板的心事，但他又偏偏说道：

“不过，二老板，这里比起上海来，还算是好的罢？二老板在上海的市房，造好了一年半载没人租，租了出去欠欠也总得两三个月，这里到底没有空起来呢。”

老胡虽然会凑趣，这一次却几乎弄巧成拙。二老板突然站住了，眼睛一瞪，似乎想把一肚子的闷气都借老胡身上来泄一泄；可是人在“尴尬”时候就是对于账房先生之类大概也不能不马虎点，所以二老板只瞪了一眼，倒反干笑了两声，摇摇头说道：

“说它做甚！如今是欠债的反舒服罢了！总之是世道大变。”

于是二老板举手搔着头，出神了好半晌，他忽然觉得自己的地位真是“滑稽”：他欠了人，却又被人欠，他到底是应该属于舒服的呢，还是不舒服的？

这时有一条太阳光正射在二老板的钻戒上，闪闪的宝光反拨着老胡的眼睛，老胡觉得也是又舒服又难受。他想把眼光避开去，却又舍不得避开；正在为难，忽听得二老板说道：“老胡，你就赶快去把佃户里头最刁猾的抄个名单来罢。”

四

慎卿走进了他母亲卧房外边的客房时，就看见卧房门上的丝绒门帏拉闭得没有一点隙缝，又听得有轻轻的哼哼的声音从卧房里出来。然而慎卿就好像不曾看见，不曾听得，他冒冒失失打开门帏直冲进去，这才愣住了。唐太太是斜靠在贵妃榻上，胸前衣服解开，大丫头阿凤在给她捶腰背，专管太太房间的女仆张妈用一个包着药料的小小手帕包儿，在给她揉努胸脯。

“妈！病了么？”慎卿走到贵妃榻前，站住了说。

唐太太睁开眼来，只对他摇摇手。

一个大火炉烧得很旺，就在慎卿的背后。慎卿觉得耳朵根热的受不住，头也有点发胀。大丫头阿凤满脸油汗，不住地偷出手来揩拭。

慎卿在唐太太头边的一张椅子里坐了，心上倒好像一宽；他母亲这病，又巧又不巧：不巧的是他正要讨钱，巧的是可以借母亲生病来借口，免得在月娥面前坍台。慎卿这样胡乱想着，渐渐地忘记了那不可耐的火炉热。

张妈的手术一会儿就做完，替唐太太扣上衣钮，就走出去了。唐太太似乎也好了许多，吐一口长气，就轻声说道：

“还不是老毛病发作么，胃气痛！”

“哦，哦。”慎卿随口应着，心里却想道，“那是一会儿就好的，局面又不同了。”他决定主意要试一试，就走到唐太太面前叫了一声：“妈！”唐太太抬起眼来，那眼光一点不像是有病的人。慎卿吞吞吐吐地说：

“妈，我有一个朋友，他——他也是，——他的母亲生了病，——又是年关了，缺几百块钱——五百块！他——向我借。刚才——我同爸爸说过了，他——没有。妈妈！——那朋友跟我是极要好的，我已经答应帮忙的了。爸爸不肯——”

“哼！他有钱还会到这里来么？他也是来弄钱的！哼，也许还是避债来的！”唐太太说得很快，慎卿只听进了一半。但父亲有没有钱，已经不和他相干，他只希望母亲有钱。他着急的要讲到正题上，不料唐太太偏偏有许多话来歪缠。她很生气似的又很快地接着说道：“照他这样乱来，——他自己要花，小老婆又要花，三个小的又要花，上海一个公馆听说每月要开销两千，我们还会有饭吃么？阿凤！你记记看，老爷今天早上怎么说的？”

“哦，老爷说，现钱都变成了地皮市房机器货物，地皮市房机器货物却又抵押不出现钱来；老爷说他是僵住了。”

阿凤好比是唐太太的怀中记事册，唐太太自己记不牢的都交给她。

“老爷不是说他还有许多亏空么？”

“喔喔！老爷说亏空大得很，都是造市房开绸厂弄亏空的。”

“听他的瞎说！还不是他和小老婆滥花了么！从前老太爷也买田地造市房，几时拉了亏空？我是亲眼看见的！”

唐太太霍地坐了起来，朝阿凤做个手势；阿凤就去倒了一杯洋参茶来。慎卿乘这机会，就赶快说道：

“不过，妈妈，我已经答应朋友了，可怎么办？妈妈有么？数目不多。”

“什么？噢！”唐太太喝了一口洋参茶，便又躺下，“慎卿，朋友交情也只好自己量力。数目不多——哦！我一回借了第二回不借，也还是招怨！嗨！阿凤，谁在房门口张张望望的！”

阿凤还没去瞧，那边门帏一动，早塞进半个身子来，是那吊眼皮的陈妈。

“太太！圆通师太送疏头来了。”

“这人精，我猜她这几天里一定要来。”阿凤扁着嘴悄悄地说。

唐太太沉吟一下，便吩咐陈妈道：“请她上来罢。”

“妈妈！我已经答应了，总得应酬一回。”

“哎，老实孩子，你忙什么，明天我还要同你老子算账呢！他一个人花，还不够，还加一个小老婆，三个小的，我们娘儿两个难道就坐等着饿死么？”

慎卿还想求，可是那圆通师太特有的笑声已经从外房传来了。

看房里的“万年钟”，还只有四点十五分；慎卿想了一想，就走到靠窗的多宝橱后边，随便往一只沙发里坐下，双手捧住脑袋，闭了眼睛。

他竭力想“动动脑筋”，给自己的尴尬地位找条出路：“怎样可以弄到四五百元？弄不到时又怎样在月娥面前好好儿下台？”他现在倒是“坍台”的问题胜过对于月娥的恋情了。然而他的脑筋上像泼翻了一大瓶胶水，他的耳朵却特别灵活，他听得圆通师太像鸭子叫的笑声，听得接连一串的“阿弥陀佛，……罪过”，听得唐太太极快的说话声音：“……不错，还是胃气痛，……谈谈话儿不要紧。”

他用手指头塞住了耳朵，然而耳朵里又轰轰的响得难当。他放开了手，忽听得窗外有个娇滴滴的声音叫道：

“哈罗！阿哥！上海去！阿哥！”

他吓了一跳。赶快站起来朝窗外看，没有人。却又听得一声“哈罗”，正在他头顶上。原来窗外檐头挂着个鸟笼，一只翠绿的鹦哥侧着头很懂事似的在看着他。

“咄！你这扁毛畜生，也和我开玩笑了！”慎卿自言自语地说，正要再坐下去，却被那边的圆通师太看见了。

“啊哟，是慎少爷么？阿弥陀佛！唐太太！你看我真是眼钝！哈哈哈！”

慎卿觉得圆通师太的怪笑声比平常特别讨厌，可是他只好走过去招呼了一下。

这时唐太太在叫道：“阿凤！拿我的盒子来！”

盒子！这两字特别响亮地钻进了慎卿的耳朵。他知道他母亲的盒子是什么意思。他很焦灼地望着阿凤的后影，耳内却只听得圆通师太把“慎少爷”和“阿弥陀佛”颠来倒去叫，还夹着像鸭子叫的笑声。

阿凤懒洋洋地从大床背后走出来时，手里捧着一只黑漆乌亮描着金花的小小铁盒子。她开盒子上的暗锁。叮叮叮！慎卿和圆通师太的眼光都被这清脆的金属声音吸住。阿凤捧着这盒子站在唐太太跟前，依然是那样懒洋洋的面孔。

唐太太从盒子里拿出一卷钞票来了。这时满屋子就好像只有呼吸的声音。慎卿估量来这一卷也就和他所需要的数目不相上下，忍不住心有点跳了。然而唐太太只数了四张，微微笑道："师太，小意儿。"

那钞票的形状不大，而且簇新。圆通师太往常从唐太太手里接来的钞票，都不是这样小形的；而且望过去那上边的花彩也不同。圆通师太嘴边的两个肉垂便不由得往下一拉，可是接到手时她一看，却又满脸堆上了笑容。她认识钞票上的"伍"字！

"阿弥陀佛！唐太太！不消的，不消的！菩萨保佑！"

唐太太笑了笑，慎卿却在心里叹一口气。

唐太太已经把那卷钞票还进盒子里了，却又取了出来。慎卿心头又一跳，希望之火又重新燃旺。然而这回唐太太只数了两张，仍旧递给圆通师太道：

"这一点，你替我新年里在观音娘娘驾前上供。"

这一回，圆通师太接得很快，一面说道："啊哟！太太还要破费！阿弥陀佛！一分善缘一分银！太太！真是！积福积寿！"

又是叮叮的几响，阿凤捧着那盒子很轻快地朝大床背后去了。慎卿知道希望完了，朝他母亲看一眼，没精打采地落坐在就近一张椅子里。

唐太太似乎什么都不觉得，也不朝她儿子看一看，只顾回答圆通师太道：

"我老了，福也享过，不要积了；我就巴望我这位少爷靠托菩萨保佑——"

"啊哟！阿弥陀佛！菩萨千手千眼，什么都招呼得到呢！太太，不瞒你说，我天天早课夜课，哪一回不求菩萨保佑府上老爷太太和少爷！嗯！唐老爷是五十几罢？刚才我进门来，唐老爷刚好出去，劈面一见，我这老眼睛竟有点不认识了！唐老爷越发轻健了，看去顶多四十岁！那还不是菩萨有灵！阿弥陀佛！太太也——"

"嗯，人到五十半枝枯了。总算没有病痛，——就是事多，太忙。嗯，少爷呢，人也大了；再得一门好亲，我这一世便多谢观音娘娘照应。"唐太太的语调忽然放慢起来，幽幽地转眼看着她的儿子；儿子却自顾在那里出神。

"啊哟！慎少爷还没定亲么？太太！姻缘迟早，菩萨都有个数儿。菩萨还没选中一家百年偕老的一品夫人！喔喔喔！——太太不说，我也想不起；西城徐大人家里的九小姐，今年十九岁了，也还没放定。太太！这是菩萨给慎少爷留好了的一品夫人！"

"哦！西城徐府么？他家还有位小姐没有放定么？嗯，师太，徐府上是盐商，又开银行，我们不好高攀的。"

"阿弥陀佛！罪过罪过！太太说哪里话！"圆通师太绝对正经地说，嘴边两个肉垂往下一挂。她的身子往唐太太那边一凑，伸过头去又低低说道："徐府上近年来也不及从前了！"

"哦——"唐太太也轻声应着，不由的又转眼看看她的儿子。

于是圆通师太更加打起精神来，悄悄地报告着西城徐府的情形。她说徐府去年收歇了三个大铺子，两爿当，今年端阳节又收歇了几爿钱庄，上月就谣传那银行也不稳了；田地市房呢，可还不少，但是都变不来钱；现在就只有十几张"引票"[①]算是活货，不过又听说这样聚宝盆似的"引票"也快要不值钱了。为什么呢？谁知道！末了，圆通

① 引票：旧时由政府发给商人在规定区域内运售食盐的票据。

师太忽然提高了一个调门，正经得比她念经还过分些，——

“告诉太太，他们外场是差一点，内货到底是旧家。那位九小姐是四太太养的，四太太手头，嗯，少说也有二十万罢！四太太就生了这位九小姐，将来还不是都给了这位小姐么！”

这几句，连待在那边的慎卿也听到了。但是将来的二十万同他有什么相干呢？他现在只要五百！而现在的五百就是他的一切了。他只独自惘然苦笑。

唐太太也淡然微笑，她的淡笑却因为她忽然想到为什么许多大户人家都同她丈夫一样的“僵住了”。

阿凤又捧过一杯洋参茶来。唐太太一手托住了下巴，一手接过那茶杯来，却不喝，只管沉吟出神。圆通师太以为唐太太对于这一门亲有点意思了，便爽性把凳子一拉，像老母鸡似的伏在那贵妃榻边，又唧唧哝哝地说起来了。

慎卿看他的表，不好！四点四十分了！这四点四十分像一道紧箍咒，逼得他眼前火星直冒。他恨这多嘴的老尼姑。忽然他看见阿凤捧着太太的洋参茶壶走到外房去，他心头一动，这毫不犹豫地跟着也到了外房，急急忙忙低声叫道：

“阿凤！阿凤！”

但是他到了阿凤面前时，心里又有点后悔，觉得他的事要靠阿凤的力量，未免太不像样。

阿凤的狭长脸依然那样板，但是她那一双睫毛很长的黑眼睛却盯住了慎卿看，似乎在“嗳！怎么不说呢？”——这样地催促他。

慎卿可窘极了，他决定主意要对她说“没有事，你走罢”；然而不知怎的却说出了另一番话，——自己听着也不免诧异地说出来了：

“我要的那一笔，被那老尼姑来一打岔，太太就忘了。我倒等不及。

你把太太的盒子带到——带到后房，让我自己拿。回头我再告诉太太。”

阿凤似乎没有听懂，长睫毛下的黑眼珠不住地转动。慎卿忽然由阿凤这长睫毛下的黑眼睛想到另一对差不多同样的眼睛，他有点惘然了。等到他再从惘然中醒觉过来，却正听得阿凤笑了一声说：

“那么，我去拿盒子来交给太太，提醒她一句罢！”

说着，她就反身要朝太太卧房走了。慎卿这一急，可又不轻；他慌慌张张拦住了阿凤，连连低声说：“不行！不行！我不要了！”

长睫毛下边的黑眼珠又一转动，似乎说“你捣什么鬼，我全知道！”阿凤居然又笑了一笑，捧着茶壶自顾去了。

慎卿看着阿凤的后影，呆了半晌；然后他醒悟过来似的跺一跺脚，心里骂自己道：“真不中用！又错过一个机会！让她去一说要什么紧。说不定太太当真就给了！”

他匆匆跑下楼去，心里恍惚存着个再找阿凤来让她去提醒太太一声的意思。

但是既到楼下，他的主意又变了。他决定出门去找赵歪嘴什么的碰碰“待父天年”借款的机会。

五

出家人的话是靠得住的：圆通师太到唐府时，固然恰值唐子嘉二老板出门去。不过那时二老板脸上的气色可实在说不上有菩萨在那里保佑。

二老板出门去，也是想碰碰什么“机会”。自然他比乃郎要老练得多，而且他的“碰”法也比乃郎要大方得多。他所“碰”的对象也比乃郎的要高明得多。

二老板要“碰”的对象也不姓赵，却姓钱，也不叫歪嘴，却叫作芳行。

钱芳行是城里最大最殷实的宝源钱庄的经理。从前跟二老板也是好交情，现在也还是亲热得很。因为二老板大股的立大当铺倒闭的“前夜”，宝源钱庄刚刚把放款如数吊回。

二老板到了钱芳行家里的时候，恰值这位“阿大先生”应酬了回来，满身还是酒气。一见是唐子嘉二老板，这钱芳行就哈哈笑道：

“有人说你要回来过年，果然来了。”

“啊，芳翁，是听哪一位说的？”二老板神色有点不自在，“我昨天夜车刚到，众亲友处都没有去拜会呢！你芳翁这里是首位。”

“啊哈！不是城里人说的。是上海朋友写信来，偶然提起说老兄今年过年怕的要出码头。我一猜，大概老兄别处也不至于去，十成里有九成是回家乡来静几天的。——哈哈，到底是老朋友，摸得着脾气。”

二老板也笑了。他知道自己在上海的“尴尬”情形，这位钱芳行肚子里已经头头是道了，便也不肯“见外”，略谈了几句，便落到他拜会的宗旨。

“咳，芳翁，这一回我唐子嘉非仗你老兄大力帮忙便会过不去……”

“啊！哪里话，哪里话！子翁，我们是十几年的交情，请你直说罢。”

钱芳行的肉里眼轻轻一溜，脸上的表情倒是顶诚恳的。

“承情，承情。嗯——芳翁，我也不想绷补得挺括光鲜了，反正如今像我这样尴尬的人，着实多在那里；我——不瞒芳翁说，只想稍稍挪动一点，把几张空头支票收回。数目不多，两万头。抵押品呢，你芳翁是明白的，田地，市房，再不然，华光绸厂本年秋季的新出品，——随你芳翁吩咐就是。”

钱芳行眯细着他的肉里眼，一字一字很注意地听完了，沉吟着不开口；过一会儿，他才叹口气说道：

“子翁，你的事情我都明白。你子翁就是人欠的统统不算，单照你的身家来抵眼前这廿多万债务，也是绰绰有余；要调动一头两万，原也只要一句闲话就行。无奈这市面实在太怪了，嗯——‘信用，信用紧缩’，有产无受主，大财主倒变成了僵死！”

二老板一把抓住了钱芳行的臂膊，很感激地叫道：

“对，对！芳翁！你这真是知心之论，知心之论！”

钱芳行看着二老板的胖脸，又叹了一口气，绝对恳切地说：

“哎！子翁！可惜你迟来了一天。今天——刚刚两点多钟，城里搁浅了两家钱庄：裕丰和泰昌，你子翁也有过往来的。我们东家一看太紧，就马上交代下来，只收不放！就是拿金条来做押款，也不行！”

“什么！金条押不出现银子！”二老板跳起来叫着。

“可不是！筹码不够，你有什么法子？不过也为的是节关，东家唯恐缺了头寸，那时叫天不应，岂不是要做了第二个裕丰！”

“啊！我早一天来就行？”

“嗯，早一天，东家还没扣得那么紧，我和子翁的交情好歹得买账的，可不是？”钱芳行的语气还是绝对的诚恳。

“咳！——”二老板叹一口气，心里不由不抱怨他自己没主意；他原想早两天就来的，都为了姨太太一句话，便迟到昨晚才动身。

“那么，芳翁，你好歹帮忙转弯想想法子。”

二老板的声音也有点异样了，一边说，一边站起来作了一个揖。

钱芳行立刻满脸堆起笑容来，也欠着身体拱拱手，连声说：“哪里，哪里，你我至交——”这“交”字音一拉长，可就没有下文了。同时他的一对肉里眼夹紧得几乎没有一丝儿的缝，那眼睛上面的细眉毛也轻轻一皱，二老板看着不由得心不发跳。幸而钱芳行随即举起右手来在脸上一抹，居然把那副不尴不尬的嘴脸抹掉，依旧是绝对恳切的神气了。他大声咳了几下，左手的中指和食指不住地在椅臂上划着圈子，这才慢慢地说：

“那么，——这样罢，子翁，城里的 ×× 银行经理谢晋寿——啊，子翁大概和他不很熟罢？他——就是十年前在我这里帮忙过的谢老四罗！我还能够和他说几句话，——子翁，今晚上我做东，介绍他和你谈谈如何？”

二老板不转眼地听着，呼吸也有点不自然；等钱芳行说完，二老板刚刚心口一松，顺过一口气来，就满面笑容地拱着手，正想说“全仗，全仗，全仗”，不料钱芳行又接着说：

“不过——他那里，你子翁要做押款，地产田地恐怕也不行；——只有公债，还能够和他商量商量。……”

“啊——”二老板忍不住喊出了这一声。

“我和他情商情商，或者可以照市价六五折抵押。”钱芳行作了结束。这两句却说得很快而且像很有把握。

“哦——哎！——”二老板说不出话来了。

满屋子好像只有二老板苦闷地喘气的声音。

二老板是在“苦闷”。第一因为他要抑制心头那一股无名之火，——因为讲交情的钱芳行的所谓“交情”原来只是这样；他二老板，要是手头有公债，也何必打躬作揖劳姓钱的驾！第二也因为他看来这一趟“拜会”大概没有结果，不要说二万便是二千也未必弄得到。

但是二老板之所以一时说不出话来，倒又并非为的他在“苦闷”。他这样的人不比他的令郎；他即使地位僵了，舌头不会僵。他的一时说不出话来，因为他一气之下便想回敬钱芳行“一杯冷酒”，——本年端阳节立大当铺倒闭的“前夜”，这位钱芳行跟二老板“情商”提回宝源庄放款的当儿，却也就是二老板现在这副赔小心的嘴脸，那时二老板因为顾全“交情”，所以宁可让立大当铺的许多零星小款存户们吃亏些，竟买了钱芳行的“账”。

二老板在“朋友”跟前能够顾全“信义”的时候就这样总是“顾全”了的！

“子翁，——论理……呀，谢晋寿和兄弟的渊源似乎不比寻常，——他从前在我这里做过‘朋友’。可是现在却不同了。上月里，住在子翁前街的林焕翁也拿了挺厚一叠红契来，托我转弯跟晋寿商量商量，谁知道竟碰了他的钉子。”

钱芳行十二分抱歉——又像十二分感慨似的又加着说；他那肉里眼忽然睁得大一些了。

二老板一听这话就再也忍不住。他的鼻子里已经轻轻一哼，但他到底还是功夫好，赶快把“哼”的下半段转变为一声叹气，眼看着钱芳行这边，说道：

“然而，芳翁！这就是时髦漂亮人们‘做人’的法门！尽管你昨天朝人家磕头跪拜求过，——拉过交情，得过好处，今天轮到人来求你了，就要把昨天的事情忘记得一塌刮子精光！芳翁，我唐子嘉吃的亏，就是不能那样没有记性！啊，你说对不对？”

钱芳行刚听了开头几句时，还在很正经地点头，后来，头就不动了，他那对细眉毛的梢角微微一耸；等到二老板说到“对不对”，钱芳行忽然双手在大腿上拍一记，眼睛眯细成了一条缝，跳起来哈哈笑着道：

“子翁，子翁！哈哈！你简直是对着和尚骂贼秃了！哈哈！子翁，骂得好！哈哈哈！”

二老板也笑了，也站起来拍着钱芳行的肩膀说道：

“芳翁！哈哈，骂你也是白骂；哈哈，反正你听过就忘记了！”

“不然！不然，”钱芳行的口吻忽又正经起来，“子翁，不是忘记得快，倒是为的记得牢。记得放款容易收款难：有时你朝人家磕头也没有人来睬你，就只好全勿管。——哎！总是这市面变得太怪！现在要‘做人’，竟没有法子讲交情了。再说，我这里，上有老板，我竟做不得半分主！”

“哎！芳翁，你这里我是明白的，我是明白的。”

二老板随口应着，心想钱芳行这条路是走不通了，空头支票一定要出丑了，倒反觉得心里泰然。

于是两人就谈着别的事了。二老板很爽直地把他那“清理房租”的计划——勒令迁移，约略告诉了钱芳行，问他行得去行不去。

“子翁，我劝你不必如此操急。你这么一逼，逼倒了他们，‘宣告’起什么‘破产’来，律师呀，会计师呀，一大套，闹上半年八个月，你子翁还是见不到半个边皮的。而且你请求官厅去封门，先就未必办得到；官厅里也不肯把市面弄得太难看。大字号不比得小小的裁缝铺，剃头店！”

钱芳行非常诚恳地说。二老板才知道账房老胡的报告不是假的。

钱芳行却又慢慢地接下去道：

“我这里也被他们拖欠得不少。也是软来硬来都没有办法，只好搁着再说。倒是今天刚才搁浅的裕丰和泰昌两爿庄，恐怕带倒的铺子不止三五家罢，此刻消息还没传开去，明天可就要满城风雨呢！——说不定你子翁也要受点隔壁损失。”

“哎！糟就糟在这上头呀！……”

二老板说着，就站了起来，看一看客厅里的挂钟，就出惊道：

“呀，五点了么？”摸出自己的表来一看，“哦，四点四十五分呢！——嗯，芳翁。再见罢！我约好了一个人，五点！”

“那么，今晚上给子翁在吴江春洗尘，子翁是一定要到的！”

"谢谢，谢谢！年前竟——哎，芳翁，过了年再领情罢。"

二老板眉头轻轻一皱，凑近钱芳行的耳朵边低低说了几句。

"哦哦，我明白，我明白，"钱芳行连连点头，神气是十二分的诚恳，"子翁所虑极是，极是！不过那些失业工人代表倒也许久没有动静了。"

"不可不防！芳翁，你想，他们上次还会闹到我上海的公馆里去呢！"

六

唐子嘉二老板回到自己家里，在大院子的花坛旁边就看见一个人从客厅里走出来。二老板脸上立刻有了点喜气，就站住了招呼道：

"啊，福田兄，失迎，失迎！朱润翁也来了么？"

"也来了。我们也是刚来得不久。"

那唤作福田的中年男子回答。他姓金，是停闭了的华光织绸厂的营业主任。

当下金福田抢前一步，把嘴唇凑近着二老板的耳朵，正想报告什么机密事情，忽然在二老板的头顶像掉下来似的爆开了"哑"的一声。二老板和福田都吓了一跳。二老板朝外退一步，仰起头来看时，原来花坛旁边的一枝梧桐上有一个很大的鸟巢，两只黑老鸦正绕着巢在飞，一边飞一边又"哑哑"地叫了几声。

"小王真混账！这样大的鸟窠也没趁早拆了去！"

二老板皱着眉头说，无意中又看了看满地的鸟粪。从昨晚来了后，到此时为止，他走过这大院子已经有四次，然而现在方始发见那些青石板上有那么多的鸟粪。

二老板也无暇多管鸟粪或鸟窠，只朝金福田做个手势。于是二老板在前，金福田在后，倒又朝外走。二老板估量来金福田有机密话要避过了那位朱润翁先说，而二老板自己也有几句话要先问一问。他们抄过一道走廊，正想走到第一进房子的一个边厅里去，忽然听得癞痢小王的声音在二门外大嚷特嚷。

“小王真混账透顶！”

二老板嘴里咕噜着，便朝二门外吆喝道：“小王！什么事？”这当儿，二老板也看清了小王是和一位戴瓜皮帽穿大衣的人在争闹，这人高颧骨，大眼睛，有点面熟。金福田在后面也看清了，急拉一下二老板的衣角，可是那人也已经看见二老板了，立刻飞也似的跑过来：他那人字呢的中装夹大衣迎风飘开来，像一对大翅膀。

“唐子翁，唐子翁，好极了！——贵价可恶得很，还说你子翁在上海呢！”

那人已经到面前了，二老板只好问一声“贵姓”。

“他是北大街开洋货铺的李惠康——李惠康。”金福田在二老板身后轻声说，又用脚去碰二老板的脚。

那李惠康伸出一只大手来，挽住了二老板，一边说“有点小事要请教”，一边拉着二老板就朝里走。二老板的眼珠朝金福田溜了一溜，似乎在问：“你知道这姓李的来干么？”二老板一时间竟记不起自己和这姓李的有过什么往来了。

“李惠翁！我陪你到外边厅上坐一会儿罢。二老板里边有客。”

金福田笑嘻嘻说，也来挽住了李惠康的臂膊。

“哦，哦，那么就请唐子翁到外边厅上坐罢，我只有几句话。”

李惠康的口吻既没有绅士气，他的力气又大，二老板瞧来是不能脱身的了，就对金福田说：

“请你在里边招呼招呼，我和这位李先生谈几句就来。”

“对啊！我知道唐子翁脾气是来得爽快！我的事几句话就会完了的。”

李惠翁说着，拉了二老板就往外走。

他们的事情果然很简单：李惠康的太太有一千元的私蓄存在二老板大股的立大当铺里，直到本年端阳节立大当铺倒闭了，李惠康方才知道；那时李惠康曾经来找二老板谈过这笔账，可没有结果。今天他不知怎样打听得二老板来了，就特地赶来，希望捞回这笔落水账。

他拿出存折来给二老板看了，就轻而易举地说：

“要不是年关紧急，兄弟也不好来麻烦。前回和尊府的管账胡先生说过几次，胡先生一则推托不曾接头，二则，说是你子翁还没跟旁的股东商量好办法。……”

“对呀！还没商量好办法！立大当的股东除开兄弟不算，还有三位在那里，哎，——是不是，有什么办法总得他们三位也答应，兄弟不便一个人出头称好汉！”

“可是那三位却又说一切都听你子翁理直，你子翁是大股！”

二老板听这么说，就冷笑一声，仰起了脸，不作回答。

“外边又说你子翁肯认还二成；这句话，兄弟就不大相信。你子翁这样场面，存款又不比客账。——”

“嗨！二成不二成，我也没有说过。总而言之，人家欠立大的数目，也不算小呢，立大收得回多少，存户就可以摊还多少；然而从端阳到现在，一个钱也没有收回来。”

“哦——外场盛传已经收回了将近一万呢！”

“没有的事！谣言！”

二老板斩钉截铁地不承认，又微微冷笑起来。

这时候，花儿匠老冯端茶进来。二老板随便抬了抬手，算是跟李惠康让茶，一面就叫着那花儿匠道："金少爷在里边厅上，你去说，等一会儿我就来。"

李惠康惘然端起茶杯来喝了一口；茶太烫，他惊得直跳起来。二老板却也站起来了，朝李惠康一拱手，就说"少陪"。李惠康也忘记了舌头痛，跳上一步，拦住了去路，就强硬地掉动他那条烫痛了的舌头叫道：

"子翁！不！不——慢着。我——还有几句——话！"

李惠康比二老板高出一个头，又加之穿了那件道袍似的中装夹大衣，站在当前，就像一尊门神。二老板苦笑了一下，知道这位洋货店老板有几分蛮劲，只好捺住了性子。

"那么，哎——哎——李，李先生，请你快说罢。"

"好，我爽爽快快一句话：二成也罢，八成也罢，日后再谈；眼前我是过不去了，请你子翁借转几百块！"

"哈哈哈，李——李惠翁，对不起！——嗯，非是我不理立大当的欠款，实在我不好理得。至于向我借转几百块呢，惠翁，我上万银子的账收不起来，自顾不暇……"

"哎，唐子翁，你是哪里话！你这样场面，调动一万二万还有个什么为难的！不比我——咳，子翁，我实在是走投无路了！我算给你子翁听：客账、房租、伙食、朋友的薪工、家里的店账，样样都逼紧来。人家不欠我么？有的，有的！——咳，子翁这里的一笔提开再说，单是我店里放出去的账，只要有七成收回，也勉强够敷衍了，可是望过去三成也难。我是真真没有办法，这才来找子翁相商的！"

"呀——那么，李惠翁，这种市面，你本不该放账的！"

二老板忽然同情似的说起来了。

"啊哟，大老官，你有的不晓得没的苦呢！"李惠康也像带几分天真把双手一拍。“我不放账，只好关店！买主们有几个带现钱上门来？关了店，我一家人吃什么？不比你子翁，有田地市房，生意不顺手，收了就算数。——呵，今天我不是讨债来了，就是来借债罢，总要请你子翁救过这一关！”

二老板皱着眉毛摇一摇头，侧转身拱起手，又想“少陪”了。

“不,不,对不起！唐子翁,”李惠康张开了他的“大翅膀”当门站住，“你手头不便,那么请你出面做个保罢。城里一家钱庄,昨天我去接头过，只要有殷实的保人就行！”

“哦——哪一家呢？”

二老板好奇似的问了一句，心里却懊悔着不该见这姓李的，这姓李的其实难缠。

“就是宝源，阿大先生钱芳行，跟你子翁大概也是知交罢！”

“呵——哈哈！”

二老板不由得怪笑起来，却是无端觉得浑身的汗毛都根根直竖了。

李惠康却不知就里，以为事情有点眉目了，立刻走近一步，加着说：

“我也是转弯托了人去接洽的。不过宝源里不要他作保。我的数目不多，五百。宝源里要我另外找保——”

“他们指名要我么？”

二老板又好奇似的问一句。这时他心里的味道再古怪也没有了。

“唔——不，呵，是的，是的！我知道你子翁跟钱芳行的交情也不差——”

“没有，没有！我跟他没有交情！”

二老板赶快说，就向旁边移过一步；李惠康马上也跟着移一步，张开了大嘴巴。二老板不等他再说什么，就冷冷地下起逐客令来：

“李惠翁，你既然有这门路，就赶快去想法找保人罢。兄弟是有心无力，对不起，真要少陪了，我那边还有客！”

“我就是特地来找子翁的！成不成，且莫管；只求你出张便条。这一点小事情，你子翁总得答应了。——我可以把存折留在这里作抵。子翁，存折上是一千，本年的利息还没算，——这，这倒听凭你子翁尊便的。”

“哎——”二老板的忍耐已经过了限度，“你这人，太不讲理了！”

“喔喔喔！”李惠康一时之间倒也怔住了，可是他立即狞笑一下。“好！那么，我们讲理罢，做不做保，由子翁的便；然而这笔存款，子翁是不能不理的。今天没有你一句话，我姓李的不走了！”

这句话把二老板气得脸色都变了。他瞪出了眼睛，朝李惠康看了一下，就朝厅外高声唤道：“来呀！”

那时三三两两的暮鸦正从门外天空飞过，哑哑地叫。可没有人来。

同时二老板也立刻想到即使人来了，也没有用；这李惠康到底不比剃头店老板。他深深地呼一口气，就改变了策略，恳切地说道：

“李惠翁！我们大家不要说废话。我这年关，也不好过。——你说我场面大，不错，我有的是不动产，可是市面上银根那么紧，我怎么掉得转？你这笔款子，过了年，我一定设法拔还你；此时实在只好对不住了！”

“哎哎！就是年前我等着救急呀！”

“再说，我有牢牢靠靠的抵押品，要是你李惠翁能够代我押到一万八千，莫说你的一千头尽管扣，再借你几百也不算稀奇。喂，李惠翁，我说话说到这一步，你总该明白了罢？银根紧得作怪，没有一个人过得去！”

“哈哈，子翁跟我开玩笑了。我要有挪得动一万八千那样的手面，还来这里谈上半天干么？”

"不是这么说的。我说的是押款——"

一句话没完，门外跑来了两个人，齐声叫道："二老板！请你快进去！"

这两位是账房老胡和金福田。二老板应了一声，便想夺门而出。可是这小小边厅的一对落地长窗的地位原来并不怎样宽，李惠康的大身子塞在那里，二老板固然挤不出去，外边的两位也挤不进来。

"李惠翁！从长计较罢，二老板难道会少了你的！"

外边的两位齐声劝着。

李惠康一边把身子侧过些，拉外边的两位进去，一边就叹口气道：

"不是我不讲理，不顾面子，我实在是没法，只好找有辫子的拉！"

老胡挤了进来，一面朝二老板做了个眼色，一面就对李惠康说道：

"你听我一个办法好不好：二老板有的是方单房契，我劝二老板拿一两张放在你那里，总算是那一千头的担保；一面人家来逼你的时候，你可以拿出来挡一阵。呵——二老板，这位李惠翁实在也困难，请你照应照应他罢。"

二老板不作声。李惠康却也沉吟起来。乘这机会，眼明手快的金福田就保着二老板冲过了李惠康的"防线"，一面回头唤着老胡道：

"老胡！你同他商量好了，就去请黄医生来。刚才阿凤说：太太房里火炉生得太旺，太太又头痛了。"

七

在里边厅上恭候二老板来说话的所谓"朱润翁"，是一个瘦长的将近五十的商人。他名为润身，从他祖父以来，就做绸缎生意；他本人现在还兼任三家绸缎铺子的经理。已经停闭的华光织绸厂，他也有一点股份。

他知道二老板在前面会客，也无非是债务关系。可是他不很明白那“关系”是二老板欠人呢，或是人欠二老板。他也不想弄明白。他这人，本来是随随便便的脾气，他一生遇到过无数次的债务纠纷，但没有一次他不是办得拖泥带水的。这是因为他家三代以来，都是一面替人家“经理”，而一面又独自有点“营运”，弄得地位关系非常复杂，每逢发生了稍稍重大的债务纠纷时,他在“职务”上或者是代表债主的，然而在“私人”方面他又是直接的或间接的“债户”。这使他为难得很。他永远不能弄清他自己的地位。而他久而久之，也就以“不弄清”为不二法门。

即如现在他恭候着二老板来谈判的一个“纠纷”，也是道地的“朱润身式”的纠纷。因为他一面在华光织绸厂有一点小股份，他的地位就是“债主”，然而他一面又是三家绸缎铺的经理，所以他同时又是自己的“债户”。

地位既然这样尴尬，无怪他在里边厅里等候着二老板再也不来，一点都不会心焦了。

他在厅里慢吞吞地喝着清茶，慢吞吞地踱到窗前看着梧桐树上那个很大的老鸦窠，听着老鸦们做晚课，望着天空的夕照一点一点变淡变灰，——他悠闲得很！

然而唐子嘉二老板终于来了，金福田像“掩护退却”的“部队”似的跟在背后。

二老板进厅来时，还是一脸的狼狈；但他拿出手帕在脸上一抹，便又像换了一张面具，眉目间饱含着锐气。

二老板让朱润身坐在上首，就先开口道：

“福田兄已经对润翁说过了罢，我这次回来，耽搁的日子大概不多，过了年就要回上海去；今天约润翁来，我们商量商量华光厂的事情。厂里停工已经四个月了，登在上海的几位股东屡次催我回来一趟，他们都说：‘既然开工困难，倒不如早点结束，僵在那里不是办法。’——呵润翁，你是绸业，照你看来，明年绸业能不能活动些呢？”

“难说，难说！”朱润身沉吟了半晌，只回答这四个字。

“上海有一帮绸业的朋友说，‘物极必反’，近来绸价已经跌到无可再跌，厂也关了不少，以后出货不多，绸价或者倒可以回高些。他们又说现在所以大跌特跌，无非大家手里没有现钱；要现钱，就顾不到亏本，——这也是实情。”

“可不是！”金福田看见朱润身还是沉吟，就插嘴说，“市面上的西施绉，只卖四角六；可是我们厂里批价也要四角四。这不是亏本生意是什么！”

“四角六，也做不开生意。”朱润身慢吞吞地开口了，左手的中指轻轻敲着茶几边。“哎，子翁，出货固然少了，存货可堆积如山呢！而且新式的什么缎，什么绉，都搀用了人造丝，不经搁，大家只想快快脱手。”

“哦——嗳！福田，我们厂里存货还有多少？”

“停工的时候点存四百五十三箱，现在还是照旧。”

“嗨！”

二老板叹了这一声，就不说话了。

四百五十三箱堆起来真像一座山呀！二老板觉得这座山就蹲在他面前，挡住了他的去路。而且他又恍惚看见这座山霉了朽了，——因为大部分是人造丝。可是朽烂了的这座山并不给他一条路，却反压到他身上来，活埋了他！

二老板又叹了一口气，猛醒过来似的朝朱润身说道：

“为今之计，还是赶快结束。不过，华光厂名下欠出的债，毛算算也有二十万，真叫人动不来手。——福田兄，是不是，营业项下算来厂里并不亏，糟就糟在存货销不出去。润翁，我们不妨再跌些价，这四百几十箱的存货总得赶快出清它才好！”

“哦，哦！时候碰得不巧。春销是向来不多的，这年关又作梗；年后的市面真真没有一点把握！”

朱润身很提不起精神的样子说着。

二老板却提高了嗓子再追进一步：

“难是难的，可是一定得那么办了！润翁，你也是这边的股东，休戚相关的；——城里三家最大的绸缎铺子在你手上，一两百箱的担子你总挑得起罢？”

朱润身似乎本来就料到二老板会走这一着，但又似乎不防二老板竟走这一着，当下他不由不怔住了。不错，他也是华光厂的股东，然而这只有一千五百元的分量，并且前年华光厂一度假景气的当儿，股息红利派过四分，他的本钱也捞回一半光景了。至于那三家大绸缎铺子呢，却是他家祖传的“地盘”，他目前活动的“大本营”，要他为了已经停闭的华光厂去“危害”他自己的“老寨”，他虽然素来是“不弄清主义者”，此时却也不能不坚决地拥护他手上那三家铺子的老板们的利益了。

他一手摸着下巴，一手就摇了一摇，干脆地回答道：

“我这边三个铺子里存货也是撑得足里足！”

“哦——”

二老板想不到朱润身忽然会那么“弄得清”，倒也一怔。

金福田在旁边再也耐不住了，就拿出“营业主任”的身份来说道：

“润翁，厂里并不亏！存货提开不说，单算放出去的账头，也有十万光景。润翁那边三个铺子里是大份，——我记得大约是四万光景罢！润翁，这笔账到底怎样弄弄清？”

“喔喔喔！我也几乎忘了！厂里是有盈余的！还有账头！”

二老板说着就淡淡地笑了一笑。

朱润身也皱着眉头苦笑。他心里想着，“这可来了，讨账！”这十来分钟里，先被作为股东——厂家方面的一人，继而又成为厂家销货的对象——客户，现在则又成为债户；然而同时他仍被视为执有债权的股东；这样的变化太多又太快了，他于是乎又要“弄不清”。

特别是金福田所说的“四万光景”的账头，不但他得过大大的回佣，并且他手上那三家铺子的账簿上实在已经付过三成，可是他那时恰值急用——他也做点标金，就随随便便挪借了，到现在还没归清；这特别的隐情于是乎又使得他此时只愿照旧法门“不弄清”。

二老板看见朱润身不开口，就有点不耐烦了；他直截了当问道：

“润翁，四万头的账，年前可以清一清么？”

“我也只能去问问三家的东翁。”

“哎！润翁！你在那边虽然是‘帮忙’，可是你做得一大半主；三家几十年的老店，况且老板们又是数一数二的财主，四万块钱难道还为难么？”

“难说，难说；子翁——现在是家家都弄空了。”

“润翁，上海几位股东把账头看得非常重，他们说过，万一办不下来，只好请求法律救济呢！不过，润翁经手的事，似乎还不必如此操切，自家人总能商量出个办法来，是不是？”

二老板的口气紧到最后一步了，可是朱润身抱定他的“不弄清”法门，还只是皱着眉头苦笑，他心里并不着急。他看得很明白：华光厂的债务逼紧了时，挑肩子的应该是董事，二老板是董事，而他朱润身并不是。

二老板看看金福田，金福田也回看看二老板。厅里暂时很静。厅外有一阵一阵的老鸦叫，天色已经黑到六成。

金福田去开亮电灯，就走在二老板和朱润身前面的中间说道：

“润翁——嗳，二老板，我们都是自家人，通盘打算打算罢。银根紧，这是实情；润翁那边三个铺子要调动四万，恐怕也有点吃力的，不过厂里年前必付之款也不是少数，总得想法绷补。润翁，这样如何：你设法筹还半数，厂里再放一批货到润翁那边三个铺子，——一百箱嫌多，就是八十箱罢；这样一来，润翁向东家开口要款子也容易些，厂里也派着二万块的用途，存货也松动松动；这倒是面面俱全的法子。”

“啊，福田兄，你这算盘怎样打的？哈哈，存账未清，倒反放了新账呢！”

朱润身忽然笑了说，忽然他又站在股东的地位了。

金福田也哈哈笑了。但马上收了笑容，很正经地说：

“这年成说不得，只好马马虎虎。不过，润翁，一言为定！”

“也只能这么办了，都是自家人。”二老板也表示了赞成。

但是朱润身却答应不出来。他忽然又能“弄清”。他知道他手上的三个铺子要是这样一办，极迟到明年端阳节准得僵死；那时他就再没有“棒儿”可弄。

“难——难！子翁和福田兄不明内情，——那三个铺子早已只剩个空壳子。唔——是一个风瘫症。现钱变了账，栈房里存货销不动。”

迟疑了一会儿以后，朱润身的口气还是绝对不松。

金福田朝二老板做了个眼色，又将他那靠近二老板这边的左手五指一伸，就赶快捏成一个拳头，意思是在催促二老板当机立断了。但是二老板只轻轻呼一口气，不能立刻有“动作”。二老板自然比金福田顾虑得周到，他知道这件事如果上了公堂，也未必爽爽快快有圆满的解决；即使有圆满的解决，可是风声一传开去，也许反倒刺激起了华光厂的许多债权人的“胃口”，大家一哄而来，那他可受不了。

二老板的“政策”是神不知鬼不觉地拿到一些，先派了用场。至于华光厂的债权人方面呢，依然可以用“厂方也被人拖欠”来搪塞。

但是二老板也觉得朱润身太“可恶”了，因此他斟酌又斟酌的结果，便干笑了一声，冷冷地说道：

“那么，润翁，只好照着上海几位股东的办法试一试了。——不过，润翁，我是总想和平了结的；就为的这件事认真起来，牵连太多，枝枝节节，于你润翁面上也不好看，——啊！福田兄，你说是不是？”

朱润身听到后来那一句，心头不免一跳。他知道这是二老板的恐吓，但又怕二老板当真会走这一步。这时金福田又更加露骨地说了几句话：

“润翁，那时，势必要调查账目；那么，厂里付过多少回佣，货码提得比别家高，——种种枝节，我们都包荒[1]不来了！”

“嗯，嗯——”朱润身的呼吸有点急促，但脸上依然保持着满不在乎的样子。

“所以啰，润翁，我的意思，但愿这件事不必一定要经过法律手续！”二老板轻轻地挑逗着，嘴角上有一丝极可怕的微笑。

朱润身这时心头就好像摆着一副天平秤：一端是答应了二老板他们的要求，则结果是极迟到明年端阳节他手上的三家铺子会搁浅，他祖传的“一根棒儿”就无可再弄；一端是不答应，则极迟一个月后，他手上的这根“棒儿”要被东家收回，不许他再“弄”；——这两者孰轻孰重，他不能不赶快弄个清楚。

他一只手摸着下巴，一只手摸着椅子角，眼光下垂，似乎在看自

① 包荒：宽容、原谅或掩饰的意思。

己的心，——横在自己心上那副天平秤；终于他看见天平秤的“不答应”的一端往下沉了。

“嗯，嗯，我去竭力想想法；或者还可以，——嗯，子翁，只是数目还求减少——”

朱润身不知不觉这样说了。

“哈，哈哈，润翁！——到底是自家人，顾全大局！哈哈！”

二老板高兴得跳起来，拍着朱润身的肩膀。

二老板这轻轻的一拍，朱润身觉得比千斤石压下来还要重；但是他除了承受还有什么办法？他的处境实在太尴尬。

金福田也在一旁恶意地笑，也连声说：“润翁真顾全大局。”

二老板重新坐下，摸出雪茄来，正想提一提神，乘势来解决究竟“还求减少”的“数目”是多少，忽然看见账房老胡在厅左的角门口探头一望。二老板一边点着雪茄，一边就叫道：“是老胡么？干么？”

“二老板！就是那个摆花生摊的欠租的房客一定要见你。——要当面求你。”

“哎！你真糊涂了！见我干么？你瞧着办就是了！”

“可是他一定要见。我被他缠得没有办法。”

“嗨！笑话！哦——”二老板因为刚得了胜利，脾气特别好。

然而他这一声“哦”还没“哦”出下文，那边老胡背后早挤出一个人来，慌慌张张竟跑进厅里来了。

八

进来的那人，穿一身蓝布棉袄，黑布夹裤；胁下挟着一包东西，似乎刚刚打开过，却又匆匆包好了的。这一包东西看来很有点重量。

他一进来，就把朱润身认为主人，因为朱润身个子最高，而且此时是朝外站着。

“唐先生！你是识货的！你看看，这——这还抵不了三个月的房租么？”

那人一边说，一边就将他挟着的那包东西郑重其事地往朱润身手里送过去。

“我不是唐先生。是这位！”

朱润身说着用手一指，就懒洋洋地走开了。他忽然作怪地想：要是这人早几分钟来打岔，够多么好。

此时账房老胡也早已进来站在二老板身边，当那人转身朝着二老板的时候，老胡就说道：

“二老板，他就是欠了四个月房租的黄阿祥。他这一包是绸。他要抵作三个月的房租。”

二老板还没回答，那黄阿祥早把那包绸又打开来了；他双手托着，很郑重地展开在二老板眼前，请二老板鉴赏。

听说是有人拿绸来抵欠租，朱润身就踅过来看。

金福田也走到黄阿祥身边，本能地伸手过去捻一捻那绸身。这绸是白胚子。在电灯光下，这绸上提的菱形图案式的花纹特别亮晃晃地耀眼睛。“人造丝——”金福田自言自语地说；忽然他看清了那绸的机头上的一行字，便愕然朝黄阿祥端详了一眼，很有权威似的问道：

“喂！你这绸是哪里来的？”

“嗨！哪里来的么？”黄阿祥瞪了金福田一眼，“总不是偷来抢来的！”他转过眼去，恰值朱润身踅到他眼前来，他就像找得了一位值得告诉那绸的来历的人，很热心地接着说道：“这绸——是关了门的华光绸厂出的货，我在那边做过工。这绸，是今年端阳节后当作工钱发给我们的。厂里发不出工钱——这一匹，这一匹，作了十八块钱呢！我一共得了三匹——”

“哦——十八块！嘿！这里不足一匹啊！”

朱润身把那绸捏了一把，随随便便地说。

“对了！一匹不到些，剪去了九尺的。喂，先生，光景你是内行，你说我应该作价多少？三个月房租，十五块——”

“咄！谁同你讲价钱么！我就是不用这种蹩脚绸！喂，老胡！”

二老板怒声说，却忘记了老胡就在他肩下，抬起头去找。

“蹩脚绸么？唐先生！华光厂里出的货，这还算是正牌呢！”

“哎，阿祥！你不要多讨没趣罢！二老板说不要！你这种绸，二老板上百箱堆在那里，稀罕你这一点！”

老胡慌慌张张一边说，一边就推着黄阿祥要他走。

金福田也插身上来唬吓道：

“二老板的市房多着呢！要是大家都像你一样拿了谁也不要的烂东西来抵欠，难道叫二老板摆旧货摊么！去，去！有话跟胡先生说去！”

黄阿祥似乎呆了一呆。一则他忽然觉得眼前这个人似乎在哪里见过，二则他暗暗诧异为什么这位房东唐先生家里会有那么多“内行”；黄阿祥自己是绸机上混饭的，他很知道他手里这种绸再搁一个梅天就会变成“烂东西”，然而无奈七个月前他从厂里当作工钱领了来时，的确作价十八块。

他一时倒没有了主意。二老板那种神气像会吃掉他；金福田和老胡又一边一个逼住他；那个“内行”的瘦长子又摇着头在鼻子里哼。他觉得自己孤立，他又感得了一种被人识破货色的惶恐。他忍不住叹了一口气说道：

“各位先生，我也知道这种绸你们大公馆里不会要的。——可是我没有别的值钱的东西！……再说，这也是人家当作洋钱发给我的。——胡先生要叫警察来押我出屋子，我——我到哪里去呢？我的女人又在生病！……”

“少说废话！老胡，赶快带他出去！谁耐烦听这种废话！”

二老板的神气好像连老胡都会吃掉了的。

黄阿祥却像钉住在那方砖地上一样，老胡如何拉他得动。并且老胡忽然也觉得这姓黄的并不是来抢来偷，到底不好意思太不客气。

“唐先生，”黄阿祥又说，“我住了你老人家的房子半年多，向来不欠，这一回是厂关了门，四个月找不到生意——”

“这不关我的事！——”二老板还是恶狠狠地，但“事”字音是拉长了，为的二老板此时突然意识到他自己和这个欠房租的黄阿祥中间还有点特别纠纷，——他自己也欠了姓黄的三个月工钱呢！但这意识，一闪就没有了，二老板转一个身，就摇手厉声吆喝道：

“去！去！我没有那么多的闲工夫！”

金福田他们似乎也感到了二老板所感到的那一点，他们也觉得有点心虚。

“不去么？叫警察来！——小王！”

二老板突然又转过身来，面对着黄阿祥了；二老板的脸色好像有不共戴天之仇。

“阿祥，你这人，真不通理！”

老胡气吁吁地说，又来拉黄阿祥。老胡猛可地记起这个黄阿祥原来还没知道“房东唐先生”就是华光绸厂的大股东兼董事长的唐老板，所以老胡又觉得把欠租的姓黄的轰出去，依然是理直气壮的一件事。

癞痢小王和花儿匠老冯也进来了；一边一个，站在黄阿祥的身旁。

黄阿祥咬一下牙齿，瞪一下眼睛，浑身都爆出一股劲——他不肯走；

但这股劲随即松弛了，他无可奈何地叹一口气。他看见自己是孤立的。

并且他也相信自己是理亏。他确是欠了人家的租。

这两个感觉合拢来，使他不能挺起胸膛放开喉咙说出他的堂堂正正的道理；他只希望人家发慈悲，他用了哀求：

“唐先生！你老人家哪里在乎十多块钱呢！……”

“走罢！善门难开啊！”花儿匠老冯的声音像闷在甏里透出来似的，他一边说，一边就抓住了黄阿祥的一条臂膊。

“你老人家也知道我不是存心拖欠的。我不是拿了绸来作抵么？”

黄阿祥说时眼看着二老板，同时身子一挣，站得牢牢的；似乎他觉得多站一忽儿便会多一分希望。

癞痢小王看见花儿匠老冯拉不动黄阿祥，就也抓住了黄阿祥的另一条臂膊，一面又像感慨又像嘲笑，轻声说道：

“啊哟哟！不要再提起你的绸了！你这绸，我和你是穿不起，老爷们是不要穿的！”

这时金福田也上前做好做歹了：

“喂，姓黄的，赖在这里有什么用呢！正经是拿你这绸到小铺子里去兜售去罢！是绸，总有人要的！”

“可是胡先生限我明天一定要搬出去！”

“哦——那么，你同胡先生商量商量，通融你一天，你赶快去出脱这匹绸！”

朱润身忽然也来“帮着”黄阿祥出主意。这位手上有三家绸缎店的“经理先生”的态度倒比金福田恳切些；为的他从二老板说要叫警察那时，忽然又把先前他们谈判时二老板说要“法律解决”那番话，如数回想起。

“那么唐先生，要请你老人家高抬贵手，放宽到新年正月半罢。……”

“哼哼！”二老板冷笑着摇头。

“我家里还有一匹整的。年底下，可找不到买主。”

黄阿祥回过头来说。癞痢小王和花儿匠老冯已经把他拉离了原来的地位。

然而黄阿祥一使劲，又站得牢牢的。他这时几乎想不起什么别的思想来，就觉得多站一会儿也许有救，而且他那生病的女人的脸，又时时在他眼前晃动。

“真是笑话了！——喂，老胡！”二老板突然声色俱厉，“我看这人刁而且皮，没有别的话，只限他明天让房子！”

黄阿祥听得分明，就浑身滚过一阵冷噤，他的“多站一会儿”的希望破得粉碎了。他不由得腿上一软，就被癞痢小王和花儿匠老冯拉着走了好几步。等到他再使劲站住了时，他已经站在原先进来时的那个角门口。

老胡却跟在背后一面推他，一面半真半假地抱怨他道：

“你真是害死人的！你瞧！有什么用？”

“胡先生，你做做好事，你看见的，我的女人生病。你宽放几天罢。我有绸。多少是值几个钱的。”

黄阿祥一面这么说，一面早被癞痢小王和花儿匠老冯拉出了角门去。

老胡也跟了出去。

二老板眼看他们走了，这才脸色似乎好些，他踱了几步，就说道：

“啊，润翁，对不起，对不起，倒累你久候了。咳！这班人就是这么刁而且皮！——啊，润翁，现在我们再谈正经。”

“嗯，嗯，哎——”

朱润身有气无力地应着。他心里同意二老板所说的“这班人刁而且皮”，但是他又自惭他自己还不够“刁而且皮”，以致不能不被逼住了听二老板“再谈正经”。

九

“小王！门灯的电泡坏了！小王！小王呢！”

慎卿在大门口怒声地叫着。慎卿是向来不管这些“闲事”的，此时他从街上回来，因为找过了赵歪嘴之类结果不好，憋着一肚子的气，正想找个地方发泄一下，于是乎还没放亮的门灯就成为他发泄的第一个对象。

慎卿叫了一会儿不见小王出来，他就怒气冲冲朝里走。

这时的天色其实还没全黑。慎卿走到二门外的过道中，看见有个人影一闪，他还能立刻辨认出这人影就是吊眼皮的陈妈。

“谁呀？陈妈么？哼！小王呢？这狗头！门灯坏了！赶快！赶快！”慎卿厉声呼叱，还跺着脚；他那一股严厉的神气，就是上房坍了也不过如此。

陈妈手里拿着一个布包，猛不防撞见了少爷，下意识地就将布包藏在身后，一面支支吾吾慌慌张张地回答道：

“啊哟！那可糟了！——呵，小王，小王——么？又不知道他在哪里躲懒去了！——哦！喔喔，小王是老爷叫进去了！老爷会客！啊哟哟！门灯！当真没有亮！”

“哼！你们什么全不管，就只晓得一天到晚鬼鬼祟祟！”

慎卿的生气的对象由“小王”扩大到“你们”了；他想到月娥屡次说吊眼皮陈妈“鬼鬼祟祟”，就马上应用了出来。同时他就想到七点钟和月娥有约会，怎样回答她，怎样“不坍台”？他几乎要把过去一小时内所有的不如意全部归到这个最先碰到的“活东西”——陈妈身上。

陈妈也有她心虚的事,听得少爷又说她“鬼鬼祟祟”,她可真急死了;她以为少爷已经看见了她那个布包，而且知道布包里是什么；她但愿此时全宅的电灯一齐都坏。她嘴里连声“啊哟哟！啊哟哟！”地哼着，一面就尽往墙角暗处退。

“哎，哎，少爷，少爷，——门灯嗳——小王真害死人了！”陈妈一边支吾着，一边退，觉得已经退到适当地点了，正想把手里的布包放下，猛可地她“呀”的一声怪叫起来，就像无意中摸着了一条毒蛇。

原来她背后忽然有一只手把她的布包夺了去!

慎卿却没有注意。他只看见从陈妈背后——那通到厨房去的弄口，走出一个人来，是厨子包大。这厨子不慌不忙地说道：

“少爷，也许是门灯没有开罢？电泡刚换过不久，坏不了！”

“啊哟哟——嘻嘻！是呀！没有开罢？”陈妈也赶快接口说，不由她不笑；她立即明白布包是谁“接”了去，她没有危险了。

慎卿却大大不高兴。他不高兴他“发泄”的第一手就是个“扑空”。

“哼！哼！”他也不多说，赶快往大门跑。

他摸着那门灯的开关，像要揿掉它似的使劲一开，啪嚓!

门灯果然亮了。

“他妈的！这家伙当真还是亮的！”

慎卿自言自语地说着，就探头朝门外望一下。刚好离大门左首不远的小巷口，有个黑影在慢慢走来，慎卿立刻断定这是常来讨饭的小叫花了，这就立刻成为他“发泄”的第二“对象”。他两脚三步跳出大门去，准备痛痛快快发泄一下。

那黑影也站住了。因为天色尚未全黑，因为门灯又开亮着，慎卿看得明明白白，那不是他意想中的小叫花了，那却是一个女子，——

他和她有过一段故事的李桂英女士！

李桂英在这时机出现，慎卿异常不欢迎。可是他已经跑不掉了。李桂英已经站在他面前，长睫毛下边的一对黑眼睛痴痴地看着他，像有一千句一万句话。

这两道又温柔又尖利的眼光把慎卿看得局促不安了，慎卿便低了头，心里却打算脱围的方法。

李桂英先开口了：

“嗳，慎——卿！我在大街上远远地就看见你。——你跑得那样快，我赶不上。——我，哎，慎卿，这一个月里，我的身子更加重了！怎么办哟？”

慎卿心头别的一跳。又是这“怎么办”来了！糟糕！如果那一对长睫毛下的黑眼睛刚才把他看得局促不安，那么，现在这略见苍白的嘴唇轻轻说的“怎么办哟”，就把他从“不安”转化深刻而为“害怕”。

不错，慎卿是“害怕”。大约三个月前，他第一次听得桂英告诉他生理上起了变化，而且不放心地问他“怎么办”的时候，他还只是焦灼，他还和桂英商量办法；后来第二次，第三次，老看见桂英那张阴悒的叫人不快活的面孔，老听得那一句似乎非要他负责不可的“怎么办”,他就由“焦灼”和“商量办法”很快地“进化”为“讨厌”和“干笑着不说话”。最近一个月前，因为桂英常在用种种法子找他，而找到了又怨恨他,“纠缠不清地”定要他想个办法,于是他不得不“害怕”了。

“慎——卿！哎！再过一个月，人家也要看得出来了怎么办？”

李桂英得不到回答，就再逼进一句，同时她那近来“更加重了”的身体就朝慎卿挨近些。慎卿“害怕”得浑身一抖，就赶快往后退。

“喔哟哟！看你那样子！难道我身上有了刺么？”李桂英的声音尖起来了，故意更挨近些。

“不是,不是！——人家看见了像什么样！”声音干燥得不像是“人”说的。

“哼哼！哎——喔，当初你为什么不怕？当初我倒老是怕人家看见，心里别浪别浪跳。现在你倒怕了么？现在——我还有什么可怕？反正再过一个月，大家都看得出来了！”

“偌偌偌！又来了！一见面总是骂我，怎么怨得人家——”

“噢！到底是谁的不是，一见面就吵嘴？人家着急得地洞里都没有钻处，你总是那股死腔！”

李桂英那长睫毛下的黑眼睛已经是泪汪汪了，脸色更加惨白。慎卿觉心里似乎一软，便赶快别转脸去。他不敢看这一对发亮的黑眼睛。他恨这对眼睛！要不是这一对眼睛，他从前怎么会爱上了这个方脸的而且身段又像H字母的女子？

“废话说他干么！哦——桂英，此刻年底，我忙得很，过了年，我一定给你想个法子。”

慎卿此时只有这一条“缓兵之计”，可是他忘了这一条计他已经用过好多次，所以实际上等于没有“计”。

“什么法子？是不是早先商量过的打掉它？哎——打就打罢，你和我同去！到上海去！”

“不一定是这个法子，……可是，桂英，早先你不是不愿意么？你说你妈会晓得的，你妈也不能放你一个人到上海去。——我慢慢地就会想出一个好些的法子。”

慎卿的口气居然温和起来了，像对一个情人的口气；不过他的心里却从桂英说的“到上海去”，便想到他要和月娥到上海去，而且再转杭州去；这一联想，猛又促起他“还没弄到钱”的心事，他不能不早求脱围，不能不把“缓兵之计”加浓着温和的情人样的口气。

李桂英似乎也受“感动”了；她的黑得发亮的眼睛又是爱他又是恨他似的看定了他的面孔。慎卿觉得时机已到，正想再说一二句情人样的话语，以便好好儿分手，可是李桂英却比他先开口：

“不！慎卿！慎——卿，我等不及。”

“呀呀——哎！这是性急不来的，怎么性急得来呢？”

“一定要性急的！要打就得赶快。已经有了五个月呢！”

“哎哎，不是同你说过，慢慢地总还想得出别的好法子。”

“不！慎——卿，不会有别的好法子的！捱多了日子反而不好。”

“那么，也得先打听好门路；有许多医生，许多医院，都不肯干这件事。”慎卿还在极力忍耐着维持他的“缓兵之计”。

“不用，不用！我有个要好姊妹住在上海，她有门路。——我只说到她那里去玩几天，爹妈面前也容易搪塞过去。”

“哦——”

“这一条路，我也是今天刚想起；为此我到处在找你，——”

“那就好极了，好极了；”慎卿忽然“福至心灵”起来，忽然由“缓兵计”改变为“催兵计”，“你今明天就走。我——一过了年，就到上海来看你。”

“不，——还是要你同我去！我一个人——让他们动——手，我怕的。”

“咳咳咳！你有要好姊妹在那里，怕什么！”

“不不不！没有男人同去是不行的！”

“哎，——年底下我实在没有工夫。”慎卿的忍耐已经到了顶点了，他心里想“催兵计”也不中用，只好什么计也不计，干脆转身就走。而此时李桂英也正在沉吟，慎卿瞧来是千钧一发的机会了；他正待说一句“过了年一定同去”，就可以和她分手，不料李桂英突然拉住了他的手说道：

“不同去也使得。不过，钱呢？”

“什么？”慎卿心上一跳，还有点不相信自己的耳朵。

“钱哟！慎——卿！这要用好几百块钱的！”

“哦哦，哎哎——我随后寄给你。”慎卿这句话说了出来以后，他方才自己感到这句话真正应付的再得体再稳当也没有。他想这可应该“分手”了罢。

“不，慎卿！我不要寄！你此刻就给！”

这话是尖声的，又是含着强迫性质的，慎卿再也耐不住了，他用力将手一洒，洒脱了李桂英的手，反身就走，一边低声地然而沉重地说：“此刻我没有，没有！”

李桂英似乎早已看出慎卿时时在打算溜走，她的手刚被洒脱，她早已抢前一步，双臂一扑，上半身就缠住了慎卿的身体。

“呵！”慎卿叫了一声，但立即镇定了，低声喝道，“桂英！算什么样子！有人来的！有人来的！”

“人来也不怕！”声音是又尖，又狠，又像带着哭声的。

“放了手再说呀！桂——英哟，当真我眼前没有钱，可怎么办呢？”

“哼哼！你骗谁？你没有钱——你为什么要买那件狸猫皮的女大衣？哼！我远远地看见的！”

李桂英放松了慎卿，但是站得肩挨着肩地，气吁吁地说；她那长睫毛下的黑眼睛闪闪地盯住了慎卿的面孔，似乎说“不怕你逃！你逃到哪里去？”

慎卿的脸色变得死白。他去找赵歪嘴的时候顺路又看见那件女皮大衣，的确顺便进去看了看，又问了问价钱；糟糕！现在后悔也来不及！

“知道你这没良心的了！你——有了别人！怪道老躲着我——”

"桂英！——"

"——好，好！走开就走开！可是我肚子里这块东西，要你给我弄掉它！你想不管么？哼哼！"

一边说，李桂英又扑到慎卿身上，呜呜地哭起来了。

慎卿只急得一边想挣脱，一边慌慌张张求告说：

"桂英，桂英！不像样，不像样的！哎哎，桂——你向来不是这样的！你向来柔顺的，和我好的！哎！真是！"

"不错，我向来柔顺。就为的我向来柔顺，今天逼得我什么都只好不管！——你，你，给我钱，让我去打掉了，从此就不来找你，一刀两断！"

"我当真没有。有了为什么不给？——我没有买，没有买那件皮大衣。你不信，可以去问店里去！"

"不管你有没有，今天我一定要！"

"哎，这不是——哎哎，——嗳，桂英，迟几天怎样？要是你性急，一定要年前打掉它，你先去设法这笔钱，我过了年一定还，不还不姓唐！"

慎卿这几句话，确是绝对的真心。他不是舍不得花钱的。而且他也着急得声音有点发抖了。李桂英慢慢放开了他，叹一口气，朝慎卿看了几眼，似乎想看出他的心来。慎卿趁势倒反把头凑过去，附着桂英的耳朵，轻轻地说道：

"你不知道我这年关真过不去哪！老头子昨天夜车来了，我和他要钱，反被他骂了一顿；他说他身上背的债，还一点也没有办法呢！刚才我上街去，也是想借钱，——跟赵歪嘴借。你不信，可以去问他，我有没有借到。——桂英！此时我没有钱！你先去想法弄到一点，先到上海，进了医院，过了年关，我借得了钱，一定马上寄给你。——

我向来不是小气的，你想想哟！这三四个月里，我实在干瘪透了！”

“哦，咳——”李桂英似乎也被慎卿说得心软了些。她用手指在慎卿额角上使劲捺了一下，好像恨他，又好像怜他。“咳——”她又叹一口气，就说道：“我哪里去弄钱？爸爸天天生气；店里生意清，放的账收不起，欠的债人家逼得要命；——妈妈有千把块钱的私房，存在当铺里，今年端阳边又倒掉了！我哪里有办法？”

“那么，桂英，还是过了年再打罢，不差这几天工夫。”

慎卿松下了千斤重担似的说。他以为这一幕活剧大概可以好好儿收场了。他很庆幸这一会儿竟没有人来撞见。他们站的那巷口是一条死巷，一边是他家的花园，一边是人家的当作菜园的空地；他家大门前本来不是过路要道，这时天色又黑，只有大门上那门灯在他们二三丈路外像睁大的眼睛似的朝他们看着。

慎卿机械地朝四周瞥了一眼，又打算走，他的身体已经挪动了方向。忽然李桂英恶笑了一声。慎卿听着这笑声，不禁汗毛都竖了起来。他从没听得李桂英这样恶笑过。

“那么，你出一个凭据给我。——喔，你不出也不要紧。你早已有凭据在我手里。”

李桂英说着又来一声惨厉的狠毒的尖笑。

“哦——”慎卿又害怕又疑惑地看着那方脸上的一对黑眼睛。

这方脸现在更加方得可怕，这一对会说话的黑眼睛现在像是两个其深无比不可捉摸的小小的黑洞。

李桂英哈哈地狞笑着退后一步，就很得意似的从口袋里拿出一件东西来，对慎卿照面一扬，又很恶毒地故意软声说：

“看清楚了么？慎——卿！”

慎卿是看清楚了。这是一张照！这还是他和桂英同在上海看海京伯马戏的时候拍的;那时他们刚刚“发生关系”,那时他们暗中私订嫁娶。但最近慎卿已把那时的事忘记得干干净净，连他们曾经拍得有这一张双人合照的事，也忘记得干干净净了。

“呵！呵！”慎卿急得说不出话。他心里又是害怕又是生气。

“慎卿！那你总明白了罢，你尽管躲我有什么用？除非你躲到棺材里去！”

“哼哼！你——这人！”慎卿慌急中竟不知道“她这人”应该说是什么才配。桂英说的“除非你躲到棺材里去”，刺激得他太厉害了，他的心里乱滚着害怕和愤怒的火球，他是怕“棺材”的。

“我这人怎样呢？——啊，慎——卿，你自去想想罢，我当初——”

“你这人毒！你这人倒会摆毒计！你……”

“什么？我摆毒计！咄！你想想,是我要拍这张照呢,是你要拍的？嗨嗨！”

“我不怕你！——你不要痴心妄想你有这东西便可以要我长要我短什么都由你。”慎卿咬紧了牙齿说，脸色都青了，狼狈地四顾，似乎决不定一个主意。

“啊哟！要你长要你短？我从前要过你什么的？你把我当做什么，倒要你明白说一句？——哼哼！是我当初不生眼睛！哼哼！算了！再会！过了年寄不寄钱由你，寄多少也由你！哼哼，倒好像我是仙人跳，扎火囤！”

李桂英气得声音有点发抖，她那苍白的脸上也涨红了。她将那照片放进袋里，转身便想走。可是这当儿慎卿也已经决定了主意，他突然一个虎跳，就扑到李桂英身上，想强夺那“可以要他长要他短”的凭据。

“喔喔——哟！”李桂英裂破了嗓子似的叫起来，她两手护住了口袋，死命地挣。要不是她“身重”，慎卿也许还不是她的对手。“救——救命！……”刚喊得这一句，李桂英一口就咬着了慎卿的手指，这手指正想来堵住桂英的嘴巴。——“喔唷！”慎卿叫着,不由不松一下手。李桂英乘势挣脱身子就跑。然而一则因为慌张，二则因为她站的地位关系，她一跑就跑进了那小巷口，而这小巷是一条死巷！

慎卿像一条疯狗似的追了进去。

这当儿，唐府大门口有人出来了。正是那失业的绸厂工人黄阿祥。他的胁下依然挟着他那包绸。他垂头丧气，似乎连腿都抬不起。癞痢小王和花儿匠老冯监视在后。

黄阿祥站在大门前，路当中，仰头看着天，叹了一口气，天上已经有几颗星，亮得出奇。黄阿祥发狠似的跺一跺脚，忽然——

“救——命！”

声音是从左边来的。黄阿祥怔了一下。第二声又来了。这一声比较低，然而更惨厉。黄阿祥立即朝那小巷口跑去。小王的癞痢头也探出大门来了。黄阿祥刚跑到那小巷口，劈面就撞着了一个人的身体；那人猛不防有这一撞，扑的就跌倒了。黄阿祥正待把他扶起来，小巷里哭着叫着，又跑出来了一个人，这人，黄阿祥看清楚是一个女的。

“啊！好像是慎少爷呢！”

癞痢小王对他背后的花儿匠老冯说，也就走出大门来。

这时慎卿已经爬了起来，拔脚就朝大门跑。离他一丈光景，李桂英在追。忽然从那边街上涌来了三四个人，就把慎卿和李桂英隔开。接着又是五六人飞也似的跑来，连先前的一批就把唐府大门围住。乱哄哄中有一个人的声音叫道：

“有后门么？赶快分几个去守住！”

“有的！有后门，也有边门！麻子！——喔，阿贵他们也到了，……

我去！”

这时大门前的街口又拥出五六个人来，那叫着“我去”的汉子就迎着这最后的一批，狂风似的沿着唐府大门左首的水磨砖墙包抄了去。

慎卿站在大门上，喘着气，瞪出了眼睛，不知这一伙人是来干么的。然而他立即省悟过来似的朝自己手里一看，那“凭据”的照片果然在他手里，不过已经皱得不成样子。慎卿苦笑一下，转身就往里边走，这时候，大门外忽然嚷成一片。慎卿本能地回过身去看，只见刚才那批人正在和小王和老冯指手画脚地争论。从人缝中，慎卿又看见李桂英站在大门前，路当中，门灯的亮光照着她的脸青里泛红。她似乎在哭着讲说着；她面前站着两个短衣的汉子，似乎在听；一个是空手，另一个胁下挟着一包东西。

忽然那两个汉子一齐回过头来朝门里看了，两个的脸上都是一股怒气。

慎卿不由不打个寒噤，转身拔步就朝里边跑走。

十

刚刚才来的这批人，就是华光织绸厂失业工人的代表，来和唐子嘉二老板“算账”的。

靠了厨子老包的帮助，癞痢小王和花儿匠老冯总算能够把双扇的大门关上了一扇；老包来的刚是时候，而且似乎很有“应变之才”，他手快得很，一面用他的左臂帮着小王和老冯抵住了外面的人们，一面就用右手抽出嵌在墙里的笨重的檀木门闩来。可是那木门闩刚刚抽出一半，刚刚能够扣住了那已经掩上的一扇门，癞痢小王和花儿匠老冯已经败下来了，工人代表们中间已经有三四个挤进了那一尺多厚的门洞子，眼见这座“头关”要保不住了。

然而也正和几秒钟前代表们因为争先抢门自己人反倒挤住了一般，现在这三位又在那窄仄的半个门洞子里挤住了；这只是一秒钟的挤住，可就给了老包一个天大的机会。他双手抓住那抽出一小半的木门闩，用尽全身力气向左边一送，——“唷哟！”三个代表们中间有一位忽然狂叫一声，横冲过来的木门闩打着了他的腰部了；他不能不退，木门闩就在他面前擦身过去，可是这当儿他们三个中间最左边的一位已经扑开了还在抵抗的花儿匠老冯，全身进了门了，可是那木门闩也就在他身后冲过，砰的一声撞在门框上，将他和外边的同伴们拦开。

这粗重的木门闩就成为临时的“铁丝架”，三位“唐家将”就据这临时的“铁丝架”继续抵御外边的进攻，一面又和拦在里边的那个工人混战。

“妈的！动手就伤人么！打破你这扇牢门！”

外边的人们乱哄哄嚷着，拳头和脚尖打得那关上的一扇门砰砰地响。

中间还夹杂着一个女子声音的发疯似的叫喊。这是李桂英，她也横了心了，一定要找到慎卿拚一拚。

“门——撞不开的！门——结实！很粗一个木闩！你们爬！——爬过那道门！”

拦在里边的那工人一面和癞痢小王扭做一团，一面撕碎了喉咙似的朝外边喊。

实在此时外边的工人已在努力想法克服那个临时的“铁丝架”。他们的战术却不是“爬”而是“钻”，——要从那木门闩下边钻进去。可是半个门洞子的地位不过两尺来宽，外边人虽多，惜无用武之地，而况老包和花儿匠老冯又在里边拚命抵抗。

拦在里边那工人，原来就是黄阿祥；他无意中遇见了那批“代表”，这才知道他的房东“唐先生”也者，原来就是欠了他三个月工钱的绸厂的董事长；原来他并没欠“房东”，反是“房东”欠了他；可是他刚才还拿了绸来抵押，还苦苦哀求“宽限”半个月，而且还终于得不到结果！他这一气非同小可。他浑身突然长了千百斤力气，他扭住了小王只三四个盘旋，就把小王打倒。他转身就扑那厨子老包。然而小王又已经爬了起来，一头向黄阿祥的腰眼撞了去。黄阿祥猛不防，也就跌在地下了。小王随手抓起一条板凳来作武器。可是黄阿祥就地一滚，格开了那条板凳，扳住了小王的脚，——像闷在甏里似的吼一声，黄阿祥跳了起来，小王却被他跌出有丈把远。黄阿祥抢过那条板凳追上去，不防脚下一绊，险些儿也跌倒。乘这空儿，小王赶快爬起来逃进了二门，就把二门关上。

这时大门外的人也已经改用了“爬”的战术。有两三个人已经跳在那木门闩上，从上而下地向那花儿匠和厨子攻击。“唷！——”花儿匠似乎吃着了一脚，就往后退，厨子也跟着败了下来。

“头关”是破了，外边的人都纷纷从门闩下钻了进来。最后进来的是李桂英，她抱着黄阿祥那包绸。然而大门外还是密密地攒着人头，都是街坊听得嚷吵来看热闹的。

代表们拥在那关得铁紧的二门前，正在查问老冯和老包还有没有别的路可以进去，突然“嚁——嚁——”的警笛声在大门外由远而近，大门口那些看热闹的人们都纷纷躲开了，三人一队的警察一直闯了进来。

“你们大伙儿在这里闹什么？知道么，侵入家宅是犯法的！”

警察中间的一个——似乎是班长之类，走到工人代表们面前吆喝着。

“我们是华光绸厂的工人代表，来这里讨欠账的，——”

"哈，那么你们就应该到厂里去讨呵！"

"咄！厂早已关门了——关了三个月了！厂里鬼也没有一个！这里姓唐的，——唐子嘉，就是厂里的老板。欠了我们三个月工钱！"

"还欠了我们三个月的遣散费！"

"叫唐子嘉出来！他欠了人家的，他不理，人家欠了他的——哼！他倒追得多么凶！"

最后说的，是黄阿祥。

那班长好像什么都没有听得，他只一眼一眼地朝李桂英身上看。这年轻的女人显然不是工人，也不像是看热闹的。班长用手指了一指，就叫道：

"喂，你——你女人家，来这里又是干么？"

"我么？——"李桂英顿了一顿，"不用你管！"脸上红了一下。

"哈哈哈！"那班长笑着。突然他放下脸，对工人代表们说："去！讨钱是讨钱，我不管；闹事，我就得管一管！你们知道现在是冬防，不准聚众……"

"谁来这里闹事？是他们不让我们进来，这才闹起来的！"

代表中间那个叫作麻子的说，手指着厨子老包和花儿匠老冯。

"啊哟哟！你们要见唐老爷，唐老爷可不在家呀！"厨子老包一脸正经地叫起冤屈来。

"放你妈的狗屁！还说不在家么？刚才我亲眼看见他的！"

黄阿祥怒声嚷着，用脚重踢那关紧的二门。代表们也一齐动作起来。有一位看见了那条丢在一旁的板凳，就去拿了来当作撞门的工具。麻子和别的三四人抓住了厨子老包和花儿匠老冯，要他们说出有没有别的路进去。老包赖在地下撒泼。一个警察跑来干涉，另一个警察禁止撞门，然而如何禁得住？代表们人多。

"混蛋！混蛋！你们胆敢……"那班长咆哮着，跳得团团转，一面就拔出了手枪来。然而他不敢开枪。他是陷在十来个工人代表的阵中，他知道至多开了一枪，他自己就要被人打倒。他只能举起枪来威吓。

李桂英吓得浑身发抖，逃到了大门外。可是她不肯就走，便坐在大门外阶沿上远远地看着。

忽然那花儿匠老冯急口地喊道：

"好了！好了！放了我罢！老爷出来了！"

代表们都转身寻觅。当真那边一条不大看得见的夹弄口缩手缩脚走出两个人来了；一个是朱润身，一个却是账房老胡。

"不是！不是！唐子嘉是个矮胖子！"

黄阿祥第一个先叫了起来，别的代表们也大叫不是。然而他们都向这两个"不是的"围了过去。朱润身着急得只管摇手，自己报名说，"我姓朱，姓朱，我是客人！客人！"账房老胡却哭丧着脸连连作揖道：

"各位！不要闹，不要闹！二老板当真不在家！……里边太太有病！各位！有话好从长计较的！各位……"

但是老胡忽然看见有三位警察在这里，他就胆子一壮，也不再作揖了，也不再"各位""各位"的了，而且口气也强硬一点了；他提高了嗓子，接着说道：

"二老板是股东，不错，他是股东，——他本钱也蚀光了，厂里欠你们的工钱，怎么好同二老板要？况且——一样的股东，也有好几位，你们也不好单找二老板要呀！……"

"他是董事长呢！不找他找谁？别人也找不到！"代表中间有一个高声叫着。

"你是什么人？我们只要姓唐的出来！"

"哎哎——可是二老板不在家呀！"

“什么话！我刚才看见他——你也在场的，你怎么当面就要赖？”黄阿祥怒气冲冲走上一步，挺起胸脯脸对着老胡的脸。

“啊啊啊——嗯，你么？哎，你走后，二老板也走了！”

“让我们进去搜！”那麻子的声音。

“吓！哪一个说搜？人家房子是你们可以搜的么？”那警察班长也插身上来了，“人家二老板不在家，你们还要闹什么！去！聚众……”

“就是你们见着了二老板，他一个人也做不得主。要开董事会，要大家商量——”朱润身似乎也因为有警察在场便定了心，也帮着老胡说。

“不行！不行！停工的时候，董事会不是说过一个月后就能够发清么？后来又说没有钱，到年底一定发，这不是年底了么？董事会倒不知道哪里去了！我们只找唐子嘉算账，他是董事长！”

那麻子理直气壮地回答。

“工钱三个月！遣散费三个月！一共六个月！”

“年底了，我们过不去！”

工人代表们一边说，一边就紧紧地包围过去。

麻子和另外几位就从老胡身边冲过，跑进那条小小的夹弄。然而这弄又暗又长，麻子他们一边走，一边得防有“埋伏”。一会儿，弄走完了，一道门挡住。门是很结实的。他们只好出去。

这时黄阿祥正扳住了账房老胡的肩膀，厉声叫着：

“你是唐子嘉的账房，我们只问你要姓唐的！”

“啊啊，哎！——”老胡又想挣扎，又不敢挣扎，他瞪大了眼睛看着黄阿祥，忽然苦笑一下，低声说：“喂，朋友，马马虎虎罢！你住的房子还是二老板的，多让你住个把月——”

“哼哼嗨！你不要捣鬼！你想收买我么？哈哈！你不要转错了念头！”

黄阿祥一边说，一边更用力地抓住了老胡的肩膀。

麻子他们也从夹弄里回出来了，一面嚷着“这里进不去”，一面又跑到二门的那一边去搜索有没有进去的路。代表们也有仍在想法撞开那二门的。两个警察挤来挤去阻拦吆喝，一点也没有效果。

“妈的！你姓唐的躲在里头一世，我们也守住你一世！”代表们愤怒地叫着。

黄阿祥已经把老胡拖走了几步了。那警察班长飞奔前来，大声喝道，“放手！你干么的！”举起手枪来对住了黄阿祥的胸脯。但是黄阿祥不怕，他不放手，他的眼睛红得发火似的直对那班长看，似乎说“哼！你不要以为有一支手枪就是了不得”。

“喂喂，朋友，你吃住胡先生也没有用的；二老板不见得为了胡先生就肯出面！”朱润身又从旁排解。

“对呀！吃牢我是没有用的；——当真二老板不在家……”

“还说不在家么！”黄阿祥厉声说，手下一用劲，就把老胡轻轻提了过去。喈喈！——那班长立刻吹警笛。然而他的两个部下被更多的工人代表拦住了，不能来解救。

这当儿，忽然大门外跑进了几个工人来，气急冲冲地喊道：

“唐子嘉逃走了！姓唐的逃走了！”

“什么！逃走了？”黄阿祥转脸过去急口问。那班长乘这机会，就施展他“平生的绝技”，用他的手枪朝黄阿祥手上猛戳一下，便把账房老胡夺救了去。“妈的！”——黄阿祥急反手去捞捕，可是账房老胡同朱润身已经缩进那夹弄口了，那班长也飞步抢到那夹弄口，背对着弄，面对着黄阿祥，举起了他的手枪。

这时那几个报信的工人也到了面前。黄阿祥认识他们就是去守唐府后门的。那中间一个叫作阿贵的，正在对麻子说：

“逃走了！爬过了一堵短墙逃到别人家园子里去了！我们看见的！”

原来唐府的花园后身就接连着那位林焕翁的后园，只隔着一人高的一堵短墙；二老板先叫癞痢小王爬过去和林府接洽好了，然后两边用梯子接了他过去。

“你们看见的？嗨！怎么不捉他下来？”黄阿祥抢着问。“啊啊啊！你倒说得容易！隔着半个园子呢！看是看得见，过是过不去的！”

阿贵回答。随即他又跑到大门口，和别的代表们大声地嚷着。

这时的情势完全不同了。唐二老板果然溜走了，连老胡跟朱润身也逃脱，那警察班长却举起手枪守住了那条小小的夹弄，大有“一夫当关”的气概，他的两个部下也在他旁边。这时那班长因为没有后顾之忧，一定敢开枪。

代表们集在大门内的过道上，乱嚷嚷地商量办法。

黄阿祥的眼光忽然落在大门外李桂英的身上。她还是坐在阶沿上朝里看，抱着黄阿祥那包绸。黄阿祥走过去从李桂英手上拿了那包绸，刚说了句“姓唐的逃走了”，就听得一阵整齐的步伐声音从街那边来。他撇了李桂英，跑到大门右首路前一看，就反身冲进大门去叫道：

“大批的警察来了！”

代表们都吃了一惊，立时静了下来。步伐声是愈来愈近了，听声音就知道人数不少。忽然那守在夹弄口的班长哈哈笑道：

“你们这伙混蛋！不要走！等老子来收拾你们，哈哈！”

这句话倒提醒了代表们。他们立刻想到那大批警察一定是逃出去的唐子嘉请了来的。姓唐的还想捉人呢！

再不用商量什么了，代表们赶快就走。黄阿祥在最后。他走过那还是失魂落魄地坐在那里的李桂英面前时，就招呼她道：“喂，走罢！”

李桂英惊醒了似的站起来，就跟在代表们背后。然而抄过了唐府大门右首一带水磨砖墙时，就听得背后人声嘈杂，还夹着警笛的急叫，代表们立刻分做了两三个小队，影子似的没入了那边的冷街和小巷里。李桂英还听得他们乱哄哄地说：“到火车站去守他去！”但是也有人说，“留几个在这里前面街上，看他今夜回不回窠！”李桂英听出这仿佛是黄阿祥的声音。

这时忽然有一条狗从暗处跳出来，汪汪的狂吠。李桂英吓了一跳，转身就跑进另一条街去。她梦游似的不知走了多少路，她不知道到哪里去好，她也忘记了疲倦，虽然她愈走愈慢，几乎是拖着一双腿走。

然而她面前的路却是愈走愈亮了。她看见一些铺子里都已经摆出夜饭来了；她看见那些店员吃饭慢吞吞地，——似乎很舒服，似乎又不舒服；她看见偶然有什么过路人在铺子柜台前望了一眼，就有两三个店员赶快丢了碗筷，立起来招呼生意，然而那人什么也没有买，就逃也似的走开了。她忽然想到自己家里的铺子一定也是这样生意清，她忽然也觉得肚子饿。

她在街角上站住了，认一认方向，打算回家去。忽然瞥见那边街上有一个人匆匆走过，好像是唐慎卿。刚才半小时内她所经历的一切，突然回来钉得她心痛。她只有一个念头：追上他！找回那“凭据”！她忘了回家，忘了肚子饿，转身就追寻那男子的影踪。

十一

李桂英猜到她自己家里的铺子也是一样生意清，可是她却没有猜到她家铺子里的店员此时并不能享受那慢吞吞吃饭的“清福”。

从下午四点半起，她家的铺子里就挤满了各式各样的债主。到了五点半光景，店主李惠康飞开了他那中装夹大衣的前襟，像一只大黑鸟似的跑回到店里，一幕热闹的活剧就此开始。

当下抢步上前包围了李惠康的，就有两个男子和一个女人。

那女人是包饭作的老板娘，——虽然是包饭作的老板娘，却并不肥胖；她毫不客气地拉住了李惠康的大衣袖子，就咭咭各各说了一大堆，那两个男的竟插不上半句嘴。

李惠康嘴里是“嗯……哎”地应着，眼睛却望着店堂右后方的一个角落。李惠康从店里出去的时候，这角落上坐着一位戴着假獭皮帽子的人——唐子嘉已经回来了的消息也是他说的，他是一个手段最厉害的收账客人；但现在这角落上居然空了。李惠康看得明白，就轻轻地吐了一口长气，同时那位包饭作老板娘很急很快的一大篇话也有几句承他的耳朵容纳了下去。

“咳——呵！你们是小本生意！可不是！——”李惠康似答非答应着，很慌忙地旋一个身，就拂落了拉着他的大衣袖子的包饭作老板娘那只手。然而好像他又忽然省悟到那样的“似答非答”，不会使包饭作老板娘满意的，就又旋回身来，很正经地说道：“咳！你们那里的，到底是小数，不忙，不忙！”

“那么，让我带了去。我们的本钱小！”

包饭作老板娘这回例外地只说了两句，然而这两句比一大篇力量要强得多。

“嗯，嗯——”李惠康随口应着，就伸手到大衣袋里去摸；他可当真摸着一大把，然而不是钞票，却是账单，——一大把！代表的银钱数目够付整整一年的包饭作，可惜都在别人手里，不肯还他。这时候，两个男子中间一位黑脸络腮胡子的，再也耐不住了，就大声说道：

“喂！李老板！我等了你差不多一个钟头了，到底怎么样？”

“呵呵，对不起！张客人，——你的，备好在这里了！”

李惠康慌慌张张回答，就“喂”的一声朝账台上打过招呼去。可是账台上没有人。管账的陆先生正在店堂左首靠后的一角，陪着两个人说话；这两个人不用说也是讨债来的，不过李惠康倒觉得面生。

包饭作的老板娘又逼近身来了，李惠康似乎怕她再是一把袖子拉住，立刻跑到账台上，抽开了账箱的一个抽屉，扑的一声，把抽屉里的零星现款都倒在账桌上，一面数起来，一面歪过头去朝管账的陆先生那边叫道：“喂，玉山兄！账箱里付出二十块了，——伙食账！”他检好了三张五元的，五张一元的杂色钞票，正要递给那又已逼近身来的包饭作老板娘，不料她早已听清只有二十元，就双手摇着说道：

“怎么只有二十块呢！刚才陆先生倒还肯付二十五！等了你半天，反倒少了五块了！嘿嘿！真稀奇！二十块？一半里一半还没到呀！”

李惠康这才仿佛记得他刚一回来时那包饭作老板娘拉住了他的衣袖咭咭各各说的一大篇话里，好像是有几个“二十五”长“二十五”短的；他苦笑了一下，一言不发，就再检了五张零钞，加在二十块里，往账桌角上一放。

包饭作的老板娘不肯拿；她扭一扭头，似乎又有一大篇“演说”来了。李惠康赶忙摇手拦住她道：

“好了！好了！明天再付你些，还不是一样的？——近来菜也越来越坏了，照理也应该扣你一扣。”

李惠康忽然提出“菜太坏”的话来了，似乎他要表示他之所以拖欠着包饭作里一百多块钱，并不是为的手头紧。这项欠款，如果照李惠康的“商业习惯法”说来，倒是“相应”付之不理的。这还是中秋节前积欠下来的数目，可说是“呆账”了。至于中秋节以后呢，李惠康能够理直气壮说，他是一天也不欠的，——他天天是现钱交易，不，他简直是预付的！因为在中秋节的大交涉时期，包饭作老板有过口头声明：要是每天晚上来收碗筷时不把第二天的伙食钱带去，那么，第二天开不出饭来，就要请李惠康“莫怪”了。然而这样的“先付后吃”实行下来，每天的饭菜却越弄越坏，不但伙计们每饭必有“闲话”，甚至李惠康也以为太不像样；包饭作老板并不肯放弃那注“呆账”，他在每天的饭菜里零零碎碎扣。

事情就是这样似乎不复杂却又实在复杂的，所以李惠康提出“菜太坏”那话儿时，他心里老实是这么想的：“哦！这笔账，你们零零碎碎也扣得够了，怎么还要当一件事来讨呢！”

然而包饭作老板娘心上的算盘又是一种。她听得了李惠康那话儿，立刻满额角胀满了青筋，汹汹然争辩道：

“李先生！话要说清楚了！怎么是‘照理也应该扣一扣’？李先生……”

“哎——哎哎！”突然那黑脸络腮胡子“张客人”上前一步，横在包饭作老板娘和李惠康的中间，“李老板！请你快点吧！”包饭作老板娘后来还继续说些什么话，李惠康竟没有听得。

同时那另一位男子也皱着眉头，示威似的大声咳了几下。

包饭作的老板娘却也已经抄过那黑脸络腮胡子，又站在李惠康当面下，两手叉在腰间，已经摆好了又要来一大篇“演说”的姿势。

李惠康怕得头也胀了，赌气似的再捡起一张五元钞票，连同那二十五块，赶快塞到包饭作老板娘的手里，大声说：

“这可好了罢？这可好了罢？真是！”

一面他就把账桌上余下的钱都放回抽屉里，嘴里却回答黑脸络腮胡子道：“对不起！——哎，张客人，对不起！……哦！叔清兄，还要请你候一候！”最后一句是隔着账台对那位咳嗽示威的男子说的。

包饭作老板娘把钞票数了一遍，终于走了，样子还是老大的不愿意。

"是三十块呢！"——李惠康郑重地找补了一句，心头松了一口气。

"不错的！"——回答的声音已在柜台外了，头也不回。此时那曲尺形的柜台边很匀称地排列着四个伙计三个学徒的"岗位"，都把上身伏在柜台上，朝冷清清的街上看着。李惠康也朝那七个"岗位"的背影呆看了几秒钟，然后突然醒悟过来似的慌慌张张叫道："哦，阿四！倒茶来！香烟呢？"

"不消得！都有过了！倒是——李老板，请你快点！"

那黑脸络腮胡子的张客人干笑着说，转脸望一下店堂外那黑下来的天色。

李惠康低低叹一口气，便又抽开账箱上另一只抽屉，取出一个钥匙，开了账桌的一只抽屉，从这里这才拿出一只祖传旧式的牛皮"护书"①来，在一格里摸出两张纸，看了一看，又回进一张去，然后转身对那黑脸络腮胡子赔笑说道：

"张客人！种种全仗包容！实在敝店本街的账头也收不起。"

那张客人接过那张纸去看了一眼，就自言自语地说道：

"哦！裕丰的票子。"

"是呀！刚好是明天的期。三百五十块！"

"这不是只有四成多点么？兄弟回去也难以交代呀！"

"啊！今天只好请你照应照应了。张客人！城里和贵处有交易的，想来也不少罢，啊，阁下肚子里自然明白的，哪一家能够如数付清。"

"不过，连六成也不到，兄弟回去是不能交账的！"

"哈哈，那么相差也不多了！嗯，张客人，兄弟一句老实话，要不是贵厂的毛冷衫跟驼绒围巾市面上还'欢迎'，那我连这三百五十块也筹不出来呢！敝店跟贵厂今年还是新做，不过，张客人，你去打听打听，

① 护书：旧时用以存放文书、拜帖等物，便于外出携带的多层夹袋。

兄弟的'信用'向来不差！本年实在是银根太紧！偌！你看,多少账头！"

李惠康说着就从大衣袋里拿出一叠纸来,要给黑脸络腮胡子"过目"。

"哎哎——"黑脸络腮胡子不愿意管李惠康那些"账头",然而脸色是可以通融的样子了。

"啊！惠翁！——"忽然那边陪着客的管账陆先生叫过来了。那两个客人一定也是等得不耐烦，而且陆先生的"应付"也一定没有使他们满意。

李惠康立即很爽气似的拍着张客人的肩膀说：

"那么张兄，你总还有几天的耽搁罢，过几天兄弟一定遵命补足六成。今天兄弟分身不开，过一两天还要请张兄赏脸叙叙。"

"那不必客气！——那么，就是后天我再来罢？"黑脸络腮胡子一边走，一边说。

"不敢劳驾了！还是兄弟到张兄旅馆里去拜候便当些。"

李惠康也"客气"着，送到店门口，就赶快翻身转来，跑到账台前，——这里有朝外摆着的两把椅子夹一张茶几，所谓"叔清兄"者就坐在其中一把里，手托着茶杯。李惠康在那空椅子里坐了，就很恳切地说道：

"叔清兄，我们是老交易了，彼此都明白底细。我也不多说废话。尊处是六百多罢，——这一个,"他从大衣里襟的袋里摸出一个折子来，"请你暂时收一收。——哎，现钱可实在无法筹措。"

李惠康摸出来的，原来就是立大当铺存款一千元的那个折子。李惠康付不出现款,说要先拿什么来担保一下,等过了年再备款赎回:——这原是"叔清兄"昨天来交涉的结果,而且是"叔清兄"含糊默认了的;但是他却料不到所谓"担保品"竟是立大当铺的存折一扣。他也不看折上存数是多少，立刻将折子推回李惠康手里，干笑着说道：

“惠康兄！你简直是跟我开玩笑了！”

“呵——那，那！……叔清兄！折子上数目是一千呢！”

“一千？一万也不中用！倒账总是倒账！”那“叔清兄”还能够干笑。

“可是唐子嘉答应了还的，——嗯，四成！况且还有弄起一个债权团的风声。争一争，——六成是稳的，稳的！”

“这是你的如意算盘了！唐老二坍了！城里谁不知道！”

那“叔清兄”盛气地说，现在连干笑也没有了。

李惠康暂时竟无话可答。是“老交易”，而且“彼此都明白底细”的，竟还会有这方面比“新做”难弄，这却出于李惠康的意外。本来因为既然是“老交易”了，历届总不免有点拖欠，“信用”的范围越来越缩小，所以李惠康今年的政策专走“新做”这条路，——例如刚才去了的“张客人”，还有那边陆先生陪着敷衍的两位。

“惠康兄，昨天你说的办法，我也是为的多年老主顾面上，勉强通融下来的；哪里知道你今天拿出立大的存折来搪塞，是不是你李惠康太对不起我戴叔清？”

李惠康还是无话回答，只急得满头热汗；他凭良心说，不能相信“唐老二是坍了”，但他凭良心说，又不能不承认他这扣存折实在担保不了六百元的债。

“哪怕你先付这么六七成，余下的宕过年再说，那倒还像一句话。”

戴叔清又气冲冲地说；这话好像是放松，其实却是更逼紧了一步。

六七成？这是讨价，自然有还价。算它是四成罢？六百多元的四成，也不过二百多，账桌里那祖传的牛皮“护书”还藏有一张即期庄票，付戴叔清是绰绰有余的；然而这一张宝贝的即期庄票，李惠康是要留着应付“新做”的那边两位“客人”，不能胡乱送掉。

“惠康兄！到底怎样？请你照应照应我罢！”

戴叔清第三次追逼着，还附加一声冷笑。这连那边的两位“客人”也听得了，都惊讶地朝这边看了。李惠康叹一口气，不得不请出他最后的“法宝”来了。

这便是他用了近于无赖的手段在唐子嘉二老板那里弄来的“担保品”——两张房契。

他很费力地弯着手从皮袍子的袋里挖出一只皮夹来，手也有点抖了；他的高颧骨上泛出赭色，他的嘴唇却转成苍白。戴叔清故意别转脸去。

“嗯，嗯，叔清兄，你再要挑剔的话，——我，连店连人，随你怎么办！”

李惠康气喘喘地说。戴叔清很不愿意似的回过脸来，恰好李惠康把两张房契递到他手里。他接来随便看了一眼，还没开口，在那边陪客的管账陆先生已经走到跟前，向李惠康耳边低声说了一句什么话。

李惠康立刻站起来，咬紧了牙齿似的再说一遍，“随你怎么办罢——叔清兄！”就同着陆先生走到那边去。

戴叔清摊开了那两张纸细细看着。这时电灯也亮了。陆先生走到戴叔清跟前，似乎打算说话。

戴叔清抬起头来，对陆先生淡淡一笑，慢慢地把两张契折起来，就说道：

“我也做不得主。——嗯，城里两间市房担保，……喂！陆先生，这两张契，我带回去问问东家罢！只要东家答应，我做什么难人？——啊，陆先生，对不对？”

“哎哎！你叔翁是明白的，明白的；全仗，全仗！”

陆先生很吃力似的回答，又很吃力似的笑着。

戴叔清居然走了。陆先生直送到街上。回进店里来时，陆先生看见店里的老司务坐在柜台外一个陈列着女人用的廉价妆饰品的玻璃柜旁边的一口肥皂箱子上，拿着旱烟管噗噗地敲着箱子角，一面在对着柜台里两三个伙计报告城里的“新闻”：

“什么市面！钱庄一倒，就是两家！……刚才我回来，走过升发杂货店的门前，嘿！收账的挤到门口全是了！哗啦，哗啦，比做戏还要热闹！再大些的铺子，也会逼倒啊！……”

陆先生立即站住了，正要问老司务，倒的是哪两家钱庄，忽然听得李惠康在里边账台上很着急地高声唤他。同时那两位客人中间一个戴眼镜的，也指手划脚地在满嘴乱嚷，——可是听不清他说些什么话。

“……没有这种办法的！喂，李老板，没有这种办法！这，这七百块钱的期票，一定要劳驾付现的！”

陆先生走近了时，听得那戴眼镜的客人这样说。

另一个客人——紫棠色方脸的，看见陆先生走过来了，就一把拉住了陆先生的臂膊。

“喂，陆玉翁，刚才阁下再三恳商，说宝店里账头收不起，只能先付一个整数——一千块，余下的宕过年：我们是勉强答应了。不料李老板两张票子，只有三百块是即期，另一张是明年二月底的期票，——这，这，叫我们怎样通融得下？”

“哎哎，请两位听我说一句话：我这期票，也是人家付给我的，……”

李惠康满脸上找不出一点血色，手指更加抖得厉害，机械地按住了账桌上的两张庄票：一张是裕丰的，另一张正是泰昌的。这两张，都是今天上午才到他手里，都是费了不少口舌，——甚至于哀求，这才到了他手里。

“当真，当真李惠翁生不出法子来了！”陆先生也着急得什么似的说，眼光从那位紫棠色方脸的客人移到那戴眼镜的脸上，“小店里对你们两位，还是格外巴结的。刚才那位姓戴的是本街——本街的户头，爽性就只好不点缀。实在是市面太坏，放出去的账，一小半也收不起。”

“哎，请两位看看——”李惠康又拿出那一叠账单来了。

那紫棠色方脸的“客人”居然揭开那账单，约略看了几眼。他知道这账单不是假造的。要是在前两年，谁也不会相信一家铺子既然还有那么许多生意，却过不了年关；然而现在几乎家家如此。这也是紫棠色方脸的“客人”很了然的。他对于李惠康有同情，可是他又不能就此不逼紧。他皱着眉头，也像诉苦似的说：

“难道说你李老板是存心拖欠么？不过，锤子吃钉子，钉子吃木头，我们厂家放出去的账要是收不回点现款来，拿什么去付工钱，去买原料呢？现在做生意已经十分迁就。放在两年前，李老板，你想想，一共只有一千八百元的账，倒是八百元宕过年，有没有那种厂家是这样好说话的？”

“一千块里搭三百块期票，那还可以勉强通融；啊！七百块！”

戴眼镜的“客人”表示了最慷慨的让步。

“惠翁，有没有别的法子呢？”陆先生扯着李惠康的大衣袖子低声说。李惠康苦着脸搓着手，没有回答。他能有什么别的法子呢？“钉子吃木头”，他近来还不是天天在逼紧他下面的，但在“钉子”的他下面的“木头”，不是铁一般硬，就是什么也榨不出来的干枯的木渣子。

包饭作的夜饭送来了；饭担就放在地上，一个火锅热腾腾地喷着蒸汽。有一个店员踅过去揭开来望了一眼，就又照旧盖好，回头朝他的同事们做一个鬼脸。

李惠康也朝那饭担看了一眼，就想出一个办法来。他拍着那戴眼镜的客人的肩膀，打起精神来笑着说道：

“请你们两位上馆子去叙叙，——今天是初会，初会；款子的事情，慢慢儿再好商量的。”

“不要客气！我们还有别的事。”

“啊——啊，一点小意思，两位总得赏脸！”陆先生赶快在旁边帮腔，又赶快把账桌上的庄票以及零碎东西都收拾起来。

李惠康不由分说，一手拉住了一位，很费劲似的笑着，就和陆先生合力簇拥着“两位”走出店堂去，“两位”嘴里还在客气。然而就在这时候，突然黑脸络腮胡子的张客人匆匆忙忙跑了来，在店门口碰着那正要出去的四位。

“李老板——”黑脸络腮胡子的声音急促而又严重。

“呵！来得刚好，一同上馆子去叙叙！”李惠康一把又拉住了这位张客人了。

不过陆先生已经看出络腮胡子的黑脸上气色不对。他赶快抢前一步，正叫着“张先生”，正想把这位张先生拉过一边问问是什么事，这黑脸络腮胡子已经摸出那张三百五十元的裕丰即期票来，朝李惠康一扬，干笑着说：

“对不起！李老板，请你换一张别家的票子罢！”

李惠康一怔，不知不觉就放松了拉着张客人的那只手，口吃地问道：

“怎么？怎么！难，难道是空头票么？这这也是人家，人家，付付来……”

“听说裕丰钱庄出了毛病了！”黑脸络腮胡子大声回答。

“啊！啊！”李惠康惊叫着，手心里全是冷汗，他那高大的身材晃了一晃，就朝后退，直到那陈列着女人用的廉价妆饰品的玻璃柜抵住了他的背脊。

紫棠色方脸和那戴眼镜的也出惊地张大着嘴，同时在努力思索他们有没有收下过裕丰庄的票子。

“咳咳！原来一家是裕丰了！”陆先生一边叹息地说，一边跌着脚。

“咳咳！张先生，还听得有别家风声不好么？”陆先生的声音有点抖了，心里只有一个念头：“但愿不是泰昌！”

“听说泰昌也坍了！”黑脸络腮胡子苦笑着朝紫棠色方脸他们两位看了一眼。

陆先生只长长叹了一口气，无话可说。

“没有这样的事！不会有这样的事！哎哎哎！”忽然李惠康发狂似的叫着，急忙地转动着头，朝四面看，似乎想找出什么他记得是有的，然而又记不真的东西来。

戴眼镜的那位客人对他的紫棠色方脸的同伴看了一眼；方脸也回看了他一眼，又朝李惠康射了尖利的一瞥，嘴角往下一拉，似乎说：“嘿，哼！原来你的两张票子一个屁也不值！”

柜台里的店员们这时聚成一堆，咬耳朵说着话，都把惊愕的眼光朝李惠康身上射去；他们都感觉到他们的“东翁”完了，而连带着也要“完了”的，是他们的饭碗。

饭担仍旧静静地蹲在地下，火锅仍在喷着热腾腾的蒸汽，吱吱地呻吟着；但是谁也不想到吃饭。

“不会的！不能是那样的！怎么会偏偏是这两家？不会的！不会的！——”

李惠康自言自语地叫着，忽然克克地恶笑了，肩膀抖得非常厉害。

“哦！城里是这么纷纷传说的！不过，李老板，这一张且请你收回了罢！”

黑脸络腮胡子冷冷地说，又朝戴眼镜客人他们两位瞥了一眼，这两位此时正在交头接耳商量着什么。络腮胡子上前一步，便把那张票子递到李惠康手里。

李惠康像碰着了毒蛇似的浑身一跳，自己也不知所以然地只管把那张票子推回去。

“哼哼！啊！”黑脸络腮胡子惊奇地叫起来。陆先生在旁边看见，也觉得诧异，赶快过去接了那庄票，用劲逼出个笑容来，心里筹划着如何应付那络腮胡子的大概就要来的一场不轻的谈判。

这当儿，戴眼镜的和紫棠色方脸的两位，也似乎商量好了，一齐走到李惠康跟前。

可是也在这当儿，一阵哈哈的笑声从街头过来，两个人——一个步子慢些，一个步子急，也向李惠康包围了来。步子急的那一位正是戴叔清，他从戴眼镜的和紫棠色方脸的中间直挤过去，一伸手就把那两张房契呈现在李惠康面前，气急吁吁地说：

“惠康兄！这两张契是唐老二唐子嘉的产业，敝东恐怕日后有纠纷，不敢收下来！”

“哎？咳！”陆先生只叹得这一声。李惠康却连一声叹也没有，两只大眼睛不能相信似的瞪得很大。他下意识地接了那两张契，急忙地纳进了大衣的里襟袋，忽然疯里疯气地笑了起来。这时他们一簇人的圈子外也有哈哈的笑声应着，一个戴着假獭皮帽子的人挨着那黑脸络腮胡子的肩膀挤了进来，这人一脸的酒红，猛拍着李惠康的肩膀，哈哈笑着说道：

“李惠翁！真真了不起！唐老二嘴里的东西也被你挖出来了！可是，唐老二的房契今年市面上不值钱！哈哈！唐老二本人倒还值几钱！刚才听说一大批绸厂工人吵到他府上口口声声要他这人呢！哈哈！”

“喂，喂！你说，你说，”李惠康忽然跳起来抓住了那人的臂膊，厉声嚷了起来，“你说！裕丰和泰昌都坍了么？你说！”

“怎么不坍？明天城里带倒的铺子少说也有十来家罢！哈哈！这年头儿真好玩！”

李惠康一字一字都听得明白，他的耳朵里轰的一声响；要不是他两手撑住了那玻璃柜的木框，他准得蹲在地下。

黑脸络腮胡子以及戴眼镜的他们两位也都齐声“啊”了一下；他们直觉到“带坍”的铺子中一定缺不了这李惠康的。他们不约而同挤前一步，同时叫起“李老板”来。

陆先生在一旁也急得面如土色。他觉得这位戴假獭皮帽子最厉害的收账客人分明是敲“丧钟”来的！

李惠康失魂似的只睁大了眼睛，张大了嘴。黑脸络腮胡子他们四位嚷着逼住他，他一声也不出，连一点表情都没有。有几个过路人也围上来看。陆先生急得团团转，只想把这班讨债人弄进店堂里去，但是李惠康木头似的站着不动，讨债人也不肯走。只有那戴假獭皮帽子的站在人圈子的最外边，醉了似的哈哈地笑着。

这首尾不过只有二三分钟的时间。这短促的时间内，黑脸络腮胡子他们四位债权人的嚷闹实在和李惠康的木然发怔同样是自己也不觉得的“失态”。那时满身酒气的戴假獭皮帽子的实在倒是不“醉”，他似乎在回答一个看热闹的人，忽然大声说道：

“带坍是带坍了！此时逼他，有什么用。坍了有坍了的办法！”

这句话立刻提醒了黑脸络腮胡子他们四位。他们立时一个一个静下去，都转身看着那戴假獭皮帽子的，似乎打算跟他合起来商量“坍了的办法”了。

戴叔清手脚最快，一转身便拉住了陆先生，做一个手势，显然是要“吊出账来看”。其余的四位也立即拢了过来，不由分说，拥着陆先生向店堂里走。戴假獭皮帽子的人又是酒醉了似的哈哈笑着。

这一切变化，李惠康似乎都没有觉得，他只觉得眼面前没有那些汹汹然的嘴脸了，他失神似的晃了晃他的高身架，就信步走出了店门。

十二

李惠康走在街上时，最初似乎有个目标。那时他眼前打秋千似的轮替出现着裕丰和泰昌两家钱庄的经理的面孔。但是他走了不多几分钟以后，他眼前的面孔就多起来了，而且风车般转着；这里就有黑脸络腮胡子，有戴眼镜的，有紫棠色方脸的，有戴着假獭皮帽子的；——有许多欠了他账的各式各样的嘴脸，乃至唐子嘉二老板的胖胖的油亮赭红的脸。

这时他也觉到自己是在街上走了。他不知道自己为什么会走在街上的，他觉得所有过路人，所有街旁店铺子里人们的目光，都注射着自己。他懂得这一切目光的意思。他似乎听得空中塞满了嘈杂的声音，都说着一句话：“哈！李惠康坍了！”

然而他像一架失了驾驭的机关车似的，还是朝前走，无目的地走。

渐渐他的路愈走愈暗了，他也愈走愈慢了。他恍惚觉得和三四人的一伙擦肩而过，他听得“唐子嘉”“姓唐的”——这样字眼的声音从那一伙里跳出来；他蓦然心一震，然而他还是机械地朝前走。

他面前的路忽然较为亮些了。他本能地绕着弯朝那亮些的地方走。他似乎又是他自己的了，他眼前没有了那些幻影，他心上却摊开了一把大算盘，这把算盘上的账可复杂得很：他欠人家的，人家欠他的，他被人家倒掉的，——都混成一个大墨团儿。

最后那一“柱”却变成个大铁棍子。他本能地叹了一口气。

在一个街角上，他不知不觉地站住了。他努力睁大了眼睛，似乎要打算打算他到底应该怎样办。

街角左旁一家小酒店，此时正在闹泛。一半已经摆在街头的小板桌上也有几个人在喝酒。有这样的一段话落进了李惠康的耳朵里——

“真作孽呀！被他们带坍的，才是真正的不得了呢！全是些小铺子，一家人靠着吃用的；偌！你听我报出来……”

一串的店名从那人的呷酒的唼唼的声音中陆陆续续滚了出来，中间还夹着另一个声音的惊讶的复问，又一个人的声音的“校正”和“补充”。

这一串的店名飞到李惠康的耳朵里大半是熟得很。他浑身都抖起来了，他的纳在大衣袋里那只手狠狠地抓住了一叠东西，——一叠纸，一叠账单。他觉得好像已经抓住了大部分被“带坍”的小店铺，——欠他账的本街的店户。他很明白他这一把抓住的，该他的数目可不小！然而现在实实足足成为了纸面上的数目！

他不自觉地怪叫了一声，掉转身子就跑。这回是意识地在跑了，——他似乎要跑掉那死钉住在他心上钉得怪痛的一句话：“一家人靠着吃用。”然而他这回的跑却真正是乱跑。他眼前的街道忽而明一段，忽而暗一段，终于他的腿和他的心一样沉重，他停住在一个较为空旷的掩映着几点灯光的地方。

苏苏的簌簌的响声忽然从四面逼来了。他面前的灯光忽然没有了，忽然又探出来，正射住了他的眼睛。他禁不住连打了几个冷战。

他认出来了，这是公园。他不知怎的已经跑在公园里了。风在幽幽地吹，满园的树叶像在叹息，像在哭。蓦地一件不多几天前的城里的“新闻”电光似的击中了他的思想：曾有一位负债的可怜人儿在这里的一个凉亭里上了吊。他的心跳了；跳一跳便像窄一些，顷刻之间只剩那“上吊”的一件事在他心上发狠地咬着。他不知不觉朝那凉亭走去了，不知不觉朝那凉亭的一根横梁看了一眼，就去解他的腰带。

然而有脚步声在亭子外左边来了。他全身一震，就忽然清醒了似的在心里说道，“干么？我来上吊么？”脚步声逼近在前面了。这里亭外树上刚刚有一盏灯。他看见来的，是一男一女，男的他认得是唐子嘉的少爷，女的身段像三曲的水蛇。

他们并没进亭子来。他们背向着亭子，站在那树下。李惠康听得唐子嘉的少爷说：

“哎！可不是真真不凑巧？被他们这批人来一闹，老头子爬墙走了，——不知道躲到哪里去了！我的妈吓出病来了！——哎！月娥，今夜我也不敢回家去了，——也许那班人再来，——我是在警察轰走那班人的当儿捉空儿逃了出来的！——暧，月娥，到城外铁路饭店去开一个房间罢？……”

“嘻嘻嘻，我不！不……要！”女的带笑的声音。

唐子嘉的少爷突然抱住了那女的了。亭子里的李惠康心里骂一声“不要脸”，吐了一口唾沫，掉转身子正想走开，忽然听得前面又一个尖锐的女人的声音劈空爆了出来。

“没良心的！你好，你好，——不要脸，骚货！”

李惠康看见一个身段颇为粗壮的女人飞也似的扑到唐慎卿的身上。那一个水蛇型的女子“啊啊”惊叫了一声，便避在一边。李惠康看不见那后来的女人的脸，但是他觉得她那身段十分面熟。唐慎卿在发狠地挣扎。“桂英！”厉声的吆喝。李惠康听得这两字，浑身就一跳。他飞步抢出亭子来，一手先抓住了那女的，不是他的女儿还有哪个！

“你，你，不要脸！”

李惠康破口骂着，再一手就抓住了唐慎卿的臂膊，恶狠狠地瞪住了他。李惠康做梦也想不到会亲眼看到这样一件事，他气得一时说不出话。

唐慎卿挣扎着想逃。但是李惠康的大手比一把老虎钳还要坚牢。李桂英倒在她父亲脚边呜呜地哭。

忽然一阵高跟皮鞋声匆促地隐入亭子后面去了。唐慎卿忍不住回过脸去瞧。

“哼！哼！你的老子害了人还不够，你——你胎毛还没退净的小畜生，也在害人了么？”

李惠康咬着牙齿骂，气得声音有些抖。他放开了抓住女儿的那只手，眼睛里爆出火来似的看着唐慎卿，就扬起那只手来，要打下去了。这时李桂英突然跳起来，发狂样打着唐慎卿，一面哭叫道：“没良心的！杀千刀！还我凭据！凭据！”

唐慎卿一面招架，一面带哭似的急叫着：“桂英！桂英！有话好讲！”

“凭据？什么！呵呵——哈！”

李惠康忽然恶笑了起来，他用力把唐慎卿摇了几摇，似乎要摇出那什么“凭据”来，然后他又忽然省悟了似的放声狂笑起来；愈笑得响，他那抓住了唐慎卿的手愈箍得紧。

唐慎卿虽然已经急得昏了，而且被桂英的打骂逼得昏了，可是他还仿佛觉到李惠康那怪笑异常地可怕。

“桂英！不要打！”李惠康突然止住了笑，厉声说，“对了！有话好讲！哼！唐慎卿！我们两家的账可真是算不清了！你的老子跟我，前账未清，你跟我女儿又是一笔糊涂账了！哈哈——哼！有话好讲！账且慢慢儿算！眼前可要委屈你做一做押头了！我的店里挤满了讨债人，我正在没有办法，——来得好！请你去挡一阵！哼哼——哈！唐子嘉本人还值几钱，唐子嘉的少爷想来也值几钱罢！”

李惠康说完了又狂笑，一边笑，一边喝道：“走罢！”

李桂英睁大了眼睛发怔；她的父亲已经拉着慎卿走了一步，她还是站着没有动。

“还不走么？桂英！”李惠康回头来叫着。

“呵呵！”李桂英也想过来似的忍不住笑了笑，赶快赶上一步。父女两个一边一人，挟着垂头丧气的唐慎卿就走出公园，走上了一条不大明亮的街道。

他们走得不多几步，迎面就来了三四个人，已经擦肩过去了，忽然那伙人中有一个回头叫道："嘿！那不是姓唐的儿子么？"

立即又有一个声音说："找不到老的，小的也好！"

李惠康都听得明白，正纳罕着这一伙人是干么的，可是那伙人已经转身围了上来，其中有两个直扑唐慎卿。一个是桂英认识的黄阿祥。

"干么？"李惠康急忙地叫着，就放了唐慎卿，出手去挡住扑来的两人。然而早有另外二人从他背后冲过来。他急疾地旋转身去，他那道袍似的大衣前襟飞了开来，把他自己和来人中间的一个都卷住了，噗的都倒在地下。其余的二人一哄上来，揪着拉着，有一个还在嚷道：

"妈的！难道是保镖的么？"

"啊哟！逃了！"一个人猛喊将起来。另外的两个人都扭转身去，地上的两个也跳起来。

唐慎卿果然不见了，连李桂英也没有了。

这里恰是个冷静去处，左近有三条小弄。那四个人乱嚷着，一时没个计较。

"你们这伙粗胚！"李惠康跺着脚，抓住了其中的一个。他忽然想起这伙短衣的大概就是听说吵上唐府的绸厂工人。"我也是唐老二的冤家对头呢！我保他妈的镖！你们怎么不问情由就动手？好！小家伙倒逃走了！你们这伙该死的！"

"哦！哦！可是他逃不远的！我们去追！"那被李惠康抓住的工人就挣脱身想去追。

"不忙！不忙！我们分三路去追！阿贵！你和这位先生上南，这条弄里去。他不是朝大街逃的！我和麻子到那两条弄里去搜。快走！"

这话是黄阿祥说的。

“对了！快追！谁追到了就回到这里来等候！”

李惠康一边大声叫着，一边就同阿贵跑进一条小弄去。

这条弄可巧是长的,又暗。李惠康一路留心看着两边人家的墙门膛，他就落后几步了。他们跑到了弄的中段，还是不见半个人影子。这里有一个曲口,好像是人家的边房凸出来构成的。他们已经跑过了这曲口，李惠康突听得一个女人的惊呼声。他站住了。然而此时阿贵也瞥见前面有条人影，他回头招呼一下李惠康，就飞步赶上去。

“唷！唷！”又是那惊惶的女子的声音。

李惠康立刻认出这是他的女儿。他赶快回头跑，抄过那曲口。可是声音又来了，在背后。他再翻身转来，就一直奔进了那曲口。原来却是一条狭小的横弄。他看见了有人，正是他的女儿和唐慎卿扭做一团在那里。李惠康这一喜比中了航空券头奖还过分些，他也不说话，就伸开他的大手像一把老虎钳抓住了唐慎卿的臂膊。

这当儿，曲口外有阿贵的声音，一边在跑一边叫道:“前面断头弄！喂，这位先生呢？往回跑！往回跑！前面不通！”

李惠康屏住了呼吸似的一动也不动。他脸上有一条得意的狡猾的笑纹。他朝横弄的里边望了一眼，就低声警告他的女儿和唐慎卿道:“不要作声！”他带着这一对儿悄悄地走进去。忽然转一个弯前面灯光明亮，又是大街。

“好了！天保佑！”李惠康松一口气，忍不住笑了。

是在比较热闹的大街上,他不怕他的“押头”再被人家来抢夺了去。

十三

唐慎卿想“开房间”乐一下，没有成功；但是他的父亲子嘉二老板却已经舒舒服服住在城外铁路饭店一间最阔气的房里了。这是那天晚上八点钟光景。

两个茶房很忙碌地正在收拾一桌吃残的酒席。火锅下面的火酒早已烧完，然而那一大锅“好汤”还是热腾腾地喷着香味，和房里的三种烟味——纸烟的、雪茄的、鸦片烟的，再加上各位先生嘴里喷出来的酒气，就混成一种奇怪的气味。

靠窗一角的一张小小的圆桌上，摆着个精致的麻雀牌盒子。金福田坐在这圆桌子旁边，似乎肚子里撑得太足了，懒洋洋地靠在椅背上，手里弄着当作“筹码”用的彩色小圆片。

唐子嘉二老板躺在铜床上的鸦片烟灯旁边，闭着眼睛，让胃里的鱼翅鸡鸭之类且消化一下；他那“上好香肠”型的手指中间依旧夹着一支值到块把钱的雪茄。

他深深地吸了一口雪茄，右手的大拇指机械地拨转着中指上的钻石戒，然后——慢慢地喷出一口烟气，慢慢地半睁开眼皮，向对面躺着的那人说道：

“真真笑话！闹到我门上来！——打算来清清静静过个年，不料碰到这种事，真是太不成话了！——在上海呢，虽然有点麻烦，倒还不至于如此狼狈！——嗳，芳翁，我想乘九点四十六分的特别快车回上海去罢？”

躺在唐二老板对面的那个人，正是城里最大最殷实的宝源钱庄的经理钱芳行。二老板从家里爬墙出来后就到了这位“老朋友”府上，急忙地打了电话到公安局请派“大队去维持秩序”，就和钱芳行来开了这房间。二老板倒还不愿意太“惊动”朋友们，然而钱芳行哪里肯？到底摇了几个电话出去，约了两三位“知交”来叙叙。

刚才那桌酒算是钱芳行的；他本来要替二老板“接风”，但现在却要变为“送行”了。

当下钱芳行听得二老板说要赶九点四十六分的特别快车走，就把他的细眉毛轻轻一挺，他嘴里一筒烟还没抽完；好容易抽完了，他把烟枪一放，呷了口滚热的浓浓的红茶，就笑道：

“何必那么急！打完二十四圈麻雀，你趁南京来的夜快车走，不是从容得很么？——喂，陈景翁！……”钱芳行掉过头去朝那离铜床不远的大沙发看了一眼，“哦，陈景翁到哪里去了？——嘿，连小桃红也不见了！哈哈！陶乐翁他们也躲着我们窝心去了！哈哈！”

说着钱芳行就坐了起来。

那边的金福田虽然肚子撑得太饱。有点懒洋洋地，却还能够“眼观四处，耳听八方”。他听得钱芳行在找陶乐翁他们，就赶快走过来，笑嘻嘻做着鬼脸说：

“陶乐翁么？又开一个房间在那里了，花宝宝是同去的。……”

“哈哈哈！”钱芳行笑得脸上的肥肉都抖动了。

二老板也笑了起来，然而他的笑总还有点不大自然，他还有点忘不了“闹上门来”那班人的“可恶”,而且他特别不能“释然”的,是“那班人”一闹以后，他“回来了”这消息一定满城都知道了，那么，立大当铺以及其他许多方面的零星小户的债权人也许竟会来一个什么“债权团”，也上门来麻烦；这后面的一个“也许”，就是逼他不得不立即回转上海的主要原因。

“那么，陈景翁呢？也去开了房间么？哈哈！”钱芳行又问，一对肉里眼眯紧得简直看不出有缝了。

“呵呵！”金福田笑得更加怪样，“恐怕——恐怕是到后房小解去了！”

钱芳行突然跳起来，在二老板的大腿上重重拍一记，就像一个馋嘴的人听说起奇馐异味似的格格地笑着说：

“嗳，子翁！了不得！陈景翁的算盘越来越精了！真是无孔不入！哇呵呵！——真是无孔不入！”

二老板也忍不住哈哈地笑了。这回是笑得很有劲了。他叫着金福田道：

“喂喂，福田！你看钱芳翁馋涎也滴下来了，还不赶快去打个电话催老五马上就来么！——怎么转一个局转到此刻还没完！——哈哈，芳翁……”

“哦——子翁，你没有熟的，我给你介绍一个，免得你也——”

“算了罢，算了罢！芳翁！回头朱润翁来，我还有点事和他谈谈呢。”

“不碍事！——你怕冷落了人家么，我代你招呼；哈哈，况且还有福田兄！”

金福田听得钱芳行这么说，也涎着脸笑了。

这时有轻轻的几声咳嗽从床后传来。陈景翁摇摇摆摆像个没事人儿走了出来。此公四十过头，五十不到，一双猫头鹰的眼睛在朋友辈里是很出名的。

钱芳行一看见他，倒忽然不笑了，满脸摆出非常至诚的样子，对他说道：

“嗳嗳！景翁，我们正在提到你呢！我们说，你景翁这才不愧为数一数二的米行老板——那，那，‘方寸之地’，你总放不过它，一刻也不肯荒废的！”

“哪里，哪里，”陈景翁先还客气，但是猫头鹰眼睛忽然一转，

“哦！——呵呵！岂有此理！芳翁，真岂有此理了！哈哈！”

大家都很痛快地笑了起来，陈景翁往那床上一躺，就拿起烟枪，装起极大的一斗烟。钱芳行自去写条子给二老板“介绍一个”，又叫金福田去打电话。

陈景翁一边装烟，一边就和二老板夹七夹八谈着生意场中的事。二老板好像很感慨地说道：

“这年头儿真古怪！有多少‘事业’，——多少商家厂家周转不来，僵在那里；然而银钱业也说他们有多少现款活动不来，也是僵在那里，——他们是要胀死！刚才和钱芳翁谈起，他也就说：要是明年市面没有转机，他那里也只好胀死了！嗨嗨！”

“可不是！”陈景翁在把烟扦通着眼。他丢了烟扦，他那对猫头鹰眼睛很有精神地望住了二老板的脸，继续着说，“不过，他们要是怕胀死，放一放罢，呵呵！市面上有什么风吹草动时，一个筋斗栽下来，可不是玩的！这次裕丰和泰昌，每家不过短了三四万银子，——毛病就在中秋节后那一放太大意了点儿！”

陈景翁把烟枪顺过来，想要吸了，但又放开，很有把握似的加说一句：

“明年要是再这么一年，大家都没有生意可做！”

“——不过，今年贵业是好的！”

“哪里，平平而已！”陈景翁就吱吱地抽起烟来了。

“嗯，”二老板点着头说，“虽则是旱荒，米价却也涨不起。”于是他忽然兴奋了。“咳，陈景翁！说到米价，要叫人气死的！我们放租田的人，收了租来完粮，竟要赔贴呢！几千亩田不给你生利，倒给你耗费！景翁，这都是洋米进来太多之故。近来年年要进三四万万块钱的洋米，无怪民穷财尽。”

“哈哈！”陈景翁等不及一口烟舒舒服服下去，就笑着叫了起来。然而他呛住了，他放了烟枪，呷了一口热茶，就又笑着大声说道：

“呵！子翁！你几时学了报馆主笔这种调门的！本国米够吃么？没有洋米，大家准得饿死！”

“那——那又不尽然……”二老板有点不肯认输，他此时忽然“忧国忧民”起来了。然而他既一时说不出“所以然”，并且也没有时间让他慢慢地说下去，小桃红已经从后房出来，忽然就站在面前，一出手就拧了陈景翁一把大腿。同时那边方桌上豁刺刺一阵响声，麻雀牌倒出了盒子，钱芳行在大声叫着“子翁！景翁！来——”

“我还要抽一两筒烟呢！”陈景翁也大声回答，却又对小桃红说，“老八，你先去代几副。”于是又大声向钱芳行那边叫着“就来的！就来的！”

二老板走到牌桌边，就问道：“啊！陶乐翁呢？”

“叫过了！一会儿就来的！”钱芳行兴高采烈地就洗起牌来，“福田兄，先代他打几副罢。”

扳定了座位以后，二老板就又想起怎么朱润身还不来。但是他立即没有闲暇再多想了，他一起手就是罕见的好牌风。

二老板连和了两副，他渐渐觉得五脏六腑里像有一只熨斗在那里很细心地工作。

那时陶乐翁也带着花宝宝来了；钱芳行的老五以及介绍给二老板的一位也都先后坐在各人身旁；陈景翁也已经过足了瘾，满房间是烟香和脂粉香，满房间是笑声和牌响。茶房进进出出忙着伺候，金福田也很忙。

然而到第二圈开头，二老板的牌风坏下来了。二老板渐渐觉得肚子里的“熨斗”已经停止了工作。他叫他的“那一个”替他代几副，就拉着金福田到一边去说道：

"怎么朱润身还没来？你去找他一找。我极早是南京来的四点钟夜快车走，——也许迟到明天夜车。他这面的事，我一定要办个了结的。还有，你带便把老胡也找了来。我还有几句话吩咐他！"

"啊！三抬！满贯了！满贯了！"

忽然那边牌桌上轰起了这样的叫声。

"谁的三抬？谁的三抬？"二老板撇了金福田，大声问着，就匆匆忙忙跑到牌桌边去了。

短篇小说

林家铺子

一

林小姐这天从学校回来就撅起着小嘴唇。她掼下了书包，并不照例到镜台前梳头发搽粉，却倒在床上看着帐顶出神。小花噗地也跳上床来，挨着林小姐的腰部摩擦，咪呜咪呜地叫了两声。林小姐本能地伸手到小花头上摸了一下，随即翻一个身，把脸埋在枕头里，就叫道：

“妈呀！”

没有回答。妈的房就在间壁，妈素常疼爱这唯一的女儿，听得女儿回来就要摇摇摆摆走过来问她肚子饿不饿，妈留着好东西呢，——再不然，就差吴妈赶快去买一碗馄饨。但今天却作怪，妈的房里明明有说话的声音，并且还听得妈在打呃，却是妈连回答也没有一声。

林小姐在床上又翻一个身，翘起了头，打算偷听妈和谁谈话，是那样悄悄地放低了声音。

然而听不清，只有妈的连声打呃，间歇地飘到林小姐的耳朵。忽然妈的嗓音高了一些，似乎很生气，就有几个字听得很分明：

——这也是东洋货，那也是东洋货，呃！……

林小姐猛一跳，就好像理发时候颈脖子上粘了许多短头发似的浑身都烦躁起来了。正也是为了这东洋货问题，她在学校里给人家笑骂，她回家来没好气。她一手推开了又挨到她身边来的小花，跳起来就剥下那件新制的翠绿色假毛葛驼绒旗袍来，拎在手里抖了几下，叹一口气。据说这怪好看的假毛葛和驼绒都是东洋来的。她撩开这件驼绒旗袍，从床下拖出那口小巧的牛皮箱来，赌气似的扭开了箱子盖，把箱子底朝天向床上一撒，花花绿绿的衣服和杂用品就滚满了一床。小花吃了一惊，噗地跳下床去，转一个身，却又跳在一张椅子上蹲着望住它的女主人。

林小姐的一双手在那堆衣服里抓捞了一会儿，就呆呆地站在床前出神。这许多衣服和杂用品越看越可爱，却又越看越像是东洋货呢！全都不能穿了么？可是她——舍不得，而且她的父亲也未必肯另外再制新的！林小姐忍不住眼圈儿红了。她爱这些东洋货，她又恨那些东洋人；好好儿的发兵打东三省干么呢？不然，穿了东洋货有谁来笑骂。

“呃——”

忽然房门边来了这一声。接着就是林大娘的摇摇摆摆的瘦身形。看见那乱丢了一床的衣服，又看见女儿只穿着一件绒线短衣站在床前出神，林大娘这一惊非同小可。心里愈是着急，她那个“呃”却愈是打得多，暂时竟说不出半句话。

林小姐飞跑到母亲身边，哭丧着脸说：

“妈呀！全是东洋货，明儿叫我穿什么衣服？”

林大娘摇着头只是打呃，一手扶住了女儿的肩膀，一手揉磨自己的胸脯，过了一会儿，她方才挣扎出几句话来：

“阿囡，呃，你干么脱得——呃，光落落？留心冻——呃——我这毛病，呃，生你那年起了这个病痛，呃，近来越发凶了！呃——”

“妈呀！你说明儿我穿什么衣服？我只好躲在家里不出去了，他们要笑我，骂我！”

但是林大娘不回答。她一路打呃，走到床前拣出那件驼绒旗袍来，就替女儿披在身上，又拍拍床，要她坐下。小花又挨到林小姐脚边，昂起了头，眯细着眼睛看看林大娘，又看看林小姐；然后它懒懒地靠到林小姐的脚背上，就林小姐的鞋底来摩擦它的肚皮。林小姐一脚踢开了小花，就势身子一歪，躺在床上，把脸藏在她母亲的身后。

暂时两个都没有话。母亲忙着打呃，女儿忙着盘算“明天怎样出去”；这东洋货问题不但影响到林小姐的所穿，还影响到她的所用；据说她那只常为同学们艳羡的化妆皮夹以及自动铅笔之类，也都是东洋货，而她却又爱这些小玩意儿的！

“阿囡，呃——肚子饿不饿？”

林大娘坐定了半晌以后，渐渐少打几个呃了，就又开始她日常的疼爱女儿的老功课。

“不饿，嗳，妈呀，怎么老是问我饿不饿呢，顶要紧是没有了衣服明天怎样去上学！”

林小姐撒娇说，依然那样拳曲着身体躺着，依然把脸藏在母亲背后。

自始就没弄明白为什么女儿尽嚷着没有衣服穿的林大娘现在第三次听得了这话儿，不能不再注意了，可是她那该死的打呃很不作美地又连连来了。恰在此时林先生走了进来，手里拿着一张字条儿，脸上乌霉霉的像是涂着一层灰。他看见林大娘不住在地打呃，女儿躺在满床乱丢的衣服堆里，他就料到了几分，一双眉头就紧紧地皱起。他唤着女儿的名字说道：

“明秀，你的学校里有什么抗日会么？刚送来了这封信。说是明天你再穿东洋货的衣服去，他们就要烧呢——无法无天的话语，咳……”

“呃——呃！”

“真是岂有此理，哪一个人身上没有东洋货，却偏偏找定了我们家来生事！哪一家洋广货铺子里不是堆足了东洋货，偏是我的铺子犯法，一定要封存！咄！”

林先生气愤愤地又加了这几句，就颓然坐在床边的一张椅子里。

“呃，呃，救苦救难观世音，呃——”

“爸爸，我还有一件老式的棉袄，光景不是东洋货，可是穿出去人家又要笑我。”

过了一会儿，林小姐从床上坐起来说，她本来打算进一步要求父亲制一件不是东洋货的新衣，但瞧着父亲的脸色不对，便又不敢冒昧。同时，她的想象中就展开了那件旧棉袄惹人讪笑的情形，她忍不住哭起来了。

“呃，呃——啊哟！——呃，莫哭，——没有人笑你——呃，阿囡……”

“阿秀，明天不用去读书了！饭快要没得吃了，还读什么书！”

林先生懊恼地说，把手里那张字条儿扯得粉碎，一边走出房去，一边叹气跺脚。然而没多几时，林先生又匆匆地跑了回来，看着林大娘的面孔说道：

“橱门上的钥匙呢？给我！”

林大娘的脸色立刻变成灰白，瞪出了眼睛望着她的丈夫，永远不放松她的打呃忽然静定了半晌。

“没有办法，只好去斋斋那些闲神野鬼了——”

林先生顿住了，叹一口气，然后又接下去说：

“至多我花四百块。要是党部里还嫌少，我拚着不做生意，等他们来封！——我们对过的裕昌祥，进的东洋货比我多，足足有一万多块钱的码子呢，也只花了五百块，就太平无事了。——五百块！算是吃了几笔倒账罢！——钥匙！咳！那一个金项圈，总可以兑成三百块……”

“呃，呃，真——好比强盗！”

林大娘摸出那钥匙来，手也颤抖了，眼泪扑簌簌地往下掉。林小姐却反不哭了，瞪着一对泪眼，呆呆地出神，她恍惚看见那个曾经到她学校里来演说而且饿狗似的盯住看她的什么委员，一个怪叫人讨厌的黑麻子，捧住了她家的金项圈在半空里跳，张开了大嘴巴笑。随后，她又恍惚看见这强盗似的黑麻子和她的父亲吵嘴，父亲被他打了……

“啊哟！”

林小姐猛然一声惊叫，就扑在她妈的身上。林大娘慌得没有工夫尽打呃，挣扎着说：

“阿囡，呃，不要哭，——过了年，你爸爸有钱，就给你制新衣服——呃，那些狠心的强盗！都咬定我们有钱，呃，一年一年亏空，你爸爸做做肥田粉生意又上当，呃——店里全是别人的钱了。阿囡，呃，呃，我这病，活着也受罪，——呃，再过两年，你十九岁，招得个好女婿。呃，我死也放心了！——救苦救难观世音菩萨！呃——”

二

第二天，林先生的铺子里新换过一番布置。将近一星期不曾露脸的东洋货又都摆在最惹眼的地位了。林先生又模仿上海大商店的办法，写了许多“大廉价照码九折”的红绿纸条，贴在玻璃窗上。这天是阴历腊月二十三，正是乡镇上洋广货店的“旺月”。不但林先生的额外支出“四百元”指望在这时候捞回来，就是林小姐的新衣服也靠托在这几天的生意好。

十点多钟，赶市的乡下人一群一群的在街上走过了，他们臂上挽着篮，或是牵着小孩子，粗声大气地一边在走，一边在谈话。他们望到了林先生的花花绿绿的铺面，都站住了，仰起脸，老婆唤丈夫，孩子叫爹娘，啧啧地夸羡那些货物。新年快到了，孩子们希望穿一双新袜子，女人们想到家里的面盆早就用破，全家合用的一条面巾还是半年前的老家伙，肥皂又断绝了一个多月，趁这里“卖贱货”，正该买一点。林先生坐在账台上，抖擞着精神，堆起满脸的笑容，眼睛望着那些乡下人，又带睄着自己铺子里的两个伙计、两个学徒，满心希望货物出去，洋钱进来。但是这些乡下人看了一会，指指点点夸羡了一会，竟自懒洋洋地走到斜对门的裕昌祥铺面前站住了再看。林先生伸长了脖子,望到那班乡下人的背影,眼睛里冒出火来。他恨不得拉他们回来!

“呃——呃——”

坐在账台后面那道分隔铺面与“内宅”的蝴蝶门旁边的林大娘把勉强忍住了半晌的“呃”放出来。林小姐倚在她妈的身边，呆呆地望着街上不作声，心头却是卜卜地跳；她的新衣服至少已经走脱了半件。

林先生赶到柜台前睁大了妒忌的眼睛看着斜对门的同业裕昌祥。那边的四五个店员一字儿摆在柜台前，等候做买卖。但是那班乡下人没有一个走近到柜台边，他们看了一会儿，又照样地走过去了。林先生觉得心头一松，忍不住望着裕昌祥的伙计笑了一笑。这时又有七八人一队的乡下人走到林先生的铺面前，其中有一位年轻的居然上前一步，歪着头看那些挂着的洋伞。林先生猛转过脸来，一对嘴唇皮立刻嘻开了；他亲自兜揽这位意想中的顾客了：

“喂，阿弟，买洋伞么？便宜货，一只洋伞卖九角！看看货色去。”

一个伙计已经取下了两三把洋伞，立刻撑开了一把，热剌剌地塞到那年轻乡下人的手里，振起精神，使出夸卖的本领来：

“小当家，你看！洋缎面子，实心骨子，晴天，落雨，耐用好看！九角洋钱一顶，再便宜没有了！……那边是一只洋一顶，货色还没有这等好呢，你比一比就明白。”

那年轻的乡下人拿着伞，没有主意似的张大了嘴巴。他回过头去望着一位五十多岁的老头子，又把手里的伞掂了一掂，似乎说：“买一把罢？”老头子却老大着急地吆喝道：

“阿大！你昏了，想买伞！一船硬柴，一股脑儿只卖了三块多钱，你娘等着量米回去吃，哪有钱来买伞！”

“货色是便宜，没有钱买！”

站在那里观望的乡下人都叹着气说，懒洋洋地都走了。那年轻的乡下人满脸涨红，摇一下头，放了伞也就要想走，这可把林先生急坏了，赶快让步问道：

“喂，喂，阿弟，你说多少钱呢？——再看看去，货色是靠得住的！”

“货色是便宜，钱不够。”

老头一面回答，一面拉住了他的儿子，逃也似的走了。林先生苦着脸，踱回到账台里，浑身不得劲儿。他知道不是自己不会做生意，委实是乡下人太穷了，买不起九毛钱的一顶伞。他偷眼再望斜对门的裕昌祥，也还是只有人站在那里看，没有人上柜台买。裕昌祥左右邻的生泰杂货店万甡糕饼店那就简直连看的人都没有半个。一群一群走过的乡下人都挽着篮子，但篮子里空无一物；间或有花蓝布的一包儿，看样子就知道是米：甚至一个多月前乡下人收获的晚稻也早已被地主们和高利贷的债主们如数逼光，现在乡下人不得不一升两升的量着贵米吃。这一切，林先生都明白，他就觉得自己的一份生意至少是间接地被地主和高利贷者剥夺去了。

时间渐渐移近正午，街上走的乡下人已经很少了，林先生的铺子就只做成了一块多钱的生意，仅仅足够开销了“大廉价照码九折”的红绿纸条的广告费。林先生垂头丧气走进“内宅”去，几乎没有勇气和女儿老婆相见。林小姐含着一泡眼泪，低着头坐在屋角；林大娘在一连串的打呃中，挣扎着对丈夫说：

“花了四百块钱，——又忙了一个晚上摆设起来，呃，东洋货是准卖了，却又生意清淡，呃——阿囡的爷呀！……吴妈又要拿工钱——”

“还只半天呢！不要着急。”

林先生勉强安慰着，心里的难受，比刀割还厉害。他闷闷地踱了几步。所有推广营业的方法都想遍了，觉得都不是路。生意清淡，早已各业如此，并不是他一家呀；人们都穷了，可没有法子。但是他总还希望下午的营业能够比较好些。本镇的人家买东西大概在下午。难道他们过新年不买些东西？只要他们存心买，林先生的营业是有把握的。毕竟他的货物比别家便宜。

是这盼望使得林先生依然能够抖擞着精神坐在账台上守候他意想中的下午的顾客。

这下午照例和上午显然不同：街上并没很多的人，但几乎每个人都相识，都能够叫出他们的姓名，或是他们的父亲和祖父的姓名。林先生靠在柜台上，用了异常温和的眼光迎送这些慢慢地走着谈着经过他那铺面的本镇人。他时常笑嘻嘻地迎着常有交易的人喊道：

“呵，× × 哥，到清风阁去吃茶么？小店大放盘，交易点儿去！”

有时被唤着的那位居然站住了，走上柜台来，于是林先生和他的店员就要大忙而特忙，异常敏感地伺察着这位未可知的顾客的眼光，瞧见他的眼光瞥到什么货物上，就赶快拿出那种货物请他考校。林小姐站在那对蝴蝶门边看望，也常常被林先生唤出来对那位未可知的顾客叫一声“伯伯”。小学徒送上一杯便茶来，外加一枝小联珠。

在价目上，林先生也格外让步；遇到那位顾客一定要除去一毛钱左右尾数的时候，他就从店员手里拿过那算盘来算了一会儿，然后不得已似的把那尾数从算盘上拨去，一面笑嘻嘻地说：

“真不够本呢！可是老主顾,只好遵命了。请你多作成几笔生意罢！”

整个下午就是这么张罗着过去了。连现带赊，大大小小，居然也有十来注交易。林先生早已汗透棉袍。虽然是累得那么着，林先生心里却很愉快。他冷眼偷看斜对门的裕昌祥，似乎赶不上自己铺子的“热闹”。常在那对蝴蝶门旁边看望的林小姐脸上也有些笑意，林大娘也少打几个呃了。

快到上灯时候，林先生核算这一天的“流水账”：上午等于零，下午卖了十六元八角五分，八块钱是赊账。林先生微微一笑，但立即皱紧了眉头了；他今天的“大放盘”确是照本出卖，开销都没着落，官利更说不上。他待了一会儿，又开了账箱，取出几本账簿来翻着打了半天算盘；账上“人欠”的数目共有一千三百余元，本镇六百多，四乡七百多；可是“欠人”的客账，单是上海的东升字号就有八百，合计不下二千哪！林先生低声叹一口气，觉得明天以后如果生意依然没见好，那他这年关就有点难过了。他望着玻璃窗上“大放盘照码九折”的红绿纸条，心里这么想：“照今天那样当真放盘，生意总该会见好；亏本么？没有生意也是照样的要开销。只好先拉些主顾来再慢慢儿想法提高货码……要是四乡还有批发生意来，那就更好！——”

突然有一个人来打断林先生的甜蜜梦想了。这是五十多岁的一位老婆子，巍颤颤地走进店来，手里拿着一个小小的蓝布包。林先生猛抬起头来，正和那老婆子打一个照面，想躲避也躲避不及，只好走上前去招呼她道：

“朱三太，出来买过年东西么？请到里面去坐坐。——阿秀，来扶朱三太。”

林小姐早已不在那对蝴蝶门边了，没有听到。那朱三太连连摇手，就在铺面里的一张椅子上坐了，郑重地打开她的蓝布手巾包，——包里仅有一扣折子，她抖抖簌簌地双手捧了，直送到林先生的鼻子前，她的瘪嘴唇扭了几扭，正想说话，林先生早已一手接过那折子，同时抢先说道：

“我晓得了。明天送到你府上罢。”

“哦，哦；十月、十一月、十二月，一总是三个月，三三得九，是九块罢？——明天你送来？哦，哦，不要送，让我带了去。嗯！”

朱三太扭着她的瘪嘴唇，很艰难似的说。她有三百元的“老本”存在林先生的铺里，按月来取三块钱的利息，可是最近林先生却拖欠了三个月，原说是到了年底总付，明天是送灶日，老婆子要买送灶的东西，所以亲自上林先生的铺子来了。看她那股扭起了一对瘪嘴唇的劲儿，光景是钱不到手就一定不肯走。

林先生抓着头皮不作声。这九块钱的利息，他何尝存心白赖，只是三个月来生意清淡，每天卖得的钱仅够开伙食，付捐税，不知不觉地拖欠下来了。然而今天要是不付，这老婆子也许就会在铺面上嚷闹，那就太丢脸，对于营业的前途很有影响。

“好，好，带了去罢，带了去罢！”

林先生终于斗气似的说，声音有点儿哽咽。他跑到账台里，把上下午卖得的现钱归并起来，又从腰包里掏出一个双毫，这才凑成了八块大洋，十角小洋，四十个铜子，交付了朱三太。当他看见那老婆子把这些银洋铜子郑重地数了又数，而且抖抖簌簌地放在那蓝布手巾上包了起来的时候，他忍不住叹一口气，异想天开地打算拉回几文来；他勉强笑着说：

“三阿太，你这蓝布手巾太旧了，买一块老牌麻纱白手帕去罢？我们有上好的洗脸手巾、肥皂，买一点儿去新年里用罢。价钱公道！”

“不要，不要；老太婆了，用不到。”

朱三太连连摇手说，把折子藏在衣袋里，捧着她的蓝布手巾包竟自去了。

林先生哭丧着脸，走回“内宅”去。因这朱三太的上门讨利息，他记起还有两注存款，桥头陈老七的二百元和张寡妇的一百五十元，总共十来块钱的利息，都是“不便”拖欠的，总得先期送去。他抡着指头算日子：二十四、二十五、二十六——到二十六，放在四乡的账头该可以收齐了，店里的寿生是前天出去收账的，极迟是二十六应该回来了；本镇的账头总得到二十八九方才有个数目。然而上海号家的收账客人说不定明后天就会到，只有再向恒源钱庄去借了。但是明天的门市怎样？……

他这么低着头一边走，一边想，猛听得女儿的声音在他耳边说：

“爸爸，你看这块大绸好么？七尺，四块二角，不贵罢？”

林先生心里蓦地一跳，站住了睁大着眼睛，说不出话。林小姐手里托着那块绸，却在那里憨笑。四块二角！数目可真不算大，然而今天店里总共只卖得十六块多，并且是老实照本贱卖的呀！林先生怔了一会儿，这才没精打采地问道：

“你哪来的钱呢？”

“挂在账上。”

林先生听得又是欠账，忍不住皱一下眉头。但女儿是自己宠惯了的，林大娘又抵死偏护着，林先生没奈何只有苦笑。过一会儿，他叹一口气，轻轻埋怨道：

“那么性急！过了年再买岂不是好！”

三

又过了两天，“大放盘”的林先生的铺子，生意果然很好，每天可以做三十多元的生意了。林大娘的打呃，大大减少，平均是五分钟来一次；林小姐在铺面和“内宅”之间跳进跳出，脸上红喷喷地时常在笑，有时竟在铺面帮忙招呼生意，直到林大娘再三唤她，方才跑进去，一边擦着额上的汗珠，一边兴冲冲地急口说：

“妈呀，又叫我进来干么！我不觉得辛苦呀！妈！爸爸累得满身是汗，嗓子也喊哑了！——刚才一个客人买了五块钱东西呢！妈！不要怕我辛苦，不要怕！爸爸叫我歇一会儿就出去呢！”

林大娘只是点头，打一个呃，就念一声“大慈大悲菩萨”。客厅里本就供奉着一尊瓷观音，点着一炷香，林大娘就摇摇摆摆走过去磕头，谢菩萨的保佑，还要祷告菩萨一发慈悲，保佑林先生的生意永远那么好，保佑林小姐易长易大，明年就得个好女婿。

但是在铺面张罗的林先生虽然打起精神做生意，脸上笑容不断，心里却像有几根线牵着。每逢卖得了一块钱，看见顾客欣然挟着纸包而去，林先生就忍不住心里一顿，在他心里的算盘上就加添了五分洋钱的血本的亏折。他几次想把这个“大放盘”时每块钱的实足亏折算成三分，可是无论如何，算来算去总得五分。生意虽然好，他却越卖越心疼了。在柜台上招呼主顾的时候，他这种矛盾的心理有时竟至几乎使他发晕。偶尔他偷眼望望斜对门的裕昌祥，就觉得那边闲立在柜台边的店员和掌柜，嘴角上都带着讥讽的讪笑，似乎都在说：“看这姓林的傻子呀，当真亏本放盘哪！看着罢，他的生意越好，就越亏本，倒闭得越快！”那时候，林先生便咬一下嘴唇，决定明天无论如何要把货码提高，要把次等货标上头等货的价格。

给林先生斡旋那“封存东洋货”问题的商会长当走过林家铺子的时候，也微微笑着，站住了对林先生贺喜，并且拍着林先生的肩膀，轻声说：

“如何？四百块钱是花得不冤枉罢！——可是，卜局长那边，你也得稍稍点缀，防他看得眼红，也要来敲诈。生意好，妒忌的人就多；就是卜局长不生心，他们也要去挑拨呀！”

林先生谢商会长的关切，心里老大吃惊，几乎连做生意都没有精神。

然而最使他心神不宁的，是店里的寿生出去收账到现在还没有回来，林先生是等着寿生收的钱来开销“客账”。上海东升字号的收账客人前天早已到镇，直催逼得林先生再没有话语支吾了。如果寿生再不来，林先生只有向恒源钱庄借款的一法，这一来，林先生又将多负担五六十元的利息，这在见天亏本的林先生委实比割肉还心疼。

到四点钟光景，林先生忽然听得街上走过的人们乱哄哄地在议论着什么，人们的脸色都很惶急，似乎发生了什么大事情了。一心惦念着出去收账的寿生是否平安的林先生就以为一定是快班船遭了强盗抢，他的心卜卜地乱跳。他唤住了一个路人焦急地问道：

“什么事？是不是栗市快班遭了强盗抢？”

“哦！又是强盗抢么？路上真不太平！抢，还是小事，还要绑人去哪！”

那人，有名的闲汉陆和尚，含糊地回答，同时眏着半只眼睛看林先生铺子里花花绿绿的货物。林先生不得要领，心里更急，丢开陆和尚，就去问第二个走近来的人，桥头的王三毛。

“听说栗市班遭抢，当真么？”

“那一定是太保阿书手下人干的，太保阿书是枪毙了，他的手下人多么厉害！”

王三毛一边回答，一边只顾走。可是林先生却急坏了，冷汗从额角上钻出来。他早就估量到寿生一定是今天回来，而且是从栗市——收账程序中预定的最后一处，坐快班船回来；此刻已是四点钟，不见他来，王三毛又是那样说，那还有什么疑义么？林先生竟忘记了这所谓“栗市班遭强盗抢”乃是自己的发明了！他满脸急汗，直往“内宅”跑；在那对蝴蝶门边忘记跨门槛，几乎绊了一跤。

“爸爸！上海打仗了！东洋兵放炸弹烧闸北——”

林小姐大叫着跑到林先生跟前。

林先生怔了一下。什么上海打仗，原就和他不相干，但中间既然牵连着“东洋兵”，又好像不能不追问一声了。他看着女儿的很兴奋的脸孔问道：

“东洋兵放炸弹么？你从哪里听来的？”

“街上走过的人全是那么说。东洋兵放大炮、掷炸弹。闸北烧光了！”

“哦，那么，有人说栗市快班强盗抢么？”

林小姐摇头，就像扑火的灯蛾似的扑向外面去了。林先生迟疑了一会儿，站在那蝴蝶门边抓头皮。林大娘在里面打呃，又是喃喃地祷告：“菩萨保佑，炸弹不要落到我们头上来！”林先生转身再到铺子里，却见女儿和两个店员正在谈得很热闹。对门生泰杂货店里的老板金老虎也站在柜台外边指手画脚地讲谈。上海打仗，东洋飞机掷炸弹烧了闸北，上海已经罢市，全都证实了。强盗抢快班船么？没有听人说起过呀！栗市快班么？早已到了，一路平安。金老虎看见那快班船上的伙计刚刚背着两个蒲包走过的。林先生心里松一口气，知道寿生今天又没回来，但也知道好好儿的没有逢到强盗抢。

现在是满街都在议论上海的战事了。小伙计们夹在闹里骂“东洋乌龟！”竟也有人当街大呼：“再买东洋货就是忘八！”林小姐听着，脸上就飞红了一大片。林先生却还不动神色。大家都卖东洋货，并且大家花了几百块钱以后，都已经奉着特许："只要把东洋商标撕去了就行。"他现在满店的货物都已经称为"国货",买主们也都是"国货,国货"地说着，就拿走了。在此满街人人为了上海的战事而没有心思想到生意的时候，林先生始终在筹虑他的正事。他还是不肯花重利去借庄款，他去和上海号家的收账客人情商，请他再多等这么一天两天。他的寿生极迟明天傍晚总该会到。

"林老板，你也是明白人，怎么说出这种话来呀！现在上海开了火，说不定明后天火车就不通，我是巴不得今晚上就动身呢！怎么再等一两天？请你今天把账款缴清,明天一早我好走。我也是吃人家的饭，请你照顾照顾罢！"

上海客人毫无通融地拒绝了林先生的情商。林先生看来是无可商量了，只好忍痛去到恒源钱庄去商借。他还恐怕那"钱猢狲"知道他是急用，要趁火打劫，高抬利息。谁知钱庄经理的口气却完全不对了。那痨病鬼经理听完了林先生的申请，并没作答，只管捧着他那老古董的水烟筒卜落落卜落落地呼，直到烧完一根纸吹，这才慢吞吞地说：

"不行了！东洋兵开仗，上海罢市，银行钱庄都封关，知道他们几时弄得好！上海这路一断，敝庄就成了没脚蟹，汇划不通，比尊处再好的户头也只好不做了。对不起，实在爱莫能助！"

林先生呆了一呆，还总以为这痨病鬼经理故意刁难，无非是为提高利息作地步，正想结结实实说几句恳求的话，却不料那经理又逼进一步道：

"刚才敝东吩咐过，他得的信，这次的乱子恐怕要闹大，叫我们收紧盘子！尊处原欠五百,二十二那天，又是一百，总共是六百，年关前总得扫数归清；我们也算是老主顾，今天先透一个信，免得临时多费口舌，大家面子上难为情。”

“哦——可是小店里也实在为难。要看账头收得怎样。”

林先生呆了半晌，这才呐出这两句话。

“嘿！何必客气！宝号里这几天来的生意比众不同，区区六百块钱，还为难么？今天是同老兄说明白了，总望扫数归清，我在敝东跟前好交代。”

痨病鬼经理冷冷地说，站起来了。林先生冷了半截身子，瞧情形是万难挽回，只好硬着头皮走出了那家钱庄。他此时这才明白原来远在上海的打仗也要影响到他的小铺子了。今年的年关当真是难过：上海的收账客人立逼着要钱，恒源里不许宕过年，寿生还没回来，知道他怎样了，镇上的账头，去年只收起八成，今年瞧来连八成都捏不稳——横在他前面的路，只是一条：“暂停营业，清理账目”！而这条路也就等于破产，他这铺子里早已没有自己的资本，一旦清理，剩给他的，光景只有一家三口三个光身子！

林先生愈想愈仄，走过那座望仙桥时，他看着桥下的浑水，几乎想纵身一跳完事。可是有一个人在背后唤他道：

“林先生，上海打仗了，是真的罢？听说东栅外刚刚调来了一支兵，到商会里要借饷，开口就是二万，商会里正在开会呢！”

林先生急回过脸去看，原来正是那位存有两百块钱在他铺子里的陈老七，也是林先生的一位债主。

“哦——”

林先生打一个冷噤，只回答了这一声，就赶快下桥，一口气跑回家去。

四

这晚上的夜饭，林大娘在家常的一荤二素以外，特又添了一个碟子，是到八仙楼买来的红焖肉，林先生心爱的东西。另外又有一斤黄酒。林小姐笑不离口，为的铺子里生意好，为的大绸新旗袍已经做成，也为的上海竟然开火，打东洋人。林大娘打呃的次数更加少了，差不多十分钟只来一回。

只有林先生心里发闷到要死。他喝着闷酒，看看女儿，又看看老婆，几次想把那炸弹似的恶消息宣布，然而终于没有那样的勇气。并且他还不曾绝望，还想挣扎，至少是还想掩饰他的两下里碰不到头。所以当商会里议决了答应借饷五千并且要林先生摊认二十元的时候，他毫不推托，就答应下来了。他决定非到最后五分钟不让老婆和女儿知道那家道困难的真实情形。他的划算是这样的：人家欠他的账收一个八成罢，他还人家的账也是个八成，——反正可以借口上海打仗，钱庄不通；为难的是人欠我欠之间尚差六百光景，那只有用剜肉补疮的方法拚命放盘卖贱货，且捞几个钱来渡过了眼前再说。这年头，谁能够顾到将来呢？眼前得过且过。

是这么想定了方法，又加上那一斤黄酒的力量，林先生倒酣睡了一夜，噩梦也没有半个。

第二天早上，林先生醒来时已经是六点半钟，天色很阴沉。林先生觉得有点头晕。他匆匆忙忙吞进两碗稀饭，就到铺子里，一眼就看见那位上海客人板起了脸孔在那里坐守“回话”。而尤其叫林先生猛吃一惊的，是斜对门的裕昌祥也贴起红红绿绿的纸条，也在那里“大放盘照码九折”了！林先生昨夜想好的“如意算盘”立刻被斜对门那些红绿纸条冲一个摇摇不定。

“林老板，你真是开玩笑！昨晚上不给我回音。轮船是八点钟开，我还得转乘火车，八点钟这班船我是非走不行！请你快点——”

上海客人不耐烦地说，把一个拳头在桌子上一放。林先生只有赔不是，请他原谅，实在是因为上海打仗钱庄不通，彼此是多年的老主顾，务请格外看承。

“那么叫我空手回去么？”

“这，这，断乎不会。我们的寿生一回来，有多少付多少，我要是藏落半个钱，不是人！”

林先生颤着声音说，努力忍住了滚到眼眶边的眼泪。

话是说到尽头了，上海客人只好不再噜嗦，可是他坐在那里不肯走。林先生急得什么似的，心是卜卜地乱跳。近年他虽然万分拮据，面子上可还遮得过；现在摆一个人在铺子里坐守，这件事要是传扬开去，他的信用可就完了，他的债户还多着呢，万一群起傚尤，他这铺子只好立刻关门。他在没有办法中想办法，几次请这位讨账客人到内宅去坐，然而讨账客人不肯。

天又索索地下起冻雨来了。一条街上冷清清地简直没有人行。自有这条街以来，从没见过这样萧索的腊尾岁尽。朔风吹着那些招牌，嚓嚓地响。渐渐地冻雨又有变成雪花的模样。沿街店铺里的伙计们靠在柜台上仰起了脸发怔。

林先生和那位收账客人有一句没一句的闲谈着。林小姐忽然走出蝴蝶门来站在街边看那索索的冻雨。从蝴蝶门后送来的林大娘的呃呃的声音又渐渐儿加勤。林先生嘴里应酬着，一边看看女儿，又听听老婆的打呃，心里一阵一阵酸上来，想起他的一生简直毫没幸福，然而又不知道坑害他到这地步的，究竟是谁。那位上海客人似乎气平了一些了，忽然很恳切地说：

“林老板，你是个好人。一点嗜好都没有，做生意很巴结认真。放在二十年前，你怕不发财么？可是现今时势不同，捐税重，开销大，生意又清，混得过也还是你的本事。”

林先生叹一口气苦笑着，算是谦逊。

上海客人顿了一顿，又接着说下去：

“贵镇上的市面今年又比上年差些，是不是？内地全靠乡庄生意，乡下人太穷，真是没有法子，——呀，九点钟了！怎么你们的收账伙计还没来呢？这个人靠得住么？”

林先生心里一跳，暂时回答不出来。虽然是七八年的老伙计，一向没有出过岔子，但谁能保到底呢！而况又是过期不见回来。上海客人看着林先生那迟疑的神气，就笑；那笑声有几分异样。忽然那边林小姐转脸对林先生急促地叫道：

“爸爸，寿生回来了！一身泥！”

显然林小姐的叫声也是异样的，林先生跳起来，又惊又喜，着急地想跑到柜台前去看，可是心慌了，两腿发软。这时寿生已经跑了进来，当真是一身泥，气喘喘地坐下了，说不出话来。林先生估量那情形不对，吓得没有主意，也不开口。上海客人在旁边皱眉头。过了一会儿，寿生方才喘着气说：

“好险呀！差一些儿被他们抓住了。”

“到底是强盗抢了快班船么？”

林先生惊极，心一横，倒逼出话来了。

“不是强盗。是兵队拉夫呀！昨天下午赶不上趁快班。今天一早趁航船，哪里知道航船听得这里要捉船，就停在东栅外了。我上岸走不到半里路，就碰到拉夫。西面宝祥衣庄的阿毛被他们拉去了。我跑得快，抄小路逃了回来。他妈的，性命交关！”

寿生一面说，一面撩起衣服，从肚兜里掏出一个手巾包来递给了林先生，又说道：

“都在这里了。栗市的那家黄茂记很可恶，这种户头，我们明年要留心！——我去洗一个脸，换件衣服再来。”

林先生接了那手巾包，捏一把，脸上有些笑容了。他到账台里打开那手巾包来。先看一看那张“清单”，打了一会儿算盘，然后点检银钱数目：是大洋十一元，小洋二百角，钞票四百二十元，外加即期庄票两张，一张是规元五十两，又一张是规元六十五两。这全部付给上海客人，照账算也还差一百多元。林先生凝神想了半晌，斜眼偷看了坐在那里吸烟的上海客人几次，方才叹一口气，割肉似的拿起那两张庄票和四百元钞票捧到上海客人跟前，又说了许多话，方才得到上海客人点一下头，说一声“对啦”。

但是上海客人把庄票看了两遍，忽又笑着说道：

“对不起，林老板，这庄票，费神兑了钞票给我罢！”

“可以，可以。”

林先生连忙回答，慌忙在庄票后面盖了本店的书柬图章，派一个伙计到恒源庄去取现，并且叮嘱了要钞票。又过了半晌，伙计却是空手回来。恒源庄把票子收了，但不肯付钱；据说是扣抵了林先生的欠款。天是在当真下雪了，林先生也没张伞，冒雪到恒源庄去亲自交涉，结果是徒然。

“林老板，怎样了呢？”

看见林先生苦着脸跑回来，那上海客人不耐烦地问了。

林先生几乎想哭出来，没有话回答，只是叹气。除了央求那上海客人再通融，还有什么别的办法？寿生也来了，帮着林先生说。他们赌咒：下欠的二百多元，赶明年初十边一定汇到上海。是老主顾了，向来三节清账，从没半句话，今儿实在是意外之变，大局如此，没有办法，非是他们刁赖。

然而不添一些，到底是不行的。林先生忍痛又把这几天内卖得的现款凑成了五十元，算是总共付了四百五十元，这才把那位叫人头痛的上海收账客人送走了。

此时已有十一点了，天还是飘飘扬扬落着雪。买客没有半个。林先生纳闷了一会儿，和寿生商量本街的账头怎样去收讨。两个人的眉头都皱紧了，都觉得本镇的六百多元账头收起来真没有把握。寿生挨着林先生的耳朵悄悄地说道：

"听说南栅的聚隆，西栅的和源，都不稳呢！这两处欠我们的，就有三百光景，这两笔倒账要预先防着，吃下了，可不是玩的！"

林先生脸色变了，嘴唇有点抖。不料寿生把声音再放低些，支支吾吾地说出了更骇人的消息来：

"还有，还有讨厌的谣言，是说我们这里了。恒源庄上一定听得了这些风声，这才对我们逼得那么急，说不定上海的收账客人也有点晓得——只是，谁和我们作对呢？难道就是斜对门么？"

寿生说着，就把嘴向裕昌祥那边呶了一呶。林先生的眼光跟着寿生的嘴也向那边瞥了一下，心里直是乱跳，哭丧着脸，好半天说不出话来。他的又麻又痛的心里感到这一次他准是毁了！——不毁才是作怪：党老爷敲诈他，钱庄压逼他，同业又中伤他，而又要吃倒账，凭谁也受不了这样重重的磨折罢？而究竟为了什么他应该活受罪呀！他，从父亲手里继承下这小小的铺子，从没敢浪费；他，做生意多么巴结；他，没有害过人，没有起过歹心；就是他的祖上，也没害过人，做过歹事呀！然而他直如此命苦！

"不过，师傅，随他们去造谣罢，你不要发急。荒年传乱话，听说是镇上的店铺十家有九家没法过年关。时势不好，市面清得不成话。素来硬朗的铺子今年都打饥荒，也不是我们一家困难！天塌压大家，商会里总得议个办法出来；总不能大家一齐拖倒，弄得市面更加不像市面。”

看见林先生急苦了，寿生姑且安慰着，忍不住也叹了一口气。

雪是愈下愈密了，街上已经见白。偶尔有一条狗垂着尾巴走过，抖一抖身体，摇落了厚积在毛上的那些雪，就又悄悄地夹着尾巴走了。自从有这条街以来，从没见过这样冷落凄凉的年关！而此时，远在上海，日本军的重炮正在发狂地轰毁那边繁盛的市廛。

五

凄凉的年关，终于也过去了。镇上的大小铺子倒闭了二十八家。内中有一家“信用素著”的绸庄。欠了林先生三百元货账的聚隆与和源也毕竟倒了。大年夜的白天，寿生到那两个铺子里磨了半天，也只拿了二十多块来；这以后，就听说没有一个收账员拿到半文钱，两家铺子的老板都躲得不见面了。林先生自己呢，多亏商会长一力斡旋，还无须往乡下躲，然而欠下恒源钱庄的四百多元非要正月十五以前还清不可；并且又订了苛刻的条件：从正月初五开市那天起，恒源就要派人到林先生铺子里“守提”，卖得的钱，八成归恒源扣账。

新年那四天，林先生家里就像一个冰窖。林先生常常叹气，林大娘的打呃像连珠炮。林小姐虽然不打呃，也不叹气，但是呆呆地好像害了多年的黄病。她那件大绸新旗袍，为的要付吴妈的工钱，已经上了当铺；小学徒从清早七点钟就去那家唯一的当铺门前守候，直到九点钟方才从人堆里拿了两块钱挤出来。以后，当铺就止当了。两块钱！

这已是最高价。随你值多少钱的贵重衣饰，也只能当得两块呢！叫作“两块钱封门”。乡下人忍着冷剥下身上的棉袄递上柜台去，那当铺里的伙计拿起来抖了一抖，就直丢出去，怒声喊道：“不当！”

元旦起，是大好的晴天。关帝庙前那空场上，照例来了跑江湖赶新年生意的摊贩和变把戏的杂耍。人们在那些摊子面前懒懒地拖着腿走，两手扪着空的腰包，就又懒懒地走开了。孩子们拉住了娘的衣角，赖在花炮摊前不肯走，娘就给他一个老大的耳光。那些特来赶新年的摊贩们连伙食都开销不了，白赖在“安商客寓”里，天天和客寓主人吵闹。

只有那班变把戏的出了八块钱的大生意，党老爷们唤他们去点缀了一番“升平气象”。

初四那天晚上，林先生勉强筹措了三块钱，办一席酒请铺子里的“相好”吃照例的“五路酒”，商量明天开市的办法。林先生早就筹思过熟透：这铺子开下去呢，眼见得是亏本的生意，不开呢，他一家三口儿简直没有生计，而且到底人家欠他的货账还有四五百，他一关门更难讨取；唯一的办法是减省开支，但捐税派饷是逃不了的，“敲诈”尤其无法躲避，裁去一两个店员罢，本来他只有三个伙计，寿生是左右手，其余的两位也是怪可怜见的，况且辞歇了到底也不够招呼生意；家里呢，也无可再省，吴妈早已辞歇。他觉得只有硬着头皮做下去，或者靠菩萨的保佑，乡下人春蚕熟，他的亏空还可以补救。

但要开市，最大的困难是缺乏货品。没有现钱寄到上海去，就拿不到货。上海打得更厉害了，赊账是休转这念头。卖底货罢，他店里早已淘空，架子上那些装卫生衣的纸盒就是空的，不过摆在那里装幌子。他铺子里就剩了些日用杂货，脸盆毛巾之类，存底还厚。

大家喝了一会闷酒，抓腮挖耳地想不出好主意。后来谈起闲天来，一个伙计忽然说：

“乱世年头，人比不上狗！听说上海闸北烧得精光，几十万人都只逃得一个光身子。虹口一带呢，烧是还没烧，人都逃光了，东洋人凶得很，不许搬东西。上海房钱涨起几倍。逃出来的人都到乡下来了，昨天镇上就到了一批，看样子都是好好的人家，现在却弄得无家可归！”

林先生摇头叹气。寿生听了这话，猛地想起了一个好办法；他放下了筷子，拿起酒杯来一口喝干了，笑嘻嘻对林先生说道：

“师傅，听得阿四的话么？我们那些脸盆，毛巾，肥皂，袜子，牙粉，牙刷，就可以如数销清了。”

林先生瞪出了眼睛，不懂得寿生的意思。

“师傅，这是天大的机会。上海逃来的人，总还有几个钱，他们总要买些日用的东西，是不是？这笔生意，我们赶快张罗。”

寿生接着又说。再筛出一杯酒来喝了，满脸是喜气。两个伙计也省悟过来了，哈哈大笑。只有林先生还不很了然。近来的逆境已经把他变成糊涂。他惘然问道：

“你拿得稳么？脸盆，毛巾，别家也有，——”

“师傅，你忘记了！脸盆毛巾一类的东西只有我们存底独多！裕昌祥里拿不出十只脸盆，而且都是拣剩货。这笔生意，逃不出我们的手掌心的了！我们赶快多写几张广告到四栅去分贴，逃难人住的地方——嗳，阿四，他们住在什么地方？我们也要去贴广告。”

“他们有亲戚的住到亲戚家里去了，没有的，还借住在西栅外茧厂的空房子。”

叫作阿四的伙计回答，脸上发亮，很得意自己的无意中立了大功。林先生这时也完全明白了。心里一快乐，就又灵活起来，他马上拟好了广告的底稿，专拣店里有的日用品开列上去，约莫也有十几种。他又模仿上海大商店卖“一元货”的方法，把脸盆、毛巾、牙刷、牙粉配成一套卖一块钱，广告上就大书“大廉价一元货”。店里本来还有余剩下的红绿纸，寿生大张的裁好了，拿笔就写。两个伙计和学徒就乱哄哄地拿过脸盆、毛巾、牙刷、牙粉来装配成一组。人手不够，林先生叫女儿出来帮着写，帮着扎配，另外又配出几种“一元货”，全是零星的日用必需品。

这一晚上，林家铺子里直忙到五更左右，方才大致就绪。第二天清早，开门鞭炮响过，排门开了，林家铺子布置得又是一新。漏夜赶起来的广告早已漏夜分头贴出去。西栅外茧厂一带是寿生亲自去布置，哄动那些借住在茧厂里的逃难人，都起来看，当作一件新闻。

“内宅”里，林大娘也起了个五更，瓷观音面前点了香，林大娘爬着磕了半天响头。她什么都祷告全了，就只差没有祷告菩萨要上海的战事再扩大再延长，好多来些逃难人。

一切都很顺利，一切都不出寿生的预料。新正开市第一天就只林家铺子生意很好，到下午四点多钟，居然卖了一百多元，是这镇上近十年来未有的新纪录。销售的大宗，果然是“一元货”，然而洋伞橡皮雨鞋之类却也带起了销路，并且那生意也做得干脆有味。虽然是“逃难人”，却毕竟住在上海，见过大场面，他们不像乡下人或本镇人那么小格式，他们买东西很爽利，拿起货来看了一眼，现钱交易，从不拣来拣去，也不硬要除零头。

林大娘看见女儿兴冲冲地跑进来夸说一回，就爬到瓷观音面前磕了一回头。她心里还转了这样的念头：要不是岁数相差得多，把寿生招做女婿倒也是好的！说不定在寿生那边也时常用半只眼睛看望着这位厮熟的十七岁的“师妹”。

只有一点，使林先生扫兴：恒源庄毫不顾面子地派人来提取了当天营业总数的八成。并且存户朱三阿太，桥头陈老七，还有张寡妇，不知听了谁的怂恿，都借了“要量米吃”的借口，都来预支息金；不但支息金，还想拔提一点存款呢！但也有一个喜讯，听说又到了一批逃难人。

晚餐时，林先生添了两碟荤菜，酬劳他的店员。大家称赞寿生能干。林先生虽然高兴，却不能不惦念着朱三阿太等三位存户是要提存款的事情。大新年碰到这种事，总是不吉利。寿生忿然说：

“那三个懂得什么呢！还不是有人从中挑拨！”

说着，寿生的嘴又向斜对门呶了一呶。林先生点头。可是这三位不懂什么的，倒也难以对付；一个是老头子，两个是孤苦的女人，软说不肯，硬来又不成。林先生想了半天觉得只有去找商会长，请他去和那三位宝贝讲开。他和寿生说了，寿生也竭力赞成。

于是晚饭后算过了当天的“流水账”，林先生就去拜访商会长。

林先生说明了来意后，那商会长一口就应承了，还夸奖林先生做生意的手段高明，他那铺子一定能够站住，而且上进。摸着自己的下巴，商会长又笑了一笑，伛过身体来说道：

“有一件事，早就想对你说，只是没有机会。镇上的卜局长不知在哪里见过令爱来，极为中意；卜局长年将四十，还没有儿子，屋子里虽则放着两个人，都没生育过；要是令爱过去，生下一男半女，就是现成的局长太太。呵，那时，就连我也沾点儿光呢！”

林先生做梦也想不到会有这样的难题，当下怔住了做不得声。商会长却又郑重地接着说：

“我们是老朋友，什么话都可以讲个明白。论到这种事呢，照老派说，好像面子上不好听；然而也不尽然。现在通行这一套，令爱过去也算是正的。——况且，卜局长既然有了这个心，不答应他有许多不便之处；

答应了，将来倒有巴望。我是替你打算，才说这个话。”

“咳，你怕不是好意劝我仔细！可是，我是小户人家，小女又不懂规矩，高攀卜局长，实在不敢！”

林先生硬着头皮说，心里卜卜乱跳。

“哈，哈，不是你高攀，是他中意。——就这么罢，你回去和尊夫人商量商量，我这里且搁着，看见卜局长时，就说还没机会提过，行不行呢？可是你得早点给我回音！”

“嗯——”

筹思了半晌，林先生勉强应着，脸色像是死人。

回到家里，林先生支开了女儿，就一五一十对林大娘说了。他还没说完，林大娘的呃就大发作，光景邻居都听得清。她勉强抑住了那些涌上来的呃，喘着气说道：

“怎么能够答应，呃，就不是小老婆，呃，呃——我也舍不得阿秀到人家去做媳妇。”

“我也是这个意思，不过——”

“呃，我们规规矩矩做生意，呃，难道我们不肯，他好抢了去不成？呃——”

“不过他一定要来找讹头生事！这种人比强盗还狠心！”

林先生低声说，几乎落下眼泪来。

“我拚了这条老命。呃！救苦救难观世音呀！”

林大娘颤着声音站了起来，摇摇摆摆想走。林先生赶快拦住，没口地叫道：

“往哪里去？往哪里去？”

同时林小姐也从房外来了，显然已经听见了一些，脸色灰白，眼睛死瞪瞪地。林大娘看见女儿，就一把抱住了，一边哭，一边打呃，一边喃喃地挣扎着喘着气说：

“呃，阿囡，呃，谁来抢你去，呃，我同他拚老命！呃，生你那年我得了这个——病，呃，好容易养到十七岁，呃，呃，死也死在一块儿！呃，早给了寿生多么好呢！呃！强盗！不怕天打的！”

林小姐也哭了，叫着“妈！”林先生搓着手叹气。看看哭得不像样，窄房浅屋的要惊动邻舍，大新年也不吉利，他只好忍着一肚子气来劝母女两个。

这一夜，林家三口儿都没有好生睡觉。明天一早林先生还得起来做生意，在一夜的转侧愁思中，他偶尔听得屋面上一声响，心就卜卜地跳，以为是卜局长来寻他生事来了；然而定了神仔细想起来，自家是规规矩矩的生意人，又没犯法，只要生意好，不欠人家的钱，难道好无端生事，白诈他不成？而他的生意呢，眼前分明有一线生机。生了个女儿长得还端正，却又要招祸！早些定了亲，也许不会出这岔子？——商会长是不是肯真心帮忙呢，只有恳求他设法——可是林大娘又在打呃了，咳，她这病！

天刚发白，林先生就起身，眼圈儿有点红肿，头里发昏。可是他不能不打起精神招呼生意。铺面上靠寿生一个到底不行，这小伙子近几天来也就累得够了。

林先生坐在账台里，心总不定。生意虽然好，他却时时浑身的肉发抖。看见面生的大汉子上来买东西，他就疑惑是卜局长派来的人，来侦察他，来寻事；他的心直跳得发痛。

却也作怪，这天生意之好，出人意料。到正午，已经卖了五六十元，买客们中间也有本镇人。那简直不像买东西，简直像是抢东西，只有倒闭了铺子拍卖底货的时候才有这种光景。林先生一边有点高兴，一边却也看着心惊，他估量“这样的好生意气色不正”。果然在午饭的时候，寿生就悄悄告诉道：

“外边又有谣言，说是你拆烂污卖一批贱货，捞到几个钱，就打算逃走！”

林先生又气又怕，开不得口。突然来了两个穿制服的人，直闯进来问道：

“谁是林老板？”

林先生慌忙站了起来，还没回答，两个穿制服的拉住他就走。寿生追上去，想要拦阻，又想要探询，那两个人厉声吆喝道：

“你是谁？滚开！党部里要他问话！”

六

那天下午，林先生就没有回来。店里生意忙，寿生又不能抽空身子尽自去探听。里边林大娘本来还被瞒着，不防小学徒漏了嘴，林大娘那一急几乎一口气死去。她又死不放林小姐出那对蝴蝶门儿，说是：

“你的爸爸已经被他们捉去了，回头就要来抢你！呃——”

她只叫寿生进来问底细，寿生瞧着情形不便直说，只含糊安慰了几句道：

“师母，不要着急，没有事的！师傅到党部里去理直那些存款呢。我们的生意好，怕什么的！”

背转了林大娘的面，寿生悄悄告诉林小姐，“到底为什么，还没得个准信儿”，他叮嘱林小姐且安心伴着“师母”，外边事有他呢。林小姐一点主意也没有，寿生说一句，她就点一下头。

这样又要招顾外面的生意，又要挖空心思找出话来对付林大娘不时的追询，寿生更没有工夫去探听林先生的下落。直到上灯时分，这才由商会长给他一个信：林先生是被党部扣住了，为的外边谣言林先生打算卷款逃走，然而林先生除有庄款和客账未清外，还有朱三阿太、桥头陈老七、张寡妇三位孤苦人儿的存款共计六百五十元没有保障，党部里是专替这些孤苦人儿谋利益的，所以把林先生扣起来，要他理直这些存款。

寿生吓得脸都黄了，呆了半晌，方才问道：

"先把人保出来，行么？人不出来，哪里去弄钱来呢？"

"嘿！保出人来！你空手去，让你保么？"

"会长先生，总求你想想法子，做好事。师傅和你老人家向来交情也不差，总求你做做好事！"

商会长皱着眉头沉吟了一会儿，又端相着寿生半晌，然后一把拉寿生到屋角里悄悄说道：

"你师傅的事，我岂有袖手旁观之理。只是这件事现在弄僵了！老实对你说，我求过卜局长出面讲情，卜局长只要你师傅答应一件事，他是肯帮忙的;我刚才到党部里会见你的师傅，劝他答应，他也答应了，那不是事情完了么？不料党部里那个黑麻子真可恶，他硬不肯——"

"难道他不给卜局长面子？"

"就是呀！黑麻子反而噜哩噜嗦说了许多，卜局长几乎下不得台。两个人闹翻了！这不是这件事弄得僵透？"

寿生叹了口气，没有主意；停一会儿，他又叹一口气说：

"可是师傅并没犯什么罪。"

"他们不同你讲理！谁有势，谁就有理！你去对林大娘说，放心，还没吃苦，不过要想出来，总得花点儿钱！"

商会长说着，伸两个指头一扬，就匆匆地走了。

寿生沉吟着，没有主意；两个伙计攒住他探问，他也不回答。商会长这番话，可以告诉“师母”么？又得花钱！“师母”有没有私蓄，他不知道；至于店里，他很明白，两天来卖得的现钱，被恒源提了八成去，剩下只有五十多块，济得什么事！商会长示意总得两百。知道还够不够呀！照这样下去，生意再好些也不中用。他觉得有点灰心了。

里边又在叫他了！他只好进去瞧光景再定主意。

林大娘扶住了女儿的肩头，气喘喘地问道：

“呃，刚才，呃——商会长来了，呃，说什么？”

“没有来呀！”

寿生撒一个谎。

“你不用瞒我，呃——我，呃，全知道了；呃，你的脸色吓得焦黄！阿秀看见的，呃！”

“师母放心，商会长说过不要紧。——卜局长肯帮忙——”

“什么？呃，呃——什么？卜局长肯帮忙！——呃，呃，大慈大悲的菩萨，呃，不要他帮忙！呃，呃，我知道，你的师傅，呃呃，没有命了！呃，我也不要活了！呃，只是这阿秀，呃，我放心不下！呃，呃，你同了她去！呃，你们好好的做人家！呃，呃，寿生，呃，你待阿秀好，我就放心了！呃，去呀！他们要来抢！呃——狠心的强盗！观世音菩萨怎么不显灵呀！”

寿生睁大了眼睛，不知道怎样回话。他以为“师母”疯了，但可又一点不像疯。他偷眼看他的“师妹”，心里有点跳；林小姐满脸通红，低了头不作声。

“寿生哥，寿生哥，有人找你说话！”

小学徒一路跳着喊进来。寿生慌忙跑出去，总以为又是商会长什么的来了，哪里知道竟是斜对门裕昌祥的掌柜吴先生。“他来干什么？”寿生肚子里想，眼光盯住在吴先生的脸上。

吴先生问过了林先生的消息，就满脸笑容，连说“不要紧”。寿生觉得那笑脸有点异样。

“我是来找你划一点货——”

吴先生收了笑容，忽然转了口气，从袖子里摸出一张纸来。是一张横单，写着十几行，正是林先生所卖“一元货”的全部。寿生一眼瞧见就明白了，原来是这个把戏呀！他立刻说：

“师傅不在，我不能作主。”

“你和你师母说，还不是一样！”

寿生踌躇着不能回答。他现在有点懂得林先生之所以被捕了。先是谣言林先生要想逃，其次是林先生被扣住了，而现在却是裕昌祥来挖货，这一连串的线索都明白了。寿生想来有点气，又有点怕，他很知道，要是答应了吴先生的要求，那么，林先生的生意，自己的一番心血，都完了。可是不答应呢，还有什么把戏来，他简直不敢想下去了。最后他姑且试一试说：

“那么，我去和师母说，可是，师母女人家专要做现钱交易。”

“现钱么？哈，寿生，你是说笑话罢？”

“师母是这种脾气，我也是没法。最好等明天再谈罢。刚才商会长说，卜局长肯帮忙讲情，光景师傅今晚上就可以回来了。”

寿生故意冷冷地说，就把那张横单塞还吴先生的手里。吴先生脸上的肉一跳，慌忙把横单又推回到寿生手里，一面没口应承道：

“好，好，现账就是现账。今晚上交货，就是现账。”

寿生皱着眉头再到里边，把裕昌祥来挖货的事情对林大娘说了，并且劝她：

“师母，刚才商会长来，确实说师傅好好的在那里，并没吃苦；不过总得花几个钱，才能出来。店里只有五十块。现在裕昌祥来挖货，照这单子上看，总也有一百五十块光景，还是挖给他们罢，早点救师傅出来要紧！”

林大娘听说又要花钱，眼泪直淌，那一阵呃，当真打得震天响，她只是摇手，说不出话，头靠在桌子上，把桌子掽得怪响。寿生瞧来不是路，悄悄地退出去，但在蝴蝶门边，林小姐追上来了。她的脸色像死人一样白，她的声音抖而且哑，她急口地说：

“妈是气糊涂了！总说爸爸已经被他们弄死了！你，你赶快答应裕昌祥，赶快救爸爸，寿生哥，你——”

林小姐说到这里，忽然脸一红，就飞快地跑进去了。寿生望着她的后影，呆立了半分钟光景，然后转身，下决心担负这挖货给裕昌祥的责任，至少“师妹”是和他一条心要这么办了。

夜饭已经摆在店铺里了，寿生也没有心思吃，立等着裕昌祥交过钱来，他拿一百在手里，另外身边藏了八十，就飞跑去找商会长。

半点钟后，寿生和林先生一同回来了。跑进“内宅”的时候，林大娘看见了倒吓一跳。认明是当真活的林先生时，林大娘急急爬在瓷观音前磕响头，比她打呃的声音还要响。林小姐光着眼睛站在旁边，像是要哭，又像是要笑。寿生从身旁掏出一个纸包来，放在桌子上说：

“这是多下来的八十块钱。”

林先生叹了一口气，过一会儿，方才有声没气地说道：

“让我死在那边就是了，又花钱弄出来！没有钱，大家还是死路一条！”

林大娘突然从地下跳起来，着急地想说话，可是一连串的呃把她的话塞住了。林小姐忍住了声音，抽抽咽咽地哭。林先生却还不哭，又叹一口气，哽咽着说：

“货是挖空了！店开不成，债又逼得紧——”

"师傅！"

寿生叫了一声，用手指蘸着茶，在桌子上写了一个"走"字给林先生看。

林先生摇头，眼泪扑簌簌地直淌；他看看林大娘，又看看林小姐，又叹一口气。

"师傅！只有这一条路了。店里拼凑起来，还有一百块，你带了去，过一两个月也就够了；这里的事，我和他们理直。"

寿生低声说。可是林大娘却偏偏听得了，她忽然抑住了呃，抢着叫道：

"你们也去！你，阿秀。放我一个人在这里好了，我拚老命！呃！"

忽然异常少健起来，林大娘转身跑到楼上去了。林小姐叫着"妈"随后也追了上去。林先生望着楼梯发怔，心里感到有什么要紧的事，却又乱麻麻地总是想不起。寿生又低声说：

"师傅，你和师妹一同走罢！师妹在这里，师母是不放心的！她总说他们要来抢——"

林先生淌着眼泪点头，可是打不起主意。

寿生忍不住眼圈儿也红了，叹一口气，绕着桌子走。

忽然听得林小姐的哭声。林先生和寿生都一跳。他们赶到楼梯头时，林大娘却正从房里出来，手里捧一个皮纸包儿。看见林先生和寿生都已在楼梯头了，她就缩回房去，嘴里说"你们也来，听我的主意"。她当着林先生和寿生的跟前，指着那纸包说道：

"这是我的私房，呃，光景有两百多块。分一半你们拿去。呃！阿秀，我做主配给寿生！呃，明天阿秀和她爸爸同走。呃，我不走！寿生陪我几天再说。呃，知道我还有几天活，呃，你们就在我面前拜一拜，我也放心！呃——"

林大娘一手拉着林小姐，一手拉着寿生，就要他们“拜一拜”。

都拜了，两个人脸上飞红，都低着头。寿生偷眼看林小姐，看见她的泪痕中含着一些笑意，寿生心头卜卜地跳了，反倒落下两滴眼泪。

林先生松一口气，说道：

“好罢，就是这样。可是寿生，你留在这里对付他们，万事要细心！”

七

林家铺子终于倒闭了。林老板逃走的新闻传遍了全镇。债权人中间的恒源庄首先派人到林家铺子里封存底货。他们又搜寻账簿。一本也没有了。问寿生。寿生躺在床上害病。又去逼问林大娘。林大娘的回答是连珠炮似的打呃和眼泪鼻涕。为的她到底是“林大娘”，人们也没有办法。

十一点钟光景，大群的债权人在林家铺子里吵闹得异常厉害。恒源庄和其他的债权人争执怎样分配底货。铺子里虽然淘空，但连“生财”合计，也足够偿还债权者七成，然而谁都只想给自己争得九成或竟至十成。商会长说得舌头都有点僵硬了，却没有结果。

来了两个警察，拿着木棍站在门口吆喝那些看热闹的闲人。

“怎么不让我进去？我有三百块钱的存款呀！我的老本！”

朱三阿太扭着瘪嘴唇和警察争论，巍颤颤地在人堆里挤。她额上的青筋就有小指头儿那么粗。她挤了一会儿，忽然看见张寡妇抱着五岁的孩子在那里哀求另一个警察放她进去。那警察斜着眼睛，假装是调弄那孩子，却偷偷地用手背在张寡妇的乳部揉摸。

“张家嫂呀——”

朱三阿太气喘喘地叫了一声，就坐在石阶沿上，用力地扭着她的瘪嘴唇。

张寡妇转过身来，找寻是谁唤她；那警察却用了亵昵的口吻叫道：

“不要性急！再过一会儿就进去！”

听得这句话的闲人都笑起来了。张寡妇装作不懂，含着一泡眼泪，无目的地又走了一步。恰好看见朱三阿太坐在石阶沿上喘气。张寡妇跌撞似的也到了朱三阿太的旁边，也坐在那石阶沿上，忽然就放声大哭。她一边哭，一边喃喃地诉说着：

“阿大的爷呀，你丢下我去了，你知道我是多么苦啊！强盗兵打杀了你，前天是三周年……绝子绝孙的林老板又倒了铺子，——我十个指头做出来的百几十块钱，丢在水里了，也没响一声！啊哟！穷人命苦，有钱人心狠——”

看见妈哭，孩子也哭了；张寡妇搂住了孩子，哭得更伤心。

朱三阿太却不哭，弩起了一对发红的已经凹陷的眼睛，发疯似的反复说着一句话：

“穷人是一条命，有钱人也是一条命；少了我的钱，我拚老命！”

此时有一个人从铺子里挤出来，正是桥头陈老七。他满脸紫青，一边挤，一边回过头去嚷骂道：

“你们这伙强盗！看你们有好报！天火烧，地火爆，总有一天现在我陈老七眼睛里呀！要吃倒账，就大家吃，分摊到一个边皮儿，也是公平，——”

陈老七正骂得起劲，一眼看见了朱三阿太和张寡妇，就叫着她们的名字说：

“三阿太，张家嫂，你们怎么坐在这里哭！货色，他们分完了！我一张嘴吵不过他们十几张嘴，这班狗强盗不讲理，硬说我们的钱不算账，——”

张寡妇听说，哭得更加苦了。先前那个警察忽然又踅过来，用木棍子拨着张寡妇的肩膀说：

“喂，哭什么？你的养家人早就死了。现在还哭哪一个！”

“狗屁！人家抢了我们的，你这东西也要来调戏女人么？”

陈老七怒冲冲地叫起来，用力将那警察推了一把。那警察睁圆了怪眼睛，扬起棍子就想要打。闲人们都大喊，骂那警察。另一个警察赶快跑来，拉开了陈老七说：

“你在这里吵，也是白吵。我们和你无冤无仇，商会里叫来守门，吃这碗饭，没办法。”

“陈老七，你到党部里去告状罢！”

人堆里有一个声音这么喊。听声音就知道是本街有名的闲汉陆和尚。

“去，去！看他们怎样说。”

许多声音乱叫了。但是那位作调人的警察却冷笑，扳着陈老七的肩膀道：

“我劝你少找点麻烦罢。到那边，中什么用！你还是等候林老板回来和他算账，他倒不好白赖。”

陈老七虎起了脸孔，弄得没有主意了。经不住那些闲人们都撺怂着“去”，他就看着朱三阿太和张寡妇说道：

“去去怎样？那边是天天大叫保护穷人的呀！”

“不错。昨天他们扣住了林老板，也是说防他逃走，穷人的钱没有着落！”

又一个主张去的拉长了声音叫。于是不由自主似的，陈老七他们三个和一群闲人都向党部所在那条路去了。张寡妇一路上还是啼哭，咒骂打杀了她丈夫的强盗兵，咒骂绝子绝孙的林老板，又咒骂那个恶狗似的警察。

快到了目的地时，望见那门前排立着四个警察，都拿着棍子，远远地就吆喝道：

“滚开！不准过来！”

“我们是来告状的，林家铺子倒了，我们存在那里的钱都拿不到——”

陈老七走在最前排，也高声地说。可是从警察背后突然跳出一个黑麻子来，怒声喝打。警察们却还站着，只用嘴威吓。陈老七背后的闲人们大噪起来。黑麻子怒叫道：

“不识好歹的贱狗！我们这里管你们那些事么？再不走，就开枪了！”

他跺着脚喝那四个警察动手打。陈老七是站在最前，已经挨了几棍子。闲人们大乱。朱三阿太老迈,跌倒了。张寡妇慌忙中落掉了鞋子,给人们一冲,也跌在地下,她连滚带爬躲过了许多跳过的和踏上来的脚,站起来跑了一段路,方才觉到她的孩子没有了。看衣襟上时,有几滴血。

“啊哟！我的宝贝！我的心肝！强盗杀人了，玉皇大帝救命呀！”

她带哭带嚷的快跑，头发纷散;待到她跑过那倒闭了的林家铺面时，她已经完全疯了！

在这件事上可就吵了架。儿媳四大娘去年就要养洋种的蚕。小儿子跟他嫂嫂是一路，那阿四虽然嘴里不多说，心里也是要洋种的。老通宝拗不过他们，末了只好让步。现在他家里有的五张蚕种，就是土种四张，洋种一张。

“世界真是越变越坏！过几年他们连桑叶都要洋种了！我活得厌了！”

老通宝看着那些桑树，心里说，拿起身边的长旱烟管恨恨地敲着脚边的泥块。太阳现在正当他头顶，他的影子落在泥地上，短短的像一段乌焦木头，还穿着破棉袄的他，觉得浑身燥热起来了。他解开了大襟上的纽扣，又抓着衣角搧了几下，站起来回家去。

那一片桑树背后就是稻田。现在大部分是匀整的半翻着的燥裂的泥块。偶尔也有种了杂粮的，那黄金一般的菜花散出强烈的香味。那边远远地一簇房屋，就是老通宝他们住了三代的村坊，现在那些屋上都袅起了白的炊烟。

老通宝从桑林里走出来，到田塍上，转身又望那一片爆着嫩绿的桑树。忽然那边田野跳跃着来了一个十来岁的男孩子，远远地就喊道：

“阿爹！妈等你吃中饭呢！”

“哦——”

老通宝知道是孙子小宝，随口应着，还是望着那一片桑林。才只得“清明”边，桑叶尖儿就抽得那么小指头儿似的，他一生就只见过两次。今年的蚕花，光景是好年成。三张蚕种，该可以采多少茧子呢？只要不像去年，他家的债也许可以拔还一些罢。

小宝已经跑到他阿爹的身边了，也仰着脸看那绿绒似的桑拳头；忽然他跳起来拍着手唱道：

“清明削口，看蚕娘娘拍手！”[①]

老通宝的皱脸上露出笑容来了。他觉得这是一个好兆头。他把手放在小宝的“和尚头”上摩着，他的被穷苦弄麻木了的老心里勃然又生出新的希望来了。

二

天气继续暖和，太阳光催开了那些桑拳头上的小手指儿模样的嫩叶，现在都有小小的手掌那么大了。老通宝他们那村庄四周围的桑林似乎发长得更好，远望去像一片绿锦平铺在密密层层灰白色矮矮的篱笆上。“希望”在老通宝和一般农民们的心里一点一点一天一天强大。蚕事的动员令也在各方面发动了。藏在柴房里一年之久的养蚕用具都拿出来洗刷修补。那条穿村而过的小溪旁边，蠕动着村里的女人和孩子，工作着，嚷着，笑着。

这些女人和孩子们都不是十分健康的脸色，——从今年开春起，他们都只吃个半饱；他们身上穿的，也只是些破旧的衣服。实在他们的情形比叫花子好不了多少。然而他们的精神都很不差。他们有很大的忍耐力，又有很大的幻想。虽然他们都负了天天在增大的债，可是他们那简单的头脑老是这么想：只要蚕花熟，就好了！他们想象到一个月以后那些绿油油的桑叶就会变成雪白的茧子，于是又变成叮叮当当响的洋钱，他们虽然肚子里饿得咕咕地叫，却也忍不住要笑。

这些女人中间也就有老通宝的媳妇四大娘和那个十二岁的小宝。

① 这是老通宝所在那一带乡村里关于“蚕事”的一种歌谣式的成语。所谓“削口”，指桑叶抽发如指；“清明削口”谓清明边桑叶已抽放如许大也。“看”亦是方言，意同“饲”或“育”。全句谓清明边桑叶开绽则熟年可卜，故蚕妇拍手而喜。

这娘儿两个已经洗好了那些“团扁”和“蚕箪”[1],坐在小溪边的石头上撩起布衫角揩脸上的汗水。

“四阿嫂！你们今年也看（养）洋种么？”

小溪对岸的一群女人中间有一个二十岁左右的姑娘隔溪喊过来了。四大娘认得是隔溪的对门邻舍陆福庆的妹子六宝。四大娘立刻把她的浓眉毛一挺，好像正想找人吵架似的嚷了起来：

“不要来问我！阿爹做主呢！——小宝的阿爹死不肯，只看了一张洋种！老糊涂的听得带一个洋字就好像见了七世冤家！洋钱，也是洋，他倒又要了！”

小溪旁那些女人们听得笑起来了。这时候有一个壮健的小伙子正从对岸的陆家稻场上走过，跑到溪边，跨上了那横在溪面用四根木头并排做成的雏形的“桥”。四大娘一眼看见，就丢开了“洋种”问题，高声喊道：

“多多弟！来帮我搬东西罢！这些匾，浸湿了，就像死狗一样重！”

小伙子阿多也不开口，走过来拿起五六只“团匾”，湿漉漉地顶在头上，却空着一双手，划桨似的荡着，就走了。这个阿多高兴起来时，什么事都肯做，碰到同村的女人们叫他帮忙拿什么重家伙，或是下溪去捞什么，他都肯;可是今天他大概有点不高兴，所以只顶了五六只“团扁”去，却空着一双手。那些女人们看着他戴了那特别大箬帽似的一叠“扁”，袅着腰，学镇上女人的样子走着，又都笑起来了，老通宝家紧邻的李根生的老婆荷花一边笑，一边叫道：

“喂，多多头！回来！也替我带一点儿去！”

---

① 老通宝乡里称那圆桌面那样大、极像一个盘的竹器为“团扁”；又一种略小而底部编成六角形网状的，称为“箪”，方言读如“踏”；蚕初收蚁时，在“箪”中养育，呼为“蚕箪”，那是糊了纸的；这种纸通称“糊箪纸”。

“叫我一声好听的，我就给你拿。”

阿多也笑着回答，仍然走。转眼间就到了他家的廊下，就把头上的“团扁”放在廊檐口。

“那么，叫你一声干儿子！”

荷花说着就大声地笑起来，她那出众地白净然而扁得作怪的脸上看去就好像只有一张大嘴和眯紧了好像两条线一般的细眼睛。她原是镇上人家的婢女，嫁给那不声不响整天苦着脸的半老头子李根生还不满半年，可是她的爱和男子们胡调已经在村中很有名。

“不要脸的！”

忽然对岸那群女人中间有人轻声骂了一句。荷花的那对细眼睛立刻睁大了，怒声嚷道：

“骂哪一个？有本事，当面骂，不要躲！”

“你管得我？棺材横头踢一脚，死人肚里自得知：我就骂那不要脸的骚货！”

隔溪立刻回骂过来了，这就是那六宝，又一位村里有名淘气的大姑娘。

于是对骂之下，两边又泼水。爱闹的女人也夹在中间帮这边帮那边。小孩子们笑着狂呼。四大娘是老成的，提起她的“蚕箪”，喊着小宝，自回家去。阿多站在廊下看着笑。他知道为什么六宝要跟荷花吵架；他看着那“辣货”六宝挨骂，倒觉得很高兴。

老通宝掮着一架“蚕台”[①] 从屋子里出来，这三棱形家伙的木梗子有几条给白蚂蚁蛀过了，怕的不牢，须得修补一下。看见阿多站在那里笑嘻嘻地望着外边的女人们吵架，老通宝的脸色就板起来了。他这“多

① 蚕台：是三棱式可以折起来的木架子，像三张梯连在一处的家伙；中分七八格，每格可放一团匾。

多头”的小儿子不老成，他知道。尤其使他不高兴的，是多多也和紧邻的荷花说说笑笑。“那母狗是白虎星，惹上了她就得败家”，——老通宝时常这样警戒他的小儿子。

“阿多！空手看野景么？阿四在后边扎‘缀头’[1]，你去帮他！”

老通宝像一匹疯狗似的咆哮着，火红的眼睛一直盯住了阿多的身体，直到阿多走进屋里去，看不见了，老通宝方缠提过那“蚕台”来反复审察，慢慢地动手修补。木匠生活，老通宝早年是会的；但近来他老了，手指头没有劲，他修了一会儿，抬起头来喘气，又望望屋里挂在竹竿上的三张蚕种。

四大娘就在廊檐口糊“蚕箪”。去年他们为的想省几百文钱，是买了旧报纸来糊的。老通宝直到现在还说是因为用了报纸——不惜字纸，所以去年他们的蚕花不好。今年是特地全家少吃一餐饭，省下钱来买了“糊箪纸”来了。四大娘把那鹅黄色坚韧的纸儿糊得很平贴，然后又照品字式糊上三张小小的花纸——那是跟“糊箪纸”一块儿买来的，一张印的花色是“聚宝盆”，另两张都是手执尖角旗的人儿骑在马上，据说是“蚕花太子”。

“四大娘！你爸爸做中人借来三十块钱，就只买了二十担叶。后天来又吃完了，怎么办？”

老通宝气喘喘地从他的工作里抬起头来，望着四大娘。那三十块钱是二分半的月息。总算有四大娘的父亲张财发做中人，那债主也就是张财发的东家“做好事”，这才只要了二分半的月息。条件是蚕事完后本利归清。

四大娘把糊好了的“蚕箪”放在太阳底下晒，好像生气似的说：

“都买了叶！又像去年那样多下来——”

---

① 缀头：也是方言，是稻草扎的，蚕在上面做茧子。

“什么话！你倒先来发利市了！年年像去年么？自家只有十来担叶；五张布子（蚕种），十来担叶够么？”

“噢，噢；你总是不错的！我只晓得有米烧饭，没米饿肚子！”

四大娘气哄哄地回答；为了那“洋种”问题，她到现在常要和老通宝抬杠。

老通宝气得脸都紫了。两个人就此再没有一句话。

但是“收蚕”的时期一天一天逼进了。这二三十人家的小村落突然呈现了一种大紧张、大决心、大奋斗，同时又是大希望。人们似乎连肚子饿都忘记了。老通宝他们家东借一点，西赊一点，居然也一天一天过着来。也不仅老通宝他们，村里哪一家有两三斗米放在家里呀！去年秋收固然还好，可是地主、债主，正税、杂捐，一层一层地剥削来，早就完了。现在他们唯一的指望就是春蚕，一切临时借贷都是指明在这“春蚕收成”中偿还。

他们都怀着十分希望又十分恐惧的心情来准备这春蚕的大搏战！

“谷雨”节一天近一天了。村里二三十人家的“布子”都隐隐现出绿色来。女人们在稻场上碰见时，都匆忙地带着焦灼而快乐的口气互相告诉道：

“六宝家快要‘窝种’[1]了呀！”

“荷花说她家明天就要‘窝’了。有这么快！”

“黄道士去测一字，今年的青叶要贵到四洋！”

四大娘看自家的五张“布子”。不对！那黑芝麻似的一片细点子还是黑沉沉，不见绿影。她的丈夫阿四拿到亮处去细看，也找不出几点“绿”来。四大娘很着急。

① 窝种：也是老通宝乡里的习惯；蚕种转成绿色后就得把来贴肉揾着，约三四天后，蚕蚁孵出，就可以“收蚕”。这工作是女人做的。“窝”是方言，意即“揾”也。作者原注。

“你就先‘窝’起来罢！这余杭种，作兴是慢一点的。”

阿四看着他老婆，勉强自家宽慰。四大娘堵起了嘴巴不回答。

老通宝哭丧着干皱的老脸，没说什么，心里却觉得不妙。

幸而再过了一天，四大娘再细心看那“布子”时，哈，有几处转成绿色了！而且绿的很有光彩。四大娘立刻告诉了丈夫，告诉了老通宝，多多头，也告诉了她的儿子小宝。她就把那些布子贴肉揾在胸前，抱着吃奶的婴孩似的静静儿坐着，动也不敢多动了。夜间，她抱着那五张“布子”到被窝里，把阿四赶去和多多头做一床。那“布子”上密密麻麻的蚕子儿贴着肉，怪痒痒的；四大娘很快活，又有点儿害怕，她第一次怀孕时胎儿在肚子里动，她也是那样半惊半喜的！

全家都是惴惴不安地又很兴奋地等候“收蚕”。只有多多头例外。他说：今年蚕花一定好，可是想发财却是命里不曾来。老通宝骂他多嘴，他还是要说。

蚕房早已收拾好了。“窝种”的第二天，老通宝拿一个大蒜头涂上一些泥，放在蚕房的墙脚边；也是年年的惯例，但今番老通宝更加虔诚，手也抖了。去年他们“卜”[①]得非常灵验。可是去年那“灵验”，现在老通宝想也不敢想。

现在这村里家家都在“窝种”了。稻场上和小溪边顿时少了那些女人们的踪迹。一个“戒严令”也在无形中颁布了：乡农们即使平日是最好的，也不往来；人客来冲了蚕神不是玩的！他们至多在稻场上低声交谈一二句就走开。这是个“神圣”的季节。

老通宝家的五张布子上也有些“乌娘”[②]蠕蠕地动了。于是全家的

① 用大蒜头来“卜”蚕花好否，是老通宝乡里的迷信。收蚕前两三天，以大蒜涂泥置蚕房中，至收蚕那天拿来看，蒜叶多主蚕熟，少则不熟。作者原注。

② 老通宝乡间称初生的蚕蚁为“乌娘”；这也是方言。作者原注。

空气，突然紧张。那正是“谷雨”前一日。四大娘料来可以挨过了“谷雨”节那一天[1]。布子不须再“窝”了，很小心地放在“蚕房”里。老通宝偷眼看一下那个躺在墙脚边的大蒜头，他心里就一跳。那大蒜头上还只有一两茎绿芽！老通宝不敢再看，心里祷祝后天正午会有更多更多的绿芽。

终于“收蚕”的日子到了。四大娘心神不定地淘米烧饭，时时看饭锅上的热气有没有直冲上来。老通宝拿出预先买了来的香烛点起来，恭恭敬敬放在灶君神位前。阿四和阿多去到田里采野花。小小宝帮着把灯芯草剪成细末子，又把采来的野花揉碎。一切都准备齐全了时，太阳也近午刻了，饭锅上水蒸气嘟嘟地直冲，四大娘立刻跳了起来，把“蚕花”[2]和一对鹅毛插在发髻上，就到“蚕房”里。老通宝拿着秤杆，阿四拿了那揉碎的野花片儿和灯芯草碎末。四大娘揭开“布子”，就从阿四手里拿过那野花碎片和灯芯草末子撒在“布子”上，又接过老通宝手里的秤杆来，将“布子”挽在秤杆上，于是拔下发髻上的鹅毛在“布子”上轻轻儿拂；野花片，灯芯草末子，连同“乌娘”，都拂在那“蚕箪”里了。一张，两张，……都拂过了；最后一张是洋种，那就收在另一个“蚕箪”里。末了，四大娘又拔下发髻上那朵“蚕花”，跟鹅毛一块插在“蚕箪”的边儿上。

这是一个隆重的仪式！千百年相传的仪式！那好比是誓师典礼，以后就要开始了一个月光景的和恶劣的天气和厄运以及和不知什么的连日连夜无休息的大决战！

“乌娘”在“蚕箪”里蠕动，样子非常强健；那黑色也是很正路的。

① 老通宝乡里的习惯，“收蚕”——即收蚁，须得避过“谷雨”那一天，或上或下都可以，但不能正在“谷雨”那一天。什么理由，可不知道。作者原注。

② 蚕花：是一种纸花，预先买下来的。这些迷信的仪式，各处小有不同。作者原注。

四大娘和老通宝他们都放心地松一口气了。但当老通宝悄悄地把那个“命运”的大蒜头拿起来看时，他的脸色立刻变了！大蒜头上还只得三四茎嫩芽！天哪！难道又同去年一样？

三

然而那“命运”的大蒜头这次竟不灵验。老通宝家的蚕非常好！虽然头眠二眠的时候连天阴雨，气候是比“清明”边似乎还要冷一点，可是那些“宝宝”都很强健。

村里别人家的“宝宝”也都不差。紧张的快乐弥漫了全村庄，似那小溪里淙淙的流水也像是朗朗的笑声了。只有荷花家是例外。她们家看了一张“布子”，可是“出火”[①]只称得二十斤；“大眠”快边人们还看见那不声不响晦气色的丈夫根生倾弃了三“蚕箪”在那小溪里。

这一件事，使得全村的妇人对于荷花家特别“戒严”。她们特地避路，不从荷花的门前走，远远地看见了荷花或是她那不声不响丈夫的影儿就赶快躲开；这些幸运的人儿唯恐看了荷花他们一眼或是交谈半句话就传染了晦气来！

老通宝严禁他的小儿子多多头跟荷花说话。——“你再跟那东西多嘴，我就告你忤逆！”老通宝站在廊檐外高声大气喊，故意要叫荷花他们听得。

小宝也受到严厉的嘱咐，不许跑到荷花家的门前，不许和他们说话。

阿多像一个聋子似的不理睬老头子那早早夜夜的唠叨，他心里却在暗笑。全家就只有他不大相信那些鬼禁忌。可是他也没有跟荷花说话，

① 出火：也是方言，是指“二眠”以后的“三眠”；因为“眠”时特别短，所以叫“出火”。作者原注。

他忙都忙不过来。

“大眠”捉了毛三百斤，老通宝全家连十二岁的小宝也在内，都是两日两夜没有合眼。蚕是少见的好，活了六十岁的老通宝记得只有两次是同样的,一次就是他成家的那年,又一次是阿四出世那一年。“大眠”以后的“宝宝”第一天就吃了七担叶，个个是生青滚壮，然而老通宝全家都瘦了一圈，失眠的眼睛上充满了红丝。

谁也料得到这些“宝宝”上山前还得吃多少叶。老通宝和儿子阿四商量了：

“陈大少爷借不出，还是再求财发的东家罢？”

“地头上还有十担叶，够一天。”

阿四回答，他委实是支撑不住了，他的一双眼皮像有几百斤重，只想合下来。老通宝却不耐烦了，怒声喝道：

“说什么梦话！刚吃了两天老蚕呢。明天不算，还得吃三天，还要三十担叶，三十担！”

这时外边稻场上忽然人声喧闹，阿多押了新发来的五担叶来了。于是老通宝和阿四的谈话打断，都出去“捋叶”。四大娘也慌忙从蚕房里钻出来。隔溪陆家养的蚕不多，那大姑娘六宝抽得出工夫，也来帮忙了。那时星光满天，微微有点风，村前村后都断断续续传来了吆喝和欢笑，中间有一个粗暴的声音嚷道：

“叶行情飞涨了！今天下午镇上开到四洋一担！”

老通宝偏偏听得了，心里急得什么似的。四块钱一担，三十担可要一百二十块呢，他哪来这许多钱！但是想到茧子总可以采五百多斤，就算五十块钱一百斤，也有这么二百五，他又心一宽。那边“捋叶”的人堆里忽然又有一个小小的声音说：

“听说东路不大好，看来叶价钱涨不到多少的！”

老通宝认得这声音是陆家的六宝。这使他心里又一宽。

那六宝是和阿多同站在一个筐子边“捋叶”。在半明半暗的星光下，她和阿多靠得很近。忽然她觉得在那“杠条”[①]的隐蔽下，有一只手在她大腿上拧了一把。好像知道是谁拧的，她忍住了不笑，也不声张。蓦地那手又在她胸前摸了一把，六宝直跳起来，出惊地喊了一声：

“嗳哟！”

“什么事？”

同在那筐子边捋叶的四大娘问了，抬起头来。六宝觉得自己脸上热烘烘了，她偷偷地瞪了阿多一眼，就赶快低下头，很快地捋叶，一面回答：

“没有什么。想来是毛毛虫刺了我一下。”

阿多咬住了嘴唇暗笑。虽然在这半个月来也是半饱而且少睡，也瘦了许多了，他的精神可还是很饱满。老通宝那种忧愁，他是永远没有的。他永不相信靠一次蚕花好或是田里熟，他们就可以还清了债再有自己的田；他知道单靠勤俭工作，即使做到背脊骨折断也是不能翻身的。但是他仍旧很高兴地工作着，他觉得这也是一种快活，正像和六宝调情一样。

第二天早上，老通宝就到镇里去想法借钱来买叶。临走前，他和四大娘商量好，决定把他家那块出产十五担叶的桑地去抵押。这是他家最后的产业。

叶又买来了三十担。第一批的十担发来时，那些壮健的“宝宝”已经饿了半点钟了。“宝宝”们尖出了小嘴巴，向左向右乱晃，四大娘看得心酸。叶铺了上去，立刻蚕房里充满着萨萨萨的响声，人们说话也不大听得清。不多一会儿，那些“团扁”里立刻又全见白了，于是

---

① 杠条：也是方言，指那些带叶的桑树枝条。通常采叶是连枝条剪下来的。作者原注。

又铺上厚厚的一层叶。人们单是“上叶”也就忙得透不过气来。但这是最后五分钟了。再得两天，“宝宝”可以上山。人们把剩余的精力榨出来拚死命干。

阿多虽然接连三日三夜没有睡，却还不见怎么倦。那一夜，就由他一个人在“蚕房”里守那上半夜，好让老通宝以及阿四夫妇都去歇一歇。那是个好月夜，稍稍有点冷。蚕房里爇了一个小小的火。阿多守到二更过，上了第二次的叶，就蹲在那个“火”旁边听那些“宝宝”萨萨萨地吃叶。渐渐儿他的眼皮合上了。恍惚听得有门响，阿多的眼皮一跳，睁开眼来看了看，就又合上了。他耳朵里还听得萨萨萨的声音和屑索屑索的怪声。猛然一个踉跄，他的头在自己膝头上磕了一下，他惊醒过来，恰就听得蚕房的芦帘拍叉一声响，似乎还看见有人影一闪。阿多立刻跳起来，到外面一看，门是开着，月光下稻场上有一个人正走向溪边去。阿多飞也似跳出去，还没看清那人是谁，已经把那人抓过来摔在地下。他断定了这是一个贼。

“多多头！打死我也不怨你，只求你不要说出来！”

是荷花的声音，阿多听真了时不禁浑身的汗毛都竖了起来。月光下他又看见那扁得作怪的白脸儿上一对细圆的眼睛定定地看住了他。可是恐怖的意思那眼睛里也没有。阿多哼了一声，就问道：

“你偷什么？”

“我偷你们的宝宝！”

“放到哪里去了？”

“我扔到溪里去了！”

阿多现在也变了脸色。他这才知道这女人的恶意是要冲克他家的“宝宝”。

“你真心毒呀！我们家和你们可没有冤仇！”

“没有么？有的，有的！我家自管蚕花不好，可并没害了谁，你们都是好的！你们怎么把我当作白老虎，远远地望见我就别转了脸？你们不把我当人看待！”

那妇人说着就爬了起来，脸上的神气比什么都可怕。阿多瞅着那妇人好半晌，这才说道：

“我不打你，走你的罢！”

阿多头也不回地跑回家去，仍在“蚕房”里守着。他完全没有睡意了。他看那些“宝宝”，都是好好的。他并没想到荷花可恨或可怜，然而他不能忘记荷花那一番话；他觉到人和人中间有什么地方是永远弄不对的，可是他不能够明白想出来是什么地方，或是为什么。再过一会儿，他就什么都忘记了。“宝宝”身强健的，像有魔法似的吃了又吃，永远不会饱！

以后直到东方快打白了时，没有发生事故。老通宝和四大娘来替换阿多了，他们拿那些渐渐身体发白而变短了的“宝宝”在亮处照着，看是“有没有通”。他们的心被快活胀大了。但是太阳出山时四大娘到溪边汲水，却看见六宝满脸严重地跑过来悄悄地问道：

“昨夜二更过，三更不到，我远远地看见那骚货从你们家跑出来，阿多跟在后面，他们站在这里说了半天话呢！四阿嫂！你们怎么不管事呀？”

四大娘的脸色立刻变了，一句话也没说，提了水桶就回家去，先对丈夫说了，再对老通宝说。这东西竟偷进人家“蚕房”来了，那还了得！老通宝气得直跺脚，马上叫了阿多来查问。但是阿多不承认，说六宝是做梦见鬼。老通宝又去找六宝询问。六宝是一口咬定了看见的。老通宝没有主意，回家去看那“宝宝”，仍然是很健康，瞧不出一些败象来。

但是老通宝他们满心的欢喜却被这件事打消了。他们相信六宝的话不会毫无根据。他们唯一的希望是那骚货或者只在廊檐口和阿多鬼混了一阵。

“可是那大蒜头上的苗却当真只有三四茎呀！”

老通宝自心里这么想，觉得前途只是阴暗。可不是，吃了许多叶去，一直落来都很好，然而上了山却干殭了的事，也是常有的。不过老通宝无论如何不敢想到这上头去；他以为即使是肚子里想，也是不吉利。

四

“宝宝”都上山了，老通宝他们还是捏着一把汗。他们钱都花光了，精力也绞尽了，可是有没有报酬呢，到此时还没有把握。虽则如此，他们还是硬着头皮去干。“山棚”下爇了火，老通宝和阿四他们伛着腰慢慢地从这边蹲到那边，又从那边蹲到这边。他们听得山棚上有些屑屑索索的细声音[①]，他们就忍不住想笑，过一会儿又不听得了，他们的心就重甸甸地往下沉了。这样地，心是焦灼着，却不敢向山棚上望。偶或他们仰着的脸上淋到了一滴蚕尿了[②]，虽然觉得有点难过，他们心里却快活；他们巴不得多淋一些。

阿多早已偷偷地挑开“山棚”外围着的芦帘望过几次了。小小宝看见，就扭住了阿多，问“宝宝”有没有做茧子。阿多伸出舌头做一个鬼脸，不回答。

“上山”后三天，熄火了。四大娘再也忍不住，也偷偷地挑开芦帘角看了一眼，她的心立刻卜卜地跳了。那是一片雪白，几乎连“缀头”

① 蚕在山棚上受到热，就往“缀头”上爬，所以有屑索屑索的声音。这是蚕要做茧的第一步手续。爬不上去的，不是健康的蚕，多半不能作茧。作者原注。

② 据说蚕在作茧以前必撒一泡尿，而这尿是黄色的。作者原注。

都瞧不见；那是四大娘有生以来从没有见过的“好蚕花”呀！老通宝全家立刻充满了欢笑。现在他们一颗心定下来了！“宝宝”们有良心，四洋一担的叶不是白吃的；他们全家一个月的忍饿失眠总算不冤枉，天老爷有眼睛！

同样的欢笑声在村里到处都起来了。今年蚕花娘娘保佑这小小的村子。二三十人家都可以采到七八分，老通宝家更是比众不同，估量来总可以采一个十二三分。

小溪边和稻场上现在又充满了女人和孩子们。这些人都比一个月前瘦了许多，眼眶陷进了，嗓子也发沙，然而都很快活兴奋。她们嘈嘈地谈论那一个月内的“奋斗”时，她们的眼前便时时现出一堆堆雪白的洋钱，她们那快乐的心里便时时闪过了这样的盘算：夹衣和夏衣都在当铺里，这可先得赎出来；过端阳节也许可以吃一条黄鱼。

那晚上荷花和阿多的把戏也是她们谈话的资料。六宝见了人就宣传荷花的“不要脸，送上门去！”男人们听了就粗暴地笑着，女人们念一声佛，骂一句，又说老通宝家总算幸气，没有犯克，那是菩萨保佑，祖宗有灵！

接着是家家都“浪山头”了，各家的至亲好友都来“望山头”[①]。老通宝的亲家张财发带了小儿子阿九特地从镇上来到村里。他们带来的礼物是软糕、线粉、梅子、枇杷，也有咸鱼。小小宝快活得好像雪天的小狗。

“通宝，你是卖茧子呢，还是自家做丝？”

张老头子拉老通宝到小溪边一棵杨柳树下坐了，这么悄悄地问。

① 浪山头：在熄火后一日举行，那时蚕已成茧，山棚四周的芦帘撤去。“浪”是“亮出来”的意思。“望山头”是来探望“山头”，有慰问祝颂的意思。“望山头”的礼物也有定规。作者原注。

这张老头子张财发是出名“会寻快活”的人，他从镇上城隍庙前露天的“说书场”听来了一肚子的疙瘩东西；尤其烂熟的，是《十八路反王，七十二处烟尘》，程咬金卖柴扒，贩私盐出身，瓦岗寨做反王的《隋唐演义》。他向来说话“没正经”，老通宝是知道的；所以现在听得问是卖茧子或者自家做丝，老通宝并没把这话看重，只随口回答道：

“自然卖茧子。”

张老头子却拍着大腿叹一口气。忽然他站了起来，用手指着村外那一片秃头桑林后面耸露出来的茧厂的风火墙说道：

“通宝，茧子是采了，那些茧厂的大门还关得紧洞洞呢！今年茧厂不开秤！——十八路反王早已下凡，李世民还没出世；世界不太平！今年茧厂关门，不做生意！”

老通宝忍不住笑了，他不肯相信。他怎么能够相信呢？难道那“五步一岗”似的比露天毛坑还要多的茧厂会一齐都关了门不做生意？况且听说和东洋人也已“讲拢”，不打仗了，茧厂里驻的兵早已开走。

张老头子也换了话，东拉西扯讲镇里的“新闻”，夹着许多“说书场”上听来的什么秦叔宝、程咬金。最后，他代他的东家催那三十块钱的债，为的他是“中人”。

然而老通宝到底有点不放心。他赶快跑出村去，看看“塘路”上最近的两个茧厂，果然大门紧闭，不见半个人；照往年说，此时应该早已摆开了柜台，挂起了一排乌亮亮的大秤。

老通宝心里也着慌了，但是回家去看见了那些雪白发光很厚实硬古古的茧子，他又忍不住嘻开了嘴。上好的茧子！会没有人要，他不相信。并且他还要忙着采茧，还要谢“蚕花利市”[①]，他渐渐不把茧厂的

① 老通宝乡里的风俗，“大眠”以后得拜一次“利市”，采茧以后，又是一次。经济窘的人家只举行“谢蚕花利市”，“拜利市”也是方言，意即“谢神”。作者原注。

事放在心上了。

可是村里的空气一天一天不同了。才得笑了几声的人们现在又都是满脸的愁云。各处茧厂都没开门的消息陆续从镇上传来，从“塘路”上传来。往年这时候，“收茧人”像走马灯似的在村里巡回，今年没见半个“收茧人”，却换替着来了债主和催粮的差役。请债主们就收了茧子罢，债主们板起面孔不理。

全村子都是嚷骂、诅咒和失望的叹息！人们做梦也不会想到今年“蚕花”好了，他们的日子却比往年更加困难。这在他们是一个晴天的霹雳！并且愈是像老通宝他们家似的，蚕愈养得多，愈好，就愈加困难，——“真正世界变了！”老通宝捶胸跺脚地没有办法。然而茧子是不能搁久了的，总得赶快想法：不是卖出去，就是自家做丝。村里有几家已经把多年不用的丝车拿出来修理，打算自家把茧做成了丝再说。六宝家也打算这么办。老通宝便也和儿子媳妇商量道：

“不卖茧子了，自家做丝！什么卖茧子，本来是洋鬼子行出来的！”

“我们有四百多斤茧子呢，你打算摆几部丝车呀！”

四大娘首先反对了。她这话是不错的。五百斤的茧子可不算少，自家做丝万万干不了。请帮手么？那又得花钱。阿四是和他老婆一条心。阿多抱怨老头子打错了主意，他说：

“早依了我的话，扣住自己的十五担叶，只看一张洋种，多么好！”

老通宝气得说不出话来。

终于一线希望忽又来了。同村的黄道士不知从哪里得的消息，说是无锡脚下的茧厂还是照常收茧。黄道士也是一样的种田人，并非吃十方的“道士”，向来和老通宝最说得来。于是老通宝去找那黄道士详细问过了以后，便又和儿子阿四商量把茧子弄到无锡脚下去卖。老通宝虎起了脸，像吵架似的嚷道：

“水路去有三十多九[1]呢！来回得六天！他妈的！简直是充军！可是你有别的办法么？茧子当不得饭吃，蚕前的债又逼紧来！”

阿四也同意了。他们去借了一条赤膊船，买了几张芦席，赶那几天正是好晴，又带了阿多。他们这卖茧子的“远征军”就此出发。

五天以后，他们果然回来了；但不是空船，船里还有一筐茧子没有卖出。原来那三十多九水路远的茧厂挑剔得非常苛刻：洋种茧一担只值三十五元，土种茧一担二十元，薄茧不要。老通宝他们的茧子虽然是上好的货色，却也被茧厂里挑剩了那么一筐，不肯收买。老通宝他们实卖得一百十一块钱，除去路上盘川，就剩了整整的一百元，不够偿还买青叶所借的债！老通宝路上气得生病了，两个儿子扶他到家。

打回来的八九十斤茧子，四大娘只好自家做丝了。她到六宝家借了丝车，又忙了五六天。家里米又吃完了。叫阿四拿那丝上镇里去卖，没有人要；上当铺当铺也不收。说了多少好话，总算把清明前当在那里的一石米换了出来。

就是这么着，因为春蚕熟，老通宝一村的人都增加了债！老通宝家为的养了五张布子的蚕，又采了十多分的好茧子，就此白赔上十五担叶的桑地和三十块钱的债！一个月光景的忍饿熬夜还不算！

1932年11月1日

① 老通宝乡间计算路程都以“九”计；“一九”就是九里。“十九”是九十里，“三十多九”就是三十多个“九里”。作者原注。

秋　收

一

直到旧历五月尽头，老通宝那场病方才渐渐好了起来。除了他的媳妇四大娘到祖师菩萨那里求过两次“丹方”而外，老通宝简直没有吃过什么药；他就仗着他那一身愈穷愈硬朗的筋骨和病魔挣扎。

可是第一次离床的第一步，他就觉得有点不对了；两条腿就同踏在棉花堆里似的，软软地不得劲，而且他无论如何也不能把腰板挺直。“躺了那么长久，连骨节都生了锈了！”——老通宝不服气地想着，努力想装出还是少壮的气概来。然而当他在洗脸盆的水中照见了自己的面相时，却也忍不住叹一口气了。那脸盆里的面影难道就是他么？那是高撑着两根颧骨，一个瘦削的鼻头，两只大廓落落的眼睛，而又满头乱发，一部灰黄的络腮胡子，喉结就像小拳头似的突出来——这简直七分像鬼呢！老通宝仔细看着，看着，再也忍不住那眼眶里的泪水往脸盆里直滴。

这是倔强的他近年来第一次淌眼泪。四五十年辛苦挣成了一份家当的他，素来就只崇拜两件东西：一是菩萨，一是健康。他深切地相信：没有菩萨保佑，任凭你怎么刁钻古怪，弄来的钱财到底是不“作肉”的;而没有了健康，即使菩萨保佑，你也不能挣钱活命。在这上头，老通宝所信仰的菩萨就是“财神”。每逢旧历朔望，老通宝一定要到村外小桥头那座简陋不堪的“财神堂”跟前磕几个响头,四十余年如一日。然而现在一场大病把他弄到七分像鬼，这打击就比茧子卖不起价钱还要厉害些。他觉得他这一家从此完了，再没有翻身的日子。

“唉！总共不过睏了个把月，怎么就变了样子！”

望着那蹲在泥灶前吹火的四大娘，老通宝轻轻说了这么一句。

没有回答。蓬松着头发的四大娘头脸几乎要钻进灶门去似的一股劲儿在那里呼呼地吹。白烟弥漫了一屋子，又从屋前屋后钻出去，可是那半青的茅草不肯旺燃。十二三岁的小宝从稻场上跑进来，呛着那烟气就咳起来了；一边咳，一边就嚷肚子饿。老通宝也咳了几声，抖颤着一对腿，走到那泥灶跟前，打算帮一手。但此时灶门前一亮，茅草燃旺了，接着就有小声儿的必剥必剥的爆响。四大娘加了几根桑梗在灶里，这才抬起头来，却已是满脸泪水;不知道是为了烟熏了眼睛呢，还是另有原因，总之，这位向来少说话多做事的女人现在也是淌眼泪。

公公和儿媳妇两个，泪眼对看着，都没有话。灶里现在燃旺了，火舌头舐到灶门外。那一片火光映得四大娘满脸通红。这火光，虽然掩过了四大娘脸上的菜色，可掩不过她那消瘦。而且那发育很慢的小宝这时倚在他母亲身边，也是只剩了皮包骨头，简直像一只猴子。这一切，老通宝现在是看得十分清楚，——他躺在那昏暗的病床上也曾摸过小宝的手，也曾觉得这孩子瘦了许多，可总不及此时他看得真切，——于是他突然一阵心酸，几乎哭出声来了。

“呀，呀，小宝！你怎么的？活像是童子痨呢！”

老通宝气喘喘地挣扎出话来，他那大廓落落的眼睛盯住了四大娘的面孔。

仍旧没有回答，四大娘撩起那破洋布衫的大襟来抹眼泪。

锅盖边嘟嘟地吹着白的蒸汽了。那汽里还有一股香味。小宝踅到锅子边凑着那热气嗅了一会儿，就回转头撅起嘴巴，问他的娘道：

“又是南瓜！娘呀！你怎么老是南瓜当饭吃！我要——我想吃白米饭呢！”

四大娘猛地抽出一条桑梗来，似乎要打那多嘴的小宝了；但终于只在地上鞭了一下，随手把桑梗折断，别转脸去对了灶门，不说话。

“小宝，不要哭；等你爷回来，就有白米饭吃。爷到你外公家去——托你外公借钱去了；借钱来就买米，烧饭给你吃。”老通宝的一只枯瘠的手抖簌簌地摸着小宝的光头，喃喃地说。

他这话可不是撒谎。小宝的父亲，今天一早就上镇里找他岳父张财发，当真是为的借钱，——好歹要揪住那张老头儿做个“中人”向镇上那专放“乡债”的吴老爷“借转”这么五块十块钱。但是小宝却觉得那仍旧是哄他的。足有一个半月了，他只听得爷和娘商量着“借钱来买米”。可是天天吃的还不是南瓜和芋头！讲到芋头，小宝也还有几分喜欢；加点儿盐烧熟了，上口也还香腻。然而那南瓜呀，松波波的，又没有糖，怎么能够天天当正经吃？不幸是近来半个月每天两顿总是老调的淡南瓜！小宝想起来就心里要作呕了。他含着两泡眼泪望着他的祖父，肚子里却又在咕咕地叫。他觉得他的祖父，他的爷、娘，都是硬心肠的人；他就盼望他的叔叔多多头回来，也许这位野马似的好汉叔叔又像上次那样带几个小烧饼来偷偷地给他香一香嘴巴。

然而叔父多多头已经有三天两夜不曾回家，小宝是记得很真的！锅子里的南瓜也烧熟了，滋滋地叫响。老通宝揭开锅盖一看，那小半锅的南瓜干渣渣地没有汤，靠锅边并且已经结成“南瓜锅巴”了；老通宝眉头一皱，心里就抱怨他的儿媳妇太不知道俭省。蚕忙以前，他家也曾断过米，也曾烧南瓜当饭吃，但那时两个南瓜就得对上一锅子的水，全家连大带小五个人汤漉漉地多喝几碗也是一个饱；现在他才只病倒了个把月，他们年轻人就专往“浪费”这条路上跑，这还了得么？他这一气之下，居然他那灰青的面皮有点红彩了。他抖抖簌簌地走到水缸边正待舀起水来，想往锅里加，猛不防四大娘劈头抢过去就把那干渣渣的南瓜糊一碗一碗盛了起来，又哑着嗓子叫道：

“不要加水！就只我们三个，一顿吃完，晚上小宝的爷总该带回几升米来了！——嗳，小宝，今回的南瓜干些，滋味好，你来多吃一碗罢！”

嚓！嚓！嚓！四大娘手快，已经在那里铲着南瓜锅巴了。老通宝气得说不出话来，捧了一碗南瓜就巍颤颤地踱到“廊檐口”，坐在门槛上慢慢地吃着，满肚子是说不明白的不舒服。

面前稻场上一片太阳光，金黄黄地耀得人们眼花。横在稻场前的那条小河像一条银带；可是河水也浅了许多了，岸边的几枝水柳叶子有点发黄。河岸两旁静悄悄地没个人影，连黄狗和小鸡也不见一只。往常在这正午时分，河岸上总有些打水洗衣洗碗盏的女人和孩子，稻场上总有些刚吃过饭的男子衔着旱烟袋，蹲在树底下，再不然，各家的廊檐口总也有些人像老通宝似的坐在门槛上吃喝着谈着，但现在，太阳光暖和地照着，小河的水静悄悄地流着，这村庄却像座空山了！老通宝才只一个半月没到廊檐口来，可是这村庄已经变化，他几乎认不得了，正像他的小宝瘦到几乎认不得一样！

碗里的南瓜糊早已完了，老通宝瞪着一对大廓落落的眼睛望着那小河，望着隔河的那些冷寂的茅屋，一边还在机械地啜着。他也不去推测村里的人为什么整伙儿不见面，他只觉得自己一病以后这世界就变了！第一是他自己，第二是他家里的人，——四大娘和小宝，而最后，是他所熟悉的这个生长之乡。有一种异样的悲酸冲上他鼻尖来了。他本能地放下那碗，双手捧着头，胡乱地想这想那。

他记得从“长毛窝”里逃出来的祖父和父亲常常说起“长毛”“洗劫过”（那叫作“打先风”罢）的村庄就是没半个人影子，也没鸡狗叫。今年新年里东洋小鬼打上海的时候，村里大家都嚷着“又是长毛来了”。但以后不是听说又讲和了么？他在病中，也没听说“长毛”来。可是眼前这村庄的荒凉景象多么像那“长毛打过先风”的村庄呀！他又记得他的祖父也常常说起，“长毛”到一个村庄，有时并不“开刀”，却叫村里人一块儿跟去做“长毛”；那时，也留下一座空空的村庄。难道现在他这村里的人也跟了去做“长毛”？原也听说别处地方闹“长毛”闹了好几年了，可是他这村里都还是“好百姓”呀，难道就在他病中昏迷那几天里“长毛”已经来过了么？这，想来也不像。

突然一阵脚步声在老通宝跟前跑过。老通宝出惊地抬起头来，看见扁阔的面孔上一对细眼睛正在对着他瞧。这是他家紧邻李根生的老婆，那出名的荷花！也是瘦了一圈，但正因为这瘦，反使荷花显得俏些：那一对眼睛也像比往常讨人欢喜，那眼光中混乱着同情和惊讶。但是老通宝立刻想起了春蚕时候自己家和荷花的宿怨来，并且他又觉得病后第一次看见生人面却竟是这个“白虎星”那就太不吉利，他恨恨地吐了一口唾沫，赶快垂下头去把脸藏过了。

一会儿以后，老通宝再抬起头来看时，荷花已经不见了，太阳光晒到他脚边。于是他就想起这时候从镇上回到村里来的航船正该开船，而他的儿子阿四也许在那船上，也许已经借到了几块钱，已经买了米。他下意识地咂着舌头了。实在他亦厌恶那老调的南瓜糊，他也想到了米饭就忍不住咽口水。

“小宝！小宝！到阿爹这里来罢！”

想到米饭，便又想到那饿瘦得可怜的孙子，老通宝扬着声音叫了。

这是他今天离了病床后第一次像个健康人似的高声叫着。没有回音。老通宝看看天空，第二次用尽力气提高了嗓子再叫。可是出他意外，小宝却从紧邻的荷花家里跳出来了，并且手里还拿一个扁圆东西，看去像是小烧饼。这猴子似的小孩子跳到老通宝跟前，将手里的东西冲着老通宝的脸一扬，很卖弄似的叫一声“阿爹，你看，烧饼！”就慌忙塞进嘴里去了。

老通宝忍不住也咽下一口唾沫，嘴角边也掠过一丝艳羡的微笑；但立刻他放沉了脸色，轻声问道：

“小宝！谁给你的？这——烧饼！”

“荷——荷——”

小宝嘴里塞满了烧饼，说不出来。老通宝却已经明白，他的脸色更加难看了。他这时的心里很复杂：小宝竟去吃“仇人”的东西，真是太丢脸了！而且荷花家里竟有烧饼，那又是什么“天理”呀！老通宝恨得咬牙跺脚，可又不舍得打这可怜的小宝。这时小宝已经吞下了那个饼，就很得意地说道：

“阿爹！荷花给我的。荷花是好人，她有饼！”

“放屁！”

老通宝气得脸都红了，举起手来作势要打。可是小宝不怕，又接着说：

“她还有呢！她是镇上拿来的。她说明天还要去拿米，白米！”

老通宝霍地站了起来，浑身发抖。一个半月没有米饭下肚的他，本来听得别人家有米饭就会眼红，何况又是他素来看不起的荷花家！他铁青了脸，粗暴地叫骂道：

“什么稀罕！光景是做强盗抢来的罢！有朝一日捉去杀了头，这才是现世报！”

骂是骂了，却是低声的。老通宝转眼睃着他的孙子，心里便筹算着如果荷花出来“斗口”，怎样应付。平白地诬人“强盗”，可不是玩的。然而荷花家意外地毫无声响。倒是不识趣的小宝又做着鬼脸说道：

“阿爹！不是的！荷花是好人，她有烧饼，肯给我吃！”

老通宝的脸色立刻又灰白了。他不作声，转脸看见廊檐口那破旧的水车旁边有一根竹竿，随手就扯了过来。小宝一瞧神气不对，撒腿就跑，偏偏又向荷花家钻进去了。老通宝正待追赶，蓦地一阵头晕眼花，两腿发软，就坐在泥地上，竹竿撇在一边。这时候，隔河稻场上闪出一个人来，踱过那四根木头并排做成的“桥”，向着老通宝叫道：

“恭喜，恭喜！今天出来走动走动了！老通宝！”

虽则眼前还有几颗黑星在那里飞舞，可是一听那声音，老通宝就知道那人是村里的黄道士，心里就高兴起来。他俩在村里是一对好朋友，老通宝病时，这黄道士就是常来探问的一个。村里人也把他俩看成一双“怪物”：因为老通宝是有名的顽固，凡是带着一个“洋”字的东西他就恨如“七世冤家”，而黄道士呢，随时随地卖弄他在镇上学来的几句“斯文话”，例如叫铜钱为“孔方兄”，对人谈话的时候总是“宝眷”“尊驾”那一套，村里人听去就仿佛是道士念咒，——因此就给他取了这绰号：道士。可是老通宝却就懂得这黄道士的“斯文话”。并且他常常对儿子阿四说，黄道士做种田人，真是“埋没”！

当下老通宝就把一肚子牢骚对黄道士诉说道：

“道士！说来活活气死人呢！我病了个把月，这世界就变到不像样了！你看，村坊里就像‘长毛’刚来‘打过先风’！那母狗白虎星，不知道到哪里去偷摸了几个烧饼来，不争气的小宝见着嘴馋！道士，你说该打不该打？”

老通宝说着又抓起身边那竹竿，扑扑地打着稻场上的泥地。黄道士一边听，一边就学着镇上城隍庙里那“三世家传”的测字先生的神气，肩膀一摇一摆地点头叹气。末后，他悄悄地说：

“世界要反乱呢！通宝兄你知道村坊里人都干什么去了？——咳，吃大户，抢米囤！是前天白淇浜的乡下人做开头，今天我们村坊学样去了！令郎阿多也在内——可是，通宝兄，尊驾贵恙刚好，令郎的事，你只当不晓得罢了。哈哈，是我多嘴！”

老通宝听得明白，眼睛一瞪，忽地跳了起来，但立刻像头顶上碰到了什么似的又软瘫在地下，嘴唇簌簌地抖了。吃大户，抢米囤么？他心里乱杌杌地又惊又喜：喜的是荷花那烧饼果然来路“不正”，他刚才一口喝个正着，惊的是自己的小儿子多多头也干那样的事，“现世报”莫不要落在他自己身上。黄道士眯着一双细眼睛，很害怕似的瞧着老通宝，又连声说道：

“抱歉，抱歉！贵体保重要紧，要紧！是我嘴快闯祸了！目下听说‘上头’还不想严办，不碍事。回头你警戒警戒令郎就行了！”

“咳，道士，不瞒你说，我一向看得那小畜生做人之道不对，老早就疑心是那‘小长毛’冤鬼投胎，要害我一家！现在果然做出来了！——他不回来便罢，回来时我活埋这小畜生！道士，谢谢你，给我透个信；我真是瞒在鼓心里呀！”

老通宝抖着嘴唇恨恨地说，闭了眼睛，仿佛他就看见那冤鬼“小长毛”。黄道士料不到老通宝会“古板”到这地步，当真在心里自悔“嘴快”了，况又听得老通宝谢他，就慌忙接口说：

“岂敢，岂敢，舍下还有点小事，再会，再会；保重，保重！”

像逃走似的，黄道士转身就跑，撇下老通宝一个人坐在那里痴想。太阳晒到他头面上了，——很有些威力的太阳，他也不觉得热，他只把从祖父到父亲口传下来的“长毛”故事，颠倒地乱想。他又想到自身亲眼见过的光绪初年间全县乡下人大规模的“闹漕”，立刻几颗血淋淋的人头挂在他眼前了。他的一贯的推论于是就得到了：“造反有好处，‘长毛’应该老早就得了天下，可不是么？”

现在他觉得自己一病以后，世界当真变了！而这一“变”，在刚从小康的自耕农破产，并且幻想还是极强的他，想起来总是害怕！

二

到太阳落山的时候，老通宝的儿子阿四回家了。他并没借到钱，但居然带来了三斗米。

“吴老爷说没有钱。面孔很难看。可是他后来发了善心，赊给我三斗米。他那米店里囤着百几十担呢！怪不得乡下人没饭吃！今天我们赊了三斗，等到下半年田里收起来，我们就要还他五斗糙米！这还是天大的情面！有钱人总是越拌越多！”

阿四阴沉地说着，把那三斗米分装在两个甏里，就跑到屋子后边那半旧的猪棚跟前和老婆叽叽咕咕讲“私房话”。老通宝闷闷地望着猪棚边的儿子和儿媳，又望望那两口米甏，觉得今天阿四的神气也不对，那三斗米的来路也就有点不明不白。可是他不敢开口追问。刚才为了小儿子多多头的“不学好”，老通宝和四大娘已经吵过架了。四大娘骂他“老糊涂”，并且取笑他：“好，好！你去告多多头忤逆，你把他活埋了，人家老爷们就会赏赐你一只金元宝罢！”老通宝虽然拿出“祖传”的圣贤人的大道理——“人穷了也要有志气”这句话来，却是毫无用处。“志气”不能当饭吃，比南瓜还不如！但老通宝因这一番吵闹就更加心事重了。他知道儿子阿四尽管“忠厚正派”，却是耳根太软，经不起老婆的怂恿。而现在，他们躲到猪棚边密谈了！老通宝恨得牙痒痒地，没有办法。他远远地望着阿四和四大娘的，他的思想忽又落到那半旧的猪棚上。这是五六年前他亲手建造的一个很像样的猪棚，单买木料，也花了十来块钱呢；可是去年这猪棚就不曾用，今年大概又没有钱去买小猪；当初造这棚也曾请教过风水先生，真料不到如今这么“背时”！

老通宝的一肚子怨气就都呵在那猪棚上了。他抖簌簌地向阿四他们走去，一面走，一边叫道：

“阿四！前回听说小陈老爷要些旧木料。明天我们拆这猪棚卖给他罢！倒霉的东西，养不起猪，摆在这里干么！”

喳喳地密谈着的两个人都转过脸儿来了。薄暗中看见四大娘的脸异常兴奋，颧骨上一片红。她把嘴唇一撇，就回答道：

“值得几个钱呢！这些脏木头，小陈老爷也不见得要！”

“他要的！我的老面子，我们和陈府上三代的来往，他怎么好说不要！”

老通宝吵架似的说，整个的“光荣的过去”忽又回到他眼前来了。和小陈老爷的祖父有过共患难的关系（长毛窝里一同逃出来），老通宝的祖父在陈府上是很有面子的；就是老通宝自己也还受到过分的优待，小陈老爷有时还叫他“通宝哥”呢！而这些特殊的遭遇，也就是老通宝的“驯良思想”的根基。

四大娘不再说什么，噘着嘴就走开了。

“阿四！到底多多头干些什么，你说！——打量我不知道么？等我断了气，这才不来管你们！”

老通宝看着四大娘走远了些，就突然转换话头，气吼吼地看着他的大儿子。

一只乌鸦停在屋脊上对老通宝父子俩哑哑地叫了几声。阿四随手拾起一块碎瓦片来赶走那乌鸦，又吐了口唾沫，摇着头，却不作声。

他怎么说，而且说什么好呢？老子的话是这样的，老婆的话却又是一个样子，兄弟的话又是第三个样子。他这老实人，听听全有道理，却打不起主意。

“要杀头的呢！满门抄斩！我见过得多！”

“那——杀得完这许多么？”

阿四到底开口了，懦弱地反对着老子的意见。但当他看见老通宝两眼一瞪，额上青筋直暴，他就转口接着说道：

“不要紧！阿多去赶热闹罢哩！今天他们也没到镇上去——”

“热你的昏！黄道士亲口告诉我，难道会错？”

老通宝咬着牙齿骂，心里断定了儿子媳妇跟多多头全是一伙了。

“当真没有。黄道士，丝瓜缠到豆蔓里！他们今天是到东路的杨家桥去。老太婆女人打头，男人就不过帮着摇船。多多头也是帮她们摇船！不瞒你！”

阿四被他老子追急了，也就顾不得老婆的叮嘱，说出了真情实事。然而他还藏着两句要紧话，不肯泄漏，一是帮着摇船的多多头在本村里实在是领袖，二是阿四他本人也和老婆商量过，要是今天借不到钱，量不到米，明天阿四也帮她们“摇船”去。

老通宝似信非信地盯住了阿四看，暂时没有话。

现在天色渐渐黑下来了，老通宝家的烟囱里开始冒白烟，小宝在前面屋子里唱山歌。四大娘的声音唤着：“小宝的爷！”阿四赶快应了一声，便离开他老子和那猪棚；却又站住了，松一口气似的说道：

“眼前有这三斗米，十天八天总算是够吃了；晚上等多多头回来，就叫他不要再去帮她们摇船罢！”

“这猪棚也要拆的。摆在这里，风吹雨打，白糟蹋坏了！拆下来到底也变得几个钱。”

老通宝又提到那猪棚，言外之意仿佛就是：还没有山穷水尽，何必干那些犯“王法”的事呢！接着他又用手指敲着那猪棚的木头，像一个老练的木匠考查那些木头的价值。然后，他也踱进屋子去了。

这时候,前面稻场上也响动了人声。村里“出去”的人们都回来了。小宝像一只小老鼠蹿了出去找他的叔叔多多头。四大娘慌慌忙忙地塞了一大把桑梗到灶里，也就赶到稻场上，打听“新闻”。灶上的锅盖此时也开始吹热气，啵啵地。现在这热气里是带着真实的米香了，老通宝嗅到了只是咽口水。他的肚子里也咕咕地叫了起来。但是他的脑子里却忙着想一点别的事情。他在计算怎样“教训”那野马似的多多头，并且怎样去准备那快就来到的“田里生活”。在这时候，在这村里，想到一个多月后的“田里生活”的，恐怕就只有老通宝他一个！

然而多多头并没回来。还有隔河对邻的陆福庆也没有回来。据说都留在杨家桥的农民家里过夜，打算明天再帮着“摇船”到鸭嘴滩，然后联合那三个村坊的农民一同到“镇上”去。这个消息，是陆福庆的妹子六宝告诉了四大娘的。全村坊的人也都兴奋地议论这件事。却没有人去告诉老通宝。大家都知道老通宝的脾气古怪。

“不回来倒干净！地痞胚子！我不认账这个儿子！”

吃晚饭的时候，老通宝似乎料到了几分似的，看着大儿子阿四的脸，这样骂起来了。阿四咂着嘴巴不开腔。四大娘朝老头子横了一眼，鼻子里似乎哼了一声。

这一晚上，老通宝睡不安稳。他一合上眼，就是梦，而且每一个梦又是很短，而且每一个梦完的时候，他总像被人家打了一棍似的在床上跳醒。他不敢再睡，可是他又倦得很，他的眼皮就像有千斤重。朦胧中他又听得阿四他们床上叽叽咕咕有些声音，他以为是阿四夫妇俩枕头边说体己话，但突然他浑身一跳，他听得阿四大声嚷道：

“阿多头，爹要活埋你呢！——咳，你这话怕不对么！老头子不懂时势！可是会不会弥天大罪都叫你一个人去顶，人家到头来一个一个都溜走？……”

这是梦话呀！老通宝听得清楚时，浑身汗毛直竖，眼睛也睁得大大的。他撑起上半身，叫了一声：

“阿四！”

没有回音。孙子小宝从梦中笑了起来。四大娘唇舌不清地骂了一句。接着是床板响，接着又是鼾声大震。

现在老通宝睡意全无，睁眼看着黑暗的虚空，满肚子的胡思乱想。他想到三十年前的“黄金时代”，家运日日兴隆的时候；但现在除了一叠旧账簿而外，他是什么也没剩。他又想起本年“蚕花”那样熟，却反而赔了一块桑地。他又想起自己家从祖父下来代代“正派”，老陈老爷在世的时候是很称赞他们的，他自己也是从二十多岁起就死心塌地学着镇上老爷们的“好样子”，——虽然捏锄头柄，他“志气”是有的，然而他现在落得个什么呢？天老爷没有眼睛！并且他最想不通的，是天老爷还给他阿多头这业种。难道隔开了五六十年，“小长毛”的冤魂还没转世投胎么？——于是突然间老通宝冷汗直淋，全身发抖。天哪！多多头的行径活像个“长毛”呢！而且，而且老通宝猛又记起四五年前闹着什么“打倒土豪劣绅”的时候，那多多头不是常把家里藏着的那把“长毛刀”拿出来玩么？“长毛刀！”这是老通宝的祖父从“长毛营盘”逃走的时候带出来的；而且也就是用这把刀杀了那巡路的“小长毛”！可是现在，那阿多头和这刀就像夙世有缘似的！

老通宝什么都想到了，而且愈想愈怕。只有一点，他没有想到，而且万万料不到；这就是正当他在这里咬牙切齿恨着阿多头的时候，那边杨家桥的二三十户农民正在阿多头和陆福庆的领导下，在黎明的浓雾中，向这里老通宝的村坊进发！而且这里全村坊的农民也在兴奋的期待中做了一夜热闹的梦，而此时梦回神清，正也打算起身来迎接杨家桥来的一伙人了！

鱼肚白从土壁的破洞里钻进来了。稻场上的麻雀噪也听得了。喔，喔，喔！全村坊里仅存的一只雄鸡——黄道士的心肝宝贝，也在那里啼了。喔喔——喔！这远远地传来的声音有点像是女人哭。

老通宝这时忽然又朦胧睡去；似梦非梦的，他看见那把"长毛刀"亮晶晶地在他面前晃。俄而那刀柄上多出一只手来了！顺着那手，又见了栗子肌肉的臂膊，又见了浓眉毛圆眼睛的一张脸了！正是那多多头！"呔！——"老通宝又怒又怕地喊了一声，从床上直跳起来，第一眼就看见屋子里全是亮光。四大娘已经在那里烧早粥，灶门前火焰活泼地跳跃。老通宝定一定神，爬下床来时，猛又听得外边稻场上人声像阵头风似的卷来了。接着，镗镗镗！是锣声。

"谁家火起么？"

老通宝一边问，一边就跑出去。可是到了稻场上，他就完全明白了。稻场上的情形正和他亲身经过的光绪初年间的"闹漕"一样。杨家桥的人，男男女女，老太婆小孩子全有，乌黑黑的一簇，在稻场上走过。"出来！一块儿去！"他们这样乱哄哄地喊着。而且多多头也在内！而且是他敲锣！而且他猛的抢前一步，跳到老通宝身前来了！老通宝脸全红了，眼里冒出火来，劈面就骂道：

"畜生！杀头胚！……"

"杀头是一个死，没有饭吃也是一个死！去罢！阿四呢？还有阿嫂？一伙儿全去！"

多多头笑嘻嘻地回答。老通宝也没听清，抡起拳头就打。阿四却从旁边钻出来，拦在老子和兄弟中间，慌慌忙忙叫道：

“阿多弟！你听我说。你也不要去了。昨天赊到三斗米。家里有饭吃了！”

多多头的浓眉毛一跳，脸色略变，还没出声，突然从他背后跳出一个人来，正是那陆福庆，一手推开了阿四，哈哈笑着大叫道：

“你家里有三斗米么？好呀！杨家桥的人都没吃早粥，大家来罢！”

什么？“吃”到他家来了么？阿四简直不能相信自己的耳朵。可是杨家桥的人发一声喊，已经拥上来，已经闯进阿四家里去了。老通宝就同心头割去了块肉似的，狂喊一声，忽然眼前乌黑，腿发软，就蹲在地下。阿四像疯狗似的扑到陆福庆身上，夹脖子乱咬，带哭的声音哼哼唧唧骂着。陆福庆一面招架，一面急口喝道：

“你发昏么？算什么！——阿四哥！听我讲明白！呔！阿多！你看！”

突然阿四放开陆福庆，转身揪住了多多头，一边打，一边哭，一边嚷：

“毒蛇也不吃窝边草！你引人来吃自家了！你引人来吃自家了！”

阿多被他哥哥抱住了头，只能荷荷地哼。陆福庆想扭开他们也不成功。老通宝坐在地上大骂。幸而来了陆福庆的妹子六宝，这才帮着拉开了阿四。

“你有门路，赊得到米，别人家没有门路，可怎么办呢？你有米吃，就不去，人少了，事情弄不起来，怎么办呢？——嘿嘿！不是白吃你的！你也到镇上去，也可以分到米呀！”

多多头喘着气，对他的哥哥说。阿四这时像一尊木偶似的蹲在地下出神。陆福庆一手捺着颈脖上的咬伤，一手拍着阿四的肩膀，也说道：

“大家讲定了的：东村坊上谁有米，就先吃谁，吃光了同到镇上去！阿四哥！怪不得我！大家讲定了的！”

“长毛也不是这样不讲理的，没有这样蛮！”

老通宝到底也弄明白那是怎么一回事，就轻声儿骂着，却不敢看着他们的脸骂，只把眼睛望住了地下。同时他心里想道：好哇！到镇上去！到镇上去吃点苦头，这才叫作现世报，老天爷有眼！那时候，你们才知道老头子的一把年纪不是活在狗身上罢！

这时候，杨家桥的人也从老通宝家里回出来了，嚷嚷闹闹地捧着那两个米甏。四大娘披散着头发，追在米甏后面，一边哭，一边叫：

“我们自家吃的！自家吃的！你们连自家吃的都要抢么？强盗！杀胚！”

谁也不去理她。杨家桥的人把两个米甏放在稻场中央，就又敲起锣来。六宝下死劲把四大娘拉开，吵架似的大声喊着，想叫四大娘明白过来：

“有饭大家吃！你懂么？有饭大家吃！谁叫你磕头叫饶去赊米来呀？你有地方赊，别人家没有呀！别人都饿死，就让你一家活么？嘘，嘘！号天号地哭，像死了老公呀！大家吃了你的，回头大家还是帮你要回来！哭什么呀！”

蹲在那里像一尊木偶的阿四这时忽然叹一口气，跑到他老婆身边，好像劝慰又好像抱怨似的说道：

“都是你出的主意！现在落得一场空！有什么法子？跟他们一伙儿去罢！天坍压大家！”

不知道从哪里弄来的两口大锅子，已经摆在稻场上了。东村坊的人和杨家桥的人合在一伙，忙着淘米烧粥，清早的浓雾已散，金黄的太阳光斜射在稻场上，晒得那些菜色的人脸儿都有点红喷喷了。在那小河的东端，水深而且河面阔的地点，人家摆开五六条赤膊船，船上人兴高采烈地唱着山歌。就是这些船要载两个村庄的人向镇上去的！

老通宝蹲在地上不出声，用毒眼望住那伙人嚷嚷闹闹地吃了粥，又嚷嚷闹闹地上船开走。他像做梦似的望着望着，他望见使劲摇船的阿多头，也望见哭丧脸的阿四和四大娘——现在她和六宝谈得很投契似的；他又望见那小宝站在船艄上，站在阿多头旁边，学着摇船的姿势。

然后，像梦里醒过来似的，老通宝猛跳起身，沿着那小河滩，从东头跑到西头。为什么要这样跑，他自己也不大明白；他只觉得心口里有一团东西塞住，非要找一个人谈一下不可而已。但是全村坊静悄悄地没有人影，连小孩子也没有。

终于当他沿着河滩从西头又跑到东头的时候，他看见隔河也有一个人发疯似的迎面跑来。最初他看不清那人的面孔，——那人头上包着一块白布。但在那四根木头的小桥边，他看明白那人正是黄道士的时候，他就觉得心口一松，猛喊道：

"长毛也不是那么不讲理！记住！老子一把年纪不是活在狗身上的！到镇上去吃苦头！他们这伙杀胚！"

黄道士也站住了。好像不认识老通宝似的，这黄道士端详了半晌，这才带着哭声说：

"岂有此理，岂有此理！我告诉你，我的老雄鸡也被他们吃了，岂有此理！"

"杀胚——你说一只老雄鸡么？算什么！人也要杀呢！杀，杀，杀胚！"

老通宝一边嚷，一边就跑回家去。

当天晚上全村坊的人都安然回来，而且每人带了五升米。这使得老通宝十分惊奇。他觉得镇上的老爷们也不像"老爷"了；怎么看见三个村坊一百多乡下人闹到镇里来，就怕得什么似的赶快"讲好"，派给每人半斗米？而且因为他们"老爷"太乏，竟连他老通宝的一把年纪也活到狗身上去！当真这世界变了，变到他想来想去想不通，而多多头他们耀武扬威！

三

现在“抢米囤”的风潮到处勃发了。周围二百里内的十多个小乡镇上，几乎天天有饥饿的农民“聚众滋扰”。那些乡镇上的绅士觉得农民太不识趣，就把慈悲面孔撩开，打算“维持秩序”了。于是县公署，区公所，乃至镇商会，都发了堂皇的六言告示，晓谕四乡：不准抢米囤，吃大户，有话好好儿商量。同时地方上的“公正”绅士又出面请当商和米商顾念“农艰”，请他们亏些“血本”，开个方便之门，渡过眼前那恐慌。

可是绅士们和商人们还没议定那“方便之门”应该怎么一个开法，农民的肚子已经饿得不耐烦了。六言告示没有用，从图董[1]变化来的村长的劝告也没有用，“抢米囤”的行动继续扩大，而且不复是百来人，而是五六百，上千了！而且不复限于就近的乡镇，却是用了“远征军”的形式，向城市里来了！

离开老通宝的村坊约有六十多里远的一个繁盛的市镇上就发生了饥饿的农民和军警的冲突。军警开了“朝天枪”。农民被捕了几十。第二天，这市镇就在数千愤怒农民的包围中和邻近各镇失了联络。

这被围的市镇不得不首先开了那“方便之门”。这是简单的三条。农民可以向米店赊米，到秋收的时候，一石还一石；当铺里来一次免息放赎；镇上的商会筹措一百五十担米交给村长去分俵。绅商们很明白目前这时期只能坚守那“大事化为小事”的政策，而且一百五十担米的损失又可以分摊到全镇的居民身上。

同时，省政府的保安队也开到交通枢纽的乡镇上保护治安了。保

① 图董：旧时中国农村基层行政组织的半公职人员。清代南方各省、县以下设乡，乡以下设图。图有图董，又称图长，总管一图事务。

安队与“方便之门”双管齐下，居然那“抢米囤”的风潮渐渐平下去；这时已经是阴历六月底，农事也迫近到眉毛梢了。

老通宝一家总算仰仗那风潮，这一晌来天天是一顿饭，两顿粥，而且除了风潮前阿四赊来的三斗米是冤枉债而外，竟也没有添上什么新债。但是现在又要种田了，阿四和四大娘觉得那就是强迫他们把债台再增高。

老通宝看见儿子媳妇那样懒懒的不起劲，就更加暴躁。虽则一个多月来他的“威望”很受损伤，但现在是又要“种田”而不是“抢米”，老通宝便像乱世后的前朝遗老似的，自命为重整残局的识途老马。他朝朝暮暮在阿四和四大娘跟前哓哓不休地讲着田里的事，讲他自己少壮的时候怎样勤奋，讲他自己的老子怎样永不灰心地做着，做着，终于创立了那份家当。每逢他到田里去了一趟回来，就大声喊道：

“明天，后天，一定要分秧了！阿四，你鬼迷了么？还不打算打算肥料？”

“上年还剩下一包肥田粉在这里呀！”

阿四有气无力地回答。突然老通宝跳了起来，恶狠狠地看定了他的儿子说：

“什么肥田粉！毒药！洋鬼子害人的毒药！我就知道祖宗传下来的豆饼好！豆饼力道长！肥田粉吊过了壮气，那田还能用么？今年一定要用豆饼了！”

“哪来的钱去买一张饼呢？就是剩下来那包粉，人家也说隔年货会走掉了力，总是掺一半新的；可是买粉的钱也没有法子想呀！”

“放屁！照你说，就不用种田了！不种田，吃什么，用什么，拿什么来还债？”

老通宝跳着脚咆哮，手指头戳到阿四的脸上。阿四苦着脸叹气。

他知道老子的话不错，他们只有在田里打算半年的衣食，甚至还债；可是近年来的经验又使他知道借了债来做本钱种田，简直是替债主做牛马，——牛马至少还能吃饱，他一家却是吃不饱。“还种什么田！白忙！”——四大娘也时常这么说。他们夫妇俩早就觉得多多头所谓“乡下人欠了债就算一世完了”这句话真不错，然而除了种田有别的活路么？因此他们夫妇俩最近的决议也不过是：决不为了种田要本钱而再借债。

看见儿子总是不作声，老通宝赌气，说是“不再管他们的账”了。当天下午他就跑到镇里，把儿子的“败家相”告诉了亲家张老头儿，又告诉了小陈老爷；两位都劝老通宝看破些，“儿孙自有儿孙福”。那一天，老通宝就住在镇上过夜。可是第二天一清早，小陈老爷刚刚抽足了鸦片打算睡觉，老通宝突然来借钱了。数目不多，一张豆饼的代价。一心想睡觉的小陈老爷再三推托不开，只好答应出面到豆饼行去赊。

豆饼拿到手后，老通宝就回家，一路上有说有笑。到家后他把那饼放在廊檐下，却板起了脸孔对儿子媳妇说：

“死了才不来管你们呀！什么债，你们不要多问，你们只管替我做！”

春蚕时期的幻想，现在又在老通宝的倔强的头脑里蓬勃发长，正和田里那些秧一样。天天是金黄色的好太阳，微微的风，那些秧就同有人在那里拔似的长得非常快。河里的水却也飞快地往下缩。水车也拿出来摆在埂头了。阿四一个人忙不过来。老通宝也上去踏了十多转就觉得腰酸腿重气喘。“哎！”叹了一声，他只好爬下来，让四大娘上去接班。

稻发疯似的长起来，也发疯似的要水喝。每天的太阳却又像火龙似的把河里的水一寸一寸地喝干。村坊里到处嚷着“水车上要人”，到处拉人帮忙踏一班。荷花家今年只种了些杂粮，她和她那不声不响的可怜相的丈夫是比较空闲的，人们也就忘记了荷花是“白虎星”，三处四处拉他们夫妇俩走到车上替一班。陆福庆今年退了租，也是空身子，他们兄妹俩就常常来帮老通宝家。只有那多多头，因为老通宝死不要见他，村里很少来；有时来了，只去帮别人家的忙。

每天早上人们起来看见天像一块青石板似的晴朗，就都皱了眉头。偶尔薄暮时分天空有几片白云，全村的人都欢呼起来。老太婆眯着老花眼望着天空念佛。但是一次一次只是空高兴。扣到一个足月，也没下过一滴雨呀！

老通宝家的田因为地段高，特别困难。好容易从那干涸的河里车起了浑浊的泥水来，经过那六七丈远的沟，便被那燥渴的泥土截收了一半。田里那些壮健的稻梗就同患了贫血症似的一天一天见得黄萎了。老通宝看着心疼，急得搓手跺脚没有办法。阿四哭丧着脸不开口。四大娘冷一句热一句抱怨；咬定了今年的收成是没有巴望的了，白费了人工，而且多欠出一张豆饼的债！

“只要有水，今年的收成怕不是上好的！”

老通宝听到不耐烦的时候，软软地这样回答。四大娘立刻叫了起来：

“呀！水，水！这点子水，就好比我们的血呀！一股脑儿只有我和阿四，再搭上陆家哥哥妹妹俩算一个，三个人能有多少血？磨了这个把月，也干了呀！多多头是一个主力，你又不要他来！呀——呀——”

“当真叫多多头来罢！他比得上一条牛！”

阿四也抢着说，对老婆努了一下嘴巴。

老通宝不作声，吐了一口唾沫。

第二天，多多头就笑嘻嘻地来帮着踏车了。可是已经太迟。河水干到只剩河中心的一泓，阿四他们接了三道戽，这才彀得到水头，然而半天以后就不行了，任凭多多头力大如牛，也车不起水来。靠西边，离开他们那水车地位四五丈远，水就深些，多多头站在那里没到腰。可是那边没有埂头，没法排水车。如果晚上老天不下雨，老通宝家的稻就此完了。

不单是老通宝家，村里谁家的田不是三五天内就要干裂的像龟甲呀！人们爬到高树上向四下里张望。青石板似的一个天，简直没有半点云彩。

唯一的办法是到镇上去租一架“洋水车”来救急。老通宝一听到“洋”字，就有点不高兴。况且他也不大相信那洋水车会有那么大的法力。去年发大水的时候,邻村的农民租用过那洋水车。老通宝虽未目睹，却曾听得那爱管闲事的黄道士啧啧称羡。但那是“踏大水车”呀，如今却要从半里路外吸水过来，怕不灵罢？正在这样怀疑着的老通宝还没开口，四大娘却先愤愤地叫了起来：

“洋水车倒好，可是租钱呢？没有钱呀！听说踏满一爿田就要一块多钱！”

“天老爷显灵。今晚上落一场雨，就好了！”

老通宝也决定了主意了。他急急忙忙跑到村外小桥头那座简陋不堪的“财神堂”前磕了许多响头，许了大大的愿心。

这一夜，因为无水可车，阿四他们倒呼呼地睡了一个饱。老通宝整夜没有合眼。听见有什么簌簌的响声，便以为是在下雨了，他就一骨碌爬起来，到廊檐口望着天。并没有雨，但也没有星，天是一张灰色的脸。老通宝在失望之下还有点希望，于是又跪在地下祷告。到他第三次这样爬起床来探望的时候，东方已经发白，他就跑到田里去看他那宝贝的稻。夜来露水是有的，稻比白天的骄阳下稍稍显得青健。但是田里的泥土已经干裂，有几处简直把手指头压上去不觉得软。老通宝心跳得卜卜地响。他知道过一会儿来了太阳光一照，这些稻准定是没命的，他一家也就没命了。

他回到自家门前的稻场上。一轮血红的太阳正在东方天边探出头来。稻场前那差不多干到底的小河长满了一身的野草。本村坊的人又利用那河滩种了些玉蜀黍，现在都像人那样高了。五六个人站在那玉蜀黍旁边吵架似的嚷着。老通宝惘然走过去，也站在那伙人旁边。他们都是村里人，正在商量大家打伙儿去租用镇上那条“洋水车”。他们中间一个叫作李老虎的说：

“要租，就得赶快！洋水车天天有生意。昨晚上说是今天还没定出，你去迟了就扑一个空，那不是糟糕？老通宝，你也来一股罢？”

老通宝瞪着眼发怔，好像没有听明白。有两个念头填满了他的心，使他说不出话来；一个是怕的“洋水车”也未必灵，又一个是没有钱。而且他打算等别人用过了洋水车，当真灵，然后他再来试一下。钱呢，也许可以欠几天。

这天上午，老通宝和阿四他们就像守着一个没有希望的病人似的在圩头下埂头上来来回回打磨旋。稻是一刻比一刻“不像”了，最初垂着头，后来就折腰，田里的泥土啧啧地发出燥裂的叹息。河里已经无水可车，村坊里的人全都闲着。有几个站在村外的小桥上，焦灼地望着那还没见来的医稻的郎中，——那洋水车！

正午时分，毒太阳就同火烫一般，那些守在小桥上的人忽然发一声喊：来了！一条小船上装着一副机器，——那就是洋水车！看去并没什么出奇的地方，然而这东西据说抽起水来就比七八个壮健男人还厉害。全村坊的人全出来观看了。老通宝和他的儿子也在内。他们看见那装着机器的船并不拢岸，就那么着泊在河心，却把几丈长臂膊粗的发亮的软管子拖到岸上，又搁在田横埂头。

“水就从这管口里出来，灌到田里！”

管理那软管子的镇上人很卖弄似的对旁边的乡下人说。

突然，那船上的机器发喘似的叫起来。接着，咕的一声，第一口水从软管子口里吐出来了，于是就汩汩汩地直泻，一点也不为难。村里人看着，嚷着，笑着，忘记了这水是要花钱的。

老通宝站得略远些，瞪出了眼睛，注意地看着。他以为船上那突突地响着的家伙里一定躲着什么妖怪，——也许就是镇上土地庙前那池潭里的泥鳅精，而水就是泥鳅精吐的涎沫，而且说不定到晚上这泥鳅精又会悄悄地来把它此刻所吐的涎沫收回去，于是明天镇上人再来骗钱。

但是这一切的狐疑始终敌不住那绿汪汪的水的诱惑。当那洋水车灌好了第二爿田的时候，老通宝决定主意请教这“泥鳅精”，而且决定主意夜里拿着锄头守在田里，防那泥鳅精来偷回它的唾沫。

他也不和儿子媳妇商量，径拉了黄道士和李老虎做保人，担保了二分月息的八块钱，就取得船上人的同意，也叫那软管子到他田里放水去了。

太阳落山的时候，老通宝的田里平铺着一寸深的油绿绿的水，微风吹着，水皱的像老太婆的脸。老通宝看着很快活，也不理四大娘的唠唠叨叨聒着“又是八块钱的债”！八块钱诚然不是小事，但收起来不是可以卖十块钱一担么？去年糙米也还卖到十一块半呀！一切的幻想又在老通宝心里复活起来了。

阿四仍然摆着一张哭丧脸，呆呆地对田里发怔。水是有了，那些稻依然垂头弯腰，没有活态。水来得太迟，这些娇嫩的稻已经被太阳晒脱了力。

“今晚上用一点肥田粉，明后天就会好起来。”

忽然多多头的声音在阿四耳边响。阿四心就一跳。可不是，还有一包肥田粉，没有用过呀！现在是用当其时了。吊完了地里的壮气么？

管他的！但是猛不防老通宝在那边也听得多多头那句话，这老头子就像疯老虎似的扑过来喊道：

“毒药！小长毛的冤鬼，杀胚！你要下毒药么？”

大家劝着，把老通宝拉开。肥田粉的事，就此不提了。老通宝余怒未息地对阿四说：

“你看！过一夜，就会好的！什么肥田粉，毒药！”

于是既怕那泥鳅精来收回唾液，又怕阿四他们偷偷地去下肥田粉，这一夜里，老通宝抵死也要在田塍上看守了。他不肯轻易传授他的“独得之秘”，他不说是防着泥鳅精，只说恐怕多多头串通了阿四还要来胡闹。他那顽固是有名的。

一夜平安过去了，泥鳅精并没来收回它的水，阿四和多多头也没胡闹。可是稻照旧奄奄无生气，而且有几处比昨天更坏。老通宝疑惑是泥鳅精的唾液到底不行，然而别人家田里的稻都很青健。四大娘噪得满天红，说是“老糊涂断送了一家的性命”。老通宝急得脸上泛成猪肝色。陆福庆劝他用肥田粉试试看，或者还中用，老通宝呆瞪着眼睛只不作声。那边阿四和多多头早已拿出肥田粉来撒布了。老通宝别转脸去不愿意看。

以后接连两天居然没有那烫得皮肤上起泡的毒太阳。田里水还有半寸光景。稻又生青壮健起来了。老通宝还是不肯承认肥田粉的效力，但也不再说是毒药了。阴天以后又是萧索索的小雨。雨过后有微温的太阳光。稻更长得有精神了，全村坊的人都松一口气，现在有命了：天老爷还是生眼睛的！

接着是凉爽的秋风来了。四十多天的亢旱酷热已成为过去的噩梦。村坊里的人全有喜色。经验告诉他们这收成不会坏。“年纪不是活在狗身上”的老通宝更断言着“有四担米的收成”，是一个大熟年！有时他小心地抚着那重甸甸下垂的稻穗，便幻想到也许竟有五担的收成，而且粒粒谷都是那么壮实！

同时他的心里便打着算盘：少些说，是四担半罢，他总共可以收这么四十担；完了八八六担四的租米，也剩三十来担；十块钱一担，也有三百元，那不是他的债清了一大半？他觉得十块钱一担是最低的价格！

只要一次好收成，乡下人就可以翻身，天老爷到底是生眼睛的！

但是镇上的商人却也生着眼睛，他们的眼睛就只看见自己的利益，就只看见铜钱，稻还没有收割，镇上的米价就跌了！到乡下人收获他们几个月辛苦的生产，把那粒粒壮实的谷打落到稻箪里的时候，镇上的米价飞快地跌到六元一石！再到乡下人不怕眼睛盲地砻谷的时候，镇上的米价跌到一担糙米只值四元！最后，乡下人挑了糙米上市，就是三元一担也不容易出脱！米店的老板冷冷地看着哭丧着脸的乡下人，爱理不理似的冷冷地说：

“这还是今天的盘子呀！明天还要跌！”

然而讨债的人却川流不绝地在村坊里跑，汹汹然嚷着骂着。请他们收米罢？好的！糙米两元九角，白米三元六角！

老通宝的幻想的肥皂泡整个儿爆破了！全村坊的农民哭着，嚷着，骂着。“还种什么田！白辛苦了一阵子，还欠债！”——四大娘发疯似的见到人就说这一句话。

春蚕的惨痛经验作成了老通宝一场大病，现在这秋收的惨痛经验便送了他一条命。当他断气的时候，舌头已经僵硬不能说话，眼睛却还是明朗朗的；他的眼睛看着多多头似乎说：“真想不到你是对的！真奇怪！”

1933 年 1 月

残　冬

一

连刮了几阵西北风，村里的树枝都变成光胳膊。小河边的衰草也由金黄转成灰黄，有几处焦黑的一大块，那是顽童放的野火。

太阳好的日子，偶然也有一只瘦狗躺在稻场上；偶然也有一两个村里人，还穿着破夹袄，拱起了肩头，蹲在太阳底下捉虱子。要是阴天，西北风吹那些树枝叉叉地响，彤云像快马似的跑过天空，稻场上就没有活东西的影踪了。全个村庄就同死了的一样。全个村庄，一望只是死样的灰白。

只有村北那个张家坟园独自葱茏翠绿，这是镇上张财主的祖坟，松柏又多又大。

这又是村里人的克星。因为偶尔那坟上的松树少了一棵——有些客籍人常到各处坟园去偷树，张财主就要村里人赔偿。

这一天，太阳光是淡黄的，西北风吹那些枯枝苏苏地响，然而稻场上破例有了人了。

被人家叫作“白虎星”的荷花指手画脚地嚷道：

“刚才我去看了来，可不是，一棵！地下的木屑还是香喷喷的。这伙贼，一定是今天早上。嘿，还是这么大的一棵！”

说着，就用手比着那松树的大小。

听的人都皱了眉头叹气。

“赶快去通知张财主——”

有人轻声说了这么半句，就被旁人截住；那些人齐声喊道：

“赶紧通知他，那老剥皮就饶过我们么？哼！”

“捱得一天是一天！等到老剥皮晓得了，那时再碰运气。”

过了一会儿，荷花的丈夫根生出了这个主意。却不料荷花第一个就反对：

“碰什么运气呢？那时就有钱赔他么？有钱，也不该我们来赔！我们又没吃张剥皮的饭，用张剥皮的钱，干么要我们管他坟上的树？”

“他不同你讲理呀！去年李老虎出头跟他骂了几句，他就叫了警察来捉老虎去坐牢。”

阿四也插嘴说。

“害人的贼！”

四大娘带着哭声骂了一句，心里却也赞成李根生的主意。

于是大家都骂那伙偷树贼来出气了。他们都断定是邻近那班种“荡田”[①]的客籍人。只有“弯舌头”才下得这般“辣手”。因为那伙“弯舌头”也吃过张剥皮的亏，今番偷树，是报仇。可是却害了别人哩！就有人主张到那边的“茅草棚”里“起赃”。

没有开过口的多多头再也忍不住了；好像跟谁吵架似的，他叫道：

“起赃么？倒是好主意！你又不是张剥皮的灰子灰孙，倒要你瞎起劲？”

“噢，噢，噢！你——半路里杀出个程咬金，你不偷树好了，干么

① 荡田：指沿江海湖泊积水草而未筑堤垦熟的土地，旧时税法称“荡”地，田赋较熟田为轻。

要你着急呢？”

主张去“起赃”的赵阿大也不肯让步。李根生拉开了多多头，好像安慰他似的乱嘈嘈地说道：

“说说罢了，谁去起赃呢！吵什么嘴！”

“不是这么说的！人家偷了树，并不是存心来害我们。回头我们要吃张剥皮的亏，那是张剥皮该死！干么倒去帮他捉人搜赃？人家和我并没有交情，可是——”

多多头一面分辩着，一面早被他哥哥拉进屋里去了。

“该死的张剥皮！”

大家也这么恨恨地说了一句。几个男人就走开了，稻场上就剩下荷花和四大娘，呆呆地望着那边一团翠绿的张家坟。忽然像是揭去了一层幔，眼前一亮，淡黄色的太阳光变做金黄了。风也停止。这两个女人仰脸朝天松一口气，便不约而同地蹲了下去，享受那温暖的太阳。

荷花在镇上做过丫头，知道张财主的细底，悄悄地对四大娘说道：

“张剥皮自己才是贼呢！他坐地分赃。”

“哦！——”

“贩私盐的，贩鸦片的，他全有来往！去年不是到了一伙偷牛贼么？专偷客民的牛，也偷到镇上的粉坊里；张剥皮他——就是窝家！”

“难道官府不晓得么？”

“哦！局长么？局长自己也通强盗！”

荷花说时挤着眼睛把嘴唇皮一撇，鼻子里轻轻哼了一声。近来这荷花瘦得多了，皮色是白里泛青，一张大嘴更加显得和她的细眼睛不相称。

四大娘摇着头叹一口气，忽然站起来发恨地说：

“怪道多多头老是说规规矩矩做人就活不了命呀！——”

“不错，世界要反乱了！”

“小宝的阿爹也说长毛要来呢！听说还有女长毛。你知道我们家里有一把长毛刀。……可是，我的爸爸说，真命天子还没出世。”

“呸！出世不出世，他倒晓得么？玉皇大帝告诉他的么？上月里西方天边有一个星红暴暴的，酒盅那么大，生八只角，这就是真命天子的本命星呀！八只角就是下凡八年了，还说没出世，——”

“那是反王！我的老头子说是反王！你懂得什么！白虎星！”

“咦，咦，咦！”

荷花跳了起来，细眼睛眯紧了，怒气冲冲地瞅着四大娘。

这两个女人恶狠狠地对看了一会儿，旧怨仇便乘机发作；四大娘向来看不起荷花，说她“丫头出身，轻骨头，臭花娘子①”。荷花呢，因为也不是“好惹的”，曾经使暗计，想冲克四大娘的蚕花。两人总有半年多工夫见面不打招呼。直到新近四大娘的公公老通宝死了，这贴邻的两个女人才又像是邻舍了。现在却又为了一点不相干的事，争吵起来，各人都觉得自己不错。

末了，四大娘用劲地啐了一声，朝地下吐一口唾沫，正打算“小事化为无事”，抽身走开了。但是荷花的脾气宁愿挨一顿打，却受不住这样“文明式”的无言的侮辱；她跳前一步，怪声嚷道：

“骂了人家一句就想溜的，不是好货！”

“你是贱货！白虎星！”

四大娘也回骂，仍旧走。但是她并不回家，却走到小河那边去。荷花看见挑不起四大娘的火性，便觉得很寂寞；她是爱“热闹”的，即使是吵架的热闹，即使吵架的结果是她吃亏——她被打了，她也不

① 臭花娘子：乡间的一种草，有富于黏性的黑色小粒甚多，微臭，粘着在衣服上后，拂之不去，俗名“臭花娘子”。这名儿骂女人，就等于上海话的“烂污货”。

后悔。她觉得打架吃亏总比没有人理睬她好些。她最恨的是人家不把她当一个“人”！她做丫头的时候，主人当她是一件东西，主人当她是没有灵性的东西，比猫狗都不如，然而荷花自己知道自己是有灵性的。她之所以痛恨她那旧主人，这也是一个原因。

从丫头变做李根生老婆的当儿，荷花很高兴。为的她从此可以当个人了。然而不幸，她嫁来半个月后，根生就患了一场大病，接着是瘟羊瘟鸡；于是她就得了个恶名：白虎星！她在村里又不是“人”了！但也因为到底是在乡村，——荷花就发明了反抗的法子。她找机会和同村的女人吵嘴，和同村的单身男人胡调。只在吵架与胡调时，她感觉到几分“我也是一个人”的味儿。

春蚕以后大家没有饭吃，乱哄哄地抢米店吃大户的时候，荷花的“人”的资格大见增进。也好久没有听得她那最痛心的诨名：白虎星。她自己呢，也“规矩”些了。但是现在四大娘又挑起了那旧疮疤，并且摆出了不屑跟荷花吵嘴的神气。

看着四大娘走向小河边去的背影，荷花咬着牙齿，心里的悲痛比挨打还厉害些。

西北风忽然转劲了。荷花听去，那风也在骂她：虎，虎，虎！

走到了小河边的四大娘也蓦地站住，回头来望了荷花一眼又赶快转过脸去，吐了一口唾沫。这好比火上添油！荷花怒喊一声，就向四大娘奔去。但是刚跑了两步，荷花脚下猛的一绊，就扑地一跤，跌得两眼发昏。

“哈，哈，哈！白虎星！”

四大娘站得远远地笑骂。同时小河对面的稻场上也跑来了一个女子，也拍着手笑。她叫作六宝，也是荷花的对头。

“呃，呃，有本事的不要逃走！”

荷花坐在地上，仰起了她的扁脸孔，一边喘气，一边恨恨地叫骂。她这一跤跌得不轻，尾尻骨上就像火烧似的发痛；可是她忘记了痛，她一心想着怎样出这口恶气。对方是两个人了，骂呢，六宝的一张嘴，村里有名，那么打架罢，她们是两个！荷花一边爬起来，一边心里踌躇。刚好这时候有人从东边走来，荷花一眼瞥见，就改换了主意。

二

来人就是黄道士。自从老通宝死后，这黄道士便少了一个谈天说地的对手，村里的年轻人也不大理睬他；大家忘记了村里还有他这“怪东西”。本来他也是种田的，甲子年上被军队拉去挑子弹，去的时候田里刚在分秧，回来时已经腊尽，总算赶到家吃了年夜饭，他的老婆就死了；从此剩下他一个光身子，爽性卖了他那两亩多田，只留下一小条的“埂头”种些菜蔬挑到镇上去卖，倒也一年一年混得过。有时接连四五天村里不见他这个人。到镇上去赶市回来的，就说黄道士又把卖菜的钱都喝了酒，白天红着脸坐在文昌阁下的测字摊头听那个测字老姜讲“新闻”，晚上睡在东岳庙的供桌底下。

这样在镇上混得久了，黄道士在村里就成为“怪东西”。他嘴里常有些镇上人的“口头禅”，又像是念经，又像是背书，村里人听不懂，也不愿听。

最近，卖菜的钱不够吃饱肚子，黄道士也戒酒了。他偶然到镇上去，至多半天就回来。回来后就蹲在小河边的树根上，瞪大了眼睛。要是有人走过他跟前，朝他看了一眼，他就跳起来拉住了那人喊道：“世界要反乱了！东北方——东北方出了真命天子！”于是他就唠唠叨叨说了许多人家听不懂的话，直到人家吐了一口唾沫逃走。

但在西北风扫过了这村庄以后，小河边的树根上也不见有瞪大了眼睛蹲着的黄道士。他躲在他那破屋子里，窸窸窣窣地不知道干些什么。有人在那扇破板门外偷偷地看过,说是这“怪东西”在那里拜四方，屋子里供着三个小小的草人儿。

村里的年轻人都说黄道士着了“鬼迷”，可是老婆子和小孩子却就赶着黄道士问他那三个草人儿是什么神。后来村里的年轻女人也要追问根底了。黄道士的回答却总是躲躲闪闪的，并且把他板门上的破缝儿都糊了纸。

然而黄道士只不肯讲他的三个草人罢了，别的浑话是很多的。荷花所说的什么“出角红星”就是拾了黄道士的牙慧。所以现在看见黄道士瞪大着眼睛走了来，荷花便赶快迎上去。她想拉这黄道士做帮手，对付那四大娘和六宝。

“喂,喂,黄道士,你看！四大娘说那颗红星是反王啦！真是热昏！”

荷花大声嚷着，就转脸朝那两个女人狂笑。可是刚才忘记了尾尻骨疼痛却忽然感到了，立刻笑脸变成了哭脸，双手捧住了屁股。

黄道士的眼睛瞪得更大，看看六宝她们，又看看荷花，然后摇着头，念咒似的说：

“托塔李天王，哪吒三太子，二郎神，嘿，二郎神是玉皇大帝的外孙！……啊，四大娘，真命天子出世了，远在天边，近在眼前！喏！南京脚下有一座山，山边有一个开豆腐店的老头子，天天起五更磨豆腐，喏！天天，笃笃笃！有人敲店板，问那老头子：‘天亮了没有哪？天亮了没有哪？’哈哈，自然天没亮呵，老头子就回答‘没有！’他不知道这问的人就是真命天子！”

“要是回答他‘天亮了’就怎样？”

走近来的六宝抢着说，眼睛盯住了黄道士的面孔。

"说是'天亮了'么？那就，那就——"

黄道士皱了眉头，一连说了几个"那就"，又眯细了眼睛看天，很神秘地摇着头。

"那就是我们穷人翻身！"

荷花等得不耐烦，就冲着六宝的脸大声叫喊，同时又忘记了屁股痛。

"嗳，可不是！总有点好处落到我们头上呢！比方说，三年不用完租。"

黄道士松一口气，心里感激着荷花。

但是六宝这大姑娘粗中有细，一定要根究，倘是回答了"天亮"就怎样。她不理荷花，只逼着黄道士，四大娘却在旁边呆着脸喃喃地自语道：

"豆腐店的老头子早点回答'天亮了'，多么好呢！"

"哪里成？哪里成！他不能犯天条，天机不可泄漏！——呀，回答了'天亮'就怎样么？咳，咳，六宝，那就，天兵天将下来，帮着真命天子打天下！"

"哦！"

六宝还是不满意黄道士的回答，但也不再追问，只扁起了嘴唇摇头。

忽然荷花哈哈地笑了。她看见六宝那扁着嘴的神气，就想要替六宝起一个诨名。

"豆腐店的老头子也是星宿下凡的罢？喂，喂，黄道士，你怎么知道那敲门问'天亮'的就是真命天子？他是个什么样儿？"

四大娘又轻声问。

黄道士似乎不耐烦了，就冷笑着回答道：

"我怎么会知道呀？我自然会知道。豆腐店老头子么？总该有点来历。笃笃笃，天天这么敲着他的店板。懂么？敲他的店板，不敲别人家的！‘天亮了没有？天亮了没有？’天天是问这一句！老头子就听得声音，并没见过面。他敢去偷看么？不行！犯了天条，雷打！不过那一定是真命天子！”

说到最后一句，黄道士板着脸，又瞪大了眼睛，那神气很可怕。听的人都觉得毛骨悚然，就好像听得那笃笃的叩门声。

西北风扑面吹来，那四个人都冷得发抖。六宝抹下一把鼻涕，擦着眼睛，忽又问道：

“你那三个草人呢？”

“那也有道理。——有道理的！”

黄道士眨起了眼白，很卖弄似的回答。随即他举起左手，伸出一个中指，向北方天空连指了几下，他的脸色更严重了。三个女人的眼光也跟着黄道士的中指一齐看着那天空的北方。四大娘觉得黄道士的瘦黑指头就像在空中戳住了什么似的，她的心有点跳。

“哪一方出真命天子，哪一方就有血光！懂么？血光！”

黄道士看着那三个女人厉声说，眼睛瞪得更大。

三个女人都吃了一惊。究竟“血光”是什么意思，她们原也不很明白。但在黄道士那种严重的口气下，她们就好像懂得了。特别是那四大娘，忽然福至心灵，晓得所谓“血光”就是死了许多人，而且一定要死许多人，因为出产真命天子的地方不能没有代价。

黄道士再举起左手，伸出中指，向北方天空指了三下。四大娘的心就是卜卜地三跳。蓦地黄道士回手指着自己的鼻子，闷着声音似的又说道：

“这里，这里，也有血光！半年罢，一年罢，你们都要做刀下的鬼，村坊要烧白！”

于是他低下了头，嘴唇翕翕地动，像是念咒又像是抖。

三个女人都叹了一口气。荷花看着六宝，似乎说："先死的，看是你呢是我！"六宝却盯住了黄道士的面孔看，有点不大相信的样子。末了，四大娘绝望似的吐出了半句：

"没有救星了么？那可——"

黄道士忽然跳起来，吵架似的呵斥道：

"谁说！我叫三个草人去顶刀头了！七七四十九天,还差几天。——把你的时辰八字写来，外加五百钱，草人就替了你的灾难，懂么？还差几天。"

"那么真命天子呢，几时来？"

荷花又觉得尾尻骨上隐隐有点痛，便又提起了这话来。

黄道士瞪大了眼睛向前看，好像没有听得荷花那句话。北风劈面吹来，吹得人流眼泪了。那边张家坟上的许多松树呼呼地响着。黄道士把中指在眼眶上抹了一下，就板起面孔说道：

"几时来么？等那边张家坟的松树都死光了，那时就来！"

"呵，呵，松树！"

三个女人齐声喊了起来。她们的眼里一齐闪着恐惧和希望的光。少了一棵松树就要受张剥皮的压迫，她们是恐惧的；然而这恐惧后面就伏着希望么？这样在恐惧与希望的交织线下，她们对于黄道士的信口开河，就不知不觉发生了多少信仰。

三

四大娘心魂不定了好几天。因为她的丈夫阿四还想种"租田"，而她的父亲张财发却劝她去做女佣，——吃出一张嘴，多少也还有几块钱的工钱。她想想父亲的话不错。但是阿四不种田又干什么呢？男人到镇上去找工作，比女人还难。要是仍旧种田，那么家里就需要四大娘这一双做手。

多多头另是一种意见，他气冲冲地说：

“租田来种么？你做断了脊梁骨还要饿肚子呢！年成好，一亩田收了三担米，五亩田十五担，去了‘一五得五，三五十五’六石五斗的租米，剩下那么一点留着自家吃罢，可是欠出的债要不要利息，肥料要不要本钱？你打打算盘刚好是白做，自家连粥也没得吃！”

阿四苦着脸不作声。他也知道种租田不是活路。四大娘做女佣多少能赚几个钱，就是他自己呢，做做短工也混一口饭，但是有个什么东西梗在他的心头，他总觉得那样办就是他这一世完了。他望着老婆的脸，等待她的主意。多多头却又接着说道：

“不要三心两意了！现在——田，地，都卖得精光，又欠了一身的债，这三间破屋也不是自己的，还死守在这里干么？依我说，你们两个到镇上去‘吃人家饭’，老头子借的债，他妈的，不管！”

“小宝只好寄在他的外公身边，——”

四大娘惘然呐出了半句，猛地又缩住了。“外公”也没有家。也是“吃人家饭”，况且已经为的带着小孙子在身边，“东家”常有闲话，再加一个外孙，恐怕不行罢？也许会连累到外公打破饭碗。镇上人家都不喜欢雇了个佣人却带着小孩。……想到这些，四大娘就觉得“吃人家饭”也是为难。

“我都想过了，就是小把戏没有地方去呀！”

阿四看着他老婆的面孔说，差不多要哭出来。

“嘿嘿！你这样没有主意的人，少有少见！我带了小宝去，包你有吃有穿！到底是十二岁的孩子，又不是三岁半要吃奶的！”

多多头不耐烦极了，就像要跟他哥哥吵架似的嚷着。

阿四苦着脸只是摇头。四大娘早已连声反对了：

“不行，不行！我不放心！唉，唉，像个什么！一家人七零八落！一份人家拆散，不行的！怎么就把人家拆散？”

“哼，哼，乱世年成，饿死的人家上千上万，拆散算得什么！这年成死一个人好比一条狗，拆散一下算得什么！”

多多头暴躁地咬着牙齿说。他睁圆了眼睛看着他的哥哥嫂嫂，怒冲冲地就像要把这一对没有主意的人儿一口吞下去。

因为多多头发脾气，阿四和四大娘就不再开口了。他们却也觉得多多头这一番怒骂爽辣辣地怪受用似的。梗在阿四心头的那块东西，——使他只想照老样子种田，即使是种的租田，使他总觉得“吃人家饭”不是路，使他老是哭丧着脸打不起主意的那块东西，现在好像被多多头一脚踢破露出那里边的核心。原来就是“不肯拆散他那个家”！

因为他们向来有一个家，而且还是“自田自地”过得去的家，他们就以为做人家的意义无非为要维持这“家”，现在要他们拆散了这家去过“浮尸”样的生活，那非但对不起祖宗，并且也对不起他们的孩子——小宝。“家”，久已成为他们的信仰。刚刚变成为无产无家的他们怎样就能忘记了这久长生根了的信仰呵！

然而多多头的话却又像一把尖刀戳穿了他们的心，——他们的信仰。“乱世年成，人家拆散，算得什么呢！死一个人，好比一条狗！”四大娘愈想愈苦，就哭起来了。

“多早晚真命天子才来呢？黄道士的三个草人灵不灵？”

在悲泣中，她又这么想，仿佛看见了一道光明。

四

一天一天更加冷了。也下过雪。菜蔬冻坏了许多。村里人再没有东西送到镇上去换米了，有好多天，村和镇断绝了交通。全村的人都在饥饿中。

有人忽然发见了桑树的根也可以吃，和芋头差不多。于是大家就掘桑根。

四大娘看见了桑根就像碰见了仇人。为的他家就伤在养蚕里，也为的这块桑地已经抵给债主。虽然往常她把桑树当作性命。

村里少了几个青年人：六宝的哥哥福庆，和镇上张剥皮闹过的李老虎,还有多多头,忽然都不知去向。但村里人谁也不关心;他们关心的，倒是那张家坟园里的松树。即使是下雪天，也有人去看那坟上的松树到底还剩几棵。上次黄道士那一派胡言早就传遍了全村，而且很多人相信。

黄道士破屋里的三个草人身上渐渐多些纸条，写着一些村里人的“八字”。四大娘的儿子小宝的“八字”也在内。四大娘还在设法再积五百个钱也替她丈夫去挂个纸条儿。

女人中间就只有六宝不很相信黄道士的浑话。可是她也不在村里了。有人说她到上海去“进厂”了，也有人说她就在镇上。

将近“冬至”的时候，忽然村里又纷纷传说，真命天子原来就出在邻村，叫作七家浜的小地方。村里的赵阿大就同亲眼看过似的，在稻场上讲那个“真命天子”的故事。

“不过十一二岁呢，和小宝差不多高。也是鼻涕拖有寸把长……”

站在旁边听的人就轰然笑了。赵阿大的脸立刻涨红，大声喊道：

“不相信，就自己去看罢！‘真人不露相’？嗨，这就叫作‘真人不露相’！慢点儿，等我想一想。对了，是今年夏天的时候，这孩子，真命天子，一场大病，死去三日三夜。醒来后就是‘金口’了！人家本来也不知道，八月半那天，他跟了人家去拔芋头，田塍上有一块大石头——就是大石头，他喊一声‘滚开’，当真！那石头就骨碌碌地滚开了！他是金口！”

听的人都睁大了眼睛看着赵阿大，又转脸去看四大娘背后的瘦得不成样子的小宝。

有人松一口气似的小声说：

“本来真命天子早该出世了！”

“金口还说了些什么？阿大！”

阿四不满足地追问。但是赵阿大瞪出了眼睛，张大着嘴巴，没有回答。他是不会撒谎的，有一句说一句不能再添多。过一会儿，他发急了似的乱嚷道：

“各村坊里都讲开了，‘人’是在那里！十一二岁，拖鼻涕，跟小宝差不多！”

“唉！还只得十一二岁！等到他坐龙庭，我的骨头快烂光了！”

四大娘忽然插嘴说，怕冷似的拱起了两个肩膀。

“谁说！当作是慢的，反而快！有文曲星武曲星帮忙呢！福气大的人，十一二岁也就坐上龙庭了！要等到你骨头烂，大家都没命了！”

荷花找到机会，就跟四大娘抬杠。

“你也是‘金口’么？不要脸！”

四大娘回骂，心里也觉得荷花的话大概不错，而且盼望它不错，可是当着那么多人面前，四大娘嘴里怎么肯认输。这两个女人又要吵起来了。黄道士一向没开口，这时他便拦在中间说道：

“自家人吵什么！可是，阿大，七家浜离这里多少路！不到‘一九’

罢？那，我们村坊正罩在‘血光’里了！几天前，桥头小庙里的菩萨淌眼泪，河里的水发红光，——哦！快了！半年，一年！——记牢！”

最后两个字像猫头鹰叫，听的人都打了个寒噤，希望中夹着害怕。黄道士三个古怪草人都浮出在众人眼前了，草人上挂着一些纸条。于是已经花了五百文的人不由得松一口气，虔诚地望着黄道士的面孔。

“这几天里，松树砍去了三棵！”

荷花喃喃地说，脸向着村北的一团青绿的张家坟。

大家都会意似的点头。有几个嘴里放出轻松的一声嘘。

赵阿大料不到真命天子的故事会引出这样严重的结果，心里着实惊慌。他还没在黄道士的草人身上挂一纸条儿，他和老婆为了这件事还闹过一场，现在好像要照老婆的意思破费几文了。五百个钱虽是大数目，可是他想来倒还有办法。保卫团捐，他已经欠了一个月，爽性再欠一个月，那不就有了么？派到他头上的捐是第三等，每月一角。

不单是赵阿大存了这样的心。早已有人把保卫团捐移到黄道士的草人身上了。他们都是会打算盘的：保卫团捐是每月一角，——也有的派到每月二角，可是黄道士的草人却只要一次的五百文就够了，并且村里人也不相信那驻在村外三里远的土地庙里的什么“三甲联合队”的三条枪会有多少力量。在乡下人眼里，那什么“三甲联合队”队长、班长、兵，共计三人三条枪，远不及黄道士的三个草人能够保佑村坊。

他们也不相信那“三甲联合队”真是来保卫他们什么。那三条枪是七月里来的，正当乡下人没有饭吃，闹哄哄地抢米的时候，饭都没得吃的人，还有什么值钱的东西要保卫么？

可是那“三甲联合队”三个人“管”的事却不少。并且管事的本领也不小。虽然天气冷，他们三个人成天躲在庙里，他们也知道七家浜出了“真命天子”，也知道黄道士家里有什么草人，并且那天赵阿大他们在稻场上说的那些话也都落到他们三个人耳朵里了。

并且，村里的人不缴保卫团捐却去送钱给黄道士那三个草人的事，也被“三甲联合队”的三个人知道了！

就在赵阿大讲述“真命天子”故事的三四天以后，“三甲联合队”也把七家浜那个“金口”的拖鼻涕孩子验明本身捉到那土地庙里来了。

这是在微雨的下午，天空深灰色，雨有随时变作雪的样子。土地庙里暗得很。“三甲联合队”的全体——队长、班长、士兵，一共三个人，因为出了这一趟远差，都疲倦了，于是队长下命令，就把那孩子锁在土地公公的泥腿上，班长改作“值日官”，士兵改作门岗兼“卫兵”，等到明天再报告基干队请示发落。

那拖鼻涕的“真命天子”蹲在土地公公泥脚边悄悄地哭。

队长从军衣袋掏出一支香烟来，烟已经揉曲了，队长慢慢地把它弄直，吸着了，喷一口烟，就对那“值日官”说道：

“咱们破了这件案子，您想来该得多少奖赏？”

“别说奖赏了，听说基干队的棉军衣还没着落。”

值日官冷冷地回答。于是队长就皱着眉头再喷一口烟。

天色更加黑了，值日官点上了洋油灯，正想去权代那“卫兵”做“门岗”，好替回那“卫兵”来烧饭，忽然队长双手一拍，站起来拿那洋油灯照到那“真命天子”的脸上，用劲地看着。看了一会儿，他就摆出老虎威风来，唬吓那孩子道：

“想做皇帝么？你犯的杀头罪，杀头，懂得么？”

孩子不敢再哭，也不说话，鼻涕拖有半尺长。

“同党还有谁？快说！”

值日官也在旁边吆喝。

回答是摇头。

队长生气了，放下洋油灯，抓住了那孩子的头发往后一揿，孩子的脸就朝上了，队长狞视着那拖鼻涕的脏瘦脸儿，厉声骂道：

“没有耳朵么？谁是同党？招出来，就不打你！”

“我不知道哟！我只知道拾柴捉草，人家说我的什么，我全不知道。”

“混蛋！那就打！”

队长一边骂，一边就揪住那孩子的头到土地公公的泥腿上重重地碰了几下。孩子像杀猪似的哭叫了。土地公公腿上的泥簌簌地落在孩子的头上。

值日官背卷着手，侧着头，瞧着土地公公脸上蛀剩一半的白胡子。他知道队长的心事，他又瞧出那孩子实在笨得不像人样。等队长怒气稍平，他扯着队长的衣角，在队长耳边轻轻说了一句，两个人就踅到一边去低声商量。

孩子头上肿高了好几块，睁大着眼睛发愣，连哭都忘记了。

“明天把黄道士捉来，就有法子好想。”

值日官最后这么说了一句，队长点头微笑。再走到那孩子跟前，队长就不像刚才那股凶相，倒很和气地说：

“小孩子，你是冤枉了，明天就放你回去。可是你得告诉我，村里哪几家有钱？要是你不肯说，好，再打！”

突然队长的脸又绷紧了，还用脚跺一下。

孩子仰着脸，浑身都抖了。抖了一会儿，他就摇头，一边就哭。

“贱狗！不打不招！”

队长跺着脚咆哮。值日官早拾起一根木柴，只等队长一声命令，就要打了。

但是庙门外蓦地来了一声狂呼，队长和值日官急转脸去看时，灯光下照见他们那卫兵兼门岗抱着头飞奔进来，后边是黑魆魆几条人影子。值日官丢了木柴就往土地公公座边的小门跑了。队长毕竟有胆，哼了一声，跳起来就取那条挂在泥塑“功曹”身上的快枪，可是枪刚到手，他已经被人家拦腰抱住，接着是兜头吃了一锄头，不曾再哼得一声，就死在地上。

卫兵被陆福庆捉住，解除了他身上的子弹带。

“逃走了一个！”

多多头抹着脸，大声说。队长脑袋里的血溅了多多头一脸和半身。

“三条枪全在这里了。子弹也齐全。逃走的一个，饶了他罢。”

这是李老虎的声音。接着，三个人齐声哈哈大笑。

多多头揪断了那“真命天子”身上的铁链，也拿过洋油灯来照他的脸。这孩子简直吓昏了，定住了眼睛，牙齿抖得格格地响。陆福庆和李老虎搀他起来，又拍着他的胸脯，揪他的头发。孩子惊魂中醒过来，第一声就哭。

多多头放下洋油灯，笑着说道：

“哈哈！你就是什么真命天子么？滚你的罢！”

这时庙门外风赶着雪花，磨旋似的来了。

创 造

一

靠着南窗的小书桌，铺了墨绿色的桌布，两朵半开的红玫瑰从书桌右角的淡青色小瓷瓶口边探出来，宛然是淘气的女郎的笑脸，带了几分“你奈我何”的神气，冷笑着对角的一叠正襟危坐的洋装书，它们那种道学先生的态度，简直使你以为一定不是脱不掉男女关系的小说。赛银墨水盒横躺在桌子的中上部，和整洁的吸墨纸版倒成了很合适的一对。纸版的一只皮套角里含着一封旧信。那边西窗下也有个小书桌。几本卷皱了封面的什么杂志，乱丢在桌面，把一座茶绿色玻璃三棱形的小寒暑表也推倒了；金杆自来水笔的笔尖吻在一张美术明信片的女子的雪颊上。其处凝结了一大点墨水，像是它的黑泪，在悲伤它的笔帽的不知去向；一只刻镂得很精致的象牙的兔子，斜起了红眼睛，怨艾地瞅着旁边的展开一半的小纸扇，自然为的是纸扇太无礼，把它挤倒了，——现在它撒娇似的横躺着，露出白肚皮上的一行细绿字：“娴娴三八初度纪念。她的亲爱的丈夫君实赠”。然而“丈夫”二字像是用刀刮过的。

织金绸面的沙发榻蹲在东壁正中的一对窗下，左右各有同式的沙发椅做它的侍卫。更左，直挺挺贴着墙壁的，是一口两层的木橱，上半层较狭，有一对玻璃门，但仍旧在玻片后衬了紫色绸。和这木橱对立的，在右首的沙发椅之右，是一个衣架，擎着雨衣斗篷帽子之类。再过去，便是东壁的右窗；当窗的小方桌摆着茶壶茶杯香烟盒等什物。更过去，到了壁角，便是照例的梳妆台了。这里有一扇小门，似乎是通到浴室的。椭圆大镜门的衣橱，背倚北壁，映出西壁正中一对窗前的大柚木床，和那珠络纱帐子，和睡在床上的两个人。和衣橱成西斜角的，是房门，现在严密的关着。

沙发榻上乱堆着一些女衣。天蓝色沙丁绸的旗袍，玄色绸的旗马甲，白棉线织的胸褡，还有绯色的裤管口和裤腰都用宽紧带的短裤：都卷作一团，极像是洗衣作内正待落漂白缸，想见主人脱下时的如何匆忙了。榻下露出镂花灰色细羊女皮鞋的发光的尖头；可是它的同伴却远远地躲在梳妆台的矮脚边，须得主人耐烦的去找。床右，近门处，是一个停火几，琥珀色绸罩的台灯庄严地坐着，旁边有的是：角上绣花的小手帕、香水纸、粉纸、小镜子、用过的电车票、小银元、百货公司的发票、寸半大的皮面金头怀中记事册、宝石别针、小名片，——凡是少妇手袋里找得出来的小物件，都在这里了。一本展开的杂志，靠了台灯的支撑，又牺牲了灯罩的正确的姿势，异样地直立着。台灯的古铜座上，有一对小小的展翅作势的鸽子，侧着头，似乎在猜详杂志封面的一行题字：《妇女与政治》。

太阳光透过了东窗上的薄纱，洒射到桌上椅上床上。这些木器，本来是漆的奶油色，现在都镀上了太阳的斑剥的黄金了。突然一辆急驰的汽车的啵啵的声音——响得作怪，似乎就在楼下，——惊醒了床上人中间的一个。他睁开倦眼，身体微微一动。浓郁的发香，冲入他的鼻孔；他本能的转过头去，看见夫人还没醒，两颊绯红，像要喷出血来。身上的夹被，早已撩在一边，这位少妇现在是侧着身子；只穿了一件羊毛织的长及膝弯的贴身背心（vest），所以臂和腿都裸浴在晨气中了，珠络纱筛碎了的太阳光落在她的白腿上就像是些跳动的水珠。

——太阳光已经到了床里，大概是不早了呵。

君实想，又打了个呵欠。昨晚他睡得很早。夫人回来，他竟完全不知道；然而此时他还觉得很倦，无非因为今晨三点钟醒过来后，忽然不能再睡，直到看见窗上泛出鱼肚白色，才又朦朦的像是睡着了。而且就在这半睡状态中，他做了许多短短的不连续的梦；其中有一个，此时还记得个大概，似乎不是好兆。他重复闭了眼，回想那些梦，同时轻轻地握住了夫人的一只手。

梦，有人说是日间的焦虑的再现，又有人说是下意识的活动；但君实以为都不是。他自说，十五岁以后没有梦；他的夫人就不很相信这句话：

“梦是不会没有的，大概是醒后再睡时遗忘了。”她常常这样说。

“你是多梦的；不但睡时有梦，开了眼你还会做梦呵！”君实也常常这么反驳她。

现在君实居然有了梦，他自觉是意外；并且又证明了往常确是无梦，不是遗忘。所以他努力要回忆起那些梦来，以便对夫人讲。即使是这样的小事情，他也不肯轻轻放过；他不肯让夫人在心底里疑惑他的话是撒谎；他是要人时时刻刻信仰他看着他听着他，摊出全灵魂来受他的拥抱。

他轻快地吐了口气，再睁开眼来，凝视窗纱上跳舞的太阳光；然后，沙发榻上的那团衣服吸引了他的视线，然后，迅速地在满房间掠视一周，终于落在夫人的脸上。不知道为什么，这位熟睡的少妇，现在眉尖半蹙，小嘴唇也闭合得紧紧的，正是昨天和君实怄气时的那副面目了。近来他们俩常有意见上的不合，娴娴对于丈夫的议论常常提出反驳，而君实也更多的批评夫人的行动，有许多批评，在娴娴看来，简直是故意立异。娴娴的女友李小姐，以为这是娴娴近来思想进步，而君实反倒退步之故。这个论断，娴娴颇以为然；君实却绝对不承认，他心里暗恨李小姐，以为自己的一个好好的夫人完全被她教唆坏了，昨天便借端发泄，很犀利地把李小姐批评了一番，最使娴娴不快的，是这几句：

"……李小姐的行为，实在太像滑头的女政客了。她天天忙着所谓政治活动，究竟她明白什么是政治？娴娴，我并不反对女子留心政治，从前我是很热心劝诱你留心政治的，你现在总算是知道几分什么是政治了。但要做实际活动——吓！主观上能力不够，客观上条件未备。况且李小姐还不是把政治活动当作电影跳舞一样，只是新式少奶奶的时髦玩意罢了。又说女子要独立，要社会地位，咳，少说些门面话罢！李小姐独立在什么地方？有什么社会地位？我知道她有的地位是在卡尔登[①]，在月宫跳舞场！现在又说不满于现状，要革命；咳，革命，这一向看厌了革命，却不道还有翻新花样的在影戏院跳舞场里叫革命！……"

君实说话时的那种神气——看定了别人是永远没出息的神气，比他的保守思想和指桑骂槐，更使娴娴难受；她那时的确动了真气。虽然君实随后又温语抚慰，可是娴娴整整有半天纳闷。

现在君实看见夫人睡中犹作此态，昨日的事便兜上心头；他觉得夫人是精神上一天一天的离开他，觉得自己再不能独占了夫人的全灵魂。这位长久拥抱在他思想内精神内的少妇，现在已经跳了出去，有自己的思想，自己的见解了。这在自负很深的君实，是难受的。他爱他的夫人，现在也还是爱；然而他最爱的是以他的思想为思想以他的

---

① 卡尔登：当时上海的一家电影院名。

行动为行动的夫人。不幸这样的黄金时代已成过去，娴娴非复两年前的娴娴了。

想到这里，君实忍不住微微唱了口气。他又闭了眼，冥想夫人思想变迁的经过。他记得前年夏天在莫干山避暑的时候，娴娴曾就女子在社会中应尽的职务一点发表了独立的意见；难道这就是今日趋向各异的起点么？似乎不是的，那时娴娴还没认识李小姐；似乎又像是的，此后娴娴确是一天一天的不对了。最近的半年来，她不但思想变化，甚至举动也失去了优美细腻的常态，衣服什物都到处乱丢，居然是"成大事者不修边幅"的气派了。君实本能的开眼向房中一瞥，看见他自己的世界缩小到仅存南窗下的书桌；除了这一片"干净土"，全房到处是杂乱的痕迹，是娴娴的世界了。

在沉郁的心绪中，君实又回忆起娴娴和他的一切琐屑的龃龉来。莫干山避暑是两心最融洽的时代，是幸福的顶点，但命运的黑丝，似乎也便在那时走进了他们的生活；似乎娴娴的变态，最初是在趣味方面发动的，她渐渐地厌倦了静的优雅的，要求强烈的刺激，因此在起居服用上常常和君实意见相反了。买一件衣料，看一次影戏，上一回菜馆，都成为他们俩争执的题材；常常君实喜欢甲，娴娴偏喜欢乙，而又不肯各行其是，各人要求自己的主张完全胜利。结果总是牺牲了一方面。因为他们都觉得"各行其是"的办法徒然使两人都感不快，倒不如轮替着都有失败都有胜利，那时，胜利者固然很满意，失败者亦未始没有相当的报偿，事过后的求谅解的甜蜜的一吻便是失败者的愉快。这样的争执，当第一二次发生时，两人的确都曾认真的烦恼过，但后来发现了和解时的彻骨的美趣，他们又默认这也是爱的生活中不可少的波澜。所以在习惯了以后，君实常常对娴娴说：

"这回又是你得了胜利了。但是，漂亮的少奶奶，娇养的小姐，你不要以为你的胜利是合理的，是久长的。”

于是在软颤的笑声中，娴娴偎在君实的怀中，给他一个长时间的吻。这是她的胜利的代价，也是她对于丈夫为爱而让步的热忱的感谢。

但是不久这种爱的戏谑的神秘性也就磨钝了。当给予者方面成为机械的照例的动作时，受者方面便觉得嘴唇是冷的，笑是假的，而主张失败的隐痛却在心里跳动了，况且娴娴对于自己的主张渐渐更坚持，差不多每次非她胜利不可，于是本不愿意的“各行其是”也只好实行了。这便是现在君实在卧室中的势力范围只剩了一个书桌的原因之一。

思想上的不同，也慢慢地来了。这是个无声的痛苦的斗争。君实曾经用尽能力，企图恢复他在夫人心窝里的独占的优势，然而徒然。娴娴的心里已经有一道坚固的壁垒，顽抗他的攻击；并且娴娴心里的新势力又是一天一天扩张，驱逼旧有者出来。在最近一月中，君实几次感到了自己的失败。他承认自己在娴娴心中的统治快要推翻，可是他始终不很明白，为什么两年前他那样容易的取得了夫人的心，占有了她的全灵魂，而现在却失之于不知不觉，并且恢复又像是无望的。两年前夫人的心，好比是一块海绵，他的每一滴思想，碰上就被吸收了去，现在这同一的心，却不知怎的已经变成一块铁，虽然他用了热情的火来锻炼，也软化不了它。“神秘的女子的心呵！”君实纳闷时常常这样想。他现在唯一的办法是讽刺；希望讽刺的酸味或者可以溶解了娴娴心里的铁。于是李小姐成了讽刺的目标。君实认定夫人的心质的变化，完全是李小姐从中作怪。有时他也觉得讽刺不是正办，许会使娴娴更离他远些。但是，除了这条路更没有别的方法了。“呵，神秘的女子的心！”他只能叹着气这么想。

君实陡然烦躁起来了。他抖开了身上的羊毛毯，向床沿翻过身去；他竟忘记了自己的左手还握住了夫人的一只手。娴娴也惊醒了。她定了下神，把身子挪近丈夫身边，又轻轻地翘起头来，从丈夫的肩头瞧他的脸。

君实闭了眼不动。他觉得有一只柔软的臂膊放到胸口来了。他又觉得耳根边被毛茸茸的细发拂着作痒了。他还是闭着眼不动，却聚集了全身的注意力，在暗中伺察。俄而，竟有暖烘烘的一个身体压上来，另一个心的跳声也清晰地听得；君实再忍不住了，睁开眼来，看见娴娴用两臂支起了上半身，面对面地瞧着他的脸，像一匹猫侦伺一只诈死的老鼠。君实不禁笑了出来。

“我知道你是假睡咧。”

娴娴微笑地说，同时两臂一松，全身落在君实的怀中了。女性的肉的活力，从长背心后透出来，沦浃了君实的肌骨；他委实有些摇摇不能自持了。但随即一个作痛的思想抓住了他的心：这温软的胸脯，这可爱的面庞，这善蹙的长眉，这媚眼，这诱人的熟透樱桃似的嘴唇——一切，这迷人的一切，都是属于他的，确确实实属于他的，然而在这一切以内，隐藏得很深的，有一颗心，现在还感得它的跳动的心，却不能算是属于他的了！他能够接触这名为娴娴的美丽的形骸，但在这有形的娴娴之外，还有一个无形的娴娴——她的灵魂，已经不是他现在所能接触了！这便是所谓恋爱的悲剧么？在恋爱生活中，这也算是失恋么？

他无法排遣似的忍痛地想着，不理会娴娴的疑问的注视。突然一只手掩在他的眼上；细而长的手指映着阳光，仿佛是几枝通明的珊瑚梗。而在那柔腴的手腕上，细珍珠穿成的手串很熨帖的围绕着，凡三匝。这是他们在莫干山消夏的纪念品，前几天断了线，新近才换好的。君实轻轻地拉下了娴娴的手。细珍珠给他的手指一种冷而滑的感觉。他的心灵突然一震。呵，可纪念的珠串！可纪念的已失的莫干山的快乐！祝福这再不能回来的快乐！

君实的眼光惘惘然在这些细珠上徘徊了半晌，然后，像感触了什么似的，倏地移到娴娴的脸上。这位少妇的微带惺忪的眼睛却也正在有所思地对他看。

“我们过去的生活，哪些日子你觉得顶快活？”

君实慢慢地说，像是每个字都经过深长的咀嚼的。

“我觉得现在顶快活。”

娴娴笑着回答，把她的身体更贴紧些。

“你不要随口乱说哟。娴娴，想一想罢——仔细地想一想。”

“那么，我们结婚的第一年——半年，正确的说，是第一个月，最快活。”

“为什么？”

娴娴又笑了。她觉得这样的考试太古怪。

“为什么？不为什么。只因为那时候我的经验全是新的。我以前的生活，好像是一页空白，到那时方才填上了色彩。以前的生活，现在回想起来，并不感到特别兴味，而且也很模糊了。只有结婚后的生活——唔，应该说是结婚后第一个月，即使是顶琐细的一衣一饭，我似乎都记得明明白白。”

君实微笑着点头，过去的事也再现在他眼前了。然而接踵来了感伤。难道过去的欢乐就这么永远过去，永远唤不回来么？

“那么，你呢？你觉得——哪些日子顶快活？”

娴娴反问了。她把左手抚摩君实前额的头发，让珍珠手串的短尾巴在君实眉间晃荡。

“我不反对你的话，但是也不能赞成。在我，新结婚的第一年——或照你说，第一月，只是快乐的起点，不是顶点。我想把你造成为一个理想的女子，那时正是我实现我的理想的开端，有很大的希望鼓舞着，但并未达到真正的快乐。”

“我听你说过这些话好几次了。”

娴娴淡淡地插进来说。虽然从前听得了这些话，也是“有很大的希望鼓舞着”，但现在却不乐意听说自己被按照了理想而创造。

“可是你从来没问过我的理想究竟是成功呢抑是失败。娴娴，我的理想是成功的，但是也失败了。莫干山避暑的时候，他的创造刚好成功。娴娴，你记得我们在银铃山瀑布旁边大光石头上的事么？你本来是颇有些拘束的，但那时，我们坐在瀑布旁边，你只穿了件 vest，正和你现在一样。自然这是一件小事，但很可以证明你的创造是完成了，我的理想是实现了。”

君实突然停止，握住了娴娴的臂膊，定着眼睛对她瞧。这位少妇现在脸上热烘烘了；她想起了当时的情形，她转又自怪为什么那时对于此等新奇的刺激并不感得十分的需要。如果在现今呀……

但是君实早又继续说下去了：

“我的理想是实现了，但又立即破碎了！我已经引满了幸福之杯。以前，我们的生活路上，是一片光明，以后是光明和黑暗交织着了。莫干山成了我们生活上的分水岭。从山里回来，你就渐渐改变了。娴娴，你是从那时起，一点一点的改变了。你变成了你自己，不是我所按照理想创造成的你了。我引导你所读的书，在你心里形成了和我个别的见解；我真不知道是怎么一回事，我不相信书里的真理会有两个。娴娴，你是在书本子以外——在我所引导的思想以外，又受了别的影响，可是你破坏了你自己！也把我的理想破坏了！”

君实的脸色变了，又闭了眼；理想的破灭使他十分痛苦，如梦的往事又加重了他的悒闷。

二

君实在二十岁时，满脑子装着未来生活的憧憬。他常常自说，二十岁是他的大纪念日；父亲死在这一年，遗给他一份不算小的财产，和全部的生活的自由。虽然只有二十岁，却没有半点浪漫的气味；父亲在日的谆谆不倦的“庭训”，早把他的青春情绪剥完，成为有计划的实事求是的人。在父亲的灵床边，他就计划如何安排未来的生活；他含了哭父的眼泪，凝视未来的梦。像旅行者计划明日的行程似的，他详详细细的算定了如何实现未来的梦；他要研究各种学问，他要找一个理想的女子做生活中的伴侣，他要游历国内外考察风土人情，他要锻炼遗大投艰的气魄，他要动心忍性，他要在三十五六年富力强意志坚定的时候生一子一女，然后，过了四十岁为祖国为社会为人类服务。

这些理想，虽说是君实自己的，但也不能不感谢他父亲的启示。自从戊戌政变那年落职后，老人家就无意仕进，做了“海上寓公”，专心整理产业，管教儿子。他把满肚子救国强种的经纶都传授了儿子，也把这大担子付托了儿子。他老了，少壮时奔走衣食，不曾定下安身立命的大方针，想起来是很后悔的，所以时常教儿子先须“立身”。他也计划好了儿子将来的路，他也要照自己的理想来创造他的儿子。他只创造了一半，就放手去了。

君实之禀有父亲的创造欲的遗传，也是显然的。当他选择终身的伴侣时，很费了些时间和精神；他本有个“理想的夫人”的图案，他将这图案去校对所有碰在他生活路上的具有候补夫人资格的女子，不知怎的，他总觉得不对——社会还没替他准备好了“理想的夫人”。蹉跎了五六年工夫，亲戚们为他焦虑，朋友们为他搜寻，但是他总不肯决定。后来他的“苛择”成了朋友间的谭助，他们见了君实时，总问他有没有选定，但答案总是摇头。一天，他的一个旧同学又和他谈起了这件事：

“君实，你选择夫人，总也有这么六七年了罢；单就我介绍给你的女子，少说也有两打以上了，难道竟没有一个中意么？”

“中意的是尽有，但合于理想的却没有一个。”

“中意不就是合于理想么？有分别么？倒要听听你的界说了。”

“自然有分别的。”君实微微笑地回答，“中意，不过是也还过得去而已，和理想的，差得很远哪！如果我仅求中意，何至七年而不成。”

“那么，你所谓理想的——不妨说出来给我听听罢？”

旧同学很有兴味地问；他燃着了一支烟卷，架起了腿，等待着君实的高论。

“我所谓理想的，是指她的性情见解在各方面都和我一样。”

君实还是微微笑地说。

“没有别的条件——咳，别的说明了么？”

“没有。就是这简单的一句话。”

旧同学很失望似的看着君实，想不到君实所谓“理想的”，竟是如此简单而且很像不通的。但他转了话头又问：

“性情见解相同的，似乎也不至于竟没有罢；我看来，张女士就和你很配，王女士也不至于和你说不来。为什么你都拒绝了呢？”

“在学问方面讲，张女士很不错；在性情方面讲，王女士是好的。但即使她们俩合而为一，也还不是我的理想。她们都有若干的成见——是的，成见，在学问上在事物上都有的。”

旧同学不得要领似的睁大了惊异的眼。

“我所谓成见，是指她们的偏激的头脑。是的，新女子大都有这毛病。譬如说，行动解放些也是必要的，但她们就流于轻浮放浪了；心胸原要阔大些，但她们又成为专门骛外，不屑注意家庭中为妻为母的责任；旧传统思想自然要不得的，不幸她们大都又新到不知所云。”

“哦——这就难了；但是，也不至于竟没有罢？”

旧同学沉吟地说；他心里却想道：原来理想的，只是这么一个半新不旧的女子！

“可是你不要误会我是宁愿半新不旧的女子。”君实再加以说明，似乎他看见了旧同学的思想。“不是的。我是要全新的，但是不偏不激，不带危险性。”

“那就难了。混乱矛盾的社会，决产生不出这样的女子。”

君实同意地点着头。

“你不如娶一个外国女子罢。”旧同学像发见了新理论似的高声说，“英国女子，大都是合于你的想象的。得了，君实，你可以留意英国女子。你不是想游历欧洲么，就先到伦敦去找去。”

“这原是一条路，然而也不行。没有中国民族性做背景，没有中国五千年文化做遗传的外国女子，也不是我的理想的夫人。”

“呵！君实！你大概只好终身不娶了！或者是等到十年二十年后，那时中国社会或者会清明些，能够产生你的理想的夫人。”

旧同学慨叹似的作结论，意要收束了本问题的讨论；但君实却还收不住，他竖起大拇指霍地在空中画了个半圆形，郑重地说：

“也不然。我现在有了新计划了。我打算找一块璞玉——是的，一块璞玉，由我亲手雕琢而成器。是的，社会既然不替我准备好了理想的夫人，我就来创造一个！”

君实眼中闪着踌躇满志的光，但旧同学却微笑了；创造一个夫人？未免近于笑话罢？然而君实确是这么下了决心了。他早已盘算过：只要一个混沌未凿的女子，只要是生长在不新不旧的家庭中，即使不曾读过书，但得天资聪明，总该可以造就的，即使有些传统的性习，也该容易转化的罢。

又过了一年多，君实居然找得了想象中的璞玉了，就是娴娴，原是他的姨表妹；他的理想的第一步果然实现了。

娴娴是聪明而豪爽，像她的父亲；温和而精细，像她的母亲。她从父亲学通了中文，从母亲学会了管理家务。她有很大的学习能力；无论什么事，一上了手，立刻就学会了。她很能感受环境的影响。她实在是君实所见的一块上好的“璞玉”。在短短的两年内，她就读完了君实所指定的书，对于自然科学、历史、文学、哲学、现代思潮，都有了常识以上的了解。当她和君实游莫干山的时候，在那些避暑的“高等华人”的太太小姐队中，她是个出色的人儿；她的优雅的举止，有教育的谈吐，广阔的知识，清晰的头脑，活泼的性情，都证明她是君实的卓绝的创造品。

虽则如此，在创造的过程中，君实也煞费了苦心。

娴娴最初不喜欢政治，连报纸也不愿意看；自然因为她父亲是风流名士，以政治为浊物，所以娴娴是没有政治头脑的遗传的。君实却素来留心政治，相信人是政治的动物，以为不懂政治的女子便不是理想的完全无缺的女子。他自己读过各家的政治理论，从柏拉图以至浩布士、罗素，甚至于克鲁泡特金、马克思、列宁；然而他的政治观念是中正健全的，合法的。他要在娴娴的头脑里也创造出这么一个政治观念。他对于女子的政治运动的见解，是美国总统罗斯福的“如果大多数女子自己来要求参政权，我就给她们”。英国的已颇激烈的“蓝袜子”的参政权运动，在君实看来是不足取的。

他抱了严父望子成名那样的热心，诱导娴娴读各家的政治理论；他要娴娴留心国际大势，用苦心去记人名地名年月日；他要娴娴每天批评国内的时事，而他加以纠正。经过了三个月的奋斗，他果然把娴娴引上了政治的路。

第二件事使君实极感困难的，是娴娴的乐天达观的性格；不用说，这是名士的父亲的遗传了。并且也是君实所不及料的。娴娴这种性格，直到结婚半年后一个明媚的四月的下午，第一次被君实发见。那一天，他们夫妇俩游龙华，坐在泥路旁的一簇桃树下歇息。娴娴仰起了面孔，接受那些悠悠然飘下来的桃花瓣。那浅红的小圆片落在她的眉间，她的嘴唇旁，她的颈际，——又从衣领的微开处直滑下去，粘在她的乳峰的上端。娴娴觉得这些花瓣的每一个轻妙的接触都像初夜时君实的抚摸，使她心灵震撼，感着甜美的奇趣，似乎大自然的春气已经电化了她身上的每一个细胞，每一条神经纤维，每一枝极细极细的血管，以至于她能够感到最轻的拂触，最弱的声浪，使她记忆起尘封在脑角的每一件最琐屑的事。同时一种神秘的活力在她脑海里翻腾了；有无数的感想滔滔滚滚的涌上来，有一种似甜又似酸的味儿灌满了她的心；她觉得有无数的话要说，但一个字也没有。她只抓住了君实的手，紧紧地握着，似乎这便是她的无声的话语。

从路那边，来了个衣衫褴褛的醉汉，映着酡红的酒脸，耳槽里横捎着一小枝桃花，他踉跄地高歌而来，他愣起了血红的眼睛，对娴娴他们瞥了一眼，然后更提高了嗓子唱着，转向路的西头去了。

“哈，哈，哈哈！”

醉汉狂笑着睨视路角的木偶似的挺立着的哨兵。似乎他说了几句什么话。然后，他的簸荡的身形没入桃林里不见了。

“哈哈，哈，哈，哈……”

远远的还传来了渐曳渐细的笑声，像扯细了的糖丝，袅袅地在空中回旋。娴娴松了口气，把遥瞩的目光从泥路的转角收回来，注在君实的脸上。她的嘴角上浮出一个神秘的忘我的笑形。

“醉汉！神游乎六合之外的醉汉！”娴娴赞颂似的说，“这就是庄子所说的刖足的王骀，没有脚指头的叔山无趾，生大瘤的瓮瓷大瘿，那一类的人罢！……君实，你看见他的眼光么？他的对于一切都感得满足的眼光呀！在他眼前，一切我们所崇拜的，富贵、名誉、威权、美丽，都失了光彩呢。因为他是藐视这一切的，因为他是把贫富、贵贱、智愚、贤不肖、是非、大小，都一律等量齐观的，所以他对于一切都感得那样的满足罢！爸爸常说：醉中始有‘全人’，始有‘真人’，今天我才深切的体认出来了。我们，自以为聪明美丽，真是井蛙之见，我们的精神真是可笑的贫乏而且破碎呵！”

君实惊讶地看着他的夫人，没有回答。

“记得十八岁的时候，爸爸给我讲《庄子》，我听到‘藐姑射仙子’那一段，我神往了；我想起人家称赞我的美丽聪明那些话，我惭愧得什么似的；我是个不堪的浊物罢哩。后来爸爸说，藐姑射仙子不过是庄生的比喻，大概是指‘超乎物外’的元神；可是我仍旧觉得我自己是不堪的浊物。我常常设想，我们对于一切事物的看法，应该像是站在云端里俯瞩下面的景物，一切都是平的，分不出高下来。我曾经试着要持续这个心情，有时竟觉得我确已超出了人间世，夷然忘了我的存在，也忘了人的存在。”

娴娴凝眸望着天空，似乎她看见那象征的藐姑射仙子泠泠然御风而行就在天的那一头。

君实此时正也忙乱地思索着，他此时方才知道娴娴的思想里竟隐伏着乐天达观出世主义的毒。他回想不久以前，娴娴看了西洋哲学上的一元二元的辩论，曾在书眉上写了这么几句：“自其异者视之，肝胆楚越也。自其同者视之，万物皆一也。万物毕同毕异。”这不是庄子的话么？他又记得娴娴看了各派政论家对于“国家机能”的驳难时，曾经笑着对他说：“此一是非，彼亦一是非；都是的，也都不是的。”当时以为她是说笑，现在看来，她是有庄子思想作了底子的；她是以站在云端看“蛮触之争”的心情来看世界的哲学问题政治争论的。君实认定非先扫除娴娴的达观思想不可了。

从那一天起，君实就苦心的诱导娴娴看进化论，看尼采，看唯物派各大家的理论。他鉴于从前把两方面的学说给她看所得的不好的结果，所以只把一方面给她了。虽然唯物主义应用在社会学上是君实自己所反对的，可是为的要医治娴娴的唯心的虚无主义的病，他竟不顾一切地投了唯物论的猛剂了。

这一度改造，君实终于又奏了凯旋。

然而还有一点小节须得君实去完工。不知道为什么，娴娴虽则落落有名士气，然而羞于流露热情。当他们第一次在街上走，娴娴总在离开君实的身体有半尺光景。当在许多人前她的手被君实握着，她总是一阵面红，于是在几分钟之后便借故洒脱了君实的手。她这种旧式女子的娇羞的态度，常常为君实所笑。经过了多方的陶冶，后来娴娴胆大些了，然而君实总还嫌她的举动不甚活泼。并且在闺房之内，她常常是被动的，也使君实感到平淡无味。他是信仰遗传学的，他深恐娴娴的腼腆的性格将来会在子女身上种下了怯弱的根性，所以也用了十二分的热心在娴娴身上做功夫。自然也是有志者事竟成呵，当他们游莫干山时，娴娴已经出落得又活泼又大方，知道了如何在人前对丈夫表示细腻的昵爱了。

现在娴娴是“青出于蓝”。有时反使君实不好意思，以为未免太肉感些，以为她太需要强烈的刺激了。

三

这么着在刹那间追溯了两年来的往事，君实懒懒地倚在床栏上，闷闷的赶不去那两句可悲的话：“你破坏了你自己，也把我的理想破坏了！”二十岁时的美妙的憧憬，现在是隔了浓雾似的愈看愈模糊了。娴娴却先已起身，像小雀儿似的在满房间跳来跳去，嘴里哼着一些什么歌曲。

太阳光已经退到沙发榻的靠背上。和风送来了远远的市嚣声，说明此时至少有九点钟了。两杯牛奶静静的候在方桌上，幽幽然喷出微笑似的热气。衣橱门的大镜子，精神饱满地照出女主人的活泼的倩影。梳妆台的三连镜却似乎有妒意，它以为照映女主人的雪肤应该是属于它的职权范围的。

房内的一切什物，浸浴在五月的晨气中，都是活力弥漫的一排一排的肃静地站着，等候主人的命令。它们似乎也暗暗纳罕着今天男主人的例外的晏起。

床发出低低的叹声，抱怨它的服务时间已经太长久。

然而坠入了幻灭的君实却依旧惘惘然望着帐顶，毫无起身的表示。

“君实，你很倦罢？你想什么？”

娴娴很温柔地问；此时她已经坐在靠左的一只沙发椅里拉一只长筒丝袜到她腿上；羊毛的贴身长背心的下端微微张开，荡漾出肉的热香。

君实苦笑着摇头，没有回答。

“你还在咀嚼我刚才说的话么？是不是我的一句‘是你自己的手破坏了你的理想’使你不高兴么？是不是我的一句‘你召来了魔鬼，但是不能降服他’，使你伤心么？我只随便说了这两句话，想不到更使你烦闷了。喂，傻孩子，不用胡思乱想了！你原来是成功的。我并没走到你的反对方向。我现在走的方向，不就是你所引导的么？也许我确是比你走先了一步了，但我们还是同一方向。”

没有回答。

“我是驯顺的依着你的指示做的。我的思想行动，全受了你的影响。然而你说我又受了别的影响。我自然知道你是指着李小姐。但是，君实，你何必把一切成绩都推在别人身上；你应该骄傲你自己的引导是不错的呀！你剥落了我的乐天达观思想，你引起了我的政治热，我成了现在的我了，但是你倒自己又看出不对来了。哈，君实，傻孩子，你真真的玩了黄道士召鬼的把戏了。黄道士烧符念咒的时候，唯恐鬼不来，等到鬼当真来了，他又怕得什么似的，心里抱怨那鬼太狞恶，不是他的理想的鬼了。”

娴娴扑哧地笑了；虽然看见君实皱起了眉头，已经像是很生气，但她只顾格格地笑着。她把第二只丝袜的长筒也拉上了大腿，随即走到床前，捧住了君实的面孔，很妩媚的说：

“那些话都不用再提了。谁知道明天又会变出什么来呀！君实，明天——不，我应该说下一点钟，下一分钟，下一刹那，也许你变了思想，也许我变了思想，也许你和我都变了，也许我们更离远些，但也许我们倒又接近了。谁知道呢！昨天是那么一回事，今天是另一回事，明天又是一回事，后天怎样？自己还不曾梦到；这就是现在光荣的流行病了。只有，君实，你，还抱住了二十岁时的理想，以为推之四海而皆准，俟之百世而不惑；君实，你简直的有些傻气了。好了，再不要呆头呆脑的痴想罢。过去的，让它过去，永远不要回顾；未来的，等来了时再说，不要空想；我们只抓住了现在，用我们现在的理解，做我们所应该做。君实，好孩子，娴娴和你亲热，和你玩玩罢！”

用了紧急处置的手腕，娴娴又压在君实的身上了。她的绵软而健壮的肉体在他身上揉研，笑声从她的喉间汩汩地泛出来，散在满房，似乎南窗前书桌角的那一叠正襟危坐的书籍也忍不住有些心跳了。

君实却觉得那笑声里含着勉强——含着隐痛，是嗥，是叹，是咒诅。可不是么？一对泪珠忽然从娴娴的美目里迸出来，落在君实的鼻囱边，又顺势淌下，钻进他的口吻。君实像触电似的全身一震，紧紧地抱住了娴娴的腰肢，把嘴巴埋在刚刚侧过去的娴娴的颈脖里了。他感得了又甜又酸又辣的奇味，又爱又恨又怜惜的混合的心情，那只有严父看见败子回头来投到他脚下时的心情，有些相像。

然而这个情绪只现了一刹那，随即另一感想抓住了君实的心：

——这便是女子的所以为神秘么？这便是女子的灵魂所以毕竟成其为脆弱的么？这便是女子之所以成其为 Sentimentalist[①] 么？这便是女子的所以不能发展中正健全的思想而往往流于过或不及么？这便是近代思想给予的所谓兴奋紧张和彷徨苦闷么？这便是现代人的迷乱和矛盾么？这便是动的热的刺激的现代人生下面所隐伏的疲倦，惊悸，和沉闷么？

于是君实更加确信自己的思想是健全正确，而娴娴毁坏了她自己了！为了爱护自己的理想，为了爱娴娴，他必须继续奋斗，在娴娴心灵中奋斗，和那些危险思想，那些徒然给社会以骚动给个人以苦闷的思想争最后之胜利。希望的火花，突又在幻灭的冷灰里爆出来。君实又觉得勇气百倍，如同十年前站在父亲灵床前的时候了。

他本能的斜过眼去看娴娴的脸，娴娴也正在偷偷地看他。

“嘻，嘻……嘻！”

娴娴又软声地笑起来了。她的颊上泛出淡淡的红晕，她的半闭的眼皮边的淡而细，媚而含嗔的笑纹，就如摄魂的符箓，她的肉感的热

① Sentimentalist：英语，意即感伤主义者。

力简直要使君实软化。呵，魅人的怪东西！近代主义的象征！即使是君实，也不免摇摇的有些把握不定了。可是理性逼迫他离开这个娇冶的诱惑，经验又告诉他这是娴娴躲避他的唠叨的惯技。要这样容易的就蒙过了他是不可能的。他在那喷红的嫩颊上印了个吻，就镇定地说：

“娴娴，你的话，正像你的思想和行动：只知其一，未知其二。我们鼓励小孩子活泼，但并不希望他们爬到大人的头发梢。小孩子玩着一件事，非到哭散场不休；他们是没有忖量的，不知道什么叫作适可而止。娴娴，可是你的性格近来愈加小孩子化了。我导引你留心政治，但并不以为当即可以钻进实际政治——而况又是不健全不合法的政治运动。比如现在大家都说‘全民政治’，但何尝当真想把政治立即全民化呢，无非使大家先知道有这么一句话而已。听的人如果认真就要起来，那便是胡闹了。娴娴，可是你近来就有点近于那样的胡闹。你不知道你是多么的幼稚，你不知道你已经身临险地了。今天早上我就做了一个可怕的梦——关于你的梦……”

君实不得不停止了；娴娴的忍俊不住的连续的小声地笑，使他说不下去，他疑问地又有几分不快地，看着娴娴的眼睛。

“你讲下去呐。”

娴娴忍住了笑说；但从她的乳房的细微的颤动，可以知道她还在无声地笑着。

“我先要晓得你为什么笑？”

“没有什么哟！关于小孩子的——既然你认真要听，说说也不妨。我听了你的话，就联想到满足小孩子的欲望的方法了。对八岁大的孩子说‘好孩子，等你到了十岁，一定买那东西来给你。’可是对十岁大的孩子又说是须得到十一岁了。永久是预约，永久是明年，直到孩子大了，不再要了，也就没有事了。君实，——对不对？”

君实不很愿意似的点了点头。他仿佛觉得夫人的话里有刺。

“你的梦一定是很好听的，但一定也是很长的，和你的生活一般长。留着罢，今晚上细细讲罢。你看，钟上已经是九点二十分。我还没洗脸呢。十点钟又有事。”

不等君实开口，像一阵风似的，这位活泼的少妇从君实的拥抱中滑了出来；她的长背心也倒卷上去了，露出神秘的肉红色，恰和霍地坐起来的君实打了个照面。娴娴来不及扯平衣服，就同影子一般引了开去。君实看见她跑进了梳妆台侧的小门，砰的一声，将门碰上。

君实嗒然走到娴娴的书桌前坐下，随手翻弄那些纵横斜乱的杂志。娴娴的兀突的举动，使他十分难受。他猜不透娴娴究竟存了什么心。说她是不顾一切地要实行她目前的主张罢，似乎不很像，她还不能摆脱旧习惯，她究竟还是奢侈娇贵的少奶奶；说她是心安理得的乐于她的所谓活动罢，也似乎不像，她在动定后的刹那间时常流露了心中的彷徨和焦灼，例如刚才她虽则很洒脱地说：“过去的，让它过去罢；未来的，不要空想；我们只抓住了现在，用我们现在的理解，做我们所应该做。”然而她狂笑时有隐痛，并且无端的滴了眼泪了。他更猜不透娴娴对于他的态度。说她是有些异样罢，她仍旧和他很亲热很温婉；说她是没有异样罢，她至少是已经不愿意君实去过问她的事，并且不耐烦听君实的批评了。甚至于刚才不愿意听君实讲关于她的梦。

——呵，神秘的女子的心！君实不自觉地又这么想。

神秘？他想来是不错的，女子是神秘的，而娴娴尤甚：她的构成，本来是复杂的。他于是细细分析现在的娴娴，再考察娴娴被创造的过程。

久被尘封的记忆，一件一件浮现出来；散乱的不连续的观念，一点一点凝结起来；他终于不得不承认，他的所谓创造，只是破坏。并且他所用以破坏的手段却就在娴娴的脑子里生了根。他破坏了娴娴的乐天达观思想，可是唯物主义代替着进去了；他破坏了娴娴的厌恶政治的名士气味，可是偏激的政治思想又立即盘踞着不肯出来；他破坏了娴娴的娇羞娴静的习惯，可是肉感的，要求强烈刺激的习惯又同时养成了。至于他自己的思想却似乎始终不曾和娴娴的脑筋发生过关系。娴娴的确善于感受外来的影响，但是他自己的思想对于娴娴却是一丝一毫的影响都没有。往常他自以为创造成功，原来只骗了自己！他自始就失败了，何曾有过成功的一瞬。他还以为莫干山避暑时代是创造娴娴的成功期，咳，简直是梦话而已！几年来他的劳力都是白费的！

他又想起刚才娴娴说的“你自己的手破坏了自己的理想”那句话来了。他不得不承认这句话是对的。他觉得实在错怪了李小姐。

他恨自己为什么那样糊涂！他，自以为有计划去实现他的憧憬的，而今却发现出来他实在是有计划去破坏自己的憧憬；他煞费苦心自以为按照了自己的理想而创造的，而今却发现出来完全不是那么一回事！

——迷乱矛盾的社会，断乎产生不出那样的人。

旧同学的这句话闪上他的心头了。他恨这社会！就是这迷乱矛盾的社会破坏了他的理想的！可不是么？在迷乱矛盾的空气中，什么事都做不好的。他真真的绝望了！

霍浪霍浪的水声从梳妆台侧的小门后传出来，说明那漂亮聪明的少妇正在那里洗浴了。

君实下意识地转过脸去望着那个小门，水声暂时打断了他的思绪。忽然衣橱门的大镜子里探出一个人头来。君实急转眼看房门时，见那门推开了一条缝，王妈的头正退出一半；她看见房里只有君实不衫不履呆呆地坐着，心下明白现在还不是她进来的时候。

突然一个新理想撞上君实的心了。

为什么他要绝望呢？虽说是迷乱矛盾的社会产生不出中正健全思

想的人，但是他自己，岂不是也住在这社会么？他为什么竟产生了呢？可知社会对于个人的势力，不是绝对的。

为什么他要丧失自信心呢！虽说是两年来他的苦心是白费，但反过来看，岂不是因为他一向只在娴娴身上做破坏工作，却忽略了把自己的思想灌输给她，所以娴娴成其为现在的娴娴么？只要他从此以后专力于介绍自己所认为健全的思想，难道不能第二次改变娴娴，把她赢回来么？一定的！从前为要扫除娴娴的乐天达观名士气派的积滞，所以冒险用了破坏性极强的大黄巴豆，弄成了娴娴现在的昏瞀邪乱的神气，目下正好用温和健全的思想来扶养她的元气。希望呀！人生是到处充满着希望的哪！只要能够认明已往的过误，"希望"是不骗人的！

现在君实的乐观，是最近半个月来少有的了；而且这乐观的心绪，也使他能够平心静气地检查自己近来对于娴娴的态度，他觉得自己的冷讽办法很不对，徒然增加娴娴的反感；他又觉得自己近来似乎有激而然的过于保守的思想也不大好，徒然使娴娴认为丈夫是当真一天一天退步，他又觉得一向因为负气，故意拒绝参加娴娴所去的地方，也是错误的，他应该和她同去，然后冷静公正地下批评；促起娴娴的反省。

愈想愈觉得有把握似的，君实不时望着浴室的小门；新计划已经审慎周详，只待娴娴出来，立即可以开始实验了。他像考生等候题纸似的，很焦灼，但又很鼓舞。

房门又轻轻地被推开了。王妈慢慢地探进头来，乌溜溜的眼睛在房里打了个圈子。然后，她轻轻地走进来，抱了沙发榻上的一团女衣，又轻轻地去了。

君实还在继续他的有味的沉思。娴娴刚才说过的话，也被他唤起来重新估定价值了。当时被忽略的两句，现在跳出来要求注意：

——我现在走的方向，不就是你所引导的么？也许是我先走了一步，但我们还是同一方向。

君实推敲那句“走先了一步”。他以为从这一句看来，似乎娴娴自己倒承认确是受过他的影响，跟着他走，仅仅是现在轶出他的范围罢了。他猛然又记起谁——大概是李小姐罢——也说过同样意义的话，仿佛说他本是娴娴的引导，但现在他觉得乏了，在半路上停息下来，而被引导的娴娴便自己上前了。当真是这般的么？自信很深的君实不肯承认。他绝对自信他不是中道而废的软背脊的人儿。他想：如果自己的思想而确可以算作执中之道呢，那也无非因为他曾经到过道的极端，看着觉得有点不对，所以又回来了；然而无论如何，娴娴的受过他的影响，却又像是可信了，她自己和她的密友都承认了。可是他方才的推论，反倒以为全然没有呢，反倒以为从前是用了别人的虎狼之药来破坏了固有的娴娴，而现在须得他从头做起了。

他实实在在迷住了：他觉得自己的推论很对，但也没有理由推翻娴娴的自白。虽则刚才的乐观心绪尚在支撑他，但不免有点彷徨了。他自己策励自己说：“这个谜，总得先揭破；不然，以后的工作，无从下手。”然而他的苦思已久的发胀的头脑已不能给他一些新的烟士披里纯[①]了。

房门又开了。王妈第二次进来，怪模怪样的在房里张望了一会；后来走到梳妆台边，抽开一个小抽屉。拿了娴娴的一双黄皮鞋出去了。

君实下意识地看着王妈进来，又看着她出去；他的眼光定定地落在房门上半晌，然后又收回来。在娴娴的书桌上徘徊。终于那象牙小兔子邀住了君实的眼光。他随手拿起那兔子来，发见了“丈夫”二字被刀刮过的秘密了。但是他倒也不以为奇。他记得娴娴发过议论，以为“丈夫”二字太富于传统思想的臭味，提到“丈夫”，总不免令人联想到“夫者天也”等等话头，所以应该改称“爱人”——却不料这里

① 烟士披里纯：英语，inspiration 的音译。意即灵感。

的两个字也在避讳之列！他不禁微笑了，以为娴娴太稚气。于是他想起娴娴为什么还不出来。他觉得已经过了不少时候，并且似乎好久不听得霍浪霍浪的水声了。他注意听，果然没有；异常寂静。竟像是娴娴已经睡着在浴室里了。

君实走到梳妆台旁的时候，愈加确定娴娴准是睡着在浴盆里了。他刚要旋转那小门的瓷柄，门忽然自己开了。一个人捧了一大堆毛巾浴衣走出来。

不是娴娴，却是王妈！

"是你……呀！"

君实惊呼了出来。但他立即明白了：浴室通到外房的门也开得直荡荡，娴娴从这里下楼去了。她，夫人——就是爱人也罢，却像暴徒逃避了侦探的尾随一般，竟通过浴室躲开了！他这才明白王妈两次进来取娴娴的衣服和皮鞋的背景了。他觉得娴娴太会和他开玩笑！

"少奶奶早已洗好了。叫我收拾浴盆。"

王妈看着君实的不快意的面孔，加以说明。

君实只觉得耳朵里的血管轰轰地跳。王妈的话，他是听而不闻。他想起早晨不祥之梦里的情形。他嗅得了厄运的气味。他的泛泡沫的情热，突然冷了；他的尊严的自许，受伤了；而他的跳得更快的心，在敲着警钟。

"少奶奶在楼下么！"

便是王妈也听得出这问句的不自然的音调了。

"出去了。她叫我对少爷说，她先走了一步了，请少爷赶上去罢。——少奶奶还说，倘使少爷不赶上去，她也不等候了。"

"哦——"

这是一分多钟后，君实喉间发出来的滞涩的声浪。小小的象牙兔子又闯入他的意识界，一点一点放大了，直到成为人形，傲慢地斜起了红眼睛对他瞧。他恍惚以为就是娴娴。终于连红眼睛也没有了，只有白肚皮上“丈夫”的刀刮痕更清晰地在他面前摇晃。

大鼻子的故事

一

在“大上海”的三百万人口中,我们这里的主角算是“最低贱”的。

我们有时瞥见他偷偷地溜进了三层楼“新式卫生设备”的什么“坊”什么“村”的乌油大铁门，爬在水泥的大垃圾箱旁边，和野狗们一同，掏摸那水泥箱里的发霉的“宝贝”。他会和野狗抢一块肉骨头，抢到手时细看一下，觉得那沾满了尘土的骨头上实在一无可取，也只好丢还给本领比他高强的野狗。偶然他捡得一只烂苹果或是半截老萝卜，——那是野狗们嗅了一嗅掉头不顾的，那他就要快活得连他的瘦黑指头都有点发抖。他一边吃，一边就更加勇敢地挤在狗群中到那水泥箱里去掏摸，他也像狗们似的伏在地上，他那瘦黑的小脸儿竟会钻进水泥箱下边的小门里去。也许他会看见水泥箱里边有什么发亮的东西，——约莫是一个旧酒瓶或是少爷小姐们弄坏了的玩具，那他就连肚子饿也暂时忘记,他伸长了小臂膊去抓着掏着,恨不得连身子都钻进水泥箱去。可是，往往在这当儿，他的屁股上就吃了粗牛皮靴的重重的一脚：凭经验，他知道这一脚是这“村”或“坊”的管门巡捕赏给他的。于是他只好和那些尾巴夹在屁股间的野狗们一同，悄悄逃出那乌油大铁门，再到别地方进行他的“冒险”事业。

有时他的运气来了，他居然能够避过管门巡捕的眼睛，趸到三层楼“新式卫生设备”的一家的后门口，而又凑巧那家的后门开着，烧饭娘姨正在把隔夜的残羹冷饭倒进“泔脚桶”去，那时他可要开口了；他的声音是低弱到听不明白的，——听不明白也不要紧，反正那烧饭娘姨懂得他的要求，这时候，他或者得半碗酸粥，或者只得一个白眼，或者竟是一句同情的然而于他毫无益处的话语：“去，不能给你！泔脚是有人出钱包了去的！”

以上这些事，大概发生在每天清早，少爷小姐们还睡在香喷喷的被窝里的时候。

这以后，我们也许会在繁华的街角看见他跟在大肚子的绅士和水蛇腰长旗袍高跟鞋的太太们的背后，用发抖的声音低唤着“老爷、太太，发好心呀”。

在横跨苏州河的水泥钢骨的大洋桥脚下，也许我们又看见他忽然像一匹老鼠从人堆里钻出来，蹿到一辆正在上桥的黄包车旁边，帮着车夫拉上桥去；他一边拉，一边向坐车的哀告：“老爷，（或是太太，……）发发好心！”这是他在用劳力换取食粮了，然而他得到的至多是一个铜子，或者简直没有。

他这样的“出卖劳力”，也是一种“冒险生意”。巡捕见了，会用棍子教训他。有时巡捕倒会“发好心”，装作不见，可是在桥的两端有和他同样境遇然而年纪比他大，资格比他老的同业们，却毫不通融，会骂他，打他，不许他有这样“出卖劳力”的自由！

就是这样的“冒险生意”也有人分了地盘在“包办”，而且他们又各有后台老板，不是随便可以自由营业的。

但是我们这位主角也有极得意的时候。

这，通常是在繁华的马路上耀亮着红绿的“霓虹灯”，而僻静的小巷里却只有巷口一盏路灯的冷光的时候。我们的主角，这时候，也许机缘凑巧，联合了五六个乃至十来个和他年纪相仿的同志，守在这僻静的小巷里。于是守着守着，巷口会发现了一副饭担子，也是不过十二三岁的一个孩子挑着，是从什么小商店里回来的。这是一副吃过的饭担子了，前面的竹篮里也许只有些还剩得薄薄一层油水的空碗空碟子，后面的紫铜饭桶里也许只有不够一人满足的冷饭，但是也许运气好，碗里和碟里居然还有呷得起的油汤或是几根骨头几片癞菜叶，桶里的冷饭居然还够喂一条壮健的狗；那时候，因为优势是在我们的主角和他的同志这边，挑空饭担的孩子照例是无抵抗的。我们的主角就此得了部分的满足，舐过了油腻的碟子以后，呼啸而去。

然而我们这位主角的“家常便饭”终究还是挨骂，挨棍子，挨皮靴；他的生活比野狗的还艰难些。

二

在“大上海”的三百万人口中，像我们这里的主角那样的孩子究竟有多少，我们是不知道的。

反过来说，在“大上海”的三百万人口中，究竟有多少孩子睡在香喷喷的被窝而且他们的玩厌了弄坏了的玩具丢在垃圾箱里引得我们的主角爬进去掏摸，因此吃了管门巡捕的一脚的，我们也不大晓得。或者两方面的数目差得不多罢，或者睡香喷喷的被窝的，数目少些，我们也暂且不管。

可是我们却有凭有据的晓得：在“大上海”的三百万人口当中，大概有三十万到四十万的跟我们的主角差不多年纪的孩子，在丝厂里，火柴厂里，电灯泡厂里，以及其他各式各样的工厂里，从早上六点钟到下午六点钟让机器吮吸他们的血！是他们的血，说一句不算怎么过分的话，养活了睡香喷喷被窝的孩子们以及他们的爸爸妈妈的。

我们的主角也曾在电灯泡厂或别的什么厂的大门外看见那些工作得像人腊似的孩子们慢慢地走出来。那时候，如果他的肚子正在咕咕地叫，他是羡慕他们的，他知道他们这一出来，至少有个“家”（即使是草棚）可归，至少有大饼可咬，而且至少能够在一个叫作屋顶的下面睡到明天清早五点钟。

他当然想不到眼前他所羡慕的小朋友们过不了几年就会被机器吮吸得再不适用，于是被吐了出来，掷在街头，于是就连和野狗抢肉骨头的本领也没有，就连“拉黄牛”过桥的力气也没有，就连……不过，这方面的事，我们还是少说些罢，我们还是回到我们的主角身上。

他不是生下来就没有“家”的。怎样的一个“家”,他已经记不明白。他只模糊记得：那一年忽然上海打起仗来，“大铁鸟”在半空里撒下无数的炸弹,有些落在高房子上,然而更多的却落在他“家”所在的贫民窟，于是他就没有“家”了。

同时他亦没有爸爸和妈妈了。怎样没有了的，他也不知道；爸爸妈妈是怎样个面目，现在他也记不清了，那时他只有七八岁光景，实在太小一点；而且爸爸妈妈在日，他也不曾看清过他们的面目。天还黑的时候他们就出去，天又黑了他们才回来，他们也是喂什么机器的。

不过，他有过爸爸妈妈，而且怎样他变成没有爸爸妈妈，而且是谁夺了他的爸爸妈妈去，他是永久不能忘记的。他又明白记得：没有了爸爸妈妈以后，他夹在一大群的老婆子和孩子们中间被送进了一个地方，倒也有点薄粥或是发霉的大饼吃。约莫过了半年，忽然有一天一位体面先生叫他们一伙儿到一间屋子里去一个一个问，问到他的时候，他记得是这样的：

“你有家么？”

他摇头。

“你有亲戚么？”

他又摇头。

于是那位体面先生也摇了摇头。用一支铅笔在一张纸上画一笔，就叫着另外一个号头了。

这以后，不多几天，他就糊里糊涂被掷在街头了，他也糊里糊涂和别的同样情形的孩子们做伴，有时大家很要好，有时也打架，他也和野狗做伴，也和野狗打架；这样居然拖过了几年，他也惯了，他莽莽漠漠只觉得像他这样的人大概是总得这样活过去的。

三

照上面所说，我们这里的主角的生活似乎颇不平凡然而又实在平凡得很。他天天有些“冒险”经历，然而他这样的“冒险”经历连搜奇好异的“本埠新闻”版的外勤记者也觉得不够新闻资格呢。

好罢，那么，我们总得从他的不平凡而又平凡的生活中挑出一件“奇遇”来开始。

何年何月何日弄不清楚，总之是一个不冷不热没有太阳也没刮风也没下雨的好日子。

这一天之所以配称为他生活史上的“奇遇”，因为有这么一回事。

大约是午后两点钟光景，他蹲在一个“公共茅厕”的墙脚边打瞌睡。这是他的地盘，是他发见，而且曾经流了血来确定了他的所有权的。提到他这发见，倒也有一段小小的历史，那是很久的事了，他第一次看见这漂亮的公共茅厕就觉得诧异：这小小的盖造得颇讲究的房子到底是“人家”呢，还是“公司”？那时正有一位大肚子穿黑长衫的走了进去，接着又是一位腰眼里挂着手枪的巡捕，接着又是一位洋装先生，——嘿，都是阔人，都是随时有权力在他身上踢一脚的阔人，他就不敢走近去。他断定这小屋子至少也是“写字间”了，不免肃然起敬。然而忽然他又看见从另一门里走出一个女人来，却不像阔人们的女人。接着又有一个和他差不多的孩子也进去了,这可使得他大大不平，而且也胆壮起来了，他偷偷地踅近些一看，这才恍然大悟：原来那些阔人们进去办的是那么一桩“公”事！他觉得被欺骗了，被冤枉地吓一下了，他便要报仇；他首先是想进去也撒他妈的一泡尿，然而蓦地又见新进去一人把一个铜子给了门口的老婆子，他又立即猜想到中间一定还有“过门”，不可冒昧，便改变方针，只朝那小屋子重重吐一口唾沫，同时拣定门边不远的墙脚蹲了下去,算是给这骇了他的小屋子一种侮辱。

那时，他并没有把这公共茅厕的墙脚作为他的地盘的意思。然而先前进去的和他差不多的那个孩子这当儿出来了，忽然也蹲到他身边，也像他那样背靠着墙,伸长两条腿,摆成一个“八”字。他又大大的不平。

“嗨！哪里来的小乌龟！”他自言自语地骂起来。

“骂谁？小瘪三！”那一个也不肯示弱。

于是就扭打起来了。本来两方是势均力敌的，但不知怎的，他的脑袋撞在墙壁上，见了红，那一个觉得已经闯祸，而且也许觉得已经胜利，便一溜烟逃走。只留下我们的主角，从此就成为这公共茅厕墙脚的占有人。

现在呢,他对于这公共茅厕的“知识”,早已“毕业”了;他和那“管门”的老婆子也居然好像有点“交情”。现在，当这不冷不热又没太阳又不下雨刮风的好日子，他蹲在他的地盘上，打着瞌睡，似乎很满意。

这当儿，公共茅厕也不是“闹汛”，那老婆子扭动着她的扁嘴，似乎在咀嚼什么东西。她忽然咀嚼出说话来了，是对墙脚地盘的“领主”：

“喂，喂，大鼻子！你来代我管一管，我一会儿就回来的。”

什么？大鼻子！谁是大鼻子？打瞌睡的他抬起头来朝四面看一下，想不到是唤他自己，然而那老婆子又叫过来了：

“代我管一管罢，大鼻子；我一会儿就回来。谢谢你！”

他明白“大鼻子”就是他了，就老大不高兴。他的爸爸妈妈还在的时候，他有过一个极体面的名字，他自己也叫得出来；可是自从做了街头流浪儿以后，他就没有一定的名字。最初，他也曾把爸妈叫他的名字告诉了要好的伙伴，不料伙伴们都说“不顺口”，还是瞎七瞎八乱叫一阵，后来他就连自己也忘记了他的本名。然而，伙伴们却从没叫过他“大鼻子”。他的鼻子也许比别人的大一些，可是并没大到惹人注意。他和他的伙伴对于名字是有一种“信条”的：凡是自己身体上的特点被人取作名字，他们便觉得是侮辱。例如他们中间有一个叫作小毛的癞痢孩子，他们有时和他过不去，便叫他“癞痢”。

因此，他忽然听得那老婆子叫他“大鼻子”，他就老大不高兴，然而不高兴中间又有点高兴，因为从来没有谁把他当一个人托付他什么事情。

“代你管管么？好！可是你得赶快回来呢！我也还有事情。”

他一边说，一边就装出“忙人”的样子来，伸个懒腰站起了身子。

老太婆把一叠草纸交给他，就走了。但是走不了几步，又回头来叫道：

“二十五张草纸，二十五张，大鼻子！”

“嘿嘿，那我倒要数一数。”

他头也不抬地回答，一边当真就数那一叠草纸。

过不了十分钟，他就觉得厌倦了。往常他毫无目的毫不“负责”地站在一个街角或蹲在什么路旁，不但是十分钟就是半点钟他也不会厌倦，可是现在他却在心里想道：

“他妈的，老太婆害人！带住了我的脚了！走他妈的！”

他感到负责任的不自由，正想站起来走，忽然有人进来了，噗的一声，丢下一个铜子。

从手里递出一张草纸去的时候，“大鼻子”就感到一种新鲜的趣味。他居然“做买卖”了，而且颇像有点威权；没有他的一张草纸，谁也不能进去办他的“公”事。

他很正经地把那个铜子摆在那一叠草纸旁边，又很正经地将草纸弄整齐起来。

似乎公共茅厕也有一定的时间是“闹市”，而现在呢，正是适当其时了。各色人等连串地进来，铜子噗噗地接连丢在那放草纸的纸匣里，顷刻之间就有五六枚之多。这位代理人倒有点手忙脚乱了。一则，“做买卖”他到底还是生手；二则，他从来不曾保有过那么多的铜子。

他乘空儿把铜子叠起来。叠到第四个时，他望了望已经叠好的三个，又将手里的一个掂掂分量，似乎很不忍和它分手。可是他到底叠在那第三个上面，接着又叠上第五第六个去。

还是有人接连着进来。终于铜子数目增加到十二。这是最高的纪录了。以后，这位代理人便又清闲了。

十二个铜子呢！寸把高的一个铜柱子。像捉得了老鼠的猫儿似的，不住手地搬弄这根铜柱子，他掐断了一半，托在手掌里轻轻掂了几下，又还过一个去，然后那手——自然连铜子！——便往他的破短衫的口袋边靠近起来了。然而，蓦地他又——像猫儿噙住了老鼠的半个身子却又吐了出来似的，把手里的铜子叠在纸匣里的铜子上面，依然成为寸把高的铜柱子。

第二次再把铜柱掐断，却不托在手掌里掂几掂了，只是简洁老练地移近他的破口袋去。手在口袋边，可又停住了，他的眼光却射住了纸匣里的几个铜子；如果不是那老太婆正在这当口回来，说不定他还要吐出来一次。

“啊，老太婆，回来了么？”

他稍稍带点意外的惊异说，同时他那捏着铜子的手便渐渐插进了衣袋里。

老太婆走得上气不接下气似的，只把扁嘴扭了几扭，她的眼光已经落在那一叠减少了的草纸以及压在草纸上面的铜子。

“你看！管得好不好？明天你总得谢谢我呢！”

他说着，睒了一下眼睛，站起来就走。

走了几步，他又回头来看时，那老婆子数过了铜子，正在数草纸。于是他便想到赶快溜，却又觉得不必溜。他高声叫道：

“老太婆！风吹了几张草纸到尿坑里去了！你去拾了来晒干，还好用的！”

老婆子也终于核算出铜子数目和草纸减少的数目不对，她很费力地扭动着扁嘴说道：

“不老实，大鼻子！”

“怪得我？风吹了去的！”

他生气似的回答，转身便跑。然而跑得不多几步又转身擎起一个拳头来叫道：

“老太婆！猜一猜，什么东西？猜着了就是你的。哈哈哈！”

他一边笑，一边就飞快地跑过了一条马路。

四

我们这位主角终于由跑步变为慢步了，手在衣袋里数弄着那些铜子。

一共是五枚。同时手里有五个铜子，在他确是第一次。他觉得这是一笔不小的财产了，可以派许多正用。他走得更慢了，肚子里在盘算："弄点什么来修修肚脏庙罢？"然而他又想买一颗糖来尝尝滋味。对于装饱肚子这一问题，他和他的伙伴们是另有一番见解的；大凡可以用讨乞或者比讨乞强硬的手段（例如在冷巷里拦住了一副吃过的饭担子）弄得到的东西，就不应该花钱去买；花钱去买的，就是傻子！

至于糖呢，可就不同了。向人家讨一粒糖，准得吃一记耳光，而且空饭担里也绝不会有一粒糖的。现在我们的主角手里有了五个铜子，就转念到糖一类的东西上了。特别是因为他一次吃过半粒糖，所以糖的引诱力非常大。

他终于站住了。在一个不大干净的弄堂口，有三四个小孩子（其中也有比他高明不了多少的）围住一个摊子。这却不是卖糖，而是出租"小书"（连环图画故事）的"街头图书馆"。

对于这一类的"小书"，我们的主角也早已有过非分之想的。他曾经躲在人家的背后偷偷地张过几眼，然而往往总是他正看得有点懂了，人家就嗤的一声翻了过去。这回他可要自己租几本来享受个满足了。

"一个铜子租二十本罢？当场看过还你。"

他装出极老练的样子来，对那摆摊子的人说。

那位"街头图书馆馆长"朝他睄了一眼，就轻声喝道：

"小瘪三！走你的！"

"什么！开口骂人！我有铜子，你看！"

他将手掌摊开来，果然有五个铜子，汗渍得亮晶晶。

书摊子的人伸手就想抓过那五个铜子去，一面说：

“一个铜子看五本，五个铜子，便宜些，看三十本。”

“不成不成！十五本！喂，十五本还不肯？”

他将铜子放回衣袋去，一面忙着偷看别人手里的“小书”。

成交的数目是十本。他只付了两个铜子，拣了二十本，都是道士放飞剑，有使刀的女人的。

他不认识“小书”上面的字，但是他会照了自己的意思去解释“小书”里的图画。那些图画本来是“连环故事”，然而因为画手不大高明，他又不认识字，所以前后两幅画的故事他往往接不起笋来。

可是他还是耐心地看下去。

有一幅画是几个凶相的男子（中间也有道士）围住了一个女子和一个小孩子打架。半空中还有一把飞剑向那女的和那孩子刺去。飞剑之类，他本来佩服得很，然而这里的飞剑却使他起了恶感。

“妈的！打落水狗，不算好汉！”

他轻声骂着，就翻过一页。这新一页上仍旧是那女人和孩子，可是已经打败了，正要逃到一个树林里去，另外那几个凶相的男子和半空中那把飞剑在后追赶。他有点替那女人和孩子着急。赶快再看第二页。还好，那女人在树林边反身抵抗那些“追兵”了。然而此时图画里又加添出一个和尚，也拿着刀，正从远处跑来，似乎要加入“战团”。

“和尚来帮谁呢？”他心焦地想着，就再翻过一页。他觉得那和尚如果是好和尚一定要帮那女人和小孩子，他要是自己在场一定也帮女人和小孩子的。然而翻过来的一页虽然仍旧画着那一班人，却已经不打架了，他们站在那里像是说话，和尚也在内。

如果他识字，他一定可以知道那班人讲些什么，并且也可以知道那和尚到底帮谁，因为和尚的嘴里明明喷出两道线，而且线里写着一些字，——这是和尚在说话。

他闷闷地再看下面一幅画，可是仍旧看不出道理来。打架确是告一结束了，这回是轮到那女人嘴里喷出两道线，而且线里也有字。

再下一幅图仍有那女人和孩子，其余的一些人（凶相的男子们，道士，连和尚），都已经不见；并且也不是在树林边，而是在房子里了，女人手里也没有刀，她坐在床前，低着头，似乎很疲倦，又似乎在想心事；孩子站在她跟前，孩子的嘴里也喷出两道线，线里照例有一些可恨的方块字。

这可叫他摸不着头脑了。他不满意那画图的人："要紧关口，他就画不出来，只弄些字眼来搪塞。"他又觉得那女人和孩子未免不中用，怎么就躲到家里去了。然而他又庆幸那女人和孩子终于能够平安回到了家——他猜想他们本来就是要回家去。

总而言之，对于这"来历不明"的女人和孩子，他很关心，他断定他们一定是好人。他热心地要知道他们后来怎样，他单拣那些画着这女人和这孩子的画儿仔细看。有时他们又在和别人打架了，他就由着自己的意思解释起来，并且和前面的故事连串起来。不多一会儿，二十本"小书"已经翻完。

"喂，拿回去，二十本！还有么，讲女人和孩子的？"

他朝那书摊子的人说，同时扪着自己的肚子；这肚子现在轻轻地在叫了。

书摊子的人一面招呼着另一个"小读者"，一面随手取了一套封面上画着个女人的"小书"给了我们的主角。

然而这个"女人"不是先前那个"女人"了，从她的装束上就看得出来。她不拿刀，也不使枪，可是她在书里好像"势头"大得很，到处摆架子。

我们的主角匆匆翻了一遍，老大不高兴；蓦地他又想起这一套新的“小书”还没付租钱，便赶快叠齐了还给那书摊子的人，很大方地说一声“不好看”，就打算走了。

“钱呢？”书摊子的人说，查点着那一套书的数目，“也算你两个铜子罢！”

“什么，看看货色对不对，也要钱么？”

“你没有先说是看样子，你没有罢？看样子，只好看一本，你刚才是看了一套呢！不要多赖，两个铜子！”

“谁赖你的！谁……”我们的主角有点窘了，却越想越舍不得两个铜子，“那么，挂在账上，明天——”

“知道你是哪里来的杂种；不挂账。”

“连我也不认识么？我是大鼻子。你去问那边管公坑的老太婆，她也晓得！”

一边说，一边就跑，我们的主角在这种事情上往往有他的特别方法的。

他保全了两个铜子，然而他也承认了自己是“大鼻子”了。他觉得就叫作“大鼻子”也不坏，因为在他和他的伙伴中间，“鼻子”，也算身体上名贵的部分，他们要表示自己是一条“好汉”的时候总指自己的“鼻子”，可不是？

五

我们的主角，——不，既然他自己也愿意，我们就称他为“大鼻子”罢，也还有些更出色的事业。

照例是无从查考出何年何月何日，总之是离开上面讲过的“奇遇”

很久了，也许已经隔开一个年头，而且是一个忽而下雨忽而出太阳的闷热天。

是大家正要吃午饭的时候，马路上人很多。我们的“大鼻子”站在一个很妥当的地点，猫一样的窥伺着“幸福的”人们，想要趁便也沾点“幸福”。

他忽然轻轻一跳，就跟在一对漂亮的青年男女的背后，用了低弱的声音求告道：“好小姐，好少爷，给一个铜子。”凭经验，他知道只要有耐心跟得时候多了，往往可以有所得的。他又知道，在这种场合，如果那女的噘起嘴唇似嗔非嗔地说一句“讨厌，小瘪三”，那男的就会摸出一个铜子或者竟是两个，来买得耳根的清静，——也就是买得那女人的高兴。

可是这一次跟走了好远一段路，却还不见效果。这一男一女手臂挽着手臂，一路走着，自顾咬耳朵说话。

他们又转弯了。那马路的转角上有一个巡捕。大鼻子只好站住了，让那一对儿去了一大段，这才他自己不慌不忙在巡捕面前踱过。

过了这一道关口，他赶快寻觅他的目的物，不幸得很，相离已经太远，他未必追得上。然而也还不至于失望，因为这一对儿远远站在那里不动了。

大鼻子立刻用了跑步。他也看清了另外有一个女人正在和那一对儿讲话。忽然两个女的争执起来，扭打起来了，那男的急得团团转，夹在中间，劝劝这个，又劝劝那个。大鼻子跑到了他们近旁时，已经有好几个闲人围住了他们乱出主意了。忽然有一个小小的纸袋（那是讲究的店铺子装着十来个铜子做找头的），落在地下了，只有大鼻子看到。他立刻“当仁不让”地拾了起来，很坚决地往口袋里一放，就从人层的大腿间钻出去，吹着口笛走到对面的马路上。

逢到这样的机会，大鼻子常常是勇敢的。他就差的还没学会怎样到人家口袋里去挖。

逢到这样的机会，他又是十分坚决的，如果从前他“揩油”了管公共茅厕的那个老婆子的五个铜子，——这一项“奇遇”的当时，他颇显得优柔寡断，那亦不是因为那时还“幼稚”，而是因为他不肯不顾信用：人家当他朋友似的托付他的，他倒不好意思全盘没收。

六

天气暖和时，大鼻子很可以到处为“家”。像他这样的人很有点古怪：白天，我们在马路上几乎时时会碰见他，但晚上他睡在什么地方，我们却难得看见。不过他到晚上一定还是在这“大上海”的地面，而不会飞上天去，那是可以断言的。

也许他会像老鼠一样有个“地下”的“家”罢？作者未曾调查过，相应作为悬案。

然而作者可以负责声明：大鼻子的许多无定的“家”之一，却是既不在天上又不在地下的。

想来读者也都知道，在“大上海”的北区，“华”“洋”“交界”之地带，曾经受过“一·二八”炮火之洗礼的一片瓦砾场，这几年来依然满眼杂草，不失纪念。这可敬的“大上海”的衄疤上，有几堵危墙依然高耸着，好像永远不会塌。墙近边有从前“繁华”时代的一口水泥垃圾箱，现在被断砖碎瓦和泥土遮盖了，远看去只像一个土堆。不知怎的，也不知是何年何月，我们的大鼻子发见了这奇特的“地室”，而且立刻很中意，而且大概也颇费了点劳力罢，居然把它清理好，作为他的“冬宫”了。

这，大概不是无稽之谈，因为有人确实看见他从这不在天上也不在地下的“家”很大方地爬了出来。

这一天不是热天，照日历上算，恰是一年的第一个月将到尽头，然而这一天又不怎样冷。

这一天没有太阳。对了，没有太阳。老天从清晨起，就摆出一副哭丧脸。

这一头，在“大上海”的什么角落里，一定有些体面人温良地坐着，起立，“静默三分钟”。于是上衙门的上衙门，到“写字间”的到“写字间”……

然而这一天，在“大上海”纵贯南北的一条脉管（马路）上，却奔流着一股各色人等的怒潮，用震动大地的呐喊，回答四年前的炮声。

我们的大鼻子那时正从他的“家”出来往南走，打算找到一顿早饭。

他迎头赶上了这雄壮的人流，以为这是什么“大出丧”呢。“妈的！小五子不够朋友！有人家大出丧，也不来招呼我一声么！”大鼻子这样想着，觉得错过了一个得“外快”的机会。他站在路边，想看看那“不够朋友”的小五子是不是在内掮什么“挽联”或是花圈之类。

没有“开路神”，也不见什么“顶马”。走在前头的，是长衫先生，洋装先生，旗袍大衣的小姐，旗袍不穿大衣的小姐，长衣的像学生，短衣的像工人，像学徒，——这样一群人，手里大都有小旗。

这样的队伍浩浩荡荡前来，看不见它的尾巴。不，它的尾巴在时时加长起来，它沿路吸收了无数人进去，长衣的和短衣的，男的和女的，老的和小的。

有些人（也有骑脚踏车的），在队伍旁边，手里拿着许多纸分给路边的看客，也和看客们说些话语。忽然，震天动地的一声喊——

“中华民族解放万万岁！”

这是千万条喉咙里喊出来的！这是千万条喉咙合成一条大喉咙喊出来的！大鼻子不懂这喊的是一句什么话，但他却懂得这队伍确不是什么“大出丧”了。他感得有点失望，但也觉得有趣。这当儿，有个人把一张纸放在他手里，并且说：

“小朋友！一同去！加入爱国示威运动！”

大鼻子不懂得要他去干么，——这里没有“挽联”可掮，也没有“花圈”可背，然而大鼻子在人多热闹的场所总是很勇敢很坚决的，他就跟着走。

队伍仍在向前进。大鼻子的前面有三个青年，男的和女的；他们一路说些大鼻子听不懂的话，中间似乎还有几个洋字。大鼻子向来讨厌说洋话的，因为全说洋话的高鼻子固然打过他，只夹着几个洋字的低鼻子也打过他，而且比高鼻子打得重些。这时有一片冷风像钻子一般刺来，大鼻子就觉得他那其实不怎么大的鼻子里酸酸的有些东西要出来了。他随手一把捞起，就偷偷地擦在一个说洋话的青年身上。谁也没有看见。大鼻子感到了胜利。

似乎鼻涕也有灵性的。它看见初出茅庐的老哥建了功，就争着要露脸了。大鼻子把手掌掩在鼻孔上，打算多储蓄一些，这当儿，队伍的头阵似乎碰着了阻碍，骚乱的声浪从前面传下来，人们都站住了，但并不安静，大鼻子的左右前后尽是忿怒的呼声。大鼻子什么都不理，只伸开了手掌又这么一擦，不歪不斜，许多鼻涕都爬在一个女郎的蓬松的头发上了，那女郎大概也觉得头上多一点东西，但只把头一缩，便又胀破了喉咙似的朝前面喊道：

“冲上去！打汉奸！打卖国贼！”

大鼻子知道这是要打架了，但是他睒着眼得意地望着那些鼻涕像冰丝似的从女郎的头发上挂下来，巍颤颤地发抖，他觉得很有趣。

队伍又在蠕动了。从前面传来的雄壮的喊声像晴天霹雳似的落到后面人们的头上——

“打倒一切汉奸！”

“一·二八精神万岁！”

“打倒 ×——”

断了！前面又发生了扰动。但是后面却拾起这断了的一句，加倍雄壮地喊道：

“打倒 ×× 帝国主义！”

大鼻子跟着学了一句。可是同时，他忽然发见他身边有一个学生，披一件大衣，没有扣好，大衣襟飘飘地，大衣袋口子露出一个钱袋的提手。根据新学会的本领，大鼻子认定这学生的手袋分明在向他招手。他嘴里哼着“打倒——他妈的！”身子便往那学生这边靠近去。

但是正当大鼻子认为时机已到的一刹那，几个凶神似的巡捕从旁边冲来，不问情由便夺队伍里人们的小旗，又喝道：

“不准喊口号！不准！”

大鼻子心虚，赶快从一个高个儿的腿缝间钻到前面去。可是也明明看见那个穿大衣的学生和那头发上顶着鼻涕的女郎同巡捕扭打起来了，——他们不肯放弃他们的旗子！

许多人帮着学生和那女子。骑脚踏车的人丁零零急驰向前面去。前面的人也回身来援救。这里立刻是一个争斗的旋涡。

喊“打”的声音从人圈中起来，大鼻子也跟着喊。对于眼前的事，大鼻子是懂得明明白白的。他脑筋里立刻排出一个公式来：“他自己常常被巡捕打，现在那学生和那女郎也被打；他自己是好人，所以那二个也是好人；好人要帮好人！”

谁的一面旗子落在地下了，大鼻子立刻拾在手中，拚命舞动。

这时，纷乱也已过去，队伍仍向前进。那学生和那女郎到底放弃了一面旗子，他们和大鼻子又走在一起。大鼻子把自己的旗子送给那学生道：

“不怕！还有一面呢！算是你的！”

学生很和善地笑了。他朝旁边一个也是学生模样的人说了一句话，而是大鼻子听不懂的。大鼻子觉得不大高兴，可是他忽然想起了似的问道：

“你们到哪里去？”

“到庙行去！”

“去干么？这旗子可是干么的？”

“哦！小朋友！”那头发上有大鼻子的鼻涕的女郎接口说，“你记得么，四年前，上海打仗，大炮，飞机，××飞机，炸弹，烧了许多许多房子。”

“我记得的！”大鼻子回答，一只眼偷偷地望着那女郎的头发上的鼻涕。

“记得就好了！要不要报仇？”

这是大鼻子懂得的。他做一个鬼脸表示他“要”，然而他的眼光又碰着了那女郎头发上的鼻涕，他觉得怪不好意思，赶快转过脸去。

“中华民族解放万万岁！”

这喊声又震天动地来了。大鼻子赶快不大正确地跟着学一句，又偷眼看一下那女郎头发上的鼻涕，心里盼望立刻有一阵大风把这一抹鼻涕吹得干干净净。

“打倒××帝国主义！”

“一·二八精神万岁！”

怒潮似的，从大鼻子前后左右掀起了这么两句。头上四个字是大鼻子有点懂的，他胀大了嗓子似的就喊这四个字。他身边那个穿大衣的学生一面喊一边舞动着两臂。那钱袋从衣袋里跳了出来。只有大鼻子是看见的。他敏捷地拾了起来，在手里掂了一掂，这时——

“打倒一切汉奸！”

“到庙行去！”

大鼻子的熟练的手指轻轻一转，将那钱袋送回了原处。他忽然觉得精神百倍，也舞动着臂膊喊道：

“打倒——他妈的！到庙行去！”

他并不知道庙行是什么地方，是什么东西，然而他相信那学生和那女郎不会骗他，而且他应该去！他恍惚认定到那边去一定有好处！

“中华民族解放万岁！”

这时队伍正走过了大鼻子那个“家”所在的瓦砾场了。队伍像通了电似的，像一个人似的，又一句：

“中华民族解放万万岁！”

报 施

一

蒙眬中听得响亮的军号声，张文安便浑身一跳。眼皮重得很，睁不开，但心下有数，这热惹惹地吹个不歇的，正是紧急集合号。

三年多的生活习惯已经养成了他的一种本领：半睡半醒，甚至嘴里还打着呼噜，他会穿衣服。刚穿上一半，他突然清醒了，睁开眼，纸窗上泛出鱼肚白，号声却还在耳朵里响。他待了一会儿，便自己笑起来，低声说："呸！做梦！"

睡意是赶跑了，他靠在床上，愣着眼，暂时之间像失掉了思索的能力，又像是有无数大小不等的东西没头没脑要挤进他脑子里来，硬不由他做主；但渐渐地，这些大小不等，争先抢后的东西自伙中间长出一个头儿来了，于是张文安又拾回了他的思索力，他这时当真是醒了。他回忆刚才那一个梦。

半月以前，因为一种军医不大有办法的疙瘩病，他迟疑了相当时间，终于向师长请准了长假，离开那服务了三年多的师部，离开那敌我犬牙交错，随时会发生激战的第 × 战区。他刚进那师部的时候，是一位文书上士，现在他离开，却已是文书上尉。他得了假条，得了一千元的盘缠，额外又得了师长给的一千元，说是给他买药的。临走的上一晚，同事们凑公份弄几样简单的酒菜，给他饯行。可是刚喝在兴头上，突然的，紧急集合号吹起来了。这原是家常便饭，但那时候，有几位同事却动了感情，代他惋惜，恐怕第二天他会走不成。后来知道没事，又为他庆幸。当时他也激动得很，平时不大善于自我表现的他，这时也兴奋地说:“要是发生战斗，我就不回去也没关系，我和大家再共一次生死！”

现在到了家了，不知怎的，这在师部里遇到的最后一次紧急集合号却又闯进了他在家第一晚的梦魂里。

像突然受惊而四散躲藏起来的小鸡又一只一只慢慢地躲躲闪闪地从角落里走了出来，梦境的节目也零零碎碎在他记忆中浮起。这是惊慌和喜悦，辛酸和甜蜜，过去和未来，现实和梦想，搅在了一起的。他闭着眼睛，仿佛又回到梦中:他出其不意地把一头牛买好，牵回家来，给两位老人家一种难以形容的惊喜，正跟他昨日傍晚出其不意走进了家门一样;但正当父亲含笑拍着牛的肩项的当儿，紧急集合号突然响了，于是未来的梦幻中的牛不见，过去的现实的军中伙伴们跳出来了。……

张文安裂开嘴巴无声地笑了起来，虽然是梦，他心里照样是甜甜蜜蜜的。回来时他一路上老在那里盘算那密密缝在贴身口袋里的几个钱，应作如何用途。师长给这一千元的时候，诚恳地嘱咐他：千万别胡乱花了，回家买药保养身体。他当时感动得几乎掉下眼泪来，他真诚地回答道：“报告师长：我一定遵守师长的训示。身体第一，身体是我们最大最重要的本钱！”但上路后第一天，他就有了新的意见，师长的“身体第一”的训示，他还是服膺的，可是他又一点一点自信他这疟瘩病只要休养一个时期，多吃点肉，——至多像那位不爱多开口的军医说的多吃鸡蛋，就一定会好的；他觉得他应该省下这一千元孝敬父母，让父母拿这一千元去做一件更合算的事情。但父母拿这一千元又将怎样办呢？这一点，却费去了他半月旅程中整整大半时间的思索。母亲的心事他是知道的：把房子修补修补，再给他讨一房媳妇。父亲呢，老早就想买一条牛，他家自从最后一次内战时期损失了那壮健的花牛以后，父亲好几次筹划款项，打算再买一条，都没有成功。他料得到，父母将因此而发生争执，而结果，父亲一定会说，“文儿，师长给你买药的，你不可辜负人家的好意。”整整一星期，在路上闲着的时候，他老是一边伸手偷偷地摸着贴身口袋里那一叠钞票，一边思索着怎样解决这难题。后来到底被他想出一个很巧妙的办法来了：他将不说出他有这么一注钱，到家歇一天，他就背着父母买好一条牛，亲自牵回家，给父母骤然的一喜。

张文安越想越高兴，他的眼前便出现了一条美丽的黄牛，睁大了两只润泽有光的眼睛，嘴巴一扭一扭的，前蹄跪着，很悠闲地躺在那里。

张文安又忍不住笑了，这回却笑出声来，而笑声亦惊破了他的梦幻，他抬头一看，纸窗上已经染满了鲜艳的粉红色。邻家的雄鸡正在精神百倍地引颈高啼。隔壁父母房里已经有响动，父亲在咳嗽，母亲在倾倒什么东西到箧箩里。

张文安也就起身，穿好了衣服，一边扣着钮子，一边他又计划着，如何到镇上找那熟识的董老爹，如何进行他那梦想中的机密大事。“也许钱不够，”——他担心地想，但又立刻自慰道，“差也差不了多少罢，好在路费上头还有得剩呢，这总该够了。”于是他又一度隔着衣服扪一下贴身口袋里那一叠票子，脸上浮过一个得意的微笑。

二

昨天到家，已经不早；两位老人家体恤儿子，说他路上辛苦了，略谈了几句家常话便催他去睡了。可是两位老人家自己却兴奋得很，好像拾得了一颗夜明珠，怕没有天亮的时候，连夜就去告诉了左邻右舍。老头子还摸黑走了一里路，找到他平日在茶馆里的几个老朋友，郑重其事倾吐了他心里的一团快乐。他又打听人家："文书上尉这官阶有多大？"老头子心里有个计较：为了庆贺儿子的荣归，他应当卖掉一担苞谷摆两桌酒请一次客，他要弄明白儿子的官阶有多大，然后好物色相当的陪客。

昨天晚上，张文安回来的消息就传遍了整个村庄，所以今天张文安起身后不久，东边山峰上那一轮血红的旭日还没驱尽晨雾的时候，探望的人们就挤满了张家的堂屋。

他们七嘴八舌的把一大堆问题扔到张文安面前，竟使得这位见过世面的小伙子弄得手足无措，不晓得回答谁好！他只能笼笼统统回答道："好，好，都好，前方什么都好！打得很好！吃的么？那自然，到底是前方呢，可是也好！"他嘴里虽然这么说，心里却觉得很抱歉，为的他不能够说得再具体了。他觉得那些不满足的眼光从四面八方射过来，盯在他脸上，似乎都有这样的意思：什么都好，我们都听得惯了，可是你是本村人，自家人，你不能够多说一点么？

张文安惶惑地看着众人，伸手拉一下他的灰布制服的下摆。在师部的时候看到过的军事法庭开庭的一幕突然浮现在他心上了，他觉得眼前这情形，他区区一个文书上尉仿佛就在这一大堆人面前受着审判了，他得对自己的每一句话负责，他明白他的每一句话所关非小。这样想的时候，他就定了心，用了十分自信的口气说："苦是苦一点，可是为了打倒日本鬼子，不应该苦一点么？……"他顿住了，他很想把平时听熟了的训话拿出几句来，可是终于只忸怩地笑了笑，很不自然地就结束了。

接着，张文安的父亲和几个年老的村里人用了充满惊叹的调子谈论起这个变化多端的“世道”来。而另外几位年轻的，则向张文安探听也是在前方打鬼子的几个同村人的消息。

“不知道。”他想了想，慢慢摇着头说。但恐怕对方又误会，赶快接下去解释道：“当真不知道呢。你想，前方地面有多大？几千里！光说前方，知道他们是在哪一个战区呢？即使同在一个战区，部队那么多，知道他是在哪一个部队里呢？就算是同在一个部队里罢，几万人呢，要不是碰巧，也不会知道的。”

“哦，早猜到你是一个都不知道的啦！”

有人这么讥讽了一句。张文安可着急起来了，他不能平白受冤，他正想再辩白，却有一个比较老成的人插嘴道：“算了，算了：让我们来问一个人，要是你再不知道，那你就算是个黑漆皮灯笼了。这一个人，出去了有四年多，走的地方可不少，到过长沙府，到过湖北省，也到过江西，他上前方，不是光身子一条，他还带着四匹驮马，和一个伙计：这一个人，你不能不知道。”

“对，对，有两年光景没讯息了，他的儿子到处在打听。”别的青年人都附和着说。

“你到底也说出他的姓名来呀！”张文安局促不安地说，好像一个临近考试的中学生，猜不透老师会出怎样的题目来作难他。

但是他这心情，人家并不了解。有一位朝同伴们扁扁嘴，半真半假的奚落张文安道：“不错，总得有姓名，才好查考。”

“姓名么？”另一位不耐烦地叫了，“怎么没有？他就是山那边村子里的喂驮马的陈海清哪！”

“陈海——清！哦！”张文安回声似的复念了一遍。他记起来了，自己还没上前方去的时候，村里曾经把这陈海清作为谈话的资料，为的他丢下了老母和妻子，带着他的四匹驮马投效了后方勤务，被编入运输队，万里迢迢的去打日本；陈海——清，这一个人他不认识，然而这一名字连带的那股蛮劲儿，曾经像一个影子似的追着他，直到他自己也拿定主意跑到前方。他的眼睛亮起来了，正视他面前的那几位老乡，他又重复一句，“陈——海清！怎么不知道！”可是戛然缩住，他又感到了惶惑。到了前方以后的陈海清，究竟怎样呢？实在他还得颠倒向这几位老乡打听。在前方的紧张生活中，连这名字也从他记忆中消褪了，然而由于一种受不住人家嘲笑的自尊心，更由于不愿老给人家一个失望，他昧着良心勉强说：“陈——他么——他过得很好！”

话刚出口，他就打了一个寒噤。他听自己说的声音，多么空洞。幸而那几位都没理会。第一个问他的人叹口气接着说：“唉，过得很好。可是他的驮马都完了。他儿子前年接到的信，两匹给鬼子的飞机炸得稀烂，一匹吃了炮弹，也完了，剩下一匹，生病死了，这一来，陈海清该可以回来了么？可是不！他的硬劲儿给这一下挺上来了，他要给他的驮马报仇，他硬是当了兵，不把鬼子打出中国去，他说他不回家！——哦，你说，他过得很好，这是个喜讯，他家里有两年光景接不到他的信了。”

“原来是——”张文安惘然说，但感得众人的眼光都射住了他，便惊觉似的眼睛一睁，忙改口道：“原来是两年没信了。没有关系，……陈海清是一个勇敢的铁汉子，勇敢的人不会死的。他是一个好人，炮弹有眼睛，不打好人！”他越说越兴奋，自己也不大弄得清是他的想当然，还是真正实事，但奋激的心情使他不能不如此：“我想，他应该是一个上等兵了，也许升了排长。陈海——清，他是我们村子里的光荣！”

“那——老天爷还有眼睛！”众人都赞叹地说。

“谁说没有眼睛！”张文安被自己的激昂推动到了忘其所以的地

步。他满脸通红，噙着眼泪。“要不，侵略的帝国主义早已独霸了世界。”他庄严地伸起一只臂膊，“告诉你们：世界上到底是好人多，坏人少。我在前方看见的好人，真是太好了，太多了，好像中国的好人都在前方似的。坏人今天虽然耀武扬威，他到底逃不了报应。他本人逃过了，他的儿子一定逃不过。他儿子逃过了，儿子的儿子一定要受报应。”

张文安整个生命的力量好像都在这几句话里使用完了，他慢慢地伸手抹一下头上的汗珠，惘然一笑，便不再出声了。

三

当天午后，浮云布满空中，淡一块，浓一块，天空像幅褪色不匀的灰色布。大气潮而热，闷的人心慌。

张文安爬上了那并不怎样高的山坡，只觉得两条腿重得很，气息也不顺了。他惘然站住，抬起眼睛，懒懒地看了一眼山坡上的庄稼，就在路边一块石头上坐下。坡顶毕竟朗爽些，坐了一会，他觉得胸头那股烦躁也渐渐平下去了。他望着自己刚才来的路，躺在山沟里的那个镇，那一簇黑魆魆的房屋，长长的像一条灰黑斑驳的毛虫；他定睛望了很久，心头那股烦躁又渐渐爬起来了，然后轻轻叹口气，不愿再看似的别转了脸，望着相反的方向，这里，下坡的路比较平，但像波浪似的，这一坡刚完，另一坡又拱起来了，过了这又一坡，便是张文安家所在的村庄。他远远望着，想着母亲这时候大概正在忙忙碌碌准备夜饭，——今天上午说要宰一只鸡，专为远地回来的他。这时候，那只过年过节也舍不得吃的母鸡，该已燉在火上了罢？张文安心里忽然感到了一种说不大明白的又甜又酸的味道。而这味道，立刻又变化为单独的辛酸，——或者说，他惶恐起来了。好比一个出外经商的人，多年辛苦，而今回来，家里人眼巴巴望他带回大把的钱，殊不知他带回来的只是一双空手，他满心的惭愧，望见了里门，反而连进去的勇气都提不起来。虽然张文安的父母压根儿就没巴望他们的儿子发财回来，他们觉得儿子回来了还是好好的，就是最大的财喜了；虽然张文安一路上的打算以及今天上午他托词要到镇上看望朋友，其实却怀着一个“很大的计划”，他的父母也是一丝一毫都不晓得：虽然两位老人家单纯的巴望就是看着儿子痛快淋漓享用那只燉烂的母鸡；——然而张文安此时隔着个山坡呆呆地坐在路边，却不由不满心惶恐，想着是应该早回家去，两条腿却赖在那里，总不肯起来。

他透一口长气，再望那条躺在坡下山沟里的灰黑斑驳的大毛虫，想起不过半小时前他在那些污秽的市街中碰到那一鼻子灰，想起他离开前方一路回来所做的好梦，想起上午从家里出来自己还是那么十拿十稳的一肚子兴头，他不能不生气了。他恨谁呢？说不明白，但所恨之中却也有他自己，却是真确的。他恨自己是一个大傻瓜。别说万象纷纭的世界他莫名其妙，连山坡下边那个灰黑斑驳的小小毛毛虫的社会也还看不透。

虽然董老爹嘲笑他出外几年，只学了卖狗皮膏药那几句，可是他此时想来，倒实在感激这位心直口快的酒糟鼻子老头儿的。他揭开了那霉气腾腾的暗坑的盖儿，让张文安瞥了一眼。当这老头儿告诉他“千把块钱只好买半条牛腿”的时候，张文安固然呆了一下，但亦不过扫兴而已，接着老头儿又嘶着嗓子谈到那些胀饱了的囤户，谈到那些人的偷天换日的手段，豪侈靡乱的生活，张文安这可骇住了，一种复杂的情绪扰乱了他的心灵。他还在听，但听又听不进。终于他惘惘然走出了那市镇，爬上这回家去的第一坡，带着满肚子的懊恼和气愤。

干么这样忙着回去，他自己也不大明白。他只觉得他到镇上去的目的已经一下子碰得粉碎，甚至还隐约感到他这次从前方回来也变成了毫无意义了。他的愤恨，自然是因为知道了还有这些毫无人心的家伙把民族的灾难作为发财的机会，但如果不是他一路上想得好好的计划竟成了画饼，那他在愤恨之中也许还不会那么悲哀。

一只杜鹃不知躲在什么地方，老是在叫。

云阵似乎降得更低了，好像直压在头上，呼吸不方便。

张文安终于懒懒地站起来,不情不愿地走下坡去。但走了几步以后，他的脚步就加快了。现在他又急着要回到家里，好像一个人在外边吃了亏，便想念着家的温暖，他现在正是十分需要这温暖。“只能买半条牛腿！”他想着董老爹这句话,心又一缩,但嘴角上却逼出一个狞笑来。有没有一条牛，说真心话，他倒可以不怎么关切，但最使他愤懑而伤心的，是他的想把那一千元如何运用的打算整个儿被推翻了！

他下意识地伸手隔衣服摸一摸衬衣口袋里那一叠票子。方方的，硬硬的，是在那里，一点儿不假。但手上的感觉尽管还是和一路几千里无数次的扪摸没有什么不同，心里的感觉却大大两样了。“嗨，半条牛腿呵！”他又这么想。这回却不能狞笑了，他吐了口唾沫。

四

一口气下了坡，在平坦的地面走得不多几步，便该再上坡了。因为是在峡谷，这里特别阴暗。散散落落几间草房，靠在山坡向阳这边。一道细的溪水忽断忽续从这些草房中间穿了过来。

张文安刚要上坡，有一个人从坡上奔下来，见了他就欢天喜地招呼着，可是这一个人，张文安却不认识。

这年轻人满脸通红，眼里耀着兴奋喜悦的光彩，拦住了张文安，就杂七杂八诉说了一大篇。张文安听到一半，也就明白了；这年轻人就是陈海清的儿子，刚到他家里去过，现在又赶回来，希望早一点看见他，希望多晓得一些他父亲的消息。

“啊，啊，你就是陈海清的儿子么？啊，你的父亲就是带着四匹驮马到前方去的？……”张文安惊讶地说。年轻人的兴奋和快乐，显然感染了他了，他忘记了自己和陈海清在前方并未见过一面，甚至压根儿不知道这个人物在什么地方，“了不起，你的父亲是一个英雄！”他庄严地对那年轻人说，“勇敢！……不差，当然是排长啦。”他随口回答了年轻人的喜不自胜的询问，完全忘记这是他自己编造出来应付村里人的。

原来今天早上张文安信口开河说的关于陈海清的一切，早已传到了那儿子的耳朵里，儿子全盘都相信，高兴的了不得，正因为相信，正因为高兴，所以他不惜奔波了大半天，要找到张文安，请他亲口再说一遍，让自己亲耳再听一遍。

两人这时已经走近了一间草房，有一只废弃的马槽横躺在木板门的右边。陈海清的儿子说：“这里是我的家了。请你进去坐一坐，我的祖母还要问你一些话呢。她老人家不是亲自听见就不会放心的。”

张文安突然心一跳。像从梦中醒来，这时候他方才理解到自己的并无恶意的编造已经将自己套住了。怎么办呢：继续编造下去呢还是在这儿子面前供认了自己的不是？他正在迟疑不决，却已经被这儿子拉进了草房。

感谢，欢迎，以及各种的询问，张文安立即受了包围，呆了半晌，他这才看清在自己面前的，除了那儿子，还有一位老太太，而在屋角床上躺着的，又有一位憔悴不堪的中年妇人。他惘然看着，嘴里尽管“唔唔”地应着，耳朵里却什么也不曾听进去。受审问的感觉，又浮起在他心头。但终于定了神，他突然问那儿子道："生病的是谁？"

"我的母亲"，儿子回答。

"快一年了，请不起郎中，也没钱买药吃。"老太太接口说，于是又诉起苦来：优待谷够三张嘴吃，可不够生病呢；那又能不穿衣么，每年也有点额外的恤金，可是生活贵了呀，缝一件衣，光是线钱，就抵得从前两件衣。

"妈妈的病，一半是急出来的"，儿子插嘴说，"今天听得喜讯，就精神得多呢！"

"可不是！谢天谢地，到底是好好儿在那里，"老太太脸上的皱纹忽然像是展开了，显得庄严而虔诚，"菩萨是保佑好人的！张先生，你去打听，我们的海清向来是一个规规矩矩的好人，我活了七十多岁，看见的多了，好人总有好报！"

"可不是，好人总该有好报！"床上的病人也低声喃喃地说，像是在做祷告。

现在张文安已经真正定了神。看见这祖孙三代一家三口子那么高兴，他也不能不高兴；然而他又心中惴惴不安，不敢想象他这谎万一终于圆不下去时会发生的情形。现在他完全认明白：要是他这谎圆不了，那他造的孽可真不小。这一点，逼迫他提起了勇气，定了心，打定主意，撒谎到底。

他开始支支吾吾编造起关于陈海清的最近的生活状况；他大胆地给陈海清创造了极有希望的前途，他又将陈海清编派在某师某营某连，而且还胡诌了一个驻扎的地名。

祖孙三代这一家的三个人都静静地听着，他们那种虔敬而感奋的心情，从他们那哆开的嘴巴和急促而沉重的鼻息就可以知道。张文安说完以后，这祖孙三代一家的三个人还是入定了似的，异常庄严而肃穆。

忽然那位老祖母颤着声音问道：“张先生，你回来的时候，我们的海清没有请你带个信来么？”

张文安又窘住了，心里正在盘算，一只手便习惯地去抚摸衣服的下摆，无意中碰到了藏在贴身口袋里那一叠钞票，蓦地他的心一跳，得了个计较。当下的情形，不容他多考虑，他自己也莫明其妙地兴奋起来，一只手隔衣按住了那些钞票，一只手伸起来，像队伍里的官长宣布重要事情的时候常有的手势，他大声说：“信就没有，可是，带了钱来了！”

老祖母和孙儿惊异地“啊”了一声，床上的病人轻声吐了口长气。

张文安涨红着脸，心在突突地跳，很艰难地从贴身口袋里掏出那一叠票子来，这还是半月前从师长手里接来后自己用油纸包好的原样。他慌慌张张撕破了薄纸，手指木僵地摺住那不算薄的一叠，心跳得更厉害，他的手指正要渐渐摸到这一叠的约莫一半的地方，突然一个狞笑掠过他的脸，他莽撞地站起来就把这一叠都塞在陈海清的儿子的手里了。

“啊,多少？”那年轻人只觉得多,却还没想到多的出乎他意料之外。

张文安还没回答，那位老太太插嘴道：“嗯，这有五百了罢，海清……”可是她不能再说下去了，张文安的回答使她吓了一跳。

“一千！”张文安从牙缝里迸出了这两个字。

屋子里的祖孙三代都听得很清楚，但都不相信地齐声又问道：“多少？”

“一千，够半条牛腿罢了。”张文安懒懒地说，心里有一种又像痛苦又像辛酸的异样感觉。

“阿弥陀佛！”呆了一下，终于明白了真正是一千的时候，老太太先开口了，“他哪来这多的钱？”

张文安转脸朝四面看一下，似乎在找一句适当的话来回答；可巧他的眼光碰着了挂在壁角的一副破旧的驮鞍，他福至心灵似的随口胡诌道："公家给的，赔偿他的驮马。"

"呵呵——"老太太突然哽咽了似的，说不下去，一会儿，她才笑了笑，对她的孙子说："可不是，我说做好人总不会没有好报！"

床上的病人低声在啜泣，那年轻人捧着那些票子，老在发愣，不知道怎么好。

张文安松一口气，好像卸脱了一副重担子，伸手捋去额角的汗珠，就站起来说道："好心总有好报。这点儿钱，买药医病罢。"

从这一家祖孙三代颤着声音道谢的包围中，张文安逃也似的走了。他急急忙忙走上山坡，直到望见了自己的村子，这才突然站住，像做梦醒来一般，他揉了下眼睛，自问道："我做了什么？"然后下意识地隔衣服扪了扪贴身的口袋，轻声自答道："哦，我总算把师长给的钱做了合理的支配了！"又回头望了下隐约模糊的陈家的草房，毅然决然说："我应当报告师长，给他们查一查。"于是就像立刻要赶办"速件"似的，他一口气冲下坡去，巴不得一步就到了家。

诗与散文

一

青年丙再向桌上的鲜花瞬了一眼，嘴边浮出个满意的微笑，继续在房中踱着。他的眼光注在自己的脚尖，跟住那黄皮靴的狭长的亮头忽起忽落。他仿佛看见靴尖的每一翘送，便飘起了一朵彩霞，一朵粉红色的鲜花，正是表妹送来的现在搁在书桌上的那样的鲜花。

他忍不住又醉醺醺地微笑了，因为他看见脚尖上飘浮出来的花朵现在也幻出迷人的笑靥来；他立刻辨认得这可爱的笑靥就是占据了他的全心灵的表妹的容貌。占据了他的全心灵？“全”——心灵么？青年丙此时是毫无愧怍地自信着。当两星期前初次遇见表妹的时候，他便在心里对自己说：“到底来了，一个抓得住我的心灵的女子！”那时，他像烦渴到眼中冒火星的人骤然畅饮了清泉，像溺水的人抓得了一块木板。“灵魂洗了个澡！”他用这句话来形容自己心境上的甜美清快。而冰雪聪明的表妹也似乎早已窥见他的隐衷；所以今天送来鲜花的时候，她那微风振幽篁似的可爱的声音对他说：

“丙哥，你喜欢这些白玫瑰么？希望你只看见洁白芬芳的花朵，莫想起花柄上的尖利的刺罢！人生的路上，有洁白芬芳的花，也有尖利的刺，但是自爱爱人的人儿会忘记了有刺只想着有花！”

那时他的眼睛也湿了，他的心里膨胀着铭感，他的喉头被快乐挤满，竟说不出一句话。如果不是这样端丽温柔的表妹，他一定要直前拥抱了，用无数的亲吻来代替回答；然而在天女样的表妹跟前，他只能噙着眼泪遥送感谢的热忱。他时时觉得在表妹前他便变成了高尚圣洁些，似乎他的隐秘的罪眚也减轻了压迫了。

这刹那的闪电似的回忆，使他止步在书桌前；他惘然低下头去在那束白玫瑰上轻轻地印了一个吻，然后转身对一面大衣镜看着。

在镜子里对他展笑的，是一个修短合度，丰韵潇洒的少年；一对不大不小的眼睛，凝睇时荡漾出幽波，瞬动时燃炽着情热;玲珑的口辅，便是不语的时候也像有温柔絮语在低低倾诉。

青年丙忍不住独自笑出声来。像他这样的俊伟的人物该算是不辱没了表妹罢？并且亦唯有像他这样的人物才能懂得什么是女性的精神美罢？他自己真难自信曾有一时竟会颠倒于一个徒有肉体的女子！他想来那该是一个梦。清醒的他是绝不会那样庸劣卑污的罢！

突然他看见镜子里的他的身后探出个人头来了。黑而多的头发，长的眉毛和长的眼睛，眉目之间的红晕，半开的笑口，都像电流似的通过他全身，使他震了一下。他本能地退后一步，同时心里说：“自然只是幻觉而已。难道会是真的她又来了么？”然而镜子里的人头亦引前一步，半嗔半怨的目光从镜子里射定了他。这宛如一道烈火，烧毁了他的空想的网，又引燃了他的愤怒。他霍地转过身来，便和一位身材苗条的妇人面对面了；他皱了眉，睁大了眼睛，似乎是气得说不出话来。

二

“我知道你的心已经变了，我知道你十分讨厌我——十分，正好像你从前的十分爱我；可是我不肯放松你。你们那些新名词，我全不懂；我没有学问，没有思想，没有你们那些新的思想，我是被你们所谓绅士教育弄坏了的人；可是我知道有我自己。如果我是不乐意，从前你休想近我的身体；如果我还是乐意你，现在你也休想一脚踢开我，我不能让你睡在别个女人的怀里！”

这是从玫瑰一般可爱的嘴唇里吐出来的尖针似的话语。青年丙禁不住心头发抖。他的挑衅的眼光现在萎缩了,偷偷地从长眉毛间滑下去，经过了虽嗔犹媚的小口，弯弯的下颏，半袒露的白缎子似的胸颈，终于停留在薄纱衫下轻轻地跳动的一对小阜的尖顶。于是有别一滋味的颤抖蓦地兜上了心头。

“哎，何必多说这些废话呢？”

青年丙希求和解似的说，同时在心里打了个寒噤。他自己恨这一次又被抓住了。他无论如何挣不脱身。他近来才意识到自己的脆弱：即使是已经彻骨地恨着眼前这个迷人的女子，却没有能力抵御她的疑惑。在背后时，他几次决意要丢开她，甚至不惜演悲剧;但是一见了面，他就只剩得“但愿她莫再来惹我”的苟安而惶恐的心情了。再经过几分钟，他又将无助地倒在她脚下，像一个可怜的俘虏。他现在唯一的遁路是不看见她。又有个渺茫的希望则是想从表妹那里得些力量；“该是表妹的圣洁的灵魂来将我拔出这可怖的烦恼罢？”他常常这么想。

“废话,我想来我应该多使用我的舌头才好呢。可是不许你多说话！我不是空话喂得饱的。我要实实在在的事儿！就是你第一次要求我的时候所说的实实在在的事儿。”

这尖媚的声浪打断了青年丙的怅惘的思索。女子一面说，一面微微笑着，用左手揽住了青年丙的肩胛，随即伸过猩红的小口去，在他颊上啄了几下。

大衣镜映出这一对偎依着的人儿的面容是：男子脸上有“没奈何”的神气，女子嘴角浮着胜利的微笑。

“怎么你总是这几句话？”丙软弱地企图抗议了。“桂，这些话从你的嘴里说出来，多少总有点不相宜罢？”他慢慢地抚弄桂的头发，接下去说，“你怨我变了心，你怨我没有从前那样的待你亲热，你甚至说我已经十分讨厌你；桂，你这些猜测究竟对不对，我不愿意多分辩，但是桂，你也得自己知道你近来确已变了，大大的变了。你是一天一天的肉感化，一天一天的现实化，一天一天的粗浅化，哎，桂，你是太快地进了平凡丑恶的散文时代了。”

回答是长声的荡人心魂的冶笑。

“男女间的关系应该是‘诗样’的——‘诗意’的；永久是空灵，神秘，合乎旋律，无伤风雅。这种细腻缠绵、诗样的感情，本来是女性的特有品。可是桂，不知你怎的丧失了这些美点了；你说你要‘实实在在的事儿’，你这句话，把你自己装扮成十足的现实，丑恶，散文一样；——用正面字眼来说，就是淫荡……”

丙的议论不得不中途停止了。小小的清脆的“啪”的一声，报告桂的肥手掌正落在丙的嘴巴上，而且乘势握着那两片红唇，不让它们再鼓动了。丙似乎突然一惊，但随即坦然自若地把眼光斜到右边，看一下书桌上的玫瑰花；他心里盼望有一场恶闹——一场可使他们俩不能再晤见，不好意思再晤见的恶闹，同时却亦未始不感得温软的胸脯的熨帖又是难以割舍，徘徊在这矛盾的情绪间，他不敢正视桂，只偷偷地向大衣镜瞥了一眼。然而大衣镜中映出来桂的面容，并没生气；

她反而得意地笑着，更紧紧地抱住了丙。她很妩媚然而又威严地说：

“不许你再开口了！为的你太会说谎。”

“什么谎？可是你也不能不承认你近来自己的变相！”

“你说的什么变相，我不承认。我只知道心里要什么，口里就说什么。你呢，嘴里歌颂什么诗样的男女关系，什么空灵，什么神秘，什么精神的爱，然而实际上你见了肉就醉，你癫狂于肉体，你喘息垂涎，像一条狗！我还记得，就同昨天的事一样，你曾经怎样崇拜我的乳房，大腿，我的肚皮！你的斯文，清高，优秀，都是你的假面具；你没有胆量显露你的本来面目，你还想教训我，你真不怕羞！”

又意外地笑了几声，桂突然将丙推在近旁的沙发上，自己就跨坐在他膝头。她的眉梢泛起了两片红晕，她的眼睛有些潮湿。这在平时往往会引起丙的兴奋，但现在则桂的一番话似乎很伤了他的自尊心，所以他身受着这样肉感的女性的爱抚，并不觉得愉快，反像是被侮辱了似的。他很想发作一下，然而没有足够的勇气；他只好委屈地忍受。

这种神情，自然躲不过桂的锐眼；她胜利地笑了起来，又轻声说：

“你们男子，把娇羞、幽娴、柔媚，诸如此类一派的话，奉承了女子，说这是妇人的美德，然而实在这是你们用的香饵；我们女子，天生的弱点是喜欢恭维，不知不觉吞了你们的香饵，便甘心受你们的宰割。在学校的时候，老师们也教导我们要知道娇羞、幽娴、柔媚，我崇拜这三座偶像，少说也有十年，直到两个月前才被你打破了！你……”

“我？我打破了你的？”

青年丙急口插进来分辩。他真心确信并没做过这样的事。桂俯下头去在丙的嘴唇上轻轻地咬了一口，同时长眉毛一挺，格格地艳笑着说：

“还不是你么？如果我那时不打破那三座偶像，我，一个体面人家的寡媳，怎么会倒在你——一个寄住在家里的少年的怀抱呀？你，聪明的人儿，引诱我的时候，唯恐我不淫荡，唯恐我怕羞，唯恐我有一些你们男子所称为妇人的美德；但是你，既然厌倦了我的时候，你又唯恐我不怕羞，不幽娴柔媚，唯恐我缠住了你不放手，你，刚才竟说我是淫荡了！不差，淫荡，我也承认，我也毫没羞怯；这都是你教给我的！你教我知道青春快乐的权利是神圣的，我已经遵从了你的教训；这已成为我的新偶像。在这新偶像还没破坏以前，我一定缠住了你，我永不放手！”

更没有回答了。和她的宣言一致，桂现在是取了更热烈的旋风似的动作，使青年丙完全软化，完全屈服。

黑暗渐渐从房子的四角爬出来，大衣镜却还明晃晃地蹲着，照出桂的酡红的双颊耀着胜利之光，也照出丙的力疾喘气的微现苍白的嘴角。

三

电灯亮时，青年丙颓然躺在床上，光着眼看帐顶。苗条身材的女子已经去了，然而书桌角上，和玫瑰花并排地，还留有一方浅绿色的印花手帕，很骄蹇地躺在那里，似乎就是女主人的代表，又像是监视青年丙的坐探。

多色的轻烟和飘浮无定的金星，尚挂在青年丙眼前，像东洋式的烟火。他觉得身下的床架还是在渐渐地渐渐地向上浮；他又觉得软瘫无力的四肢还是沉浸在一种所谓晕眩的奇趣里。同时也有个半自觉的意念在他的甜醉的脑膜上掠过：比从前何如？近来他每次和桂有了沾染时，总忍不住要发生这个感想——妥当些说，是追问。他在晕眩的奇趣中也常常半意识地这样自问。然而每次都使他出惊的，是永不曾有过否定的消极的答案。他委实找不出理由来说今不如故；他不能不承认每次的经验都和第一度同样地酣美，同样地使他酥软，使他沉醉。所不同者，第一度时还有些新鲜的惊喜的探险的意味，因而增加了说不明白的神秘的美感。这在第二度时已经褪落至于几乎没有，现在则自然完全消失了。每次追想到这一点，他总不免有些惘怅；他称这第一度为“灵之颤动”，称以后的为“肉的享宴”。

“再给我一次灵之颤动罢，——如果能够再有那样一次，够多么好！”

这样的话，青年丙也曾对桂说过。现在他已经企图要在表妹处觅取所谓“灵之颤动”了，但是间或想起了桂不无歉然的时候，他仍旧自以为假使桂能够给他“灵之颤动”像第一度那样，或者他未必“多此一举”，再舍近而求远罢。

青年丙的眼光落在书桌角的玫瑰花上；一阵惶恐的情绪蓦地兜上心来了。玫瑰的蓓蕾好像就是表妹的笑靥；而花柄上的刺，也仿佛就是表妹笑中的讥讪。他赶快转过脸去，暗暗噫了口气。“我的行为是不道德的么？”他忍不住自问。他的在此等时的第一念大都是属于桂，他觉得既然已经全心灵爱着表妹，就不应该再和桂有往来；仍旧接受桂，便是欺骗了桂。“以前的事，自可不论；但现在还和她沾染，至少是太欺负了她罢？”青年丙十分真诚地忏悔。此时他不但没有憎恨桂的意思，反倒可怜她了；他痛骂自己是堕落到极顶的懦夫，他承认自己的态度是两面欺骗。

他自暴自弃似的翻过身去，把脸孔对着墙壁。他的心头像是压着一块铅，他的眼眶有些红了。他痛苦地承认，像他这样的人，果然不配爱表妹，也不配被桂所爱。他认识了自己是如何的脆弱，没有向善的决心，也没有作恶的勇气。他直觉到自己将来的不可避免的失败；他恍惚看见表妹冷冷地掉头自去，他又看见桂怒容戟指向着他。

青年丙瞿然一跳，两眼睁得大大地，什么幻象都没有了。他慢慢地用手背来拭去了额上的几滴冷汗，较为镇静地反省着。暂时怔了半晌，空荡荡的毫无感念，然后他拾起了愁思的端绪。他从桂的“怒容戟指”想到了桂近来的情意以及他自己对于桂的态度。他在心里分辩说：“从前爱她，现在不爱她，这在道德上成问题么？说是现在既不爱她，就不应该再和她有沾染么？不错！然而她自己要来苦苦地缠住我，又有什么办法？说我拥抱她的时候却在想念别人，便是欺骗的行为么？但是她却赖有此欺骗而感到快乐呢！如果能使人幸福，便是欺骗也该不算坏事罢？而况不是我居心要欺骗她。这是她迫得我不能不欺骗呀！”于是青年丙觉得眼前一亮，心头也轻松了许多。他翻过身去，突然那艳丽照眼的玫瑰花束又引起了他的不安；一大串问题像乱箭似的攒在他心头了：“可是这岂非成了欺骗表妹么？这该不会使表妹也感到快乐罢？欺骗在桂那方面，即使不算是坏事，但在表妹这方面，至少不能算是好事罢？”于是他觉得已经损害了表妹的什么权利；似乎他从表妹那里偷了什么东西转给了桂了。

他反复自问，又自己作答；他刚以为自己的一切行动并没损害了谁，但转念一想又觉得这实在是主观的自解嘲，别人家决不会如此存想的。再过一会儿，他又勇敢地确信自己的不错，并且以为别人家的如何看法是大可不管了。他迷惘地机械地想着，尽绕着一正一反的圈子；直到后来不再能思索，只有“正”“反”两个观念在脑膜上霍霍地闪烁。

忽然弹指声轻轻地从门上来了；轻轻地，然而像地震似的撼动人心。青年丙赶快跳起来开了门。门外是一片黑暗。对照着房里的光亮，使这门口宛如个无底的深洞。颀长的一个白的人形，直立在黑洞中央，凝然不动。青年丙惊愕了几秒钟，便悄悄地上前一步，牵引那白的人形从黑洞口到光线下。他的全身细胞都在快活地发跳，然而他的舌头蜷伏着不敢摇动；他疑惑只是一个快意的好梦。

默然相对了半晌，还是他先挣扎出一句话：

“桂奶奶！听候您的吩咐！”

回答是幽然的一声低叹；可是长眉毛梢也淡淡地引起了红晕了。

这都像电流那样快，那样有力，通过了青年丙的全躯壳，从脑海以至最渺小的脑神经纤维，都在发胀，都在戛戛地跳跃。他伸出左手去轻轻地围绕了她的腰：他畏怯地企图要使那软绵绵高突的只有一层轻纱罩护着的胸脯贴到他自己的心头；他的被醉意醺朦胧了的眼睛看见无数小金星从她的眉目间，鼻孔里，口辅边，乃至颈际发梢，泡沫似的浮出来，飞满了全房子。他又看见同样的泡沫在他自己身上迸射出来，也耀着金光。然后他又听得袅袅的管弦和锽锽的金鼓在不知什么地方响出来，也充满了全房子。

“生命的舞蹈呀！灵魂的舞蹈呀！”

在陶醉中，他这样想。然而他也没有忘却问一句要紧话：

“白天我已经失望了！你是那样的峻拒？”

“你怨不怨？”

“但现在是感多于怨了。”

他不知道怎样才能表示他的感激，他的愉快，他的兴奋：他发狂似的汲取感官的快乐。然后，在旋风样的官能刺激的顶点，他忽然像跌入了无底的深坑……

他惊跳着醒过来，第一眼便看见并排地蹲在书桌角的绿手帕和玫瑰花。他呆呆地望了半晌，然后低声嘘一口气。他想：“便是好梦，也去得太匆匆！不可再得的灵之颤动只能在梦中再现了；然而梦亦去得太匆匆呀！”

梦中的诗样的情趣，金色的泡沫，全都消散了，只有灰暗沉重的现实，压在他心灵。

四

玫瑰花束已经萎了，绿手帕依旧并排地蹲在旁边。再过去是一封已经撕开了口的信，很局促沮丧地斜躺在左侧，似乎不曾受到任何样的欢迎。

房里没有人。太阳从西窗里进来，独自在花褥单上跳舞。

忽然房门轻轻地开了。青年丙昂起了头进来，颇有些自得的神气。他刚从一个朋友那边来，带的半天欢喜在心里。朋友是旧同学，现在正当“裘马轻肥”，对青年丙说了许多“借重”的话。论到用世的才调，青年丙是当仁不让的；现在他向大衣镜立正，对镜中人微微颔首一笑，便宛然是纵横捭阖，手挥目送的风云儿的姿势。他看着镜中人的挺得直直的胸膛，便想到朋友身上的斜皮带。他扭转身子向左向右顾盼了一会儿，他忍不住那踌躇满志的微笑浮上眉梢。

然而他的眉头倏地皱紧了。他看见那影子似的苗条女子的面容又出现在镜子里了。她，她又跟着钉着来了！青年丙盛气转过身去，斜眼睃了一下，模仿他的朋友看勤务兵时的神气。

“爱，何必生气呢？也犯不着生气呀！”

意外地俏媚温柔的口吻使他脸上的皮不得不放松了一些些。虽然此时他有老朋友的一番“借重长才”的话头在心窝支撑，因而也就出奇地镇定些，但是惯了的唯恐又被抓住的畏怯，又已经像薄雾似的展布开来了。

“我是来请罪的。我今天想明白了。丙少爷，直到今天我才明白呢！”

接着是极妩媚地一笑。青年丙茫无头绪地看着她。

“昨天我说了些什么话呢？我真是发疯罢？那些话，都不是我应该说的。现在我明白过来了。我是个‘未亡人’，没有什么活人的快乐幸福可说的；可是，丙少爷，你给了我一个月光景的快乐。这大概已经是太多了。再不知足，再要盯住你，就是太不自量了罢？今天我是明白过来了。”

现在青年丙的脸纹完全展平了。一丝的惭愧，从他心深处摇曳而上，渐渐到了脑膜，可是未及在两颊上表白出来，就被老朋友的“借重”格住了，并且慢慢地被压了下去。

“哦，哦；那个——”

他只能含糊地回答；看着桂的发粉光的圆脸和乌溜溜的俏眼睛，便觉得更其迷惘，难置答词。同时，那种意外遇赦的惊喜交并的情绪，确也压住了他的舌头。

“所以今天我是来请罪。今天是最后一次到这房里。今天，再让我最后一次叫你丙；以后是——仍然是丙少爷了。我也希望最后一次听你叫我桂。”

声音是简直有点迷人了。过去的最珍贵的时间，突又复活在青年丙心上了。他又看见金色的泡沫从桂身上翻腾着飞出来，他又觉得自己全身的细胞都在跳动了。他蓦地绕住了桂的细腰，把嘴凑上她的。

“不，不；不能再这样了。已经太多了！”

桂扭转头去说，同时拨开了腰间的丙的手臂。

“这也是最后一次都不行么？”

青年丙颤着声问，依旧把手缠到那熟悉的腰间去。他心里的感想很复杂，但没有一个浮现到他意识上，所以他只是单纯的跟着血的冲动。

“自然不行！”

“一次也不能再多么？”

“已经嫌太多时，便是半次也不行！况且，你如果想着了桌子上的玫瑰花是什么人的，那就知道半次的半次也不能再有了。你看，玫瑰花已经焦了；你不应该让它们枯死的呀！”

很敏捷地脱离了丙的扭缠，桂斜倚在门楣，把右手托住了下颏。她的胸脯微微波动，她的眼睛有些红，她的小嘴唇却变了白。这一切，青年丙都没注意到。他的眼光正跟着桂的话声转到书桌角，于是那个怪可怜相地躺着的信封映进了他的眼帘。他立刻认出这是表妹的信！他攫了过来时，看见封口已破，便不自觉地举眼望着桂一瞧。

“丙少爷，再会了。”

桂异样的笑了一笑，就和影子似的退出房外，随手将门带上。

一个感想霍霍地在丙心上闪动。他恍然于桂今天的态度转变的原因了；他断定是桂先拆开了他的信，他又断定是信中的消息使桂不得不放弃了死缠住的妄想。对于桂的竟去，他原有几分不舍，然而亦未始不感到释去重荷似的爽快。他微笑地抽出信纸来，看了两行，忽然脸色变了。信是很简短：

表哥：明天要跟父亲到北平去了。行色匆匆，不能面辞为歉。请你也不必来送。因为从此刻起，就有许多事要办，并且还有几处地方要去辞行。

表妹启

信笺是掉落在地上了，青年丙呆坐在床上，痴痴地看着大镜子。

镜子映出房门慢慢地开了一条缝，桂的恶意的但是迷人的笑脸，端端正正嵌在缝中间，对着床上瞧。青年丙像触电似的直跳起来，一步跳到门边，想捉住了这迷人的笑容。但是门已经关了。只有吃吃的艳笑声被关进在房里。这笑声像一条软皮鞭，一下一下地打在青年丙的心窝。他再不能支持了，脚下一挫，就让书桌抵住了背脊。

房门又意外的很快地开了。同时房里的电灯也亮了出来。桂庄严地站在门框中，电灯光落在她的头发上和嘴唇上，闪闪地耀着。

“什么时候也到北平去呢，丙少爷？”

回答是扑到门前抱住了她。这一回，她并没拒绝，只是屹然立着，脸上冷冷地没有一些表情。青年丙不觉嗒然垂下手去。

“散文该不再是你所稀罕的罢？我也不想再演喜剧做丑角呢！”

随着这冷冷的声音，桂飘飘然去了。

青年丙懊丧地把两手掩了面孔。他不知道怎样才好，他觉得地板在他脚下摇动。然后，一个新理想撞上了他的心。他慢慢走到大衣镜前，立正，两眼疾向前一望，便很神气的举手到额角，行一个军礼。他似乎是第三者的评判人，对镜子里的自己微微一笑，“尚称满意”地点一下头。同时，从他的嘴角流出了下面的几个字：

“还不如到老同学处，‘帮’他的‘忙’罢；——那便是‘史诗’的生活呢！”

石　碣

玉臂匠金大坚还没刻完半个字，忽地又是扑哧一声地笑起来，抬头望他的秘密工作中的伙伴。

“金二哥，又笑，怎的？”

靠在太师椅上慢慢地摸胡子的圣手书生萧让轻声说。胡子，原来只有稀落落的几根，又很短，然而只要左手空闲着，萧让就总得去摸，这和他的喜欢轻声儿，慢慢儿，两字三字一顿的说话的方式，都是新近才有的习惯。

“萧大哥，你真是活像智多星吴用了！再过几天，我就管你叫智多星罢！”

算是回答了萧让的询问，玉臂匠金大坚简直的放下了刻字刀，双手按在石碣上呵呵大笑起来。

萧让得意地摇着头，随即把脸色放得更庄严：

“我说，金二哥，怨不得，吴军师，那样叮嘱我来。你只是心直口快！”

玉臂匠呆了一下，似乎突然憬悟过来，他收起了笑容，拿过刻字刀，低着头便又干他的一点一画的工作。

“慢着，金二哥，刚才，你又笑，到底为的甚么？”

“想到你和我躲在这里干这个，就要笑。”

“你真是！”萧让顿一顿，“呵，金二哥，不应该笑。我们这，是非同小可的大事，是水泊里的机密呀：全伙儿，一百单八位弟兄，就只有，你、我、吴军师，参预这机密；便是宋公明宋大哥，他自己，也兀自睡在鼓里头呵！”

从工作中再抬起头来的金大坚本已有一句话冲到口边：正因为恁地，更加逗的人要笑呵！可是望见萧让的那样庄重的脸色，便不好说出来，只撮起嘴唇做了一个怪相，算是百分之几的抗议。

这也瞒不过精明的萧让。料到这玉臂匠还有几分不了解，——几分不懂得吴军师的“策略”的奥妙，他萧让猛可地担起心事来了。和玉臂匠原是老朋友，知道这位朋友的嘴巴原来靠得住，和他手里的刻字刀一样可靠——从没放松一丝一毫，但是眼前这“石碣”的事儿太重大了，他萧让便觉得很有再切实叮嘱一番的必要。

然而要把吴用的“策略”解释明白也颇困难。大碗喝酒，大块吃肉，大秤分金银的勾当，本来全靠的“公平”二字叫大家心悦诚服；都是受不过冤屈，才来这水泊里落草的。失却了“公平”，也就不配做绿林好汉。同是头领，同是忠义堂上的虎皮交椅，诚然也还有个第一第二之分，但这是纪律呀！没有不守“纪律”的绿林，而况“主座”属谁，也该付之公议，不应当有私心，弄诡诈。不幸的是军师吴用今回的“策略”看起来太像是诡计了。

这么想着，萧让的想要说服金大坚的勇气很不体面地便短了一半。他偷眼看他的伙伴。刀尖落在石头上发出“滋拉，滋拉”的声音，仿佛是金大坚的暗笑；然而金大坚当真并没笑，他在那里认真地工作。

这使得萧让心里略略安定一点。毕竟这位老朋友还可靠。摸着稀落落的几根短胡子，萧让再把军师吴用嘱咐过的话语想了一遍，然后轻声儿慢慢儿说：

“金二哥，你看，玉麒麟比宋大哥如何？”

“都是江湖上闻名的好汉呵！”

玉臂匠头也不抬的回答了。

“哦——金二哥；好歹，总有个，高下罢？”

只有急促的刀尖落在石面上的剥落剥落的声音代替了回答。

“众多兄弟，都说，玉麒麟，仗义疏财，一身好武艺，心地又直爽；宋大哥兀自佩服。金二哥，看来遮莫是玉麒麟强些罢。”

这回却把玉臂匠的头掀起来了。对于萧让的忽然议论到宋卢的短长，金大坚深觉得诧异。自己不是屡次承蒙他告诫莫要臧否水泊内的大头领么？今儿他自己亦犯了规么？和他的刻字技术同样地古朴的金大坚的心，忍不住暗笑；老没有机会发泄的几句话便脱口冲出来了：

“人总是成群打伙的。和卢员外亲近的一伙儿自然说卢员外好哪。”

“不，不，不！金二哥，是和卢员外出身相仿佛的人，才都说卢员外好。”

玉臂匠不很了解似的定睛瞅着萧让。

“金二哥，你总知道，我们一百单八人，不是一样的出身呀。如像白胜兄弟，他原是破落户泼皮；阮氏三兄弟，石碣村的渔民；孙二娘开黑店，公孙军师是游方道士，李俊、张横，做水面上的勾当：这算是一伙儿。五虎将的关胜、呼延绰，他们，原是朝廷命官，派来打梁山的；便是卢员外自己，先前何尝不是跟我们作对的？所以这是又一伙了。金二哥，现在，你该明白吴军师的妙计了罢？”

没有回答。萧让悠然摸着胡子，仰天微笑，自己得意刚才的一番从吴军师那里拾来的话语。

有这石碣，两伙人便会合成一伙儿么？这样的意思也曾在金大坚心中一动。但是不失自知之明的他素来知道自己的嘴巴不济事，所以还是不出声，只睐着眼睛，用半个脸笑。

突然萧让站起来，踅到房门口，在门缝里张望了一会儿，然后又回到金大坚身边，满脸庄重气象，凑着金大坚的耳朵急促地轻轻地说：

“二哥，俺水泊里这两伙人，心思也不一样。一伙是事到临头，借此安身；另一伙却是立定主意要在此地替天行道。二哥，依你说，该是谁来做山寨之主？”

“哦！原来却是恁地！何不依了黑旋风的说法，爽爽快快排定了座位，却又来这套把戏，鸟石碣，害得俺像是做了私事，当着众兄弟面前，心里怪难受！”

玉臂匠再也忍不住了，当的一下，把刻字刀掷在石碣上，大声叫将起来。这一爆发，真是圣手书生萧让所不料的。他往后退了一步，学着军师吴用的神气，只管摸胡子。

“二哥，话虽如此说；事情，却不能如此办。也须叫人人心服呀。单是替天行道杏黄旗上的一个‘天’字，还不够;总得再找出些‘天意’来。这便是吴军师的神算妙计！”

“天意！天意渺茫，就叫我们来替‘天’行意？”

萧让沉吟着踱方步。他时时把眼光往金大坚身上溜。军师吴用的高见是不错的，玉臂匠金大坚无论如何不会了解这“策略”的作用。但自己曾在吴军师跟前力保的是什么呢？金大坚的嘴巴靠得住。是凭了十多年的老交谊，他萧让才敢这么担保的，然而现在，好像有些不稳。他偷眼再瞅着他的伙伴,没有什么异样。滋拉滋拉地又在那里刻字，一条好臂膊上的肌肉突起来像是些榾柮儿。

总算放下一半心，萧让再回到太师椅上时，猛听得金大坚又掷过来一个怪问题：

“旁的不管，只是，萧大哥，我们算是哪一伙？”

萧让愕然了。军师吴用从来不曾和他谈到这个。仓促间他搬不出吴用的话语来应付。很想说是属于宋大哥那一伙，可是又觉得碍口。

看见萧让也有对答不来的时候，金大坚却呵呵笑了。这笑像是一瓢冷水，浇得圣手书生毛发直竖。

“我们，——我，既不是赵官儿的什么将军、教练、教头，也不曾偷鸡摸狗，开黑店，大江心里请客官吃板刀面。我们是靠手艺过活的。我刻东岳庙的神碑，也刻这替天行道的鸟碣。就是这么一回事。提起什么天呀道呀地呀，倒是怪羞人呢！”

仿佛抖落了一口袋子的金钱似的，金大坚自己也不很相信竟会这样地滔滔发议论。他的拿着刻字刀的右手突在空中划一个圆圈，又兴奋地加了几句：

“看来我们水泊里最厉害的家伙还是各人的私情——你称之为各人的出身；我们替‘天’行的就是这个‘道’呢！”

萧让愣着眼睛，只能摸胡子。直到金大坚的刀尖和石头相触的声音再鼓动他的耳膜时，他这才醒过来似的率然问：

“是机密呢！金二哥？”

“我当作从前给人家私刻关防一样，决不走漏半个字！”

有志者

一

睁开眼来，两片嘴唇轻轻一松，就有一个烟圈儿从他嘴边腾起，摇摇摆摆去了一段路，然后停住，好像不知道上前好呢转弯好，得站住了转一转念头，这当儿，那圈子一点一点扩大，那烟色也一点一点变淡起来，大到不能再大，淡到不能再淡，烟圈子也就没有。

这不过是几秒钟间的事情，然而躺在那里看着的他，却觉得很久。他第二次（略为有点性急）把嘴唇再那样一松，这回是两个烟圈儿出来了，厮赶着似的，一前一后，前面那一个在一尺路以内就胀破了，后面那一个却赶过头去，——去的很快，因为很快就来不及扩大，他一边看着，一边心里就想着，“这一个也许可以达到帐顶罢？”但是忽然像中了风，那烟圈儿一下子就消得毫无影踪。

他有点失望。再张嘴。可没有烟圈儿。只有一团淡到几乎看不见的口气和烟的混血儿。于是下意识地把香烟屁股放在嘴角，用力吸一口，屏住气，打算如法炮制，这当儿，他夫人的脚步声从房门外来了，——是夫人的脚步声，决不会错。老是像拖着鞋皮——拖噜拖噜。他一听见就会头痛。他会立刻想象到自己的脑髓摊平了成为地板，而他夫人的鞋底——拖过！而且，他好像已经是地板了，他看得见夫人鞋底粘着的煤屑、鱼鳞、青菜梗。他忘记了制烟泡泡儿，忘记了有满嘴的烟在那里，烟呛住了喉咙，咳咳咳——他两手捧住了脑袋，睁圆着一对恨极了的眼睛。

“又是我打搅你了。”夫人是一目了然的，“可是，你看，阿大撒了我一身尿，不换件衣服怎么成？”

他苦笑。夫人进来总是有理由的。然而，他讨厌他夫人屡屡进来，也是有理由的：他不趁这暑假的期间写成一篇“创作”，难道等开了学一星期二十小时的课，百来本作文簿那时倒写得成么？难道因为阿大会撒尿，夫人要换衣，他就活生生“牺牲”了稳可以到手的“创作家”的头衔么？不成的！那怎么对得起他自己呢！——他的“人生经验”，他的“天才”，他的五年来朝思暮想的一鸣惊人的大抱负大计划！五年前他毕业的当儿，不是早已在师长和同学面前——简直是在全世界面前，宣言他要精心结构“创”一部“作”么？已经蹉跎了五年了呀！不成的！那个——简直不成话！

然而夫人的进来总是有理由的，他只好苦笑。

然而更糟的是他夫人换衣服竟比他做文章还难。这个女人总是那么拖拖沓沓！而且阿大又在下边哭起来了。这孩子，哭门一开，起码得二十分钟，像母亲。他忍无可忍似的从床上跳起来发话道：

“嗨！你这人，阿大总是要撒尿，你总是要换衣服——嗯，要换衣服呢，那——你不好把衣服多放几件在下边么？”

“嗳嗳，只有你才想得周到呀，这已经是换到第三件了，这一早上！”

他夫人一面说，一面把一件淡灰色很短的单旗袍拎在手里相了一相，就披上身去。她扣好了大襟头的钮子，低头看看，忽然自己笑起来，“从前就时行这么短！”她自言自语，再扭过头去看看后身。皇天在上！她穿一件衣服也像他做文章！他无可奈何地再往床上一躺，叹口气，喃喃地说：

“哎，哎，总得有个书房——书房；没有书房，产生不出——哎，伟大的——”

他没有说完全，就觉得喉咙头梗住了。哇——哇——下边的阿大即已由示威变成了开火。夫人赶快跑。到房门边，她又回头朝她丈夫看了一眼，像是含嗔又像是安慰，轻声说：

“何苦呢！暑假末，休息休息好啦！”

他皱了皱眉头，不回答。“何苦呢！”他心里也这么说了一句，可是——阿大要撒尿，夫人要换衣服，当真比他的“事业”还重要么？笑话！可是，可是，夫人这句“何苦呢”，近来常常挂在嘴头了。真不应该！人家做老婆的，激励丈夫，给丈夫安排着一个适宜于“创作”的环境，她呢，倒反打退堂鼓。气数！而且——而且，她自己整天捧住个阿大，就好像人生的意义整个儿有了。“看我，五年前的计划，理想，还不是一股脑儿收起？”她还这么说呢！没志气！想不到她会变成这么平凡的！“只好随她去，然而害得我也平凡，却是不可恕的。”——他心里流泪地说，点着了一支香烟，又叹气。

这一回，他不制造烟泡泡儿，烟从口里接连喷出来，又从他鼻孔里；不多会儿，他的脸上罩满了一阵白烟，他在烟中看见了五年来的“过去”。他在烟中看见了新婚不久后的他夫人和他自己。夫人那时穿的正就是刚才换上的那件短得奇怪的淡灰色单旗袍，然而比现在美。

二

吃过午饭，阿大照例睡一觉了，夫人在楼下轻手轻脚料理些杂务，时时侧着耳朵听。橐橐橐的皮鞋声在楼板上响到窗前又响回去。夫人听了会儿，忍不住抿嘴笑，笑过了又皱眉头。这样难产的“创作”应当是好的罢？

忽然皮鞋声橐橐橐地响到楼梯头了。忽然又停住。夫人关心地朝楼梯那边望了一眼，忽然皮鞋声响下楼梯来了，丈夫脸上是一股心事。

夫人赶快迎上去，一个笑靥，低声说：

“怎么下来了？要什么，你叫一声就好啦，我老在这里留心听你。”

他摇了摇头，朝他夫人脸上看着，似乎有话要说，但是眉头轻轻一皱，就橐橐地走到客堂里，那走法大有神经病的样子。“轻些！阿大——”夫人跟在后面警告。他好像浑身一跳，就站住了，朝摇篮里睡着的阿大看一眼，懒洋洋地坐到一张椅子里去了。夫人跟到椅子边，一手搭在他肩上，正想开口，他倒先说了，一个个字都像经过咬嚼：

“想来，想去。这——环境里，断乎——断乎，写不出，好创作。”

“那你就不用写罢。暑假——”

“哎，先来个‘不用’，——不是办法！”摇着头，加强那“不是”的力量。

“那怎么办呢？衣服什么的都搬到楼下来罢？”

夫人诚恳地说，眼睛看住她丈夫。一个停顿。他像是在沉吟，又像是在斟酌；终于，眉毛一挺，毅然决然了：

“怎么办么？只有一个办法！——嗯，衣服什么的，不是主要；怎么你会把衣服什么的看成了主要？不然，不然！唯一的办法是——嗯！我考虑过无数遍了，嗯，只有离开这环境，我——我到什么山里，什么庙里，聚精会神完成——完成我的创作！唯一的——唯一的办法！”

夫人不回答，出神地看着一只墙角。等了一会儿，他不耐烦地说：

“不明白么？你看不到这个必要罢？”

“嗳。是的，是的！不过，不过；”她勉强笑了一笑，“不过我想起四年前我们刚认识的时候，你就已经要——要写一部创作？你那时住在一座庙里，虽不是山里，倒也跟山里差不多，可是你那时老追着我说：寂寞呀，空虚呀，创不了作；你说我们一块儿就好了，你那时不是说得很认真的么？——”

她说不下去了。她绷紧着脸轻声笑，忽然掉落一对眼泪来，但是眼泪挂在面颊上，她倒真心地笑了起来了。过去的追忆，似乎毕竟也还甜蜜。

他似乎有点窘。用手在脸上抹了一把，急口地叫道：

“那，那，也不是我的错呀；这个，此一时，彼一时呀！这个，不到一年，就有了他呀！”手指着摇篮里睡着的阿大，却又顿着脚，“该死，该死，没等我创了作，他就来了！所以，这个环境，埋没天才，非——非离开不可！”

夫人早已笑不出了，看看他，又看看摇篮，赶快伸一条腿过去，脚尖点住了摇篮边轻轻摇了一摇，可是来不及了，阿大一双小手已经狠命揉着他的小脸，这是要哭。夫人跑过去，一把抱了起来，已经哇的一声哭出来了。

他觉得背上全是汗，洋纱短衫粘住了，就反过手去拎一拎空。

“不成！真不成！非得——非离开这环境不可！”他说着又叹一口气，便橐橐地开正步走上楼去。

三

过了几天，他居然独个人住到庙里去了。庙就是从前他恋爱“发祥”的那座庙，可不在山里，而在小小的乡镇。他分了三分之一的家用——

四十块钱，预定要在这庙里住上六个星期。

第一天是要布置出一个适宜于“创作”的书房来，一眨眼便已经天暗。他也累了，朝一盏美孚灯呆坐了会儿，听听窗外草里的络丝娘，自觉得“灵感”还没来，就上床睡觉。

他有梦。当然是“创作”成功的梦。他读过孙博翻译的《沉钟》。他知道剧中的铸钟匠亨利那口钟就是“伟大的艺术”的象征。他坚信着自己这见解，谁要说他解释错了，他就要吵架。现在他梦中就看见他的“艺术的大钟”居然成功，而且没有掉在湖里，却高高地挂在庄严华丽的钟楼上。而且他亲手拿着檀香的大杵，凛凛然撞这口“艺术的大钟”了。

洪……洪……洪……

他梦中笑醒来还听得这庄严的钟声在耳边响。他揉了揉眼睛，把小指头放到嘴里轻轻咬一下。不错，他感觉得痛，他不是在梦中。但是那钟声明明从窗外飞来：洪……洪……“当真和拜伦一样，我一觉醒来就看见自己是文坛名人了么？”他这样想着，就赶快穿衣下床。这当儿，他的脑细胞一定是下了紧急全体动员令了；他平日读过的一切外国（自然没有中国）文豪成功史都一齐涌现来了。他眼前突然来了大仲马的比皇宫还富丽些的 Monte-Cristo[①]，他便立刻拿定主意他决不像大仲马那样做孟尝君。他也许一星期请一次客——咳，在他的 Monte-Cristo 请一次客，然而决不让比他次等的文人天天来揩油。而且也许他要养几条狗防防贼，可决不能让他的狗带进半条野狗来帮着吃。不，一百个一万个不！他可不能像大仲马那么糊涂！

“不！”他跳下床在那破碎的方砖上顿一脚。像踏着了火砖似的，

① Monte-Cristo：法国作家大仲马著的小说《基度山恩仇记》中的人物，这里是指他所住的豪华雄伟的爵府。

他的脚立刻缩起来，双手抱住了。他还没有穿袜子，破方砖刺痛了脚底心了。他抱着痛脚倒在床里，无端的哈哈狂笑。

洪……洪……洪……钟声还是一句句响着。

他揉着那只痛定了的脚，渐渐想起这是庙里的老和尚撞大殿上那口钟罢，便觉着有点扫兴。于是穿上袜子，趿着鞋皮，小小心心踏在那些破碎的方砖上，推开了一扇窗，他就唤小和尚打脸水。

到乱草野花的石阶上站了一会儿，他就信步踱出庙门来了。一边踱着，一边就心里打起算盘来。庙里一个半月的租钱——不，香金，去了十块。茶水灯火在内。倘使带一份斋，那么按日三毛大洋，三三得九,一三是三,三五十五，——哦哦，该是十三块五角罢，当然轻而易举，但是，但是——他是为“创作”而来的，用脑的，总不成餐餐豆腐青菜会产生出雄伟浓艳的作品，好在镇上有的是小馆子，新鲜的鱼虾，肥嫩的鸡鸭，每天花上——唉，小镇里的物价总不至于贵到哪儿去。

他挺了挺胸脯，觉得自己的思虑真是周密之至。

“不过这会儿是早饭呀，该吃点什么好呢？”走近了市廛的时候，他猛可地这么想起。他站住了向街上街下张望着，原来有小馆子也有带卖点心的茶馆。他就自然而然跑进了茶馆去。“按照卫生，早上不宜荤腥油腻，品一会茗提提神是好的，”——他给自己的行动解剖出坚实的学理。

然而因为茶，他就联想到咖啡。对不起，他在家里并不是每天早上都有咖啡喝的，——不，简直一星期一次也没有。不过此番是大规模地来潜心“创作”，应当备一点咖啡。对了，咖啡是不可少的。不是巴尔扎克的《人间喜剧》全仗了二万几千杯咖啡？

“哎，哎，怎么从前就忘记了呢！损失！天大的损失！不然！我的杰作早已产生了，何待今日！”捧着茶杯的他这样想就喝了一口，同时他又喊了一客葱花猪油烧饼和一客肉馒头。

四

夫人将他指定要的黑咖啡买好寄了来时，已经是他在庙里的第四个黄昏。三天来他的生活很有秩序；早上吃茶，半小时；午饭晚饭，要是碰到闹汛，那就费掉一个钟头也还算幸气。余下的时间就是摊好原稿纸坐了下去。捧着脑袋构思了一会儿，好像“灵感”还没来，便点起一支香烟催一催；坐着抽烟又好像不得劲，便躺到床上去，也照例制些烟泡泡儿；于是再坐到原稿纸面前去。再捧着头，再点着烟，再到床上躺一会。这是刻板的。有例外，便是在两支香烟中间偶然不回到原稿纸面前去，而到房外那乱草天井中踱这么一刻钟二十分。

这样秩序整然过了三天，原稿纸撕掉过十几张，但是摊在书桌上的原稿纸依然只标着一个大大的“一”字。

这怪得他么！夫人还没把黑咖啡寄来呢！这个责任自然是夫人负的！

然而现在黑咖啡终于寄到了，他的脑细胞又立刻下了全部紧急动员令。他一面在美孚灯上烧咖啡。一面就把生平听到的外国大文豪的轶事一股脑儿想起：司各德一个早晨要写二三万字呢！丹农雪乌白天骑马游玩，晚上开夜工，二十万言的小说也不过一星期就脱稿呢！——“哈哈！咖啡！咖啡万岁！”他不期然喊出了口。

那一晚，他开了第一次的夜工。

似乎黑咖啡当真有点魔力的。他坐在原稿纸前面不到十分钟，便觉得文思汹涌，仿佛那未来的“杰作”的全部结构蓦地耸现在他脑子里；“哈，原来早已成熟了在那里！”——他夹忙中还能自己评赞了一句。他像大将出阵似的撸起袖子，提起笔来，就准备把那“原来早已成熟了的”移到纸上去。他奋笔写了一行。核桃大的字！然而，然而，干么了？脑袋里“早已成熟了的”东西忽然逃走！真有那样没耐心多等一会儿的！

于是他不能不捧着脑袋了，不能不搁笔了。约莫又是十分钟。他听得络丝娘在窗外草堆里刮拉刮拉，多么有劲，他又听得金铃子吉令令地摇着金铃。他脑子里的“杰作”的形体渐渐又显形。他眼睛里闪着光芒，再奋起他的 fountainpen（自来水笔），又是核桃大的字，然而，不到半行，猛可地腿上来了一锥，他反射作用地啪的一下，半手掌的红血！就在这当儿，脑子里的东西就又逃走。

现在他觉到占有这书房的，不是他而是蚊子。无数的蚊子，呐喊着向他进攻。他赶快朝桌子底下一看，原来蚊烟香已经被他自己踏熄了。这一定是刚才第一次文思汹涌时他不知足之蹈之闯下了的小小乱子。他只好再搁笔了。再烧起一盘蚊烟香，于是第二杯咖啡。

照例第二次的东西总得差些。黑咖啡也不能例外自居。他苦苦地要把雾一样的脑膜上的影像捉到纸上去，然而每次只捉得一点点儿。而且那些影像真是世界上最胆怯的东西。络丝娘的刮拉刮拉，金铃子的吉令令，都足够吓它们立刻逃走。第一次的黑咖啡召了它们来时，它们可还不是这样“封建思想”的小姑娘似的！

不过还有第三第四杯黑咖啡。

不过第三第四杯黑咖啡的效力一定还得依次更差些！

而且美孚灯也要宣告罢工了，灯焰突突地跳，跳一跳便小一些。

他的一双眼睛也有点不听指挥，他轻轻叹一口气站起身来，看看原稿纸，还是第一张，十来行核桃大的字；看看地上，香烟屁股像窗外天空的星！

很委屈地躺在床上的时候，十分可惜那第一杯黑咖啡招来的第一次“灵感”没有全数留住。“怪不得人家说汉字应当废除呢！要不是为的笔画太多，耽搁了工夫，我那第一次的想象岂不是全可以移在纸上么？——至少是大部！”他这样想着，翻一个身。

“听说西洋的大文章，比如伊伯尼兹罢，从来不作兴自己动笔的；他们有女打字。他们拿着咖啡杯，一面想，一面口说，女打字就嚓嚓地打在纸上。对呀，说比写快，打字又跟说一样快，那自然灵感逃不走！要自己写，还要那样麻烦的汉字，真太不像话呢！”他一面搔着腿上背上的蚊虫疤，一面这么想着，觉得有点悲哀了。

但是再翻一个身，他的悲哀便又变为愤怒。都是受了生活压迫的缘故使他不得不在暑假“创作”，使他不得不来在这草镇破庙受蚊虫叮，而且使他没有女打字！要是他此番当真还是“创”不成“作”，那责任该当由“生活”由社会去负，他是被牺牲了的，他有什么错呢！

他诅咒又诅咒，终于在诅咒中睡了去。

五

以后是他历试西洋大文豪们各种各样写作习惯的时期。

因为第一次开夜工的成绩太坏，他就不敢再学巴尔扎克。“这一位巴老先生好个结实的身体呵！听说他的头颈就比别人粗，头发跟马鬃似的，身材又高又大，有水牛般的精力。我怎么学得了他呢！而且他的书房里一定没有蚊子！”他感伤地想着，不免也带便恨到他爹娘为什么不把他生的又高又大些。但是他不能不“创作”。而“创作”又必须有“方法”，于是他就想到了司各德。这位老先生脚有点儿跛，身体似乎差些，他是早上写文章的。对了，早上，吃早饭之前，古哲说的什么“平旦之气”。

他决定主意要起早了，虽然起早也并不容易。预定是六点钟，可是睡眠之神偏偏让他七点钟醒来。“哦，得有一个闹钟呀！”他打着呵欠想。也照黑咖啡的老例叫夫人寄一个罢，不成！家里没有闹钟，得现买。买买恐怕又得好几天。而且夫人肯不肯买也还成问题呢！上次寄黑咖啡就已经唠唠叨叨说上半车子话，说家里剩的几个钱算算总不够，阿大肚子不好也还没有看医生，糟糕！

然而他不是轻易地就屈服的人呵！一定得想法买个闹钟来。

那天从茶馆里用过早饭回庙的时候，他就跟庙里的老和尚商量，请他每天早上六点钟权充个“报晓头陀”。

“哦——六点钟么，出家人没有自鸣钟呀。”老和尚懒洋洋地说。

他搔了搔头皮，心里想还是叫夫人买个闹钟寄来罢，但一转念，就歪着脑袋问道：“你每天是什么时候起来的？”

“我么？头鸡啼就打坐念经了。”老和尚一对鸡婆眼直盯住了他的脸。

“好好，就是头鸡啼罢。——头鸡啼来叫我！”他把问题解决。

为的是要划一时代，这天白天里他就爽性不创作。他躺在床上喷了几个烟圈儿以后，猛可地又想起何不同时学一次丹农雪乌，总该也有点益处。他当然没有一匹骏马，但乡下人有的是牛，一头黄牛或水牛想来也使得。

于是在上午就出发了。离庙不到一百步，就有田。绿油油一片。可是不见牛呵！他用了写实主义作家实地视察的勇气跑过了三四道田塍，果然望见远远地近一条小河处耸露起一只牛角。他禁不住心里一喜，脚下就更有劲了。他一口气奔了好大段的路，整个牛都看见了，然而糟啦，一个不识趣的乡下人刚刚牵那头牛到水车边，看样子是要上工了。

等到他赶到跟前时，那牛早已很驯良地在盘着水车，牛脸上一副大眼罩。

“一切的一切都在阻碍我创作天才的自由发展呵！”他这样想着，没精打采走着回头路。肚子倒饿起来了，田里可又没有小饭馆。

但是这一点挫折只使他更加坚决。午饭后他换了个方向去找，居然有了，三四条，黄牛水牛全有，都不在工作时间，躺在大树根下乘风凉。他和看守的乡下孩子办了个交涉，两个铜子骑一骑。什么都得花点本钱，他很懂得；可不是他创作成了后他也不能让书店里欠版税？

他把那几条牛一条一条都骑过。他骑的不很在行，然而他满意。骑到最后一头，那是黄牛——的时候，猛可地他觉得“灵感”来了，他预定的小说人物之一，可巧也是个牧童什么的，骤然从他脑子里跳出来，活龙活现站在那里。“哈哈！”他狂笑了一声，滚下牛背，搓搓手，然而，笔呀，纸呀，工具都不在手里，他再搓搓手，扫兴地叹口气。

不过无论如何他这次“拟丹农雪乌”是成功了的。他在夕阳影中回到庙里，心里是愉快的，充满着希望的。照理他接着就该开那么一个全夜工。因为丹农雪乌的“方法”确确凿凿是那样的。但是他为的已经“把一颗信仰心献给了司各德”，而且四肢百体也好像要不依，所以他用过夜饭后只把笔墨稿纸香烟，还有黑咖啡，都安排得整整齐齐，就放心睡觉了。

他不知道睡了多少时候，也不知道做了梦没有，总而言之，他恍惚滑下了黄牛背似的浑身一跳，吃惊地睁开眼来的当儿，一条太阳光正在他额角上游戏。他赶快从枕头底下摸出表来一看，他妈的！又是七点钟多点儿。

他这一气非同小可。“咳咳，一盘新计划，又被破坏了！”——他穿着袜子的时候这么说。“而且，可恶的，老和尚可恶！干么他也要存心破坏我的创作计划呢！”——拔上鞋子的时候又气冲冲地说。

等不及洗脸他赶到“方丈”里大声叫道：

“呔！昨天谈判好了的，你一早叫醒我，怎么你偏偏不叫呢？”

笃笃笃地老和尚起劲敲着木鱼正做早课，只把眼皮抬起来朝他看了一下，嘴里依然喃喃地念经。旁边的小和尚却连木鱼也忘记敲了，乌溜溜两只眼睛只朝他头上看到脚底。

秃——老和尚的木鱼槌子忽然敲到小和尚头上了。秃秃！又连了两记。老和尚不念经了，侧过脸去。小和尚却涨破了喉咙，“南无佛，南无法”地乱嚷起来。老和尚赌气似的再敲了小和尚头一记，就喝道：

“你贪懒！你不曾去叫罢！”

“哼哼，这样大事件你交给一个小和尚怎么成呢！”

“我叫的，叫的；”小和尚明白过来似的急口说，“他不醒呀！我叫的！”

“胡说八道！我没有不醒的！大事情在我身上呢！”他气得跺脚。

“我叫的！我在窗外叫了半天，你不醒！”小和尚差一些要哭了。

“出家人不打诳语。先生，实在是你睡性好了点儿。”

老和尚望望小和尚，又望望他，慢吞吞地说。他气得想不出回答。忽然他伸手到左口袋右口袋乃至裤子袋里乱摸了一通，他是想摸出他的表来给老和尚看看这早晚已经是什么时候，因而他的预定计划是毁了，这责任是该当谁负，然而表没有，表忘记带在身边了。这当儿，老和尚却又慢吞吞说：

“先生，莫怪叫不醒你。我们头鸡啼起来，你刚刚在头腮①里。”

“头鸡啼，头鸡啼么？头鸡啼约莫是几点钟呢？”他搔着头皮。

“不知道是几点钟，”老和尚闭着眼睛摇了摇头，“寒鸡半夜啼，这会儿是热天，头鸡啼总在五更不到，四更过点儿。”

① 头腮：入睡后的第一觉。

他听得呆了，他妈的，头鸡啼原来有那么早的！怪不得司各德早饭之前能够写那么两万字，想来他也是头鸡啼起身的。得了，就是头鸡啼罢。

“老和尚，你不知道我身上有件大事呢！明天千万头鸡啼就来叫，叫不醒，打门，打门再不醒——哦哦——”他搔了搔头皮，“总之一定要叫我醒就是！千万不要忘记！”

六

现在他知道头鸡啼离天亮远得很呢，他不能不预先布置。他自己买了一罐子煤油，省得跟老和尚要添，惹气。他不“拟丹农雪乌”了，却睡了个中觉。出去吃夜饭的时间提前一小时，——六点整，想起蚊烟香不多了，便又带回一盒。他格外又想到头鸡啼起来乌黑黑地给美孚灯加油是不方便的，而且他也不能让加煤油什么的琐事扰乱了他的“平旦之气”，于是他趁天还没有黑就把美孚灯要了来，一看果然只有半肚子油，他就把它加得满满地。也没敢多点，只对着它抽了一支香烟，就赶快吹熄，上床睡觉。

然而也许因为白天睡过中觉，也许因为踌躇满志，他倒睡不着了。他在床上翻来覆去，想想还有什么应该先布置好的没有。什么都妥当周密之至。只有一件：说不定老和尚跟小和尚自家倒睡过了头，这可不是玩的。他连忙爬起来，就那么黑地里——幸而星光好得很，摸过了大殿，到和尚房门外笃笃地敲了两句。咳咳咳。是老和尚的声音。再笃笃笃。“谁呀？”仍是老和尚的声音。

“是我！喂，老和尚，头鸡啼——”

“还早呢！”声音里带点惊异。

“啊啊，这个，我知道的。我是特来关照你，不要错过了头鸡啼。”

“不会的！咳咳——嘿——”

他这才放了心，照旧摸回去，却在大殿上看见一轮明月正从一块乌云里钻出来，天空还有几朵白云，此外是一色碧青。他也不敢多赏玩，赶快回到自己房里钻进了蚊帐，便闭了眼睛。明天的事情要紧，他不能再不睡。

但是愈想睡，偏不能睡。不睡倒也罢了，忽然脑膜上飘飘忽忽地移过了一些影像。那不是他那“创作”的“灵感”还会是别的不成！“怎么来得这般早呢！太早了！等到头鸡啼行不行？”——他拍着床带几分不愿意的神气自己对自己说。可是那些影像却作怪地愈来愈多，断断续续地，这个隐去了，那个却又显出来，好比天上的浮云。他简直窘了。末后他决定起身先来写这么一点再说。然而他刚刚坐起身来，那些影像却又模糊了。他喃喃地说了一句“还是等到头鸡啼再来罢”，便又躺了下去。于是过不了多久他也就朦胧入睡。

这回是皇天保佑，他没有睡得像死人似的。小和尚在窗外喊了第一声时，他就矍然惊醒;第二声喊得响些，他已经跳起身来忙应了一句。

下床来第一件事是点灯。第二件是燉咖啡。他看见灯焰四周有很大的一圈晕。这晕在抖，抖一下就好像大一些，有些金色和银色的星在晕圈里飞。他揉揉眼睛，伸一个懒腰。便觉得自己的脑袋也有点不大对，——昏昏的，又颇胀闷。他举起双手，用力在脸上抹一把，走到房外在石阶上站了一会儿。天空的星星好像减少了，远处树梢白茫茫地，像挂着一层雾气。他惘然定睛看着，足有四五分钟之久，然后猛生地惊觉了似的，转身回房，便坐在他的“岗位”里。

灯焰已经没有晕了。他的脑袋也回复了常态。他左手的中指和食指抵住了太阳穴，头微偏着，便提起笔来；笔尖像寻食的鸡喙，刚要落到纸上，便又缩回，最后第五次这才啄到了，是两个大字 :“陶醉”。他这篇大作虽然核桃大的字还不满一千，可是“故事”已经到了紧张关头，一对不知从哪里跳出来的青年男女由“一见目成”——这四个字他得来全不费力，他曾经归功于他的黑咖啡，——的经过，此时正坐在大树下谈心。得了，谈心！他嘴唇啧的响了一声，便很快地写下去 :“在大自然的怀抱中。”沉吟。笔尖儿又从纸面缩起。笔尖儿再逡巡落到纸面的时候，燉着的咖啡放出丝丝的细声音，他朝咖啡看了一眼，便毅然决然圈掉了一个“的”字，却在“中”字下写了三个字 :“的他们”。咖啡的声音越来越响了。他把全句念了一遍，终于再添上个“俩”字，便赶快放下笔，捧起了咖啡杯子。

一口一口啜着那热咖啡的时候，他眼睛望着刚写成的一句。字眼儿美丽，音调也好，特别是不能再增减一字——这是他平日给学生改作文簿的时候屡次提出来谆谆诲诫的 ；这都应当归功于“平旦之气”。

咖啡以后，他要放手写了。于是——“神秘的甜蜜的诗意，闪耀在她那一双黑钻石一般的美目里”：一句。他满意地松一口气，忽然左手在桌子边上拍一下，赶快加添了“白如云石”四个字，左手再支着脑袋，又添了两字 :“黑如”。侧着头再看一遍，终于再改，成为“……那一双白的地方像云石，黑的地方像黑钻石的美目里”。他觉得无可再改了，微微一笑，接着便要写那男的。

这样一字一字“斗争”下去，不知不觉满了一张稿纸。应该再喝一杯咖啡了，但是肚子里咕咕叫起来，似乎说:要一些填得饱的。不成！还没达到司各德的十分之一呢！肚子应该等一等。而且“灵感”正在“油然作云”呢！

他左手揉着肚子，右手捉住“灵感”，依然一字一字“斗争”下去。可是肚子是讲不通的，咕咕地越叫越响，不管那可怜的“灵感”吓得簌簌地抖。“灵感”的线愈抖愈细，终于，一下子断了，再也接不起。那刚是第三张原稿纸写满了一半的时候。

“该死，该死！”他搁下了笔，咬紧了牙关说。两手交叉在胸前，朝美孚灯发怔。窗外透着鱼肚白了，大殿里传来匀整的木鱼声。

毁了！这一回又不顺利。然而他想想也不能太怪怨肚子。肚子原是不大讲理的，肚子得用点东西喂，正像他的脑筋得用咖啡喂。为什么他昨天竟没想到这一点呢？那是不是脑筋的责任？不要多抱怨脑筋罢，它要招呼的事原就太多了！应该让它专管“创作”。司各德“创作”的时候难道也要自家留心灯油、蚊烟香，乃至点心？这些杂务，一定有他家里人代他用脑筋！

“哎哎！没有安定的生活呵！生活是虐杀创作的！”他赌气站起来，就跑出了房门。

七

预定的六个星期过到一半时，黑咖啡早已用尽，而他的钱袋也已空空。他写给夫人要钱的信一连有三封，但只得了要求数目的三分之一——十块大洋。夫人信上说：这十块钱还是奔走了三天的结果。他还清了小饭馆和茶店里的欠账，剩下的钱只够坐四等车。

他终于回家去了，手提柳条箱里有“未完成的杰作”，肚子里有海样深的对于“生活”的仇恨。不！对于一切的仇恨，络丝娘，金铃子，不知名的野狗，老和尚小和尚的木鱼声——它们都曾联合起来打扰他，阻挠他“天才”的“自由发展”，当他依照“司各德方法”的时候。

而还有老鼠，也几次破坏他的工作。他为了“司各德方法”不得不备些点心，然而那可恶的老鼠竟有好几次偷吃了一半多！他能发誓，司各德家里一定没有那样该死的老鼠！

然而他并不灰心。一来他“发见”了“司各德方法”颇合实用，二来他到底“创作”了四十多张原稿纸了，虽然是核桃大的字，虽然算字数也许五千还差点儿。要不是生活压迫，他这次准定会完成他的“杰作”，——这个，他有确信。

“没有生活，就没有创作！”

他和夫人见面的时候劈头就这么说了。看着他夫人似乎一时还不能领悟，他叹了口气解释道：“一定要有司各德的生活，——有司法部的干薪好拿，有舒服的住宅，不用自己加灯油，不用怕蚊子咬，也不用自己记住备点心，而点心也没有老鼠来偷，——要这样，才能够谈到创作！”

“那么，依我说，不创作也就罢了。”夫人宽慰他。

“咦咦！你——你——”他跳了起来大叫，“哎，你为什么总是那样不坚决呀！喂，得坚决一些，不行么？还有明年呢！我不灰心呵！不过，先要把我的生活布置好。能有司各德的那样一半，哦，就是一半的一半罢，也就够了，我有把握！”

于是他昂起头想了一会儿，自言自语地微喟着说：

“难道社会就这样不宝贵一个意志坚决的天才么？”